Œuvres I

Guillaume Dustan

Œuvres I

Dans ma chambre – Je sors ce soir
Plus fort que moi

Préfaces et notes de Thomas Clerc

P.O.L
33, rue Saint-André-des-Arts, Paris 6ᵉ

© P.O.L éditeur, 2013
ISBN : 978-2-8180-1466-0
www.pol-editeur.com

« Jamais je ne vieillirai. »
Guillaume Dustan, *Je sors ce soir*

Préface du présent volume

La courte vie de Guillaume Dustan (1965-2005) ne l'aura pas empêché de marquer de son empreinte un moment de la sensibilité littéraire française contemporaine. Pourtant, son œuvre reste mal connue, en raison des malentendus qui l'entourent, et notamment cette subordination, si fréquente aujourd'hui, de la véritable lecture des textes à leur réputation, ou à ce qu'on en a vaguement entendu dire. Andy Warhol, que Dustan admirait tant et au sujet duquel il projetait un livre, a, on le sait, donné la formule peut-être trop mimétique de notre époque : « Chacun dans l'avenir aura droit à son quart d'heure de célébrité » – c'est-à-dire, bien sûr, à son anonymat quasi éternel. On espère ici que l'œuvre de Guillaume Dustan trahira la voix de son maître.

La réputation sulfureuse qui entourait Dustan, et qu'il construisit en toute imprudence, masque en effet l'essentiel, soit en l'assignant à l'identité restreinte du pur provocateur, soit en le noyant dans la masse du maelström médiatique auquel, de son aveu même, il aimait à participer. Mais si le nom de Guillaume Dustan mérite de demeurer dans la mémoire de la littérature française du tournant du XXe siècle, c'est parce que la force et la richesse de son œuvre ne se laissent circonscrire ni par une durée de vie hélas trop brève, ni par une apparente concession à des thèmes d'époque.

Homosexuel militant, hédoniste déclaré, apologiste des drogues, chantre du monde de la nuit, pornographe politique, autobiographe fanatique, continuateur libéral de l'esprit de 68, porteur d'un projet sociétal auprès duquel le programme des Verts paraît bien sage, Guillaume Dustan, mort à trente-neuf ans, est l'une des très rares figures porteuses d'utopie dans le monde policé des lettres françaises du tournant du siècle, gagné comme le reste de la société par un vent de nihilisme, de cynisme mélancolique et de dérision propres à ce qu'il faut bien appeler une version négative de la postmodernité. De ce point de vue, Dustan est une exception notable, dont le vitalisme est d'autant plus curieusement boudé par la critique qu'il propose une voie alternative à la dépression nationale. S'il mérite d'être étudié comme un cas à part dans la production de ces années-là, c'est qu'il n'a pas entonné l'air triste du nihilisme : sa façon de mêler l'écriture de soi la plus crue à une entreprise politique radicale fait voler en éclats le préjugé largement entretenu selon lequel l'autobiographie, naguère décriée par la critique marxiste, serait un genre narcissique, petit-bourgeois et déconnecté du monde. Pour des raisons superficielles, la littérature du moi s'est vue dénigrée au motif de son nombrilisme : c'était passer complètement à côté des enjeux de sa sur-représentation à partir de la fin des années 1970, que l'on a trop hâtivement assimilée à une régression réactionnaire refusant la transformation de la société. Or si l'écriture de soi, improprement rebaptisée « autofiction », était le signe d'un tel repliement, comment se fait-il que tous les écrivains qui la pratiquèrent dans ces années-là furent, sans exception, au centre de polémiques virulentes[1] ?

La lecture des textes de Dustan impose une interprétation exactement contraire à ces accusations de narcissisme, mais elle demande de changer ses propres critères esthétiques et idéologiques pour en apprécier la portée : littérature contemporaine donc, au sens moderniste du terme, qui renouvelle en bloc les formes et les idées, et bouleverse l'horizon d'attente au moins de deux façons notables : d'une part en refusant la séparation entre le moi et le monde que les détracteurs de l'écriture de soi reprochent à ce genre – comme si la fiction était en soi libératrice, et comme si parler de soi n'était pas politique –, d'autre part en proposant une autre façon de penser la vie, totalement étrangère à la tradition française dominée par le modèle de l'intellectualisme humaniste, avec ses règles discursives propres à un monde structuré et pratiquant l'entre-soi avec une suicidaire constance.

Pour Dustan, en effet, la littérature, comme la politique, passait par le corps autant que par les formes de vie : mêlant une approche américaine, ou plus spécifiquement californienne, des problèmes à une vision nietzschéenne de l'existence, son apport ne pouvait qu'être mécompris par un milieu littéraire peu habitué à évoluer hors des séparations strictes entre les formes et les idées, a fortiori lorsqu'elles s'expriment de façon irrespectueuse. La défiance vis-à-vis de l'autobiographie est alors d'autant plus grande que, corrélant l'intime à une critique forte du monde établi, elle devient, au sens précis du terme, politique.

Considérer Dustan comme un intellectuel d'un nouveau type, c'est en outre s'exposer à un déni certain, tant l'idéologie française n'admet à ce

---

1. Voir notes en page 28.

titre que les gens titrés. Or Dustan, s'il faut dérouler son *curriculum vitae* (qu'il transformera en véritable genre littéraire dans *Génie divin*), n'était pas n'importe qui : lauréat du concours général, diplômé de Sciences politiques, énarque, magistrat auprès du Tribunal administratif, et *last but not least*, essayiste et écrivain, il a reçu l'éducation de la bourgeoisie éclairée, celle qui peut décider d'entrer en révolte contre l'ordre établi. Certes, la première trilogie est exempte de toute référence intellectuelle : presque aucun nom de penseur n'y est mentionné, mais plutôt des groupes de musique et des vedettes de la culture *underground*. Qui ne voit qu'il s'agit là d'une absence délibérée, dont la raison d'être est moins une ruse qu'un programme ? Dustan voulait donner la précellence à tout ce qui est méprisé par la culture logocentrique de l'Occident. Tel le *disc-jockey* qui anime les soirées, Dustan s'est fait l'un des apôtres effectifs de l'hédonisme occidental, quitte à oblitérer le fait essentiel, justement relevé par David Vrydaghs : « Personne n'a dit que Dustan était un intellectuel[2]. » Puisse cette édition réparer une erreur aussi grossière, due au snobisme (à moins qu'il ne s'agisse de provincialisme) intellectuel français.

Troisième élément problématique, l'appartenance de Dustan au monde homosexuel a également brouillé sa réception. La ruse du milieu littéraire consista à le réduire à un trublion interne à ce champ bien défini, comme si les homosexuels étaient des gens qui ne s'intéressaient qu'à des problèmes homosexuels. Toute l'histoire des idées prouve le contraire : si la société connaît quelques avancées salutaires, c'est bien aux minorités qu'on le doit, à partir du moment où leur combat concerne l'ensemble de la société, qu'il atteint par ricochets. Encore faut-il que ces minorités soient porteuses d'un projet qui les dépasse et, loin de les réduire à un intérêt de caste, bénéficie à la collectivité : l'engagement de Dustan fut entièrement motivé par cette croyance. Son coup de maître fut de produire une littérature universelle à partir d'une position ultra-minoritaire au sein même d'un milieu marginal. Il confirmait par là la réflexion de Pierre Bourdieu sur l'importance de « mettre au service de l'universel les avantages liés au particularisme[3] », mais au prix d'une position très particulière dans le champ de la pensée *gay*.

Entrée en scène

Mort par embolie pulmonaire le lundi 3 octobre 2005, William Baranès, *alias* Guillaume Dustan, était entré en scène en 1996, à l'âge de trente et un ans avec *Dans ma chambre*, le premier d'une série de huit livres publiés en huit ans, auquel il faut ajouter un énorme inédit, qui sera proposé dans le troisième et dernier volume des *Œuvres*. Production en rafale, sans doute inégale en quantité et en qualité, mais témoignant d'une évidente énergie, d'une dépense qui est à la fois celle de la jeunesse et de l'urgence, de la lutte contre la mort et de la nécessité de prendre la parole. L'étonnante diversité stylistique de Guillaume Dustan parle en sa faveur : les trois premiers textes relèvent d'une écriture néo-clinique, que travaille une sensibilité constante perçant sous la pauvreté volontairement crue et cruelle des scènes sexuelles. Le deuxième acte est celui de l'explosion amoureuse et politique, où l'écriture autobiographique assume en toute liberté une créativité foutraque. Le troisième et dernier moment, qu'on pourrait appeler de reflux, renoue avec une sorte de classicisme propre à la tradition moraliste dont on ne pouvait prévoir la présence dans les premiers textes. Œuvre certes imparfaite au regard de l'esthétique de la mesure, mais incontestablement vivante. Ces trois phases d'écriture, on s'en doute, ne sont nullement des « exercices de style » formalistes destinés à satisfaire la virtuosité de l'auteur et le plaisir culturel du lecteur. Dustan fut toujours anti-formaliste, vouant aux gémonies une certaine littérature héritée des principes modernistes de l'autoréférentialité. Il fut en revanche un véritable expérimentateur de formes, ce qui devrait à soi seul le définir comme écrivain. L'œuvre de Dustan est donc le fruit concentré d'une évolution rapide, remarquable par son côté plastique.

Ce premier volume se compose des trois premiers titres parus aux éditions P.O.L, *Dans ma chambre*, *Je sors ce soir* et *Plus fort que moi*. La cohérence stylistique est nette et se laisse déduire de ces titres simples qui imposent leur marque immédiate. Dans cette trilogie qu'on pourrait qualifier, sur le modèle des paroles de chansons ou des films, d'« explicite », se trouve exhibé, sans précautions aucune, le monde du sexe homosexuel et des plaisirs illicites de la nuit. Loin d'être anecdotique, ce premier opus s'inscrit dans une véritable tradition littéraire en même temps qu'il pose au sujet contemporain des questions fondamentales. On ne peut pourtant pas dire que la réception de son œuvre fut à la hauteur de ses ambitions. Dédaigné par la critique, ignoré de l'Université, la réception de Dustan fut essentiellement médiatique[4]. De même, le relatif silence dans lequel le tiennent aujourd'hui encore les représentants des *queer studies*, plus intéressées par les sempiternels problèmes de genre et de luttes stratégiques pour la reconnaissance, s'explique au moins de deux façons : d'abord par la supériorité esthétique de Dustan sur ses prédécesseurs et/ou ses concurrents. D'autre part, et de façon plus objective, il est vrai que Dustan vient un peu avant l'explosion de la réception française de la problématique *queer*, à laquelle il apportera d'ailleurs ses propres vues – favorables – dans les ouvrages ultérieurs. Mais en 1996, Dustan est d'abord un homme qui cherche son salut dans l'écriture, un jeune écrivain soucieux de faire exploser les cadres traditionnels du récit et les représentations de la vie homosexuelle.

Questions de sexe

La question fondamentale de l'identité (homo)sexuelle est au cœur de l'œuvre de Dustan – elle fait tenir ensemble la première trilogie, et nourrit la seconde. Il était logique qu'il commençât par écrire sur ce qui le travaillait. Le caractère polémique et dérangeant de ses premiers livres tient alors à cet implicite majeur, qui ne quittera Dustan que partiellement et progressivement : l'homosexualité est une identité spécifique. Déclaration qui fera peut-être sourire, mais sans laquelle il est probable qu'on ne comprenne pas la geste de Dustan. Or, cette identité, avant de fonder une culture (ce que démontrera Dustan dans la trilogie politique), est bien de nature sexuelle. C'est à partir de là que tous les malentendus commencent.

Mon hypothèse est donc la suivante : si Dustan a été peu ou mal reçu, c'est d'abord parce qu'il réaffirme le caractère identitaire de l'homosexualité, que les études *queer*, inspirées par la pensée de Deleuze et de Foucault, se firent fort de déconstruire à partir des années 2000. Autrement dit, pour la pensée *queer*, Dustan reste arrimé à des problématiques qu'elles supposent, à tort, dépassées. La réfutation des termes « homosexuel » et « hétérosexuel » est un *topos* obsessionnel des disciples de Foucault, répétant à l'envi qu'il s'agit là de constructions historiques récentes (le mot « homosexuel » date de 1869) appartenant au discours médical qui aurait eu vocation à surveiller les homosexuels pour mieux les punir. Sans anticiper une discussion qui déborde le cadre de cette préface, remarquons d'abord qu'un terme n'a pas vocation à être discrédité par le contexte de sa production. Il y a dans le terme « homosexuel » une insistance sur la dimension sexuelle de l'identité qui n'est pas nécessairement le signe d'un enrégimentement essentialiste, et qui ne trahit pas forcément le fichage médical et psychiatrique. Pour le dire autrement, il y a aussi une affirmation vitaliste de l'identité sexuelle dans ce mot – qui est précisément à l'œuvre dans les premiers volumes de la trilogie. Dans un entretien avec Michel Foucault, le cinéaste Werner Schroeter faisait remarquer à ce dernier que « s'il y a une chose dont je n'ai jamais souffert dans ma vie, c'est bien de l'homosexualité[5] ». C'est cette image-là de Dustan que l'on préférerait transmettre plutôt que d'entrer dans une logique systématique de défiance à l'égard des identités au motif qu'elles seraient enfermantes.

Certes, il y a bien quelque chose d'excluant dans la notion d'identité, notamment pour ceux qui ne font pas partie du groupe en question : c'est l'argument constant des humanistes, pour lesquels le risque de communautarisme ferait peser un danger sur la collectivité en mettant en avant la notion d'identité, génératrice d'un dissensus au sein de la vie collective. Mais outre que la critique de ce faux universalisme a été menée avec une logique moins abstraite et par les déconstructeurs modernes (Derrida, Barthes, Lacan, Foucault) et par les penseurs des études *gay* et lesbiennes vis-à-vis desquels la dette de notre auteur est certaine, pour Dustan, c'est bien la dimension sexuelle de l'homosexualité qu'il s'agit d'abord de valoriser et de représenter : ce serait brûler les étapes que passer directement aux réflexions sophistiquées sur la post-identité en niant le caractère nécessaire d'une exposition précise des plaisirs physiques. Déconstruire l'identité présuppose qu'on en ait une : il était impossible à Dustan de faire l'économie de cette étape dans la mesure même où le monde social reposait (et repose encore) sur une homophobie[6] indéniable.

Autrement dit, Dustan est « *gay* » mais il est aussi, et d'abord, « pédé ». Car enfin, c'est ôter à l'homosexualité sa dimension pleinement subversive que de la considérer hors sexe, comme une pure abstraction : si peu d'hétérosexuels aiment lire Dustan en raison d'une réticence compréhensible devant la représentation de la sexualité de l'autre monde, et si Roland Barthes n'aimait pas le Surréalisme à cause de sa composante homophobe et gynophile, c'est bien la preuve que l'exposition du corps ne va pas sans poser le problème de l'adresse au lecteur. Le risque majeur d'une désexualisation de l'homosexualité est d'ouvrir celle-ci à un pur folklore, parfaitement toléré par la société libérale. Pour Dustan, la représentation du sexe, notamment sous sa version *hard*, a quelque rapport avec une lignée sadienne ou bataillienne, non dans le système qui la sous-tend, mais dans la croyance en un potentiel libératoire propre à la crudité. C'est cru, donc c'est vrai, pourrait-on dire de toute œuvre autobiographique réussie. Si Dustan n'a pas eu à craindre la censure, c'est à celle du goût, également redoutable, qu'il s'expose en premier. Comme souvent, il résume le problème de la définition de soi en termes définitifs : « Je préférais "pédé". *Gay*, ça faisait quand même trop *clean*, trop amerloque. Pas assez *hard*. Enfin quand *queer* est arrivé, j'ai quand même commencé à faire la gueule. Dix ans pour construire une identité et il fallait tout changer[7]. »

La condamnation quasi unanime de la dimension identitariste de la sexualité est un de ces réflexes propres à la *doxa* du moment, partagée et construite par la majorité des acteurs du champ littéraire et théorique. Il ne s'agit pas de dire que Dustan est essentialiste, mais de montrer qu'il a dû, pour construire son identité, en passer par une phase d'affirmation qu'on pourrait qualifier d'essentialisme stratégique de la différence des sexualités : avant d'engager une déconstruction de l'identité sexuelle, il faut bien d'abord se construire soi-même, c'est-à-dire assumer ce qu'on est pleinement. Pour ce faire, il convenait de trouver la forme de cette identité et, partant, de rejeter l'héritage littéraire antérieur. Autrement dit, passer d'une question de sexe à une question de genre.

Questions de genre

Il se trouve que les deux sont intimement liées. Le sexualisme de Dustan ne pouvait pas trouver de meilleur écho que dans l'autobiographie puisque celle-ci est par essence le genre littéraire où se joue la question de l'identité. Or, en nouant une image sulfureuse de l'homosexualité à une conception polémique de l'écriture de soi, Dustan rencontrait deux types d'obstacles, littéraire et théorique.

La mention générique « roman » des trois premiers volumes est en effet problématique. Seule une convention éditoriale en justifie ici l'usage, qui fonctionne d'autant plus fortement pour un premier texte publié par un inconnu, a fortiori sous pseudonyme[8]. Car *Dans ma chambre*, pas plus que les ouvrages suivants, n'est un roman. À moins de considérer que « roman » n'est pas un nom de genre spécifique mais est devenu le synonyme de « littérature », résultat d'une évolution historique qui a conduit à l'écrasement du système des genres, l'œuvre de Guillaume Dustan est fondamentalement anti-romanesque : c'est là l'une des composantes de sa modernité, et de son inscription dans le panorama littéraire français des années 1990-2000, marqué par l'écriture de soi. Comme il s'en expliquera plus tard dans *Génie divin*, « le romancier est par essence réactionnaire (au contraire de l'auto(hagio)biographe, qui cherche à aller mieux. » On ne saurait être plus clair. Dustan appartient à la lignée anti-fictionnaliste de la littérature française, celle des avant-gardes[9].

D'aucuns pourraient trouver quelque peu casuistique le débat générique : il se trouve qu'il est crucial pour saisir l'apport de Guillaume Dustan au contexte littéraire de son temps et pour comprendre une exigence de vérité qui est au cœur de son projet : décrire sa vie le plus directement possible, en *live*, seule condition possible pour conjurer la mort avec laquelle il a engagé une partie d'échecs depuis l'annonce de sa séropositivité, effectuée de manière indirecte dès le premier *opus*. Certes, il n'est pas le premier à utiliser la littérature dans cette optique cathartique ; l'œuvre de Dustan fait aussi partie des écrits du sida, elle s'inscrit dans un moment historique précis et dans un registre proche du documentaire à la première personne. Mais là où la fiction protège l'auteur, par le recours à un narrateur dissocié de sa propre expérience, le récit autobiographique expose le sujet à une prise de risques dont la théorisation remonte aux années 1930, dans la préface de *L'Âge d'homme* de Michel Leiris. Surtout, le choix autobiographique est le signe d'une conscience très forte des enjeux esthétiques de l'époque, caractérisée par « un contexte post-soixante-huitard, et postfreudien, de la libération de la parole et des mœurs [10] ». Il serait donc réducteur d'appréhender Dustan sous le seul angle de son appartenance aux récits de maladie, voire même un contresens. Car ce qui émerge de son œuvre, qui ne pouvait passer ni par le romanesque ni par le recours au simple témoignage, c'est une extraordinaire vitalité, portée par une écriture singulière autant que par un projet global, qui s'affirmera à partir du quatrième livre, *Nicolas Pages*. Dustan est bien l'héritier d'une tradition autobiographique à la française, mais il la rénove en lui faisant passer l'épreuve de la frontalité.

Dustan face à la littérature gay

De cette frontalité, Dustan a trouvé la forme littéraire adéquate : c'est ce qui le rend incontournable pour qui veut se pencher sur cette période de la littérature, car Dustan a tué la mauvaise littérature *gay*, celle qui n'avait pas trouvé les moyens justes de sa représentation. Certes, il existe des textes intéressants sur cette période, mais ils sont peu nombreux, tels le *Cargo vie* de Pascal de Duve ou le *Corps à corps* d'Alain-Emmanuel Dreuilhe, que, du reste, Dustan mentionnera[11]. Mais ces textes relèvent d'une sorte d'isolement pathétique, presque étranger à la naissance d'un véritable contexte *gay* dont Dustan, que ses détracteurs le veuillent ou non, a été l'un des principaux acteurs. Incapables de sortir du motif de la *deploratio* liée au sida, ces témoignages donnent lieu, dans le meilleur des cas, à une sorte d'autoanalyse psychologique, comme l'émouvante *Histoire de ma mort* de Harold Brodkey[12], ou les plus contestables *Nuits fauves* de

Cyril Collard, roman réaliste rempli de complaisances[13]. L'angle littéraire dustanien, à la fois direct et phénoménologique, change entièrement la donne. Par contraste, on mesurera la désuétude des positions d'un Gilles Barbedette, continuant à croire au potentiel infini de la fiction, qui a sa valeur propre[14], mais restait une forme antérieure pour écrire un phénomène nouveau. Ainsi, la littérature du milieu des années 1990 se trouve-t-elle revivifiée par un jeune inconnu, qui faisait toutefois partie d'une histoire dont aucune étude globale ne semble rendre compte[15].

Il y a souvent un décalage entre la littérature et les théories : alors que la proclamation de l'identité homosexuelle paraissait acquise pour les théoriciens nord-américains puis leurs avatars français, aucune représentation littéraire contemporaine ne semblait en 1996 en avoir donné une image forte. En dehors de quelques amateurs, qui avait lu Renaud Camus, l'un des modèles de Dustan, avant que n'éclate « l'affaire » qui devait le mettre au goût du jour et le discréditer en même temps ?[16] Seul Hervé Guibert avait connu un succès populaire, mais la vision qu'il donnait de l'homosexualité restait, pour notre auteur, imparfaite en ce qu'elle appelait à une certaine forme de compassion indexée sur la question du sida en même temps qu'un penchant pour la trahison dont on n'a guère jusqu'ici donné de lecture satisfaisante. Guibert présentait de l'homosexualité une vision sans doute trop peu homosexuelle et certainement pas « *gay* », entendez par là subversive et politique, ce qui fut la raison de sa notoriété. Ou, pour le dire autrement, selon un témoignage de Philippe Mangeot rapporté par Frédéric Martel dans son histoire de l'homosexualité : « Je suis entré à *Act-up* contre Hervé Guibert[17]. » Dustan allait radicaliser l'auteur d'*À l'ami qui ne m'a pas sauvé la vie* en le politisant ; il s'en fit le successeur dans un style autrement explosif. Là où Guibert associait une écriture, dont la qualité tient à l'aspect classique, à une image acceptable de l'homosexualité, notamment en ce qui concerne le sida présenté comme un drame injuste, Dustan fut reçu de façon problématique. Adoptant une esthétique plus proche d'un Dennis Cooper ou d'un Bret Easton Ellis, auteurs alors peu admis en France, Dustan fut minoré en tant qu'écrivain. On vit en lui d'abord un provocateur : certes, par ses prestations médiatiques, il contribua largement à cette image de soi, mais, et c'est l'une des raisons de cette édition, l'on ne peut occulter ni les qualités proprement littéraires de son œuvre ni les raisons d'un combat qui dépasse un peu sa simple personne. La radicalité du style de Dustan, héritée d'une histoire littéraire et politique, fit la différence entre lui et les autres.

Une entreprise libératoire

L'idée selon laquelle l'homosexualité était désormais bien acceptée lui paraissait inacceptable, Dustan prit le contre-pied d'une conception discrète de celle-ci. Il lui fallait d'abord représenter sa condition telle qu'il la vivait, une fête sexuelle sans fards, à la fois joyeuse et macabre, mais par où se constitue le « sujet Dustan ». Cette première trilogie est le récit d'une libération vis-à-vis du monde hétérosexuel, puritain et normé avec lequel Dustan avait déjà rompu comme homme mais pas encore comme écrivain, à la naissance duquel on assiste ici : la vertu première de son œuvre tient à cette forme de simplicité, de brutalisme, qui fait passer la dépense avant toute chose. Position presque « bataillienne », où le culte du plaisir mêlé d'une sorte de confiance en son destin est l'autre versant d'une identité menacée, mais aussi constituée par le sida. Si Dustan n'évacue pas la question de la maladie (le mot « sida » est cependant rare dans les trois premiers textes), celle-ci est détournée en puissance paradoxale de vie. Aussi délicat que cela puisse paraître, le fait de se savoir malade a conduit Dustan à une naissance littéraire, l'urgence d'écrire étant libérée par la menace de la mort[18].

Ne pas indexer tout de suite la question de l'homosexualité sur celle du sida mais sur celle du sexe, à l'inverse d'Hervé Guibert, son grand prédécesseur, c'était déjà occuper une position ambiguë vis-à-vis de la *doxa* communautaire pour laquelle on ne pouvait pas dissocier homosexualité et sida, et dont la responsabilité allait être le maître mot. C'est la représentation même de l'homosexualité qui était engagée par le vitalisme d'un Dustan entrant en littérature d'une façon intensément subjective – intensité qui a pu ouvrir son œuvre à un lectorat auquel elle n'était pas a priori destinée. Pour autant, cette vision hédoniste n'est en rien un déni de la situation concrète du sida dans ces années 1996-2000 marquées par une importante résurgence de la maladie ; mais, et c'est là décisif, il ne fallait pas entrer en littérature par la seule question de la souffrance, de la culpabilité et de la mort. Si elles sont évidemment présentes au point de figurer le négatif de son œuvre, Dustan a refusé de réduire l'homosexualité à cet *ethos*-là, moyennant quoi il a brouillé les pistes. En opposition avec les thèses qui cherchent à minorer le fait homosexuel pour le verser dans la seule culture, Dustan a d'emblée incarné une position très ambivalente dans le champ homosexuel, révélant les querelles internes du ghetto, qu'il allait maximaliser par la suite avec des prises de position qui le mirent au ban de sa propre communauté[19].

Dustan apparaît donc comme un perturbateur, qui vient défaire les certitudes. Bien qu'il agisse, à certains égards, comme un continuateur des thèses inspirées de Michel Foucault en matière de culture *gay*, il ne peut en aucun cas être rattaché à lui concernant la double question littéraire et sexuelle. C'est par cette situation contradictoire vis-à-vis de l'horizon d'attente intellectuel que réside sans doute l'aspect le plus passionnant de l'apport de Guillaume Dustan.

Foucault or not Foucault ?

Concernant le choix du genre autobiographique, la position dustanienne est donc claire puisqu'elle est gagée sur une nécessité, qui est le critère de sa valeur littéraire ; c'est l'horizon d'attente intellectuel qui ne l'est pas. Tâchons donc de démêler cette épineuse question. Michel Foucault a, dans un paradoxe génial, montré dans son *Histoire de la sexualité* le changement de paradigme opéré par la modernité : le sexe, loin d'être réprimé par la société occidentale, serait devenu le lieu privilégié de son discours : « L'homme, en Occident, est devenu une bête d'aveu [20]. » Foucault propose d'abandonner ce qu'il appelle l'hypothèse répressive, qui consiste à penser que le sexe a été l'objet d'un tabou massif, au profit d'un vaste programme d'incitation verbale : « Un impératif est posé : non pas seulement confesser les actes contraires à la loi, mais chercher à faire de son désir, de tout son désir, discours [21]. » La naissance du genre autobiographique, datable à la fin du XVIIIe siècle, découle de la volonté de savoir. Mais si l'expression de soi s'est substituée à la littérature d'imagination, on sent bien que pour Foucault, c'est une menace. Ce point a rarement été discuté, alors même qu'il est capital [22]. En effet, l'écriture de soi ne peut se comprendre, dans une perspective foucaldienne, que comme un piège destiné à amener le producteur du discours à lier sexe et vérité, et partant, à tomber sous le coup d'un assujettissement qui profite au pouvoir tout en donnant au sujet l'illusion d'exister. Selon Foucault, l'Occident moderne, loin de le réprimer, nous enjoint à parler de sexe, moyen subtil qu'a trouvé le pouvoir de contrôler celui-ci par la production de discours intarissables et sophistiqués comme le droit, la psychanalyse, ou la médecine. La Littérature n'échappe pas à ce mouvement d'intériorisation dérivé de la confession chrétienne, qui informe la production autobiographique dans un sens judiciaire : « le mal a dû s'avouer en première personne [23] ». Or toute la conception de Foucault relève d'une défiance vis-à-vis de l'idée que le sujet pourrait se libérer en racontant sa sexualité, raison pour laquelle l'auteur des *Mots et les Choses* valorisera d'autres formes, impersonnelles, de littérature. Très méfiant vis-à-vis de la notion de sujet, le premier Foucault a été marqué par l'héritage structuraliste. Fortement influencé par Maurice Blanchot, pour qui, de même, le « je » est toujours un « il », Foucault a choisi pour auteurs d'élection, dans la première partie de sa carrière, des auteurs aux marges, tels Hölderlin, ou Raymond Roussel, car il s'intéressait surtout au nouage entre littérature et folie. Il évoluera par la suite, en acceptant l'écriture de soi à condition qu'elle soit l'œuvre d'anonymes ou de déclassés situés hors de l'institution littéraire[24]. Il se désintéressera surtout de la Littérature à mesure qu'il se consacrera à l'étude du Pouvoir.

Écriture de soi, écriture du sexe

Avec le motif sexualiste qui est passionnément le sien, Dustan vient heurter la *doxa* foucaldienne selon laquelle l'hypothèse répressive, trop simpliste, serait bonne à jeter aux oubliettes. En effet, Dustan n'a cessé de réaffirmer la dimension selon lui intrinsèquement répressive de la société occidentale moderne : répression du corps, répression du sexe, répression de l'homosexualité. Le combat politique de Dustan aura été de contester la répression dans les faits, son combat littéraire d'en désagréger la justification. Du point de vue de la société, la répression est inévitable (Freud l'a montré), mais Dustan, écrivain engagé, a cherché à en limiter les effets, au risque, diront ses adversaires, d'une évidente naïveté, et, de façon plus tragique, au risque de sa propre vie. Certes, Foucault ne dit pas qu'il n'y a pas eu répression, mais que la mise en discours du sexe a été la véritable opération politique d'assujettissement, terme à entendre au double sens, contradictoire, de production des sujets et de leur domination. À cet égard, la littérature dustanienne affole le paradigme foucaldien : car Dustan croit non seulement à la possibilité de faire reculer la répression (peut-être est-ce même une des motivations profondes de son écriture) mais aussi que l'autobiographie est le meilleur moyen littéraire pour le faire – autre point de différence avec Foucault, selon qui l'écriture de soi est doublement problématique.

D'abord, par la nature de son dispositif confessionnel. Pour Foucault, l'aveu est un genre piégeant dans la mesure où il reconduit la coercition à laquelle le sujet croyait échapper. Le cadre discursif viendrait contredire l'éventuelle affirmation du sujet homosexuel, comme si, en se désignant comme tel, celui-ci donnait à la société les gages publics de son identité et, à terme, de sa domestication. L'extériorisation de l'intériorité, qui définit l'autobiographie, serait donc la procédure par laquelle le pouvoir feint de libérer le sujet d'une situation qu'il a en fait constituée. Deuxièmement, la pensée moderniste a complètement discrédité la triple alliance Vérité-Sujet-Auteur que suppose l'autobiographie. Or, les années 1980 sont incompréhensibles si l'on ne voit pas que ce triple interdit a désormais sauté : si Dustan est l'héritier des années 1960 sur le plan de la contre-culture (et s'inscrit dans la filiation, revendiquée, de mai 68), il est impossible en revanche de le rattacher au modernisme structuraliste et/ou marxiste qui croyait avoir éliminé l'écriture de soi comme illusion pure, mythe petit-bourgeois ou contre-projet réactionnaire. Pour un homme né en 1965, les thèses anti-subjectivistes étaient devenues une injonction telle que ses principaux zélateurs, Barthes ou Foucault, allaient même les remettre en question dans la seconde partie de leur existence, en amorçant un paradoxal « retour au sujet[25] ». Dustan, comme Guibert, est influencé par Barthes et Foucault, mais à la différence de ses disciples, il a compris que le meilleur moyen de les transmettre, c'est de les trahir : l'autobiographie frontale fut la forme de cette trahison.

En effet, le contexte littéraire et culturel dans lequel fut formé notre auteur va rendre caduc ce double grief. Pour Dustan, comme pour les gens de ma génération, le cadre structuraliste n'était plus opératoire depuis longtemps, et l'écriture de soi allait être la forme historique grâce à laquelle l'enterrer. Le succès de l'écriture de soi est entre autres une réaction interne au champ littéraire gouverné par les diktats épuisés d'une « mort de l'auteur » bien hypothétique. Les années 1980 furent le moment de ce renversement théorique ; les textes allaient suivre. Quant au premier aspect de la thèse, il oblitère la spécificité du discours littéraire et tait la conséquence décisive de l'autobiographie : la puissance de celle-ci se mesure à l'aune de sa capacité à s'auto-produire, à créer une image de soi allergique au Pouvoir. Par son désir de libération et ses effets sur le lecteur, elle tire sa force esthétique et politique de ses contraintes mêmes. Tous les textes autobiographiques mus par cette nécessité du dire sont peut-être voués à l'échec, mais où se situe, en littérature, l'échec ?

La littérature ou la philosophie

Que l'autobiographie soit une fiction, un mensonge ou un piège discursif est peut-être valable au plan théorique, mais la supériorité de la littérature sur la philosophie est que la pratique de l'écriture vient remettre en cause les certitudes de penseurs qui n'hésitent pas, on l'a vu, à évoluer sur ces questions[26]. Autrement dit, tant qu'on n'en a pas fait l'expérience, l'écriture de soi semble une naïveté théorique, un piège conceptuel dont le structuralisme avait cru montrer les limites ; à partir du moment où l'on s'y livre avec sérieux (et il est clair que pour Dustan écrire était loin d'être un simple jeu), les choses changent du tout au tout : car l'effet produit sur le lecteur, dès qu'il y a véritable engagement de l'écrivain dans sa pratique, vient faire voler en éclats les constructions intellectuelles de penseurs pour lesquels Dustan avait de l'estime, en bon enfant des années 1960, mais qui dans leur intellectualisme trop marqué avaient suscité une certaine réserve chez les gens de sa génération.

L'une des nombreuses raisons pour lesquelles les néo-modernes ont mal reçu (ou ignoré) Dustan tient à sa passion de la transparence, suspecte en ce qu'elle postule une trop grande adhésion du sujet à lui-même : l'expression directe du moi paraissait une voie condamnée d'avance par la tradition philosophique de la déconstruction. Mais ce qui est vrai en philosophie ne l'est pas en littérature : la « vérité » est déjà, dans cette discipline, impossible en raison de sa subjectivité intrinsèque, ce qui, par un coup de manivelle retors, la rend justement nécessaire et touchante au second degré : l'inconscient de la Philosophie, c'est la Rhétorique ; celui de la Littérature, c'est la Vérité. Cet effet de vérité donne bien au discours dustanien son ton et sa vertu particuliers, par la plongée au cœur d'un monde qu'il connaît, mais aussi par l'authenticité énonciative de celui qui nous y guide. Condamner Dustan au nom d'une idéologie anti-autobiographique, c'est faire l'impasse sur les raisons propres à ce discours, à son contexte, et aux moyens par lesquels il les mit en œuvre. L'approche philosophique du texte littéraire se heurte souvent aux mêmes obstacles de principe, puisqu'elle invalide d'emblée l'idée de parler de soi, considérée comme une illusion, a fortiori si la notion de vérité s'articule à celle de sexe.

L'affirmation de l'homosexualité a beau être un stade « dépassé », si l'on en croit les analyses qui considèrent que les identités homo- et hétérosexuelles sont des créations discursives plus embarrassantes que libératrices, il n'en reste pas moins qu'au plan individuel, c'est-à-dire littéraire, Dustan, jeune écrivain de trente ans, ne pouvait pas ne pas en passer par une autoscopie libératoire. On sait aujourd'hui que la « *queer theory* » cherche à créer des identités inassignables, identités de genre plus que de sexe. Mais au moment où Dustan arrive sur la scène littéraire, au milieu des années 1990, ces sophistications conceptuelles sont encore mal connues. Surtout, elles ne tiennent pas devant l'urgence créatrice. Il était impensable que Dustan ne fasse pas allégeance à la double notion d'identité et de vérité, quitte à les critiquer et les dépasser ultérieurement.

C'est donc bien parce qu'il a vécu dans sa chair la stigmatisation de l'homosexualité que Dustan ne pouvait faire autrement que de la proclamer sur un mode outrancier. C'est parce qu'il a vu dans la préférence (homo)sexuelle la clé de son moi qu'il a éprouvé le besoin de produire un discours offensif contre une société jugée normative. En face de cette auto-affirmation salutaire, les spéculations sur le bien-fondé de l'hypothèse répressive paraissent bien légères, pour ne pas dire plus. Il est de fait que l'histoire de l'homosexualité moderne est celle de sa répression/libération ; il est certain que l'autobiographie fut prise pour « l'art de ceux qui ne sont pas artistes[27] ». Il est donc facile d'arguer aujourd'hui d'une normalisation de l'homosexualité (et de l'« autofiction ») pour renvoyer Dustan au magasin des accessoires. Formidable capteur de son époque, Dustan était aussi en avance sur elle : moderne donc, au sens baudelairien, qui ne dédaignait ni la mode ni l'éphémère parce qu'en eux s'exprime la vérité d'une époque, Dustan cherchait aussi les moyens de son dépassement par la perpétuelle remise en question de soi.

Oui au sexe roi

La dimension cristalline de son œuvre conjugue deux nécessités indissociables : rendre visible une image non consensuelle de l'homosexualité, inventer une écriture qui en soit l'expression la plus directe. L'exposition du sexe, vue non comme un moyen de surveillance du corps, mais comme l'affirmation de son primat, est le premier pas d'une esthétique politique. À un niveau général, par le potentiel que recèle le désir lui-même ; mais ce thème, déjà ressassé chez les hétéros, ne serait rien sans sa composante homosexuelle. Dustan décrit la sexualité homosexuelle comme immédiatement accessible, *topos* également connu, mais que jamais personne n'avait montré aussi sauvagement. Il est clair que cet accès direct au plaisir a quelque chose de fascinant, qui justifie une lecture d'empathie ou de rejet. Dustan est un libertaire sexuel : en présentant cette image-là de l'homosexualité masculine, il s'exposait à des réactions contrastées. D'un côté, une approche moralisatrice, assez répandue, dénonçant la dimension orgiaque, qui serait psychanalytiquement appréhendable en termes de pulsion répétitive et finalement morbide. D'un autre côté, une inquiétude quant à l'effet d'une telle peinture sur la société. Foucault avançait déjà curieusement en 1981 que « présenter l'homosexualité sous la forme d'un plaisir immédiat est une des concessions que l'on fait aux autres[28] ». Selon le philosophe, qui s'est alors détourné de la figure de Sade et rejette la notion de désir[29], cela revient à bâtir de l'homosexualité une « image proprette qui perd toute virtualité d'inquiétude[30] ». Or, la première trilogie de Dustan est à l'opposé de cette double critique. Non seulement il s'agit pour notre auteur de maintenir l'idée d'une subversion propre à la sexualité, mais encore de montrer que le régime libéral du sexe est dirigé contre l'ordre puritain et familialiste qui est au cœur de ce qu'il appellera, à la suite de Monique Wittig, « le système politique de l'hétérosexualité[31] ». Les réactions négatives à l'endroit de Dustan sont aussi fréquentes chez les hétérosexuels qui voient dans la débauche une aliénation et une négation de l'autre que chez certains homosexuels effarés de la caricature que Dustan ferait de leur milieu. Ainsi Dustan favoriserait-il l'homophobie en peignant le monde homosexuel sous un jour « décadent ».

Selon nous, l'œuvre de Dustan n'est ni décadente (*topos* réactionnaire) ni proprette (cela va sans dire). Elle s'inscrit au contraire dans une tradition esthétique anti-illusionniste héritée de Rousseau et une lignée libertine-utopiste plus inspirée de Herbert Marcuse et de Wilhelm Reich que de Foucault, et contemporaine de la montée en puissance de la *world*-culture adolescente. C'est la raison pour laquelle l'hypothèse puritaine paraît bien plus solide, dans sa constance même, que son refoulement ou sa négation. La dépense sexuelle à laquelle Dustan s'est livré témoigne bien d'un double anathème initial jeté et sur la sexualité et sur l'homosexualité. Il le dira très clairement par la suite, quand son œuvre prendra un tour nettement discursif, accusant l'éducation reçue et spécialement l'ordre autoritariste du père. Là encore, c'est aller trop vite que de considérer le dogme paternel comme désormais inopérant. La loi du père est au contraire formatrice de la sensibilité et de la révolte que Dustan mènera d'une façon extrêmement violente dans *J'accuse la loi*, son grand œuvre inédit et amputé à la fois, devenu *LXir*.

On ne comprend pas l'entreprise de démolition du puritanisme chez Dustan, si on ne la rapporte pas à sa dénégation foucaldienne[32]. On passe à côté du sens de son projet si on ne voit pas qu'au moment où il prend la plume, un nouveau conservatisme se met selon lui en place, celui de la « gauche réactionnaire », qui, ayant renié les principes de mai 68, adopte une position « morale » qui la droitise de fait[33]. La contestation du néo-puritanisme de la société française ne pouvait donc se faire que sous une forme violente, à l'image du degré de répression que Dustan lui impute. Évidemment, un lecteur qui reste insensible à l'idée d'une gauche régressive jugera les textes de Dustan comme autant d'inutiles provocations ; il verra dans cette littérature le produit même de ce à quoi elle s'adosse. Mais dans ce cas, c'est toute la littérature contemporaine et sa soif d'exhibition qu'il faudra jeter par-dessus bord, de Christine Angot à Virginie Despentes, de Catherine Millet à Annie Ernaux. Plutôt que cette solution sacrificielle, nous préférons penser que l'exposition du sujet, loin d'être un pur effet de mode, correspond à une nécessité d'époque, dont l'expression « prise de parole », empruntée à Michel de Certeau[34], rend assez bien compte. L'écriture de soi dustanienne, qui mêle prise de parole et exposition du corps sur le mode d'une immédiateté travaillée mais accessible à tous, est une position que l'auteur présentera explicitement dans la seconde trilogie. Quant à la pornographie – envisagée ici au sens neutre du terme –, qui passe, à la différence des livres antérieurs, par l'autobiographie et non par la fiction (ce qui change singulièrement la donne), elle ne propose pas un érotisme raffiné destiné à émoustiller le lecteur mais un modèle de contestation où le sujet se trouve lui-même impliqué. L'œuvre de Dustan est ainsi inséparable de l'expansion dans le champ intellectuel des études *gay* et lesbiennes mais aussi des « *porn studies*[35] » et des *cultural studies*, bref de toute une novation de pensée qu'il a contribué à importer en France.

Une autre culture

Si la première action de survie opérée par Dustan fut donc de clamer son identité sur un mode fanatique, quitte à se retrouver labellisé « écrivain du ghetto » et marginalisé par ses excès mêmes, la richesse de la position dustanienne réside néanmoins dans son ambivalence. Le versant sexualiste de son identité se double en effet d'un versant culturaliste. La pensée de Michel Foucault redevient alors utile pour rendre compte de l'aspect créateur de l'œuvre de Dustan, appel progressif à dépasser la notion de sexe. C'est surtout le deuxième volet des *Œuvres*, on le verra, qui actualise cette position plus culturelle qu'identitaire. Du reste, comment ne pas saisir dans ces trois premiers livres les intensités qui assureront à Dustan une stature autre que celle de l'homosexuel de choc ? En liant la conscience de sa différence à la réalité des plaisirs d'une époque, il atteint une dimension politique et culturelle qui dépasse la pauvre notion de divertissement.

En effet, la musique sous ses formes populaires (techno, *house*, disco, *trance*, etc.), la drogue, le sexe, la danse, le *bodybuilding* ou le sadomasochisme ne sont pas pour lui de simples thèmes. Ce sont d'abord les moyens d'expansion de son moi propre, qu'il partage avec une communauté de plus en plus large, non exclusivement homosexuelle, et finalement mondiale. Le « je » devient vite un « nous », preuve que le singulier et le pluriel ne sont pas aussi distants qu'on le croit. Ces pratiques assumées et glorifiées lui paraissent les plus efficaces pour contester l'ordre puritain qu'il veut abattre et qui s'est d'après lui mis en place en France à partir de la fin des années 1980. Dustan est le seul auteur français qui ait vu dans les pratiques hédonistes les moyens de promouvoir un monde nouveau fondé sur le plaisir, dans une perspective foncièrement démocratique car ouverte à tous, et pratiquée de fait par une jeunesse en laquelle il voit une avant-garde non violente. C'est ici que s'opère le glissement de l'identité sexuelle à la culture *gay*, qui en dérive sans doute mais ne s'y restreint pas : on comprend mieux alors comment Dustan s'inscrit dans le sillage d'une politique du plaisir libérale et libertaire. Son coup de force est non seulement de l'avoir décrit et conceptualisé (ce qui fait de lui un artiste *et* un critique), mais aussi de l'avoir fait dans la forme même qui lui paraissait la plus universelle, celle de l'autobiographie écrite en style « pop [36] ».

Tous les éléments de la contre-culture dustanienne sont des armes de contestation de l'ordre ancien (qui, de fait, les réprime) mais aussi et surtout des outils de constitution d'un monde plus libre. Évidemment opposé à la droite conservatrice enracinée dans le paysage national, Dustan ne se fait cependant aucune illusion sur la gauche traditionnelle, qu'il ne cessera de critiquer plus vertement encore parce qu'elle a selon lui trahi les principes de liberté qui avaient assuré son accès au pouvoir en 1981. L'intérêt de la nouvelle culture prônée par Dustan est qu'elle fait sauter le paradigme gauche/droite en le remplaçant par un autre, progressiste/conservateur, essentiellement indexé sur les questions de société et de culture. Dustan refuse le clivage culture légitime/culture illégitime qui caractérise selon lui l'élitisme si néfaste aux sociétés prétendument démocratiques. L'affirmation sexuelle de Dustan fut aussi une sorte d'allégorie de la culture de masse ; sa littérature accessible mais scandaleuse est un programme à l'intention de la bourgeoisie éclairée, vis-à-vis de laquelle, surtout lorsqu'elle se prétendait socialiste, Dustan eut des mots très durs. C'est l'énorme question du postmodernisme littéraire et du libéralisme politique qui se trouve posée par un auteur non « à l'écoute » des revendications d'une génération qui ne se reconnaît plus dans les représentations consacrées, mais par un homme jeune qui en fait partie. On en trouvera la trace dans les préfaces consacrées aux différents textes, et le développement dans le prochain volume des *Œuvres*.

Il y a bien une évolution dans la trajectoire de Dustan, évolution précipitée, qui tire sa beauté de cette précipitation même, et qui englobe sur quelque dix ans toute l'histoire récente du mouvement homosexuel dans ses contradictions les plus fortes. L'anarchie précieuse de Dustan prend deux formes : la gloire dionysiaque du corps menacé ; la création d'une figure salvatrice de l'intellectuel anti-intellectuel. Seule une approche froidement rationnelle ou moralisatrice peut ignorer la part de subversion qu'incarne cette œuvre dérangeante, contestable mais profondément jubilatoire. La réduction de Dustan à des polémiques n'empêchera pas le lecteur de prendre plaisir à une œuvre qui exalte la vie bien plus qu'elle ne la fustige.

Après Guibert, Dustan devait créer un nouvel *èthos* homosexuel assez proche de la « *rabbia analitica* » de Pasolini, mais sur un mode « pop » et postmoderne, refusant la nostalgie de gauche et adhérant à l'idée originale d'une subversion propre à la culture de masse. Ce qui unit ces trois premiers titres, le sexe (*Dans ma chambre*), la musique de boîte (*Je sors ce soir*) et la drogue (*Plus fort que moi*) est le programme d'une jeunesse qui, selon le mot de Gombrowicz, est une « infériorité ». Le faire passer par le genre littéraire que toute l'histoire occidentale devait considérer, jusqu'à une date récente, comme un genre « inférieur », n'est-ce pas là un trait de génie ?

Thomas Clerc remercie Liza Rynkowska, Sophie Baranès, Philippe Joanny, Tim Madesclaire.

Notes

1. Christine Angot, Renaud Camus, Virginie Despentes, Annie Ernaux, Michel Houellebecq, Camille Laurens, Catherine Millet ou Marc-Édouard Nabe ont tous eu maille à partir avec la société et ont tous eu un problème de légitimité littéraire.

2. David Vrydaghs, « Portrait de l'homme de lettres en héros » dans Y. Hamel et M. Bouchard (dir) @*nalyses*, 2006, article en ligne.

3. Pierre Bourdieu, « Quelques questions sur la question *gay* et lesbienne », in *Les Études gay et lesbiennes*, Colloque du Centre Georges-Pompidou, sous la direction de Didier Éribon, 1997.

4. Ce point sera développé dans le prochain volume.

5. *Dits et écrits* II, « Quarto », Gallimard, 2001, p. 1074.

6. *Dictionnaire de l'homophobie*, sous la direction de Louis-Georges Tin, PUF, 2003.

7. Éditorial de *e.m@le*, n° 66, décembre 1999. Fonds IMEC.

8. Le recours au pseudonyme et aux substitutions nominales (qui seront révélées dans les livres suivants) n'invalide en rien la perspective autobiographique de fond. Il s'agit là simplement d'une protection qui confirme a contrario l'ancrage référentiel des textes.

9. Le terme d'autofiction, qu'il utilise assez peu, convient donc mal à son œuvre.

10. Philippe Gasparini, *Autofiction*, Seuil, 2008, p. 304. L'œuvre de Dustan est associée à la notion d'« obscénité ».

11. Le premier publié chez Lattès en 1993, le second chez Gallimard en 1987.

12. Publié en 1998 chez Grasset.

13. Publié en 1989 chez Flammarion.

14. Gilles Barbedette, *L'Invitation au mensonge*, Gallimard, 1989.

15. Le livre de François Cusset *Queer critics : la littérature gay déshabillée par ses homo-lecteurs*, PUF, 2002, ne mentionne pas Dustan.

16. *Les Spirales du sens chez Renaud Camus*, textes réunis par Ralph Sarkonak, Rodopi, Amsterdam-New York, 2009.

17. *Le Rose et le Noir : l'homosexualité en France depuis 1968*, Seuil, 1996, p. 514.

18. « À l'époque il n'y avait aucun traitement. Statistiquement, j'en avais pour cinq ans. » (*Plus fort que moi*, p. 48.)

19. Ce point sera étudié dans le second volume.

20. *La Volonté de savoir*, Gallimard, « Tel », 1976, p. 80.

21. *Ibid*, p. 30.

22. Pour un autre point de vue, voir Philippe Artières, « Michel Foucault et l'autobiographie », in *Michel Foucault, la littérature et les arts*, Kimé, 2004.

23. « La vie des hommes infâmes », in *Dits et écrits* II, p. 245. Texte de 1977.

24. Voir son *Moi, Pierre Rivière, Un cas de parricide au XIXe siècle*, présenté par Michel Foucault, Gallimard/Julliard, 1973. « L'écriture de soi », étude consacrée à la culture gréco-romaine, date de 1983.

25. Voir Frédéric Gros, *Michel Foucault*, PUF, « Que sais-je ? », 1996, « Un retour au sujet ? », p. 91.

26. Le *Roland Barthes par Roland Barthes* date de 1975. Pour Foucault, le cours au Collège de France sur *L'Herméneutique du sujet* est de 1982.

27. L'expression d'Albert Thibaudet se trouve dans son étude sur Flaubert, qui date de 1936.

28. Jean Le Bitoux, *Entretiens sur la question gay*, H&O, 2005.

29. Éric Marty, *Pourquoi le XXe siècle a-t-il pris Sade au sérieux ?*, Seuil, 2011.

30. Foucault, in Le Bitoux, *op. cit.*

31. Monique Wittig, *La Pensée straight*, (1992), Balland, « Modernes », 2001.

32. « Le sexe n'est plus aujourd'hui le grand secret de la vie », affirme Foucault *in Dits et écrits* II, p. 1352.

33. Le Parti socialiste en est pour Dustan l'incarnation.

34. Michel de Certeau, *La Prise de parole*, Seuil, 1994. Le texte est écrit en 1968.

35. Voir la préface de *Dans ma chambre*.

36. Ce point essentiel sera traité dans le second volume.

Dans ma chambre

Roman

Publié en 1996, à l'âge de trente et un ans, *Dans ma chambre,* le premier livre de Guillaume Dustan, est un livre dur : en ce sens, c'est un « premier livre », dans lequel Dustan expose les lignes d'une existence aussi brûlante que désespérée. Il y a un côté « descente aux Enfers » dans ce texte à thème quasi unique – le sexe –, et la représentation souvent insoutenable qu'il en donne explique la suspicion dans laquelle a été tenu d'emblée son auteur. Guillaume Dustan aurait aimé être un écrivain populaire ; sa radicalité l'en a empêché. S'il y a de toute évidence quelque chose de « pop » dans l'œuvre de Dustan, c'est un popisme qui ne fait pas l'économie du négatif. Andy Warhol a peint des fleurs, mais ce sont des chrysanthèmes.

Frapper fort

C'est d'abord l'écriture qui fonde l'identité d'un auteur : celle de Dustan repose sur une tension stylistique frappante entre une syntaxe minimale et un vocabulaire familier. Le style de Dustan est à la fois *trash* et froid – « *trash* », c'est-à-dire « ordurier », bien que la traduction française laisse passer des nuances de sens importantes. Description frontale du sexe, récit continu à la première personne du présent, culte des détails prosaïques, fréquence des rapports sexuels à risque, violences verbale et comportementale font penser à l'univers photographique d'une Nan Goldin ou d'un Robert Mapplethorpe dont la bande-son serait assurée par un mélange de *trance* et de *house music*. La langue de Dustan est à l'unisson : troncation de mots, anglicismes, lexique branché et/ou argotique, phrases nominales, répétitions, constructions clivées empruntées à l'oral, usage de références implicites excluant le lecteur non averti, cet ensemble assez peu soucieux de plaire construit, sur un mode provocateur, une sorte de livre-repoussoir qui n'aura pas contribué à faire de Dustan un écrivain tout public. Or, il y a dans ce geste de se couper d'un certain lectorat traditionnel – celui de l'*establishment* bourgeois, intellectuel et hétérosexuel – bien plus qu'une pose. Le refus implicite des codes littéraires et des normes traditionnelles de conduite se double d'un manifeste des pratiques d'un milieu.

Quelque chose dans l'écriture du texte dustanien résiste néanmoins à la simple classification du *trash*, qui suppose une complaisance, une stéréotypie et un manque d'humour, autant d'écueils que Dustan évite soigneusement. En effet, le *trash* vise les attentes d'un lecteur qu'il s'agit de choquer : or Dustan, sans doute parce qu'il est intéressé à la question du mal, ne fait jamais le malin. Toute sa littérature est de premier degré, et c'est précisément ce qui en fait, au-delà du dégoût qu'elle risque de susciter par moments, sa force indéniable et même, osons-le dire, sa moralité. Cette sincérité morale, qui consiste à ne pas être « non dupe », est l'une des deux formes éthiques de la modernité littéraire, l'autre étant, au contraire, le jeu ironiquement postmoderne avec les clichés et les références. Dans un premier cas, l'autobiographie ; dans un autre, l'autofiction. Dustan n'est jamais kitsch, et s'il affirmera plus tard une esthétique plus proche du *camp* ou du *queer*, tel n'est pas l'enjeu des trois premiers livres réunis dans le présent volume.

Inscrite dans son époque, jusqu'à côtoyer l'éphémère, mais le dépassant par la conquête d'une forme sensible, son écriture volontairement plate hérite d'une histoire littéraire. Procédant à la fois du degré zéro moderniste et de la parole subjective, elle fait advenir la surface brute des choses. À l'écriture « blanche » d'Albert Camus, dont l'influence sur Bret Easton Ellis n'a guère été remarquée (et l'écrivain américain est la référence majeure de Guillaume Dustan), se superpose la voix débridée de l'*underground*. Prolongeant la tradition avant-gardiste qui repousse les limites en matière de représentation, dans un cadre autobiographique, Dustan réalise une *mimèsis* formelle du film porno, dont la loi non écrite serait : ne pas bavarder, agir. De fait, la logique narrative le cède à la dynamique visuelle. Les descriptions ultra-focalisées réduisent le sexe à une série de faits et gestes intense mais vidée de toute sensualité. Conçu par courts chapitres aux séquences semblables à des polaroïds, *Dans ma chambre* manifeste une intelligence esthétique consistant à faire bref. L'extrémisme rencontre ainsi sa borne. La première trilogie oscille entre *hard* et minimalisme, un minimalisme qui n'a besoin d'aucune transcendance pour justifier son existence mais n'implique aucune perte émotive, renforçant au contraire le *pathos* par sa mise à distance.

Dès ce premier livre opère un mélange de froid et chaud : le style de Dustan est en fait néo-clinique. Derrière la froideur littéraliste on perçoit sans arrêt une sensibilité affleurer. Peut-être la limite de Dustan aura-t-elle été celle de l'impossible accès à la froideur totale, par où il admirait Warhol. C'est que le langage agit en retour : le caractère familier des mots, l'ironie distillée çà et là, la dimension démonstrative des scènes sexuelles, tout trahit une constante présence, qui donne un ton particulier à cette trilogie, entre approche phénoménologique et romantisme noir.

Une chambre à soi

Dustan délimite un espace qui est peut-être le seul repère de cette existence désordonnée : la chambre. Il y a quelque chose de touchant dans ce désir de protection réclamé par le titre, comme si l'espace intime, qui est celui du sexe, donc de l'identité la plus précieuse et la plus intense, était d'abord une mise à distance du monde. Certes, la chambre est un espace social, mais elle est d'abord personnelle : « Dans ma chambre, je suis libre[1] », notera Dustan dans une des chroniques qu'il tint pour le magazine *e.m@le*, comme s'il ne pouvait l'être dans la rue. Pourtant, la chambre n'est pas « le placard », cette métaphore utilisée pour désigner le réduit réel ou mental où doit se cacher l'homosexualité sous le joug des lois répressives[2]. Ouvrant sa chambre au lecteur, qu'il constitue de fait comme voyeur, Dustan dessine un espace à la fois privé et public (dont le pendant est la boîte de nuit) : intériorité paradoxale, définie par un lieu plus que par une conscience. L'entreprise autobiographique de Dustan s'éprouve moins dans la psychologie que dans l'action ; le moi qui se montre en *Dans ma chambre*, plus proche de la vidéo porno amateur que du *home sweet home*, récuse en effet l'intimisme au profit de la crudité de la représentation sexuelle. Le terme de « représentation » est d'ailleurs imparfait, et nous préférons celui d'« action », comme si Dustan évidait le sexe de sa dimension humaine pour y substituer l'immédiateté de sa pure présence. Gouverné par la pulsion scopique, *Dans ma chambre* est passible d'une analyse selon laquelle l'acte sexuel se partage non à deux mais en présence d'un tiers, le lecteur-voyeur, essentiel au dispositif autobiographique. Pour Bénédicte Boisseron, « l'œil extérieur virtuel permet aux deux sujets de s'extérioriser et de stimuler leur désir grâce à l'idée de la vision de leur copulation vue de l'extérieur[3] ». La pornographie est idéelle,

---

1. Voir notes en page 40.

à la fois idée et image, encore faut-il savoir la mettre en forme. Pour que la « pensée du dehors » soit effective, il faut paradoxalement qu'elle soit entée sur un « je » constant, qui ne lâche pas le lecteur et s'affirme dès le titre par le possessif.

Pas plus que la chambre n'est le lieu du secret, l'autobiographie n'est donc le règne de l'intime, mais celui où s'abolit l'opposition privé/public. Comment ne pas rapprocher la chambre des plaisirs de celle qui rend, selon Virginia Woolf, l'écriture possible[4] ? Le lieu le plus personnel est ainsi celui d'une dépersonnalisation par le sexe.

Dustan pornographe

Décrit de façon extrêmement crue dans ce premier opus (et Dustan y reviendra dans le troisième, sous la forme spécifique du sadomasochisme), le sexe est d'entrée de jeu l'objet d'une affirmation. Le rôle du sexe dans son existence et dans la formation de sa sensibilité est crucial : il y a une passion sexuelle évidente chez lui, qu'il jette sans détours à la face du lecteur. Pourtant Dustan n'est pas un cynique au sens trivial du terme, parce que ses provocations ont un autre objectif qu'elles-mêmes. Puisque « le sexe est la chose centrale[5] », il n'est pas question d'en donner une version « érotique », dans la tradition d'une certaine fictionnalité bourgeoise et, serait-on tenté de dire, hétéronormative, destinée à séduire le lecteur. Pour Dustan, décrire sa vie sexuelle n'est pas un exercice dicté par des considérations hétérogènes à son œuvre.

La sexualité est un plaisir premier et une raison de vivre, ou, dans son cas, de sur-vivre. Elle doit par conséquent faire l'objet d'une captation fidèle : l'autobiographie est ici au service d'une « vérité du sexe » assumée et dépeinte avec soin. Cette dépense sexuelle va de pair avec un âge de la vie, la jeunesse, véritable « âge d'or » dustanien, qui, ne l'oublions pas, aura vécu et écrit pendant un laps de temps très court, à peine une décennie. Le jeunisme dont on a pu l'accuser[6], Dustan va en renverser la valeur négative en positif, selon une stratégie rhétorique bien connue des avant-gardes et des minorités opprimées, qu'il théorisera ultérieurement. Découvert et pratiqué par un sujet qui rejette le carcan familial et la société puritaine de l'Occident judéo-chrétien, le porno a aussi une visée politique. Le sexe décrit ici n'est pas un sexe abstrait mais celui d'un homme décidé à rendre outrageusement visible une minorité. Point n'est besoin de militance : il suffit de montrer ce que l'on cache, selon une logique de transparence qui divise encore les esprits, selon qu'elle combat le pouvoir ou s'en fait le complice[7]. Quoi qu'il en soit de ce débat indécidable, il n'en reste pas moins qu'elle est le noyau même de l'esthétique autobiographique et le critère du plaisir (ou du rejet) qu'elle suscite.

Cette mise à nu vise aussi à décrire un milieu, le sien, celui de l'homosexualité noctambule et hédoniste, qui constitue un groupe actif dans la population *gay* des années 1990. De ce point de vue, l'intérêt sociologique de la littérature dustanienne est indéniable. Pour qui veut connaître un milieu aussi codé que celui des lieux de plaisirs *gay*, il n'est pas de meilleure introduction que cette première trilogie. Les débats sur l'autofiction ont masqué le travail de documentation de ce micro-milieu décrit par ses acteurs mêmes, qui n'avait guère fait avant lui l'objet d'une descente en profondeur – à l'exception d'un précurseur, Renaud Camus. Loin des polémiques qui ont empoisonné la réception de son *Journal*, il faut rappeler ici la dette de Dustan à l'égard de l'auteur d'une œuvre importante. *Tricks*, paru en 1978 aux éditions Hachette/P.O.L, est un chef-d'œuvre, et l'honnêteté intellectuelle de Dustan, qui est grande (Dustan est d'une grande générosité vis-à-vis de ses influences : il les nomme), consiste aussi à savoir qu'il a eu des devanciers. *Tricks*, que l'on pourrait traduire par « coups », est une suite de quarante-cinq récits de drague sexuelle vécus et relatés par Camus sur le mode du journal. Ce qui sépare *Tricks* de la première trilogie ? Outre l'écriture, plus construite, tout simplement, vingt-cinq ans : les *Tricks* se situent avant le sida, dans une sorte de période heureuse, irréelle pour nous désormais, que fut la fin des années 1970, et dont Mathieu Lindon a rendu la juste atmosphère dans *Ce qu'aimer veut dire*. Moins correct que le narrateur camusien (on pourrait aussi convoquer d'autres sources, plus discrètes, telles Guyotat ou Tony Duvert), Dustan a voulu créer son propre code mimétique.

Quand Marguerite Duras écrit « je mets le cinéma pornographique au-dessus du cinéma commercial[8] », elle pointe une qualité éthique qui lui est propre, celle de son incapacité à mentir sur ce qu'il a à proposer. Pour autant, l'art pornographique implique une totalité qui restreint son intérêt à celui de la littérature de genre. Il n'y a pas de répit dans le porno (sinon les scènes intermédiaires, qui sont, elles, métaphoriquement pornographiques par l'idée qu'elles se font du réel), ce qui rend sa réception délicate. Plombé par une visée purement performative, le genre pornographique est mal écrit ou trop bien écrit. C'est que le style y est le lieu de l'obscène, non les représentations qu'il accompagne. Au contraire, Dustan fait œuvre d'écrivain parce qu'il est à la hauteur de cette expérience éprouvante qui ouvre un horizon au béotien et comporte en outre une portée pédagogique.

Physique, le porno n'en est pas moins métaphysique « en creux ». Théorisé comme champ de recherches à part entière – les « *porn studies* » qui donnent à cet objet délégitimé une légitimité intellectuelle [9] –, le porno marque la littérature contemporaine. Le paradoxe est tentant : Dustan a fait sortir la littérature *gay* du ghetto grâce à la pornographie, cet univers qui dépasse la question de la seule identité sexuelle pour en faire le révélateur du sujet contemporain : « Le vrai chant du pornographique, c'est qu'il révèle l'essentiel, l'inavouable essentiel, l'essentiel comme inavouable : le pornographique, c'est vexant [10]. » Ces lignes de Georges Molinié montrent assez l'importance du pornographique comme régime éthique et esthétique qui refuse d'ennoblir l'homme, mais ne cultive plus la religion transgressive de l'interdit. Le pornographique neutralise à la fois le credo moraliste qui en fait le symptôme d'une nullité moderne, et l'approche antilittéraire qui déplore le rôle de l'exhibitionnisme. Dans un essai récent, Laurent de Sutter montre qu'il y a une « tautologie du sexe [11] », qui ne renvoie qu'à lui-même, définition possible de la pornographie, à laquelle s'opposent deux adversaires. L'un, l'érotisme, en ce qu'il enjolive le sexe par une intentionnalité bavarde ; l'autre, le puritanisme, en ce qu'il assigne à la sexualité un « dehors » qui la déprécie. Lieu de croisement de la subjectivité et de la désubjectivation, l'œuvre de Dustan n'est ni bavarde ni puritaine, elle vise, par le moyen du porno, un *Neutre intense*.

Le sexe et l'effroi

Pour être essentielle, la sexualité n'en est pas moins indissociable de son contraire, la mort, qui porte ici le nom de sida. Chez Dustan, le sexe est certes un antidote à la pulsion de mort, mais il est sans arrêt traversé par celle-ci. Pas d'angélisme, on s'en doute, et l'ambiguïté du texte y gagne, qui, loin de séparer Éros de Thanatos, les mêle inextricablement, jusqu'à côtoyer l'insoutenable. Du coup, le vitalisme dustanien, indiscutable au plan de l'énonciation, rencontre une certaine limite dans cette apologie d'un plaisir qui n'est pas dépourvu du poids énorme de la culpabilité qu'il prétend combattre. Une lecture « innocente » de Dustan est impossible : il faut voir dans cette orgie une terrible lutte mettant aux prises le désir forcené d'échapper à la culpabilité autant que l'impossible détachement de l'homme occidental à son endroit. Dans son magnifique essai *Le Sexe et l'Effroi*, que Dustan tenait en haute estime, Pascal Quignard avance que « le plaisir est puritain [12] ».

Le texte dustanien est une déclaration excessivement affirmative de la vie menacée par la mort. La radicalité d'écriture était inévitable, comme s'il avait senti qu'il lui fallait se « libérer » d'un destin plombé par la maladie. De ce point de vue, la bascule entre la fin de l'avant-dernier chapitre : « je me dégoûterai tellement que ce sera enfin le moment de me tuer », et la fuite à l'étranger de l'ultime chapitre figure le mouvement d'un livre orienté vers la sortie, ou le salut. On ne fait pas facilement l'économie de la morale judéo-chrétienne, et sa négation totale, on le sait, n'est que l'envers de sa présence. L'expérimentation de l'extrême crée une ambiguïté dérangeante, conscientisée par son auteur : « Je me demande si c'est sinistre ou si c'est bien[13]. » Par-delà sa terrible réalité, le sexe sans préservatif devient la métaphore d'une littérature hantée par le mal. La frontalité volontaire, parfois effrayante, du texte (le chapitre 9, par exemple, où Dustan se fait percer les parties génitales) est une sorte de manifeste de la dureté de ces années-là : le sida est encore ravageur et les stratégies de lutte pour le circonscrire doivent faire face à un relâchement des pratiques que Dustan ne masque pas : « maintenant tout le monde est séropositif[14] », fait-il dire à un personnage. Il n'est pour l'heure pas question de rouvrir ce débat, que Dustan conduira dans la trilogie suivante, avec son apologie, contestable et contestée, du sexe sans préservatif. Mais déjà dans ces pages, semblables aux films pornographiques dans lesquels les acteurs ne se protègent pas, la question est là, taraudante. Il faut montrer les vraies pratiques, la littérature n'ayant pas à masquer les contradictions du réel. Dustan ne triche pas : on peut lui reprocher les prémisses de ses actes, mais pas la représentation qu'il en donne.

Dans ma chambre a l'outrance des débuts, ceux par lesquels se trouve réalisée la remarque de Baudelaire : « Il faut entrer en littérature par un coup de tonnerre. » Lecteur, laisse ici toute espérance : le désespoir contre lequel s'adosse ce premier texte, rendu dans un style de pauvreté volontaire, augure d'une montée en puissance. D'emblée, un *auteur* s'inscrit dans la chambre noire du sexe, de la mort et de l'écriture.

NOTES

1. Un dessin de James Jarvis intitulé « In my room » illustre une chronique du magazine *e.m@le* n° 66, 18 février 1999.

2. Eve Kosofsky Sedgwick, *Épistémologie du placard* (1990), Éditions Amsterdam, 2008.

3. « Post-coca et post-coïtum : la jouissance du logo chez Guillaume Dustan et "Seinfeld" », *L'Esprit créateur*, volume XLIII, n° 2, été 2003.

4. *Une chambre à soi* date de 1929.

5. *Dans ma chambre*, p. 75.

6. Dans une thèse anglaise soutenue à l'université de Wadham en 2003, « Subjectivity and the ageing process in Twentieth-Century French Writing », Oliver Davis oppose Hervé Guibert à Dustan et le racisme anti-vieux que prônerait celui-ci.

7. Voir notre *Préface*.

8. « Retake », in *Le Monde extérieur, Outside 2*, P.O.L, 1993, p. 12.

9. Voir par exemple Ruwen Ogien, *Penser la pornographie*, PUF, 2003.

10. Georges Molinié, *De la pornographie*, Mix, 2007.

11. *Contre l'érotisme*, La Musardine, 2010.

12. Pascal Quignard, *Le Sexe et l'Effroi*, Gallimard, 1994, p. 254.

13. P. 83.

14. P. 66.

À Philippe et Philippe

Première partie

1. De bonnes intentions

J'ai laissé la chambre à Quentin. Je me suis installé dans la petite pièce au fond de l'appart pour ne pas les entendre baiser. Au bout de quelques jours, une semaine peut-être, j'ai fini par trouver ça trop glauque. J'ai exigé de récupérer la chambre. Bien entendu Quentin a immédiatement décidé de s'installer dans le salon avec Nico, ce qui faisait que j'étais obligé de taper contre le mur pour les faire parler moins fort au milieu de la nuit quand j'allais bosser le lendemain. Comme ça je pouvais en prime entendre Quentin dire qu'il allait venir me casser la gueule et Nico lui répondre Chéri calme-toi.

Je vivais au jour le jour, sans savoir où j'allais. Ce n'était pas déplaisant. Je m'emmerde toujours tellement quand il ne se passe rien. C'était sans doute pour ça que j'étais toujours avec Quentin même si on n'était plus ensemble. Sa dernière trouvaille consistait à entrer dans ma chambre sans prévenir. La première fois j'étais allongé sur le lit en train de me branler en fumant un pétard. La porte s'est ouverte. Il s'est avancé dans la chambre. Il a dit Tu n'aurais pas trouvé l'agenda de ma mère par hasard ? Elle pense qu'elle l'a oublié ici. Je n'ai pas répondu à la question. J'ai dit Tu frappes avant d'entrer s'il te plaît. Il a dit J'ai frappé. J'ai dit Je n'ai rien entendu. Il a recommencé à me demander son truc à la con. J'ai dit Quentin barre-toi tout de suite. Il a eu l'air étonné. Et puis il est sorti. J'ai mis dix minutes à arriver à me rebranler correctement.

La deuxième fois il a frappé. Au moment où j'ai gueulé Non ! il est entré dans la chambre. Là j'étais carrément en train de me faire sauter sur le bord du lit. J'ai dit Tire-toi. Au lieu de se casser il m'a regardé d'un air particulièrement hagard. J'étais fou de rage. J'ai dit à l'autre T'arrête pas, il va se casser, il fait juste ça pour me faire chier. Je me suis concentré sur la baise. Quentin nous a regardés faire. Au bout d'un moment il est parti sans rien dire.

Après ça j'ai décidé de ne plus me laisser faire. Je me suis mis à gueuler systématiquement à chaque fois qu'il me faisait un mauvais plan. Je gueulais pour les conserves pas remplacées, pour la salle de bains dégueulasse, pour les messages pas transmis. Je l'insultais. Quentin ne disait rien. Je savourais ma vengeance. Ça me plaisait de pouvoir lui gueuler dessus impunément. Alessandro, un super copain à moi, habitait sur place dans la petite chambre, comme ça je me sentais tranquille. Je pensais qu'en présence d'un tiers Quentin n'oserait pas faire une grosse connerie, il aimait trop son confort pour aller en prison. Et puis un jour, j'étais en forme, je me suis mis à lui parler comme avant, j'ai raconté ce que j'avais fait la veille avec un mec hyper mignon. À la fin il m'a regardé. Il a dit Tu l'aimes ta belle petite gueule ? Eh ben t'en seras moins fier quand je l'aurai vitriolée. Ça m'a refroidi. J'ai demandé à Alessandro s'il était d'accord pour partager un appart avec moi. Je ne voulais pas être seul. Il a dit Ok. Dès que je lui ai dit que j'allais partir, Quentin a recommencé à me menacer. J'ai demandé à Alessandro de voir sa copine à la maison. Et puis ça devenait tellement invivable que j'ai fini par aller m'installer chez Terrier, dans son studio pourri du dix-huitième.

Avec Terrier on baisait de mieux en mieux. J'avais l'impression de lui faire du bien. J'étais la première personne à qui il avait dit qu'il était séropo. Il faut dire qu'il avait appris ça la première fois qu'il avait fait un test, à vingt ans. Sept ans plus tôt, donc. Depuis qu'il me l'avait avoué il ne faisait plus ses cauchemars où on lui clouait son cercueil sur la tête et où il poussait sur la planche de toutes ses forces mais ça ne s'ouvrait pas et là il se réveillait. Je l'avais aussi un peu relooké. Obligé à couper la mèche qui lui cachait le visage et aussi les ongles qu'il portait longs. Il était beaucoup plus beau. Peut-être un peu moins timide.

Je ne voulais pas changer de quartier. J'ai trouvé un autre appart à trois cents mètres. Ça tombait bien. J'étais un peu emmerdé à l'idée que j'allais croiser Quentin, mais c'était un coin où on n'allait pas tellement, et puis nous n'avions pas les mêmes horaires. Je lui ai laissé tout l'électroménager et les trois meubles qu'on avait achetés ensemble. De toute façon j'avais du fric. J'ai tout racheté chez Darty un matin à l'ouverture avec Terrier. Une nouvelle vie commençait.

2. Rencontre

Avec Terrier c'était l'enfer. Il se bourrait la gueule. Il me faisait des scènes dans les bars dès que je regardais quelqu'un. Je me suis rendu compte qu'il ne pourrait pas changer assez vite. Je lui ai dit que je ne le verrais plus qu'en semaine, que j'avais besoin d'avoir mes week-ends pour moi. Je suis sorti seul. Le premier soir je me suis fait un mec sans grand intérêt. Le deuxième soir, je suis allé au Keller[1], je me suis d'abord fait un peu enculer par deux mecs dans la backroom[2], après je suis retourné boire une bière au bar, j'ai repris mes esprits, j'étais un peu parano à cause de mon look, j'avais peur que mes tiags marron clair fassent trop ringard avec mon 501 en cuir noir. Heureusement le haut ça allait : torse nu, gilet en cuir noir.

J'ai vu juste en face de moi ce mec accoudé dos au bar. C'est sa gueule qui m'a retenu, je trouvais qu'il avait l'air hyper normal, pas du tout une tête de mec qui se la joue cuir hard vicelard. En plus il était mignon et bien foutu, petit, nettement plus vieux que moi. Il me regardait d'un air neutre. C'est là que je suis tombé sur Serge, avec qui j'avais baisé six ans plus tôt alors que je venais de rencontrer Quentin (et chez Quentin d'ailleurs qui était en vacances à ce moment-là). Je lui ai demandé Et ça tu connais ? Il m'a dit Pour une nuit c'est très bien. Et il est *très* bien monté. Ça m'a énervé, j'ai pensé que maintenant qu'il m'avait vu parler avec Serge, le mec savait que je savais qu'il en avait une grosse. Ça allait être plus difficile pour le draguer.

---

1. Voir notes en page 132.

Je suis allé m'installer au bar à côté de lui sans le regarder. J'ai attendu un moment pour ne pas être trop lourd. En fait il était avec un autre mec, un grand blond tout en cuir assez mignon qui rigolait tout le temps. Au bout d'un moment ils n'ont plus parlé. Mon voisin a regardé en face de lui, puis un peu vers sa droite. J'en ai profité pour dire Salut. Et puis je n'ai rien dit d'autre pour faire genre hard. Il a dit Salut. J'ai dit Moi c'est Guillaume. Il a dit Moi c'est Stéphane. J'ai dit Le mec avec toi c'est ton mec ? Il a dit Non c'est un copain. J'ai dit C'est un bon coup ? Il a dit Oui pourquoi tu veux que je te le présente ? J'ai dit Ben ouais. Il a dit Éric je te présente Guillaume. J'ai dit je ne sais plus quoi pour alimenter la conversation. Et puis un gros moche en cuir s'est approché de notre groupe et ce qui était cool c'est qu'il s'est mis à me brancher pour me prendre en photo. J'ai donné mon tel, j'ai dit que j'étais toujours d'accord pour un plan narcissique, et puis j'ai été assez négatif sur le thème de l'art, j'ai dit que l'art, je m'en foutais. Le gros con mondain m'a demandé Et qu'est-ce qui t'intéresse alors ? Ce qui m'intéresse c'est la baise du siècle j'ai dit, en regardant Stéphane. Ça a marché. J'ai encore un peu ramé mais j'ai fini par le ramener à la maison.

Serge avait raison en un sens. La première fois a été bien, dans un genre un peu chien fou. J'ai bien aimé ce que je voyais dans le miroir pendant qu'il me baisait de face. Je trouvais qu'on allait bien ensemble. Sa super grosse bite m'a fait un peu mal, mais j'ai senti des potentialités. J'ai décidé de le garder. Au lieu de le laisser se casser je lui ai demandé s'il avait faim. Le frigo était plein comme j'avais fait les courses dans la journée. On a mangé dans la cuisine.

Je lui ai dit que je le trouvais hyper mignon. Il s'est raidi, mais pas comme s'il était habitué à ce genre de compliments, plutôt comme s'il pensait que je me foutais de sa gueule. Je lui ai dit Ce n'est pas parce que tu as un œil plus petit que l'autre, qu'il y en a un qui est vert et l'autre bleu, et que tu as une paupière plus haute que l'autre que ça va m'empêcher de te trouver hyper mignon si je te trouve hyper mignon. Ça l'a surpris. Il s'est radouci. Je me suis dit qu'il me plaisait. Je lui ai laissé mon numéro de téléphone. J'ai attendu qu'il me rappelle.

3. Campagne

Ça n'a pas tardé. On a parlé. Au bout d'un moment j'ai dit Tu sais ça m'a fait chier que tu me voies parler de toi avec Serge l'autre soir parce que j'ai pensé que tu saurais que je savais pour ta grosse bite et que je pensais que tu devais trouver ça lourd de te faire brancher pour ça. Il a dit que c'était vrai, que les mecs ne s'intéressaient à lui que pour sa bite.

Du coup j'ai proposé qu'on se revoie pour déjeuner plutôt que pour baiser. Il est arrivé un peu en retard, tout ému, plutôt mal habillé. J'avais choisi un endroit chic pour l'impressionner. Le déjeuner s'est bien passé. Je ne m'emmerdais pas. On s'est donné rendez-vous pour rebaiser chez moi puisque chez lui il y avait son mec. La fois suivante, j'ai branlé nos queues ensemble, bien dures, la mienne 17 × 15, la sienne 22 × 16, il fallait que je m'empêche d'être hypnotisé par elle, je voulais que ça soit seulement deux bites, pas de différence, que chacun des deux aime autant celle de l'autre que la sienne, pas plus pas moins. J'en ai aussi appris un morceau sur sa vie, son couple à vau-l'eau avec Jean-Marc. Ils sont ensemble depuis dix ans, mais de moins en moins depuis cinq ans, ils n'ont quasiment plus couché ensemble depuis deux ans, l'autre est chez son amant en ce moment même. Stéphane me dit Il m'a dit qu'il est amoureux de lui.

On se revoit une troisième fois, une quatrième fois, une cinquième fois. Chaque fois il me baise. Mais on parle aussi. On va se promener. On commence à se connaître. Je lui demande de me parler de sa vie avec Jean-Marc, il me raconte comme je m'y attendais qu'il passe son temps à faire les courses, la cuisine, la vaisselle, et à attendre que l'autre le baise. Je lui dis qu'il ne devrait pas se laisser traiter comme ça.

On commence à se voir régulièrement. Un soir par week-end, plus un soir en semaine. Stéphane me dit qu'il n'a pas l'impression de trahir Jean-Marc puisque Jean-Marc est occupé de son côté. Mais moi ça m'énerve. J'exige trois soirs par semaine. On finit par se voir tous les week-ends, sauf quand il y a un dîner chez eux. Le deuxième truc qui commence à me crisper c'est que je n'ai pas le droit de le baiser à cause du pacte qu'ils ont avec Jean-Marc. Chacun des deux a le droit d'enculer qui il veut, mais pas de se faire baiser. Je fais remarquer à Stéphane que d'après ce qu'il a dit, ça n'est pas si juste que ça en a l'air puisque de toute façon Jean-Marc n'aime pas se faire baiser. Je dis que ça ne va pas pouvoir continuer longtemps comme ça.

Il demande la permission à Jean-Marc. Jean-Marc ne la donne pas, mais il dit qu'il sait bien qu'on s'en passera. J'investis. J'emmène Stéphane en week-end à la campagne, dans un château-hôtel assez moche, plein de conférenciers. Stéphane est un peu coincé, il prétend qu'il n'a pas l'habitude. Je me dis que c'est un petit complexe de classe qui passera.

Il y a du soleil dans la suite. On prend des bains à remous, j'ai apporté des sachets d'algues que j'avais gardés de ma thalasso. Champagne et joint au réveil. Je frotte mon gland doucement contre son trou. Je l'encule plus tard, après la piscine, ou une promenade dans la campagne, je ne sais plus. Je colle mes cuisses, debout au bord du lit. Je suis un peu mou à cause de son cul hyper serré, je déteste ça, mais bon c'est un début. Je suis très précautionneux pour ne pas qu'il ait mal. C'est là qu'il jouit sans se toucher. Il me dit que c'est la troisième fois de sa vie. Je me demande combien de fois ça m'est déjà arrivé à moi, c'est vrai que ça n'est pas un truc courant.

On rentre le dimanche soir. Stéphane me ramène chez moi avant de rentrer chez eux. Il est huit heures, c'est un peu juste pour le Palace. Je me mets au lit. Je fume un pétard en écoutant de la musique. Je pense à ce que Quentin m'a demandé avant-hier au téléphone. Tu as encore le désir? J'ai dit Oui. Et puis j'ai dit Je ne peux pas vivre avec toi. Mais ce soir je me dis que je vais vraiment pouvoir cesser de l'aimer parce qu'il y a vraiment quelqu'un d'autre. Je pleure de bonheur, je pense que je vais pouvoir vraiment l'aimer, que c'est vrai ce que j'entends. I wanna make you mine. I'll love you till the end of time, et c'est un tel soulagement. Je me dis que ça fait longtemps que je n'ai pas pleuré sur moi. J'ai envie d'appeler Stéphane là maintenant pour lui dire de choisir entre Jean-Marc et moi, qu'il faut qu'il se décide tout de suite, que s'il n'est pas là dans une heure je ne le reverrai plus jamais. Et puis je me dis que ça ne serait pas très malin. De toute façon je sais très bien qu'il va le quitter. C'est juste une question de temps. Ça me fait bizarre en même temps. Je ne suis resté que deux mois seul. Enfin même pas vraiment. Et tout d'un coup j'ai une crise de parano, c'est sûrement le shit, quand j'entends le tic-tac d'horloge tout à la fin de la chanson de D:ream[3], ça ne me fait pas du tout le même effet que la première fois que je l'avais remarqué, quand on se reposait après avoir baisé avec Stéphane. Ce coup-ci je me dis que c'est le compte à rebours de ma fin. J'ai peur. Je pleure. Et puis je me calme et j'arrive à aller jusqu'à la salle de bains en me rattrapant au mur tellement je suis explosé et j'écoute encore D:ream pendant que je prends une douche pour essayer de faire passer le pétard.

4. Mes amants

Ça fait un siècle que je n'ai pas dansé. Stéphane n'aime pas trop ça parce qu'il ne sait pas, mais comme ça lui fait plaisir de me faire plaisir, il est ok. On ne peut pas aller au Queen parce que je ne veux pas tomber sur Terrier, mais ce soir il y a un truc au Bataclan, alors après quelques bières en bar on y va. Au Bataclan la musique est assez moyenne, en plus comme la boîte n'est pas remplie l'ambiance est froide, les gens sont prétentieux parce que c'est une soirée spéciale, de toute façon il y a trop d'hétéros, bref au bout d'une heure, quand l'effet du gin-get commence à s'estomper, le Queen[4] est devenu inévitable.

Quand Terrier me voit, j'ai la tête à moins de dix centimètres de Stéphane, je suis en train de lui demander s'il a trouvé un troisième pendant que j'étais aux chiottes. Il me dit qu'il n'a pas eu le temps en me souriant. Terrier est blême. Il passe à côté de moi sans un mot. Je le rattrape aux chiottes. Je lui dis Eh je t'ai reconnu. Il est total bourré. Il me dit Mais t'es qui toi ? Tu sais très bien qui je suis, je dis. Ouais, et alors qu'est-ce que tu fous là, tu ne peux pas me foutre la paix ? il dit. Je dis Putain j'ai bien le droit d'être là, je ne vais quand même pas me cloîtrer chez moi parce que toi tu sors. Et puis il se met à pleurer. Tu ne m'as même pas reconnu... Je ne pensais pas à toi... Et puis je t'ai vu, avec tous tes poils...

Je ne sais pas quoi faire alors je me casse. Je chope Stéphane en chemin, je l'entraîne à travers la foule. Après le bar, il y a un peu de place. Je danse. C'est Tony D. Bart[5]. Quentin me l'avait fait rapporter de Londres par Nico, en décembre dernier, il y a trois ou quatre mois, à l'époque où j'ai rencontré Terrier. Je danse comme un fou, je jette la tête dans tous les sens, je sens mes joues qui battent, j'ai du mal à garder l'équilibre, on creuse un trou autour de moi pour me laisser faire. Quand j'arrête, il y a un mec frustré qui me pousse dans le dos. Les autres défoncés à belles gueules, super muscles et chemises classe me sourient. J'ai plus de souffle, je regarde Stéphane, je me remets à danser plus cool. Je relève la tête. Terrier est à trois mètres. Apparemment il nous suit. Je dis à Stéphane Viens on monte. On monte. On fume une clope en regardant la piste en bas. La musique est bonne. Je suis défoncé au gin-get et au pétard. Je danse au bord de la barrière de sécurité. Je me frotte contre le cul de Stéphane. Ça me fait bander. On s'embrasse.

Quand j'ouvre les yeux Terrier est encore là, au bout de la coursive. Il ne fait même pas semblant de ne pas regarder. Je dis J'en ai marre on se casse. Le temps de monter les escaliers vers la sortie je vois que je pourrais me faire au moins cinq mecs mignons. Je me dis que je m'en fous. J'ai déjà baisé avec mille mecs dans ma vie. Celui avec qui je rentre est dans le top 4. Ça va.

Et puis dehors Terrier se pointe, ivre mort. Il est torse nu en débardeur blanc, jean noir, ses épaules blanches un peu trop maigres brillent dans la nuit. Je le trouve hyper beau. Il fait un froid de chien. Je viens avec vous, il dit. Je dis Non mais tu délires. Si si ça va être super, il répond. J'adore sa voix cassée. Ça ne va pas être super parce que tu ne viens pas, je dis. Ah ouais et comment tu vas faire pour m'en empêcher ? il dit. Comme ça, je dis. Je l'attrape par l'épaule. Je le fais pivoter vers l'entrée de la boîte. Maintenant tu rentres là. Il se dégage. Il se met à marcher vers l'Étoile. Je le suis. Il se met à courir. Je cours. Il accélère. Ça m'excite. Je finis par le rattraper au bout de cinquante mètres. Bon maintenant ça suffit tu nous fous la paix, je dis. Il se marre. On redescend les Champs déserts. Je le tire par le poignet. Il dit Tu me fais mal. Je dis Je m'en fous.

À l'entrée tout d'un coup il y a la queue. Je le traîne jusqu'à la porte à travers la foule. Il dit La honte de ma vie. Le videur demande à Sandrine, la fille à l'entrée Et ces messieurs, tu connais ? Lui, elle le connaît, je dis, et il va attraper froid. Je le laisse se faire happer par l'entrée de la boîte. Je pense que ça va aller, à cause de la remarque qu'il a faite avant de disparaître dans la buée, la house persuasive : Peut-être encore un dernier verre ? Je retourne vers Stéphane, complètement dessoûlé. Je lui dis Ça m'a fait complètement dessoûler. Il dit Je vois. Il m'a attendu assis sur un capot de voiture, bien mignon dans son petit bomber vert. Je dis On va au Transfert[6] ?

Finalement on décide de ne ramener personne à la maison, et de baiser juste tous les deux. On rentre. Quatre heures, MC Solaar[7] à la radio, on entre dans le tunnel Concorde quai du Louvre, le taxi black et son pote rebeu causent cool entre eux. Je dis à Stéphane que ça va, ça m'a fait trop, c'est tout, Terrier arrêté net à l'entrée des chiottes, c'était la première fois qu'il me voyait avec son remplaçant, c'était pas prévu.

Cinq heures. Stéphane est au-dessus de moi. J'ai une de mes chevilles sur chacune de ses épaules. Il est prêt à entrer. Je dis Je ne veux pas que tu me baises. Il dit Ah ouais ? Je dis Je veux que tu me fasses l'amour. Il dit Ok. Les quinze premières minutes sont parfaites, je trique comme un dingue sans me toucher, j'écarte les cuisses au maximum pour prendre ses vingt-deux centimètres. Au bout d'un moment ça devient tellement bien que ça me rappelle Quentin tellement il arrive à me baiser profond. Je trique à mort. On jouit quasiment ensemble. Il me dit après qu'il commence à comprendre ce que c'est qu'enculer. Je lui dis que sur les mille mecs avec qui j'ai baisé il y en a quatre ou cinq, enfin une dizaine qui savent faire ce qu'il m'a fait. Il y a aussi Chad Douglas[8], mais c'est sur k7 uniquement. Justement, il est crédité dans une de celles que j'ai achetées avant-hier. Télécommande. J'espère seulement qu'en vrai il n'est pas mort.

5. Sex

Robert me coupe la nuque en me rasant avec une lame neuve. Alors je lui dis Tu me fais plaisir, tu mets de ça, et t'attends trente minutes ok ? Il me dit Trente ? C'est ça qu'il faut attendre pour hiv1 [9] d'après l'étiquette sur le produit antiseptique, pour les autres maladies c'est plus court. Je lui dis Ouais. Il me dit Faut pas plutôt la jeter ? Je lui dis Ouais. Il m'aime bien Robert, il m'a payé un café l'autre fois, et aujourd'hui il m'a offert une marlboro. Beau gosse hétéro, looké western, grosse ceinture, 501 usé, mèche. Je vois qu'il se penche pour me regarder par-dessus la balustrade alors que je suis presque en bas.

Après cette histoire j'étais tellement gêné que je suis allé ailleurs pendant un mois. Quand j'y suis retourné il était là, il m'a demandé Ça va ? J'ai fait Ça va. Il a fait un truc que je ne connaissais pas, un clin d'œil lent.

On sort du salon. Stéphane marche derrière moi comme d'habitude. On va en face m'acheter un nouveau bomber [10] et des chaps. Les chaps, ça faisait des années que j'en rêvais. Je me sens inoxydable. J'ai les cheveux très courts, mon 501 en cuir noir, des bottes allemandes, un pull camionneur bleu, le col de ma chemise met juste une touche de couleur. J'ai sept ans de gym derrière moi. Un peu de ventre, vraiment peu, ça part en deux semaines si je fais des abdos, le seul truc, c'est les mollets qui sont un peu fins.

Samedi, vers six heures, Stéphane revenait d'une course à l'extérieur, il m'a enculé, c'était bien, mais je ne me souviens de rien. On a dîné, Alessandro nous a fait des pâtes aux asperges, puis il est parti, à Beaubourg soi-disant, en réalité voir sa meuf. On reprend de la coke, avec un pétard. Stéphane est constipé. Ça m'énerve, je pense qu'il a toujours peur de se faire baiser. C'est vrai cela dit qu'il y a du progrès, il m'a dit qu'avant il ne s'ouvrait qu'explosé au poppers[11]. Je l'envoie chier et se laver le cul. Pendant ce temps-là je retire mon jean, je remets d'abord mes bottes, puis mes super chaps en cuir. Quand il revient, les chaps en latex sont ouverts sur le lit, les rangers qui lui vont et les chaussettes assorties au pied. Je l'aide à s'habiller, et puis je le mets en place, genoux sur le lit, cul en l'air. J'ai du mal à bander au début vu que ça manque vraiment de préliminaires. Je mate son cul, je rajoute du gel, ça finit par m'exciter, je rentre, pas hyper dur, il est serré, alors je l'ouvre à la cravache, de la main gauche je le tiens par la ceinture des chaps, de la droite je lui cravache doucement les fesses, les cuisses, le bas du dos. Je gonfle dans son cul, il se plaque contre moi, je me retourne, je vois dans le miroir un truc de classe internationale, ça me plaît, ça me rassure, ça me flatte. Je le bourre pendant un moment, et puis j'en ai marre de la position, je l'avance sur le lit, puis on revient sur le bord, puis je sors, je lui dis de se mettre de face, j'ai un peu débandé, je rentre, je regonfle dans la capote. À la fin il jouit.

Il est déjà deux heures. J'ai pas envie de sortir. On a faim. J'ouvre une boîte de tripes, je fais du riz dix minutes, deux sachets individuels. Il reste du sancerre au frigo. Les tripes n'ont pas trop de goût à cause de la coke. Je mets Soft Cell[12]. J'ai acheté deux vieux albums que je ne connaissais pas, sauf le hit qui est top, Numbers. Who's the person that you woke up next to today ? me demande Marc Almond. Je roule un pétard et puis je l'allume et puis j'éteins la chaîne avec la télécommande de la chaîne et après j'allume la télé avec la télécommande de la télé parce que je n'ai pas réussi à mettre les deux sur la télécommande multistandard que j'ai achetée la semaine dernière, et je cherche quelque chose sur le câble et je passe le pétard à Stéphane.

Je voudrais mettre Microbots, Cosmic evolution, un super morceau qui est sur le cd de DJ Brainwasher[13], mais le laser refuse de le programmer. Je cherche quelque chose de répétitif mais pas froid pour me faire goder. Il est cinq heures du mat, Stéphane commence à être fatigué, il s'endort, mais il m'a dit que c'était ok, je peux le réveiller pour qu'il me gode. Je prends une autre compil, Guerilla in dub, la six doit être bien adaptée d'après le titre, Intoxication. En effet, c'est bien. La basse est sourde et cool. De temps en temps il y a même des paroles, une voix qui susurre Funky marijuana. Je ne m'en rends compte qu'au troisième gode[14], le gros noir. On a commencé par le rose fluo hyper mou que j'avais acheté à Pleasure Chest, West Hollywood, il y a deux ans, quand j'étais parti entre deux hospitalisations, et qui est parfait pour ouvrir un cul en douceur. Puis un rose plus imposant, le Kong (23 × 17). Maintenant le gros double noir acheté à Berlin, qui fait dix-neuf de tour. Je le prends jusqu'à la moitié. L'énorme rose qui fait vingt et un est sorti à côté. Je ne le prends jamais parce qu'il ne passe que quand je suis hyper défoncé. Donc ce soir, avec le quart d'acide, la coke et tous les pétards que j'ai fumés, je vais pouvoir me le taper, et je sais que c'est une sensation assez royale qui m'attend, un truc largement aussi délirant que le saut en parachute ou la plongée sous-marine. J'aime les sensations fortes.

Stéphane l'enduit de gel, j'ai toujours le noir dans le cul, je préfère ne pas le laisser vide trop longtemps, j'ai du mal à maintenir mon érection quand je n'ai plus rien dans le cul alors que je suis déjà très dilaté. Stéphane rajoute du gel sur le gros rose, j'insiste pour que ça dégouline, sinon je le sens trop passer. On y va. Ça passe, d'abord le gland qui est gros comme un poing force l'entrée d'un coup, puis, l'un après l'autre, les trois bourrelets que les crétins qui ont dessiné la chose se sont crus malins de mettre derrière, j'imagine qu'ils pensaient que ça devait faire plus joli. Attends ça fait mal. Ça va pas, je dis, sors-le, sors-le, sors-le! Trente secondes de répit avant de réessayer. Là c'est ok, ça passe, mais c'est quand même vraiment gros, j'ai un peu mal même en reprenant un bon coup de poppers. Je me demande comment me réexciter et puis j'ai une idée. Je dis à Stéphane Mets ta main autour pour me faire sentir comme c'est gros, ça va m'exciter. Évidemment ça m'excite à mort de sentir de l'extérieur à quel point ce truc énorme arrive à dilater mon cul de chienne. Je rattrape une super érection. Je commence à monter. Ok vas-y baise-moi avec. Il y va. Je me rends compte qu'il l'a vachement rentré, je ne l'avais jamais pris aussi profond. Au bout de vingt secondes de méga-défonce je sens que je vais jouir. Retire-le vite, vite, vite! Il le retire d'un coup. J'explose. Je pense à Quentin parce que c'est lui qui m'a appris à retirer les godes avant de jouir, pour ne pas endommager les sphincters. Si on laisse les godes, les muscles se cognent contre le latex sans pouvoir se refermer pendant l'éjaculation. Je vérifie. Comme d'habitude depuis un an maintenant, pas trace de sang. Ça c'est moi qui me le suis appris tout seul. Dans ce genre d'exercices, il ne faut jamais insister quand on a mal, sinon on finit par se péter des vaisseaux, et quand on se retrouve le cul en sang ça n'est plus marrant du tout.

Le lendemain c'est dimanche, on se lève trop tard pour aller faire les courses alors on ne fait rien. Je roule un pétard après le petit déjeuner, on regarde un peu la télé et puis comme je commence à m'emmerder je me décide à descendre sur sa bite. Je le suce un petit moment, et puis je me lève et je vais me laver le cul dans la salle de bains, je ne donne pas d'explications puisqu'il entend les bruits, ça me prend un bon moment, quand je reviens je suis un peu désexcité alors je refais un pétard, on le fume en regardant la télé et puis je redescends sur la bite de Stéphane et quand il est bien dur je me mets sur le dos et j'écarte les jambes et il vient sur moi et il me saute en profondeur avec une compréhension parfaite de mes entrailles, je bande comme un fou sans me toucher, vingt minutes je pense, je le caresse, je lui fais les seins, je presse ma bite gonflée contre son ventre, il me fait un truc que j'adore faire aussi, il roule son ventre contre mes couilles en me baisant. Multiplication des points sensibles. Il me dit qu'il a envie de jouir, je dis Ok, un coup de par-derrière et on y va ensemble. Par-derrière la pénétration est plus profonde et puis c'est plus facile pour me branler. Je me retourne, quarante-cinq secondes de tâtonnements et puis c'est bon, il est bien calé, je suis autour de lui, mon paquet lourd, gorgé de sang, je me branle, il me bourre fort, je jouis avant lui, après je ne peux plus, il faut qu'il arrête. Je suis un peu emmerdé qu'il n'ait pas joui dans mon cul mais il est content quand même, il me dit que c'est fou de sentir sa queue comme ça dans un cul. Je dis Je sais, mais je suis quand même total emplafonné, c'est la première fois que j'arrive à me laisser bourrer vraiment fort par son super engin gonflé à bloc. Je me sens trop crevé pour l'aider à venir tout de suite. Je lui dis qu'il jouira quand je le baiserai tout à l'heure, ok?

C'est ce qui se passe une heure après. J'ai retrouvé mes esprits, on a regardé la télé, je le caresse, je trique à fond, avec les couilles hyper descendues. L'érection top, implacable, absolue. Il ne sait pas s'il n'a pas le cul sale. Il va aux chiottes puis à la salle de bains. C'est long. Quand il revient j'ai débandé. Je passe d'abord une minute dans sa bouche pour arranger ça. J'enfile ma capote. Je l'installe sur le dos, un oreiller sous la tête. Je lui glisse deux doigts comme dans du beurre. J'y vais. Merde.

Impossible de rentrer tellement il est serré. Je réessaye. Toujours pas. Je débande. Il a l'air flippé. Je dis Bon, on va prendre notre temps. Je pose mon cul sur le lit, je frotte mon gland contre son trou, un bon moment, il se détend, je rentre hyper doucement. Ça va. Et là je le baise comme jamais jusqu'ici. Ça dure longtemps comme j'aime. Je vois dans ses yeux qu'il commence à me prendre vraiment au sérieux. Je le prends de face, en le tenant, d'abord par les chevilles. Puis sous les fesses. Puis par le milieu des cuisses. Puis au pli des genoux. Puis autour du cou. Je ressors pour mettre du gel. Je rerentre. À la fin il explose. Je sors, je retire la capote, je me branle en regardant son cul, je pense à la vidéo hétéro que j'ai qui s'appelle Anus Juteux, le slogan c'est Tout anus éclaté sera arrosé de bonnes giclées de sperme. Dommage qu'on ne puisse pas le faire pour de vrai. Ça vient. Je me redresse. Boum. C'est la cinquième fois qu'on baise ce week-end.

Il est onze heures. On va dîner, total explosés, à côté dans le ghetto. Les serveurs sont gentils. Une fille arrive du Privilège, c'était l'anniversaire du Tea dance ce dimanche. On sort les derniers du restaurant. Il fait froid dans les rues. On va dormir ensemble, trois nuits de suite pour la première fois, c'est bon.

6. L'Amérique

Je me suis branlé en regardant Eric Manchester[15] en pleine action, faisant ce qu'il sait faire, des trucs que je sais faire. Ce n'est pas Chad Douglas, mais lui aussi il aime sa queue. Je vais me brosser les dents, c'est le round hygiénique du soir, azt[16], dents, verrues, je me rebranlerai peut-être, je l'espère, après tout ça. Je me vois dans le miroir, et je me trouve beau. Une légère contre-plongée, puis je choisis d'autres angles, je change d'expression, j'ai l'air soucieux, je me dis que ma conception de la beauté a changé, avant je ne faisais attention qu'à la plastique, le type pouvait avoir l'air con ou torturé, il était toujours beau. Maintenant je me dis que seule l'expression est belle. C'est pour ça que j'ai tant de succès en ce moment, j'ai l'expression que j'avais à quinze ans, quand j'étais en vacances à L.A. chez les L., et qu'on me servait de l'alcool dans les restaurants parce que j'étais français, alors que c'était interdit aux moins de dix-huit ans. On ne faisait que des trucs super avec les L., comme boire du vin californien blanc frappé, mis à la place du cranberry juice dans la bouteille de cranberry juice, dans la glacière, à la plage, face aux rouleaux du Pacifique. Ça sent très fort l'eucalyptus quand on descend la colline vers la plage. En plus c'est chic, on est dans une jaguar blanche qui a fait les vingt-quatre heures du Mans en 1964. Julie L. m'emmène dîner à Tijuana. On prend chacun un talk-to-me-sideways, un steak à l'ail et à l'oignon. Les belles mexicaines viennent dîner en robes du soir rouges ou noires, les hommes en costumes noirs. J'ai une veste qui était trop serrée pour Papa et qu'il m'a donnée, une chemise en oxford bleue à manches courtes et boutons de nacre qui me va très bien parce que je suis bronzé. J'ai des shorts Op's en velours côtelé crème. Des docksides bleu marine. C'est cool. Un mexicain assis par terre dit Is he her son or her lover ? alors qu'on passe sur le trottoir de la grande rue de Tijuana, vers cinq ou six heures du soir, à la mi-juillet. Mon père refuse que je passe l'année suivante chez eux, pourtant j'aurais pu suivre les cours du lycée français qui est juste à côté.

Ça fait quatre ans déjà que je pense que je vais mourir l'année prochaine. Je me trouve beau quand même. J'écoute Depeche Mode, In your room – higher love adrenaline mix, le mix de François Kevorkian[17] est vraiment géant.

Je pense à Quentin et moi, à L.A. il y a deux ans. À l'arrivée, j'annonce aux L. que le voyage est écourté, j'ai droit à quinze jours seulement, le temps que mes plaquettes[18] redescendent en dessous de vingt mille, après il y a un risque sérieux d'hémorragie interne, il faut les remonter à coup de perfusions, et on ne peut pas faire ça ici parce que ça coûterait trop cher. Les L. nous laissent au bout de deux jours, ils doivent partir. Dès qu'on se retrouve seuls on s'engueule, comme d'habitude. Il me dit des trucs horribles comme d'habitude, mais pas trop quand même, pour qu'on ne se tue pas. Je pars faire des courses au supermarché, je me calme dans la voiture. De toute façon c'était inéluctable. Au supermarché comme il est tard je me retrouve presque seul dans les travées de boîtes, d'emballages. J'achète tout ce qu'il faut pour être heureux. Les salades sont comme des choux. Il n'y a pas de vrai fromage, seulement du frais avec de la ciboulette, pour le saumon. Je passe du temps à choisir du vin, du rouge et du blanc. Pinot noir. Chardonnay. De quelle vallée ? Je lis les cartes géographiques au dos des bouteilles. Je rentre. C'est déjà la pleine nuit. Je me gare dans les fleurs. J'ai les courses dans les mains quand il apparaît sur le seuil de la cuisine. Il n'est pas comme d'habitude. Je comprends qu'il ne va pas me punir.

Je ne sais pas pourquoi il a bien voulu rendre tout ça possible. La brume compacte dans la nuit, sur Santa Monica blvd, West Hollywood. Les mecs avancent deux par deux, ils sont tous habillés pareil, t-shirts moulants, jeans moulants coupés en shorts très courts, grosses chaussettes blanches roulées, rangers. On danse sur En Vogue[19], tout le monde connaît les paroles, dans le bar ouvert comme un hangar sur la rue, tout le monde danse bien. On se retire dans une rue à l'arrière pour fumer un pétard. J'ai du mal à respirer à cause de l'humidité mais c'est bien, lui et moi indestructibles dans la nuit à West Hollywood.

Probe. Spike. The Arena[20]. Un endroit de fin du monde différent chaque soir. On fait du shopping. À Pleasure Chest, des lesbiennes hard commandent des chaînes pendant que j'examine les kilos de godes à l'étalage. C'est là que je découvre l'existence du rose mou fluo, j'en achète deux parce qu'il n'y a pas ça en France (en fait, il y a quelques mois, il y en avait un, tout vieux et sale, chez Yanko[21] aux Halles, personne ne doit vouloir l'acheter à cause de la couleur trop surréaliste). Des kilomètres d'autoroute dans le désert pour aller à la plage. On fait de la gym à West Hollywood. Ça drague mollement dans le jacuzzi sous les plantes, comme dans les débuts de films pornos. On ne baise avec presque personne, juste un ou deux mecs rencontrés dans les bars western de Silverlake. Je le saute chaque jour, du jamais vu entre nous. On boit des Coors devant la télé, en mangeant les sushis que j'ai trouvés au supermarché en bas de la colline, j'ai roulé très vite dans la descente pour y aller. Je suis heureux.

Stéphane a annoncé à Jean-Marc qu'il le quittait. Jean-Marc l'a viré de l'appart. J'ai proposé à Stéphane de s'installer à la maison au lieu de prendre un studio. Tout en le faisant je me disais que c'était une erreur. Mais je n'avais pas le courage de lui dire qu'il valait mieux qu'il s'installe de son côté et puis je venais de le prendre, je ne me voyais pas lui faire ça. Je savais qu'il n'avait jamais vécu seul et que ça lui faisait peur. Je me disais que si on n'habitait pas ensemble je le larguerais obligatoirement alors que si on vivait ensemble j'allais peut-être l'aimer comme il fallait. Je me disais que je ne savais plus ce que c'était que l'amour. Je ne voulais pas être seul. Je ne voulais plus avoir à chercher quelqu'un. Stéphane finirait bien par acquérir les qualités qui lui manquaient pour que je l'aime.

7. Notre jeunesse s'envole

Samedi après-midi. On est à poil au lit. Le téléphone sonne. C'est Nico. Je dis Salut ça va, pas trop content à l'idée qu'il va me soûler avec ses problèmes de cœur. Il dit Non ça ne va pas. Quentin a failli me tuer hier soir. Il m'a explosé à coups de pompes dans la gueule, partout, j'ai des bleus sur tout le corps. Je demande Et là tu te sens comment ? Ben j'ai mal partout, je peux plus marcher, il répond. Je dis Tu veux que je t'apporte à manger ? Il dit Ouais ça serait sympa et est-ce que tu pourrais m'acheter des yaourts, je ne peux pas trop ouvrir la bouche. Je dis Ok j'arrive. Je dis à Stéphane C'était Nico. Quentin a failli le tuer. Tu veux venir ? Il dit Bien sûr.

C'est vrai qu'il est salement amoché. Je fais du thé, il mange un yaourt avec des bananes. Je dis Mais dis donc je croyais que vous ne vous voyiez plus ? Il dit En fait je m'étais promis de ne plus le revoir après la ts[22] que j'avais faite dix jours avant. Tu vois j'avais beaucoup bu, je me suis dit j'ai cent t4, Quentin ne m'aime pas, ça suffit, j'ai pris tout ce qu'il y avait dans l'armoire à pharmacie et puis un copain m'a appelé deux heures plus tard, j'ai dit ça va pas très bien j'ai pris dix plaquettes de y et de z et j'ai bu une bouteille de whisky. Il m'a emmené à Saint-Louis, on m'a fait un lavage d'estomac. Et tu sais ce que Quentin m'a dit ? Il m'a dit Ça prouve bien que tu es con, nul et chiant. Là je l'ai quitté. Évidemment après ça il a tout fait pour me récupérer. Il est venu me rendre mes affaires mercredi après-midi. Il était allé chez le coiffeur, il avait même fait des uv, il avait mis sa belle chemise, celle que tu lui as filée, à carreaux orange et violets. Comme par hasard, son jogging sans slip, soi-disant il avait oublié d'en mettre un et il n'arrêtait pas de se toucher la queue. Je lui ai dit pour finir Si t'as envie de baiser avec moi, tu m'appelles. Évidemment le lendemain Allo ? J'ai envie de baiser avec toi. On s'est vus jeudi soir, câlins, bisous, on n'a pas baisé mais c'était super. Il m'a dit qu'il ne baisait plus en ce moment, alors que sur le répondeur il n'y avait que des messages de mecs qui disaient Je te rappelle comme convenu. On s'est revus le lendemain. Quentin a voulu aller danser au Queen. Moi j'avais envie de baiser. Il avait pris de l'exta avant que j'arrive, y en avait plus pour moi, il m'a dit Tu comprends mon chéri, j'ai gobé, j'ai envie de danser, je rentrerai à cinq heures et j'aurai super envie de baiser, si, si, reste là, repose-toi. Je suis resté. À cinq heures, Quentin arrive avec un brun aux oreilles décollées. Ils boivent un verre dans le salon, ils parlent rugby (le mec est rugbyman). Alors, tu es là la semaine prochaine ? Tu me passes ton numéro ? Je peux t'appeler quand ? Je l'ai rejoint dans la cuisine. Je lui ai dit Quentin y en a marre, ça fait trois mois que tu me fais ça, tu te fous de ma gueule. Il m'a dit Tu fais chier Nico, tu vois bien que je ne vais pas baiser avec lui maintenant. Je lui ai foutu une baffe. Il m'a dit Dès que le mec sera parti, tu vas me payer ça. Et dès que le mec est parti il s'est jeté sur moi. Un mètre quatre-vingt, quatre-vingt-cinq kilos, contre un mètre soixante-cinq, cinquante-cinq kilos. Il m'a balancé contre le mur, les étagères me sont tombées dessus, il m'a tapé à coups de pompes dans la tête, dans les côtes. Arrête ! Tu vas me tuer. Et puis il s'est arrêté, il s'est mis à pleurer Mon chéri, je t'aime, viens dormir avec moi, j'ai envie de baiser avec toi. J'ai dit Non. Alors il a dit Ah c'est que je ne t'ai pas encore assez tapé. Tu vas voir ce que c'est de se faire latter la gueule. Je t'aime. Tu ne sortiras pas d'ici vivant. Je me suis senti m'évanouir. Ça m'a donné la rage, je lui ai foutu un coup de genou dans les couilles, je me suis dégagé, je l'ai jeté sur le lit, j'ai pris mon blouson, il s'est relevé, il m'a rattrapé, je lui ai cassé la tête pour pouvoir m'échapper. Je pissais le sang de partout. Je suis allé direct aux urgences.

Je laisse un message chez Quentin pour lui dire que j'ai envie de lui éclater la gueule si jamais je le vois, mais que je vais me retenir. En fait c'est seulement parce que j'ai trop peur qu'il me tue.

Le lendemain je rencontre Cédric dans la rue. Je lui dis que ça ne va pas, Quentin a failli tuer son amant à coups de doc martens vendredi soir. On prend un pot, je lui raconte l'histoire. Il me donne de ses nouvelles, il est très bavard, il la ramène pas mal comme tous les anciens moches (une fois, on était chez lui avec Quentin, il y avait sa photo en couverture d'une revue de cul allemande qui traînait). Il me dit que ça va mieux que la semaine dernière, ils ont cru qu'il avait un cytomégalovirus[23], qu'il fait plein de trucs psychosomatiques, qu'il a passé un casting pour présenter une émission de remise en forme à la télé, qu'il n'arrête pas de baiser, qu'il a un nouvel amant. Renseignements pris, je le connais, j'ai été couper du bois chez lui à la campagne avec Quentin il y a un an. Quentin se l'était fait. Il me dit que son nouveau mec adore se faire sauter par lui mais qu'il ne l'a pas encore fisté[24]. Je lui demande si c'est avec ou sans capote. Il me dit Tu sais personne ne met plus de capotes, même les américaines, maintenant tout le monde est séropositif, je ne connais plus personne qui soit séronégatif (moi non plus, je pense, à part Quentin. Son dernier test date de six mois je crois), et tu sais moi j'y vais, je bouffe du sperme. Je dis C'est vrai que c'est bon, le sperme, moi aussi j'ai envie d'en bouffer, la baise c'est vraiment bon quand on peut tout faire. Il s'étonne que je me sois retrouvé un mec aussi vite. Je lui dis que j'en avais même deux, que c'est parce que je suis gentil, les mecs s'attachent à moi, et puis quand ils ont quelque chose qui ne va pas, je le change. Je ne développe pas. Il me parle d'un copain à lui éditeur pour mon journal, c'est lui qui a publié le bouquin de la gamine masochiste, il en a vendu dix mille exemplaires, elle vient de mourir avec son maître dans un accident de voiture, c'est horrible. On échange nos nouvelles adresses. Et puis on se fait la bise sur la bouche juste devant les flics.

Deux jours après on va boire un verre au Quetzal[25] avec Stéphane. On tombe sur Marc, l'ex-éternel supporter de Peter, un ex-amant à Quentin et moi. On cause. Il nous quitte pour aller dire bonsoir au fond du bar, puis il revient. Vous êtes en froid avec Quentin ? il me demande. Je dis Je ne lui parle plus, je ne le vois plus, à part ça, ça va, pourquoi ? Il me dit Parce qu'il est là. Il est là, en effet. Trois mètres plus loin, avec Éric, notre ex-homme de ménage. Il porte le bomber bleu que je lui ai donné, un vieux t-shirt blanc, un jogging bleu pas net. Il n'est pas rasé, il a encore les yeux pochés de la bataille avec Nico. Je le trouve tassé, petit, plissé. Éric de profil lui dit quelque chose d'apparemment drôle à l'oreille. Je dis Je pense que je vais me casser tout de suite. On part.

Le lendemain je me sens déprimé dès le réveil. Il fait extraordinairement beau. C'est samedi. En plus j'ai du boulot. J'ai envie de l'appeler pour lui dire Sauve-toi. Il ressemblait tellement à un vieux bébé perdu. Je dis à Stéphane C'est vrai que j'ai envie de le tuer, il a raison Quentin. Peut-être qu'un de ces jours j'aurai aussi envie de te tuer. Pour que la dernière chose que tu voies avant de mourir ce soit moi. Je t'aime. Je te tue. C'est là que j'ai les yeux qui se mouillent. Je me console, avec Stéphane, ça va vite. J'écoute Jam and Spoon[26], Tripomatic fairytales, un truc que m'a conseillé Christophe un autre copain. La dernière fois que je l'ai vu, c'était dans l'eau à la piscine des Halles. Quand je lui ai demandé Ça va ? il m'a répondu Pas trop fort, j'ai demandé Pourquoi ?, il m'a dit J'ai viré séropo depuis un mois je ne sais pas comment ça a pu se passer. Je ne pouvais pas le prendre dans mes bras parce qu'on était dans un endroit public. Je l'ai caressé en douce quand on se retrouvait au bout des longueurs.

8. Possession

Je rentre par-devant, c'est pas mal, il est un peu crispé, il ne pense pas trop à me faire les seins alors que je ne bande pas à fond, je ne sens pas trop son cul, mais bon, c'est pas trop mal, au moins il n'est pas serré, crispé. Je le chope au-dessous des genoux, je cale les bras, il ne peut plus bouger, je le tire doucement en cambrant un maximum.

Je le baise exactement comme Quentin me baisait. D'abord l'empoignage. Je le prends dans mes mains et je le tiens doucement et fermement. De face, il y a plusieurs possibilités, de dos aussi, mais moins. Quand il a les chevilles sur les épaules, pour le baiser de face, je mets mes poignets autour de son cou ou de ses hanches. Je le tiens par les chevilles, jambes écartées : il a les jambes repliées sur lui-même, les pieds sur mon ventre ou sur mes flancs. Si je l'attrape par le dessous des genoux, je peux le baiser bras tendus, plus en profondeur avec le poids du corps dans les reins, c'est top. Je peux aussi le tenir dans le dos au niveau des reins, par en dessous un peu en l'air, par les chevilles les jambes en grenouille ou alors droites jointes sur ma poitrine. Je peux aussi le tenir en croisant les bras autour de ses cuisses ou de ses jambes. Ce sont les meilleures positions, les plus stables, on peut maîtriser la pénétration, en plus, en variant les angles, je sens des parties de bite et de cul chaque fois différentes, plutôt le dessous de la bite et du cul, plutôt le dessus, bien dans l'axe, un peu par en haut, ou par en bas... Après il y a le cambrage. Ça c'est pour faire sentir sa bite au maximum. Plus je me cambre, plus la pénétration est ample et ressentie par le mec. Ça le détend bien. Et puis il y a le poussage. Au bout du mouvement, ne pas oublier d'exercer une pression de plus en plus forte avec le bassin pour ouvrir de plus en plus profond. On se retient de taper comme un sourd tout de suite en pensant que tout à l'heure on pourra taper comme un sourd mais beaucoup plus longtemps et dans un cul beaucoup plus mouillé et en provoquant beaucoup plus de gratitude. Je l'encule vraiment bien à fond pour la première fois, ça dure enfin assez longtemps avant qu'il jouisse pour que j'arrive au cul bien souple, tellement détendu qu'il fait flotch, flotch, flotch, que je sois couvert de sueur, et qu'après j'aie mal aux cuisses. Comme Quentin dans le temps avec moi.

Le lendemain je me suis réveillé avant lui, vers une heure. J'ai gerbé tout mon dîner de la veille. J'ai nettoyé la cuvette des chiottes et je suis retourné me coucher. Il s'est réveillé à cause du bruit. Je lui ai demandé de me faire du lait chaud et du miel. Dès que j'ai eu fini le bol, j'ai couru le gerber aux chiottes. Ça a fait comme une vague blanche et verte à cause de la bile. Je me suis dit que je n'aurais jamais dû boire de lait. Au bout d'une heure j'ai bu un verre d'eau, qui est passé, et après j'ai mangé deux cuillères de riz. J'ai immédiatement gerbé le tout sur le plateau et le lit. Je me suis endormi. Quand je me suis réveillé j'avais chié au lit. La doctoresse de Sos médecins m'a donné sept jours d'arrêt de travail.

9. No comment

Il fait beau. Stéphane est passé me prendre après le boulot. On rentre dans sa voiture. Je n'ai pas envie de baiser. Ce matin je lui ai dit que je le violerais en rentrant. C'était pour m'obliger, pour lui faire plaisir. Mais en fait ça me gonfle de le sauter. Je regarde le paysage. Je décide de lui mettre une cagoule. Comme ça au moins je suis sûr de bander.

Je prends celle en cuir parce que ça fait plus sm et que je lui en veux. Je lui bande les yeux. Apparemment c'est une bonne idée. Ça le fait bander. Il donne bien son cul, je le sens bien obsédé par sa chatte. Je le baise pendant une heure et quart. Comme ça m'a mis en forme, le lendemain je décide de recommencer. Mais cette fois-ci je ne lui en veux plus alors je lui mets la cagoule en latex noir. Le latex je trouve ça plus mystérieux, plus intime. Il s'ouvre doucement, millimétriquement, comme un abricot. Je fais vraiment attention pour la première fois à ne pas lui faire mal du tout. Je bouffe la cagoule. Je crache dessus et puis je la lèche à grands coups de langue tout en le ramonant. Il râle doucement. Il s'accroche à mes tétons. Il est comme moi quand j'ai découvert mon cul avec Quentin il y a cinq ans. Je le baise pendant une heure et demie.

Je le baise jusqu'à ce que je sache qu'une fois de plus je ne vais pas avoir envie de jouir. À ce moment-là je voudrais être mort. J'accélère pour qu'on en finisse. Quand il a joui je décule et j'enlève ma capote et je pense à lui gicler sur le trou et à étaler pour bien faire pénétrer la mort et je me branle et puis ma bite hyper tuméfiée reprend le dessus et comme je suis près de jouir je ne pense plus et puis j'explose en geyser et c'est comme dans un hyper bon film porno et tout de suite après je me remets à penser.

10. Tentative

Il fait beau. Je vais prendre mon petit déjeuner à la terrasse du Bon Pêcheur[27]. Dix heures du matin. Le quartier est encore vide à cette heure-ci. Très calme. Je rentre à la maison en faisant quelques courses en chemin. J'appelle Stéphane au boulot. Il prend la communication. Il dit Bonjour je suis en réunion là je peux te rappeler. Je dis Non pas la peine j'appelle simplement pour te prévenir que quand tu rentreras ce soir j'aurai un gode dans le cul et une cagoule, et des menottes que tu n'auras plus qu'à m'attacher pour me violenter. Il dit D'accord c'est parfait d'une voix entrepreneuriale. Je dis Tu penses être là vers quelle heure ? Il dit Huit heures.

À huit heures dix il sonne. J'ouvre la porte. Il a l'air bien excité. Je fais demi-tour. Je croise mes poignets pour qu'il attache les menottes à la grosse laisse qui me pend dans le dos. Clic. Je commence à bander. Il entre, il ferme la porte derrière lui, je me suis déjà mis à genoux face à son paquet, j'ouvre la bouche au maximum, c'est difficile à cause du cuir de la cagoule, il descend sa braguette à toute vitesse, sort sa bite à demi bandée. J'en profite pour l'avaler à fond, jusqu'au pubis. Je tète. Il grossit vite. Ça m'oblige à reculer mais je reviens dessus et comme je suis bien excité j'arrive à tout prendre jusqu'à ce que j'aie son gland derrière la glotte, je le branle comme ça en fond de gorge en respirant comme je peux par le nez, je bave un maximum.

Ça fait cinq bonnes minutes que je pompe, je commence à redescendre. Je me mets à sucer plus mollement, je vais le long de sa queue, je suce seulement le gland. Pas longtemps parce qu'il m'attrape par le haut de la cagoule et qu'il me force à le pomper à nouveau bien à fond. Ça me réexcite aussi sec. Au bout d'un moment il me tire la tête en arrière. Il me regarde d'en haut. Petite salope ! Il me crache dessus. Wow ! Je suis tellement content que ça démarre aussi bien que je fais un truc que je ne fais pas d'habitude parce que je trouve que c'est sale mais là j'en ai envie pour bien montrer qui est qui ce soir. Je me baisse et je commence à lui lécher les pompes. En même temps j'écarte les genoux et je me cambre à fond pour bien offrir mon cul. Je sais que c'est une vision assez sympa : au centre de mon cul, poilu sauf la raie qui est rasée de frais, les couilles et le bout rose fluo du gode qui émerge de mon trou, retenus par la lanière de mon string en cuir. Plus haut il peut voir mes mains attachées à la laisse au milieu de mon dos, plus haut encore le collier de chien en cuir autour de mon cou, l'arrière lacé de la cagoule. Je n'ai pas mis mes chaps pour avoir l'air plus vulnérable, mais j'ai mes rangers avec des grosses chaussettes marron en synthétique un peu trash roulées au-dessus.

Il me claque le cul. Quand ça devient trop fort je remonte lui bouffer les couilles et le sucer. Il m'arrête, il me pousse à terre, il est un peu brusque mais tant pis, ce n'est pas le moment de faire des remarques, il m'attrape par le cou, il me tire vers la chambre. J'avance comme je peux, moitié sur les genoux, moitié en rampant. Il en profite pour me claquer le cul, vraiment fort. Arrivés à la chambre, il me prend par les épaules, me jette sur le lit, je me mets en position, torse sur le bas du lit toujours à genoux cul en l'air, non, ce n'est pas ce qu'il veut, il me fait monter sur le lit, je me remets en position, rangers bien écartées dans le vide, je baisse mon cul pour qu'il ne soit pas trop haut pour sa bite, pendant ce temps il va chercher une capote, il se la met, il me claque le cul deux trois fois, il écarte la lanière du string, le gode commence à sortir de lui-même, il pousse dessus pour le remettre à fond une fois, deux fois, et puis il le vire, il le jette sur le lit, il rentre sa grosse bite à la place et il me baise comme une reine.

On ne le refait jamais. Je trouve que ce serait nase de lui refaire exactement le même coup donc j'attends qu'il me le propose. Il ne le fait pas.

11. Retour de vacances

Je récupère le courrier. Quentin m'a écrit. Je lis Notre première histoire est terminée. La deuxième n'a pas encore commencé. Je regrette de t'avoir fait souffrir. J'ai envie de t'entendre, te parler calmement, dans un jardin. Je montre la lettre à Stéphane. Stéphane me dit Ça pourrait être du Jean-Marc. Je pense Quand même pas.

Je rage. Je range les affaires, je remplis la machine à laver, je jette les trucs qui ont pourri dans le frigo, j'ai pas faim. J'ai du mal à m'endormir malgré les deux bières au QG[28] et le pétard. Les invités des voisins repartent à trois heures du matin. Les portières claquent, le diesel chauffe. La porte cochère tremble, grince, crisse. Je saute à la fenêtre, j'ai envie de les abattre au machine-gun comme dans Taxi Driver[29]. Je répète le coup de fil que je vais passer au gérant. Première version, deuxième version, troisième version.

Le lendemain je ne vais pas travailler. Stéphane finit par arriver du boulot. Je lui ordonne de se mettre par terre à quatre pattes pour qu'il me suce pendant que je finis de rouler un pétard. J'écarte bien les jambes pour regarder ma bite. Je suis à poil en baskets avec des chaussettes de foot bien remontées. Je lui dis de se plugger[30] et de se mettre des pinces à seins. Je lui pose les menottes. Elles sont en cuir et il y en a une pour chaque poignet. Ce sont plus des bracelets que des menottes, elles ne font pas mal, comme ça on peut les porter pendant des heures. Après je lui pose le collier de chien en cuir noir. J'attache chacune des menottes aux anneaux qui sont là pour ça de chaque côté du collier. Avec de la corde, je relie les menottes au haut de chaque cuisse, puis aux pinces à seins. Maintenant s'il bouge quoi que ce soit il sera un peu étranglé, un peu pincé, juste assez pour que ce soit comme deux mains qui serrent, pas assez pour lui faire vraiment mal. La douleur n'est pas le but du jeu.

Je le baise par-derrière en le cravachant doucement. Je dis Fais-moi un cul bien ouvert maintenant. Il fait un cul bien ouvert. Après je dis Ferme-le là. Il le ferme. C'est vraiment bien. De dos, les mains attachées au cou, ça fait un bon quart d'heure qu'il bande à fond sans se toucher. Je lui détache une main pour qu'il me tire sur les couilles. Interdiction de se branler évidemment. Je le rattache.

Je le pousse sur le lit pour le baiser allongé. Et puis je commence à m'emmerder. Alors je lui mets un oreiller sur la tête. J'appuie. Ça m'excite. Lui aussi d'ailleurs. Il tend son cul à fond. J'appuie plus fort. Un orgasme commence à monter. J'appuie de plus en plus fort et puis je suis obligé d'arrêter parce que ça devient risqué. L'orgasme s'arrête de monter et je sais qu'il n'y a plus rien à faire pour le rattraper alors je le change de position et je le défonce pour le faire jouir et il jouit et je sors et je me branle et après je m'allonge à côté de lui sans le toucher. Je ferme les yeux. Au bout d'un moment il me demande ce que j'ai. Je dis Je voudrais descendre tout le monde, casser tous mes jouets, et rester tout seul dans le sang et crier jusqu'à ce que je meure. Il dit que ça serait bien comme scène de film.

12. Consultation

J'explique à ma doctoresse que mes t4 ont remonté. Quand je l'avais vue la dernière fois, ils étaient bas, mais j'étais hyper fatigué, je venais de déménager, j'avais quitté le mec avec qui j'étais pendant cinq ans, il menaçait de me vitrioler. Je lui dis Le problème c'est qu'avec le nouveau je m'ennuie, il ne me fascine pas, l'autre, il était fou et je l'aimais, c'est toujours le moins fou qui est fou du plus fou, et le plus fou est fou de lui-même apparemment. Elle me dit qu'on ne peut pas y échapper, c'est comme ça, soit on est raisonnable et on se met avec un normal, et on s'ennuie, soit on se met avec un fou et il veut vous vitrioler et on s'amuse. C'est comme ça. Je lui dis que ça m'a fait déprimer pendant quatre ans, mais maintenant j'ai mûri, peut-être que ça pourrait marcher avec Quentin. J'ai lu dans un magazine ce week-end que ce qui fonctionne avec les séducteurs pathologiques c'est quelqu'un d'extrêmement rassurant et qui sait rentrer dans leur jeu, avec un peu de perversité si possible. Elle me demande Où il est maintenant, il est parti ? Je dis Il est à trois cents mètres.

Elle me fait le check-up habituel, intéressée. Ma doctoresse a des yeux bleus tout ronds, la bouche ronde, très ourlée, la tête ronde et brune. Elle est jeune et assure à fond. Elle me demande des nouvelles Et votre travail ? Je lui parle de mon livre. Elle me demande Et ça a quel sujet ? Je me marre et je lui dis que c'est le même que celui de Moderne Mesclun[31] dans Agrippine. Vous avez lu Agrippine ? Ils sont dans un café et il lui parle de ses projets et il y a, entre autres, son autobiographie érotique sur fond de grégorien-rap. Et je lui dis que le sujet c'est mon autobiographie érotique sur fond de grégorien-rap parce que quand j'écris, j'écoute Depeche Mode[32].

Je lui raconte que Quentin m'a écrit. Je lui dis que j'ai répondu à sa lettre au dos de l'enveloppe de son rappel d'EDF que j'ai reçu parce que l'électricité est toujours à mon nom. J'ai mis Je ne sais pas quoi répondre pour l'instant. Guillaume. Ma doctoresse observe finement que ça ne veut pas dire non.

13. Compulsion

Je vais chez Marks and Spencer à l'Opéra. J'explore d'abord entièrement le rayon alimentation, puis je monte au rayon hommes où j'examine les slips, et après, les soldes, je me refrène pour n'acheter que de l'utile et du portable. J'achète quand même deux caleçons longs moulants thermiques bleus pour l'hiver et puis quatre paires de chaussettes presque noires à dix francs, coton majoritaire, deux à dessins, deux sans dessins, et puis je trouve une super veste d'hiver en laine gris foncé ultra-soldée pour Stéphane. Après je redescends à l'alimentation et j'achète du coleslaw et du blanc australien pas cher qui a l'air simple et bon, et aussi des épinards frais en microwave oven bag, et des mini-saucisses cocktail fraîches à griller, deux fois six sortes différentes, une salade carrots and nuts, bean salad et coleslaw dans une triple barquette ronde, et puis du vieux cheddar orange et des muffins complets, et des légumes stir fry, soja, carottes, champignons, et du bacon fumé à la canadienne. Et des baked beans à la tomate, je prends la vraie recette, pas la Boston spicy, l'anglaise de base, celle qui se mange le matin avec les œufs et les toasts.

Marks and Spencer c'est fascinant. Il n'y a plus rien à faire soi-même. Tout est préparé, les sandwiches œuf-cresson, le poulet tikka en boulette, les brochettes de saumon irlandais, le cocktail de crevettes, le coleslaw, les légumes lavés et coupés à frire, les pâtés au porc, les fromages carrés. Il n'y a que les gâteaux qui font vraiment tache. Même les cakes ont l'air moyen. Question de génération, les acheteurs sont sûrement plus branchés pousses de soja et salades de tomates cerises que mince pie et pudding. Je rentre comme un con en RER avec mes tonnes de courses. Bientôt il y aura Marks and Spencer à l'Hôtel de Ville. Ce sera bien.

Une fois à la maison je range le frais au frigo et puis je mets un des caleçons et je fume un pétard et je me branle et puis je dors. Je me réveille quand Stéphane tourne sa clef dans la serrure. Je l'envoie essayer sa nouvelle veste dans le salon avant qu'il ne soit tout nu. La veste lui va très bien, je le savais, elle a la même coupe que la bleue et la verte qui lui vont très bien. Il ne pourra pas dire que je ne m'occupe pas de lui.

14. Living in the ghetto [33]

Dimanche soir à la Loco je suis tombé sur Tom. Il m'a dit que son ex était mort. C'est seulement en rentrant que j'ai pensé à l'inviter à dîner en plus de deux copains de Stéphane prévus pour le lendemain. J'ai laissé un message sur son répondeur en rentrant des courses. Il a rappelé pour dire qu'il venait. Pendant le dîner Stéphane a appris qu'un type qu'il connaissait de l'Asmf[34] est mort. Ça l'a flippé mais il ne m'en a parlé que le lendemain.

Les invités sont partis. J'étais chaud, on avait bu cinq bouteilles à cinq. J'ai dit à Stéphane J'ai envie de te baiser dans un sling au bordel. Il s'est lavé le cul avant de partir, j'ai pris des capotes et de la xylocaïne. J'étais déjà déprimé. On est arrivés. Je l'ai baisé sur un sling dans une cabine, les chaînes avaient deux anneaux en trop qui faisaient gling, gling, gling, le sling était un peu trop haut, il fallait que je me mette sur la pointe des pieds pour arriver à rentrer en profondeur. Je bandais mou, puis plus dur, puis plus mou, puis plus dur. Ça a duré une bonne demi-heure comme ça. J'ai dit Bon on va finir à la maison c'est plus confortable. Je n'ai pas dit un mot dans la voiture. On est remontés. J'ai roulé un pétard en silence. On a recommencé. Je débandais. J'ai fini par lui dire un tas d'horreurs. T'es pas excitant, tu me surprends pas, tu me fais mal les seins, je m'emmerde dans ton cul, excuse-moi en ce moment je suis déprimé, je préférerais que tu me baises. Ou alors je te baise sans capote. Il m'a dit Baise-moi sans capote. J'ai rebandé instantanément. J'ai pensé De toute façon je ne mouille pas et puis je peux sûrement éviter de lui gicler dans le cul. Je suis rentré. Au bout de cinq minutes évidemment j'avais envie de jouir alors que d'habitude avec une capote ça ne vient jamais tellement je reste à distance. J'ai dit J'ai envie de jouir. Il a dit Vas-y. J'ai dit Je pense qu'il vaudrait mieux attendre le résultat de ton test. Le test, il ne l'a jamais fait. Il est persuadé qu'il est séropo de toute façon. C'est moi qui l'ai poussé à le faire. J'ai dit On fera ça plus tard. Je suis sorti et j'ai giclé sur son petit cul de chienne.

La semaine d'après, le test est négatif. Je me dis que j'ai bien fait de ne pas jouir dans son cul. Et puis je me sens seul. Déçu. Et puis seul.

15. People are still having sex

Je vis dans un monde merveilleux où tout le monde a couché avec tout le monde. La carte s'en trouve dans les revues communautaires que je lis assidûment. Bars. Boîtes. Restaurants. Saunas. Minitel. Rézo. Lieux de drague. Et tous les numéros de téléphone et les adresses et les prénoms qui vont avec. Dans ce monde chacun a baisé avec au moins cinq cents mecs, en bonne partie les mêmes d'ailleurs. Les mecs qui sortent. Mais les réseaux ne se superposent pas exactement. Les mecs sont plutôt bars. Plutôt boîtes. Plutôt bars-boîtes. Plutôt sauna. Plutôt rézo. Plutôt minitel. Plutôt bruns. Plutôt blonds. Plutôt musclés. Plutôt hard. Plutôt baise classique. On a le choix. Beaucoup de choix. Et personne ne souhaite fonder une famille. On est un, ou deux, pas plus, dans ce monde, sauf quand il y a pour un temps plus ou moins long un esclave à la maison. Je trouve ça bien toute cette invention. J'ai un copain qui a mis ses deux mains autour d'une de celles de son mec dans le cul d'un type assez connu dans le milieu, qui est par ailleurs percé des tétons et de la queue, et pourvu d'un matériel impressionnant, dont il fait profiter assez largement.

Comme moi avec celui que j'ai à la maison, dans un petit placard de la chambre, sur cinq niveaux. Tout en haut il y a les trucs encombrants : deux paires de chaps, une en cuir, une en latex, avec un pot à lavement et son tuyau, plus un énorme gode conique pour s'asseoir dessus. En dessous, il y a les godes et les plugs, rangés par taille sur deux étagères : deux gros plugs, quatre petits, quatre godes doubles, huit godes simples. En dessous il y a le petit matériel, accroché à des clous : cinq paires de pinces à seins différentes, des pinces à linge, un parachute pour les couilles, un collier de chien, deux cagoules, une en cuir, une en latex, six cockrings, en acier, en cuir, simples ou avec serre-couilles incorporé, deux étuis à bite, un simple en cuir ajustable et un à pointes épatées, ça c'est un peu folklorique, une cravache, un martinet, un bandana noir et un rouge, pour bâillonner ou attacher, un bâillon-tube évidé pour pouvoir pisser direct dans la gorge, un bâillon à boule, la boule peut se gonfler, des pinces à seins montées sur un Y en cuir extensible qu'on peut relier à un cockring, comme ça, ça tire sur les seins depuis le paquet, un ball-stretcher [35] plombé, pas trop lourd, trois cents grammes, pas trop large non plus, trois centimètres (ça se place entre la queue et les couilles ou bien en cockring normal), deux paires de menottes en cuir, un collier de cuir avec menottes qui peuvent se porter dans le dos ou sur le ventre, ça dépend de quel côté on le place. Tout en bas il y a encore des trucs encombrants : une barre de fer à écartement réglable avec des menottes en cuir aux extrémités, un harnais en cuir, deux paires de rangers, mes bottes allemandes.

Ça fait des années que j'achète des trucs comme ça. Beaucoup. J'en ai balancé plein d'ailleurs, des trucs que j'avais achetés sans savoir, des godes trop rigides ou trop biscornus, des cockrings trop serrés, des pinces trop fortes. Je n'ai gardé que ça. Le strict nécessaire. J'ai à portée de main tout ce qu'il faut pour m'en servir. De l'alcool. Du shit. De l'acide. De l'exta. De la coke. De l'herbe. Du poppers. Des revues de cul. Des k7 de cul. Un polaroïd.

Certains éléments servent plus que d'autres. Je les aime tous. Ils sont comme des parties de moi qui viennent se poser là où je l'ai décidé et y maintiennent mon emprise. Mais c'est aussi leur office de servir le corps. Cagoule collier bâillon pinces à seins menottes godes cockring étouffe-queue parachute menottes. Tête cou bouche tétons poignets bras cul paquet queue couilles chevilles jambes. Tout est mobilisé. Prêt à maximiser l'effet de la bite dans la bouche ou dans le cul, les coups de cravache sur le cul, les jambes le dos les épaules les bras les mains les pieds les couilles la queue. Ça ne fait jamais mal quand c'est bien fait. Je ne suis pas sadique. Seulement un peu mégalomane. Ça ne fait pas de marques. De toute façon tout ce que fais, tout ce dont je me sers a été préalablement essayé sur moi. Alors tout se passe bien. Même les gros godes ressortent sans un filet de sang, même ceux qui sont plus gros qu'un poing et qui passent après le deuxième sphincter. Je suis devenu très conscient de mon corps, de son extérieur comme de son intérieur, grâce à ça, je pense. Je travaille. Mes seins, mon cul, mes éjaculations, mes prestations.

Je me demande si c'est sinistre ou si c'est bien. Je pense à ce que Jeanne Moreau dit à sa nièce dans un film[36] américain où elle est vieille et extravagante. Elle lui dit Non, je ne pense pas que tu es stupide. Je pense que tu as perdu espoir. Il faudrait ne rien faire. Absolument rien. En attendant que l'espoir revienne. Comme si elle était sûre que ça revient toujours. Peut-être qu'elle a raison. J'ai essayé hier soir. Au lieu de faire du minitel ou d'aller boire un verre dans un bar comme d'habitude, j'ai attendu. Au bout de quelques minutes effectivement, l'espoir est revenu. Il est revenu par la jambe gauche, je l'ai senti. Un apaisement musculaire. Tous les pédés que je fréquente font de la muscu. Sinon ils font de la natation. Ils sont presque tous séropositifs. C'est fou ce qu'ils durent. Ils sortent toujours. Ils baisent toujours. Il y en a plein qui font des trucs, des méningites, des diarrhées, un zona, un kaposi, une pneumocystose[37]. Et puis ça va. Certains sont seulement un peu plus maigres. Ceux qui font un cmv ou d'autres trucs plus flippants, on ne les a pas vus en général depuis déjà un bout de temps. On n'en parle pas. Aucun de mes copains proches n'est mort cela dit. Quatre mecs avec qui j'ai baisé sont morts, je le sais. J'en soupçonne d'autres. Pas beaucoup. Les gens ne meurent pas beaucoup apparemment. Il paraît que le sida évolue vers un truc comme le diabète. Que tant que la sécu aura des sous, on nous soignera tout ce qui se présente. Il n'y a pas de souci à se faire.

Ça fait quelques années maintenant que je suis entré dans ce monde. J'y passe la plupart du temps. Moi aussi je préfère aller en vacances à Londres plutôt que de découvrir Budapest. Budapest, ça sera pour plus tard. On est bien dans le ghetto. Il y a du monde. Il y en a tout le temps plus. Des pédés qui se mettent à baiser tout le temps et à ne plus aller aussi souvent qu'avant dans le monde normal. À part bosser, en général, et voir sa famille, tout peut se faire sans sortir du ghetto. Sport, courses, ciné, restau, vacances. Il n'y a pas de ghettos partout. Il y a Paris centre. Il y a Londres, Amsterdam, Berlin, New York, San Francisco, Los Angeles, Sydney. L'été, il y a Ibiza, Sitges, Fire Island, Mykonos, Majorque. Le sexe est la chose centrale. Tout tourne autour : les fringues, les cheveux courts, être bien foutu, le matos, les trucs qu'on prend, l'alcool qu'on boit, les trucs qu'on lit, les trucs qu'on bouffe, faut pas être trop lourd quand on sort sinon on ne pourra pas baiser. On rentre rarement seul si on persiste jusqu'à tard et qu'on n'est pas trop déprimé. Si on ne se dit pas qu'on s'est déjà fait tous les mecs bien qui sont sur place. Ou tous ceux qu'on sait qu'on peut se faire. Mais souvent on peut se faire ceux qu'on pensait ne pas pouvoir se faire. On progresse.

Hier soir, Stéphane récupérait du week-end, je ne pouvais pas dormir comme d'habitude quand je ne suis pas exténué. Je me demandais si j'allais habiter seul ou réemménager avec Stéphane dans trois mois. J'ai donné mon préavis, je ne supportais plus l'appartement. Il y a ce projet d'avoir une terrasse que je ne pourrai jamais me payer si je vis seul. J'ai commencé à trier mes revues de cul en déchirant toutes les pages que je trouvais bandantes. J'ai fait un tableau avec sur le sol du salon. Six mètres carrés de photos de bites, quelques culs aussi, mais surtout des queues, dont la plupart bandent, plutôt belles. C'était pas mal. Quand j'ai eu fini, je me suis assis dans le canapé et je me suis branlé en regardant ça, en buvant une heineken et en sniffant du poppers. Après, vers trois heures, je me suis couché. Je vis dans un monde où plein de choses que je pensais impossibles sont possibles.

Deuxième partie

1. Le beau Serge [38]

On l'a rencontré au Queen, assez tard, à l'heure où il n'y a pratiquement plus que les enragés. Un peu chauve. Un mètre quatre-vingt-cinq, quatre-vingts kilos. Hyper bien foutu. Un sourire perpétuel à base de dents blanches et régulières. Suffisamment jeune. Belle gueule. Visiblement explosé à un truc de très bonne qualité. D'abord on s'est regardés. Puis j'ai dansé en me collant à Stéphane pour l'exciter. Il s'est aggloméré. On s'est donnés en spectacle sur la piste, en faisant semblant de tous se baiser. Ça l'a fait gonfler. J'ai senti qu'il y avait la quantité. Après on s'est décollés. On a échangé trois mots dans le vacarme de la musique. J'ai envoyé Stéphane nous chercher à boire. Je lui ai dit Putain j'ai super envie de te pomper. Il a dit Pas de problème. Il m'a entraîné vers les chiottes. Je me suis dit C'est cool il sait ce qu'il veut. J'ai suivi sans résistance. Aux chiottes ça bloquait, il y avait la queue pour entrer. J'ai dit Bon on fait quoi. Il m'a emmené dans l'angle mort juste à côté de l'entrée. Il a tourné le dos à la piste. Je me suis laissé glisser à genoux par terre. Il a sorti sa super belle bite et je l'ai prise dans la gueule en me branlant pendant cinq minutes. C'était cool. Après j'ai dit Bon il y a mon mec qui nous attend il faut qu'on y aille ok? Il a dit Ok. Stéphane attendait au bar avec les verres, toujours très cool comme d'habitude.

On s'est assez rapidement mis d'accord sur la marche à suivre. D'abord on passe chez lui prendre une nouvelle drogue américaine que je ne connais pas et qui est paraît-il super pour baiser, et après on va à la maison puisque chez nous il y a du matos et pas chez lui. Je suis déjà à peu près persuadé que ça va être une galère à cause de ce dernier détail, mais il est tellement canon que je ne peux pas imaginer une seule seconde de ne pas me le faire alors que c'est possible.

Chez lui c'est top. Appart style loft. Télé et baffles dans les chiottes. Meubles classe. Une enveloppe adressée par une chaîne de télé traîne sur le plan américain extra-large de la cuisine. Il met de la trance très fort. Le son est super. On goûte sa poudre. Au bout de dix minutes on est ultra explosés. Il faudrait filmer. On se dessape. Il est sublime. Super bite, très large et longue, grosses couilles pleines de peau. Je le suce. Je lui bouffe les couilles. Il me claque le dos, le cul. Il joue au macho. Ça me plaît. Il fait Tu es une vraie salope, toi, une vraie. Tu me fais bander. Je vérifie. Il exagère. Je suis sûr qu'il ne va pas me sauter mais tant pis. Aux chiottes il y avait une vieille boîte de prophyltex pleine, et prophyltex c'est beaucoup trop serré pour une queue comme la sienne, s'il s'en servait régulièrement dans un cul il aurait des manix[39] large. Ce qu'il y a de bizarre aussi c'est une paire d'escarpins très classe par terre à côté du miroir dans sa chambre. Mais c'est la seule trace de femme dans l'appart. Il est peut-être bi ce con prétentieux. Il me regarde dans les yeux. Je le regarde pareil. On sourit. Il me dit Me regarde pas comme ça, sinon je vais t'épouser. Je lui dis C'est pas de ma faute, c'est comme ça. Il fait Wow wow wow ! en tapant dans ses mains pendant que je claque le cul du chouchou pour mettre une ambiance un peu plus sexe. Et puis le chouchou est trop stone et s'endort sur le parquet son fute en cuir aux chevilles. C'est sûr que ce Serge me plaît, c'est comme si j'étais amoureux. Le problème c'est qu'évidemment il ne me baise pas. Juste un coup de queue ou deux, sans capote, comme ça, dans la cuisine aux fenêtres ouvertes, après avoir cassé l'antenne de son téléphone sans fil en essayant de me la mettre dans le cul. Visiblement ce mec n'a pas l'habitude de baiser. Il est vrai qu'on ne peut pas tout faire dans la vie. Il me dit plusieurs fois qu'il est désolé qu'il est trop stone. Je lui dis C'est pas grave.

Il s'endort sur le canapé pendant que je le suce. La chaîne joue de l'opéra maintenant, ça doit être ce qu'il écoute d'habitude. Je reste seul, je vais dans sa chambre, je mate les quelques livres, une méthode pour avoir un corps parfait et comment l'entretenir sous la table de chevet, les k7 vidéo sous la télé en face du lit, pas de pornos ou alors ils sont bien cachés, une commode de slips, caleçons, chaussettes, foulards. Tout est parfait. Les slips sont parfaits. Les caleçons sont parfaits. Les chaussettes sont parfaites. J'essaye un slip bleu pas mal, puis un jock-strap, j'avais presque le même, pas bien, puis un vieux nikos[40] hyper bien coupé qui me va super bien. Je le mets dans mon blouson, puis je cherche un contenant pour la poudre. Je trouve une boîte de pellicules vide sur son bureau. Je prélève mon petit cadeau. Je bouffe une tranche de pain de son. Il n'y a rien d'autre dans le frigo. L'opéra tourne toujours. Je réveille Stéphane. Ça va ? Il est ok. Je laisse un mot pour le beau Serge, avec notre numéro de téléphone. Dehors il fait beau. Je mets mes lunettes de soleil. Les rues s'animent déjà. On rentre. Stéphane conduit. Parking. Pains au chocolat. Croissants. Le fils du boulanger est toujours notre fan. C'est bon de rentrer à la maison. Alors on fume un pétard. Et je baise Stéphane.

Il appelle vers sept, huit heures du soir. Allo, c'est Sergio man. C'est comme ça que je l'avais appelé dans le mot. Il va à un dîner mais on peut se retrouver plus tard. Il est bizarre. Il dit Je rappelle à minuit. Bon c'est normal, à trois c'est toujours un peu compliqué. Pour une fois qu'il y a quelqu'un qui m'intéresse. Qui m'impressionne. Le salaud. Je suis sûr qu'il ne va même pas rappeler.

Il rappelle, mais à une heure et demie. Ça s'annonce mal. Il s'excuse. J'abrège. Son dîner n'est pas fini, est-ce qu'on peut se retrouver à trois heures aux Folies, en fait non plutôt à trois heures et demie ? Je dis Ok. Je raccroche. Je dis à Stéphane Bon j'ai trop envie de baiser juste une fois pour de vrai avec lui. Il faut que j'y aille. Stéphane dit que ça n'est pas un problème.

2. Rendez-vous

Je suis aux Folies Pigalle[41]. Il y a une fille très belle avec un t-shirt rose vif ultra moulant marqué Babie en argenté. Elle danse hyper bien. Elle est aussi flash qu'un pédé ou qu'un black. Il est trois heures. J'ai pris un quart d'acide, trois lignes de coke, fumé deux pétards et bu une bière à la maison avant de sortir. Défoncé, mais pas trop. Je cause avec le taxi. À la porte des Folies, il y a un mec avec qui on avait fait un plan à trois avec Quentin il y a des années. Il me dit Salut t'es avec quelqu'un ? J'ai un coup de parano, je ne comprends pas ce qu'il veut dire, je lui dis Non je suis seul, tu me laisses entrer ? Il a l'air un peu surpris, mais il doit voir que je suis stone. Une fois rentré je me dis Évidemment qu'il ne va pas jeter quelqu'un qu'il connaît, et je me dis Putain c'est sympa, je connais le portier des Folies. Ce genre de truc m'impressionne. Je sais c'est nul. Après à l'entrée, il y a un des organisateurs, un chinois hyper grand et maigre qui fait par ailleurs des t-shirts provoc. Je l'ai croisé à un fashion show où m'a emmené mon copain Georges. Le chinetoque se plie en deux sur moi pour me faire une bise molle. Salut ! Je me paye une bière. Je fume une clope. Je danse.

Ce soir je ne connais absolument personne à l'intérieur. Aucun pote, coup, personne avec qui j'aie déjà échangé plus de deux phrases. Ça me stresse un peu. En plus l'acide est fort. Ça me fait mal au dos et ça me tire sur les zygomatiques et je suis hyper speed et de temps en temps j'ai un peu le souffle court et des bouffées de chaleur. Je me calme en me disant que c'est toujours comme ça l'acide. Il y a aussi les côtés positifs, la lumière et les couleurs sont à peu près dix fois plus réelles qu'en réalité. Comme je fais un bon trip je ne peux pas penser plus de deux secondes à quoi que ce soit de désagréable. Ma seule véritable préoccupation c'est ce que je ressens et la nécessité absolue de bouger pour me décharger de l'énergie vraiment excessive que ça me donne.

Trois heures seulement. J'ai décidé d'y aller à deux heures et demie pour être sûr de ne pas le rater. Ça me plaît de faire la midinette. La musique est bonne, le son est meilleur qu'avant, alors je danse. Quand je prends de l'acide ça me détend le dos de danser. D'abord je me chauffe, et puis quand je suis bien chaud je monte sur le podium, j'enlève mon t-shirt, je danse torse nu, en jean, bretelles sur les cuisses, rangers. C'est bien d'avoir de grosses chaussures quand on a tendance à tituber.

Et puis la musique devient moins bonne, trop hardcore. Je redescends. Je suis trempé de sueur. Je vais aux chiottes me rafraîchir. Long couloir rose. Il y a des beurettes qui excitent d'autres beurs. Une nana prétend qu'elle peut pisser comme un mec, à l'urinoir. Je n'arrivais pas à pisser de toute façon, alors je me dégage pour qu'elle nous montre. Elle y va, elle se débraguette, et puis elle se dégonfle. Ça jacasse un peu agressif, c'est la drague beur. Je vais me vider dans les chiottes fermées qui se dégagent à ce moment-là. Je me dis qu'ils n'auraient pas dû les laisser entrer, ça ambiance bizarre avec les beurs.

La soirée est hyper réussie je trouve. Il n'y a que des beautiful people qui dansent bien, tout le monde a l'air émerveillé, total défoncé ou bien très nouveau dans le monde de la nuit, ou même les deux. Rien à draguer. Trop fashion. Enfin sous acide ça passe. L'acide je n'aime pas trop ça, je trouve que c'est trop fort, mais bon il faut reconnaître que ça donne bien la pêche. Dès que la musique est un peu moins trance hardcore, je redanse à fond. Le dj est hyper fort, il enchaîne deep disco remue-du-cul, trance plus poussée, jusqu'à ce que ça soit vraiment un peu trop, on commence à se démobiliser, hop ça recommence. Les mecs crient de douleur quand il casse le rythme exprès au milieu du mix. Je fais une pause. Escaliers. Coursive. Bar. Je suis couvert de sueur, un peu hard pour l'endroit, on ne me sert pas tout de suite, mais finalement c'est ok, le gin-get est copieux.

À quatre heures moins dix il n'est pas venu. Je ressors seul. Je fais le tour de la place Pigalle. J'ai la rage. À l'entrée du Transfert le portier me sourit. Stéphane est là, avec ses grands yeux doux et un débardeur de salope échancré jusqu'aux tétons. Je lui roule une pelle et puis je dis Ça va minet ? Il dit Non, je m'emmerdais un peu. C'est le bordel. L'anniversaire du Transfert. Rien de pire que la fête dans un endroit sm. Du gâteau passe dans des petites assiettes en papier. Personne n'en veut, mais les mecs les plus près du bar se forcent pour être polis. Le barman fait sa crise Vous n'en voulez pas du gâteau messieurs ? Eh bien je vous signale qu'il y a plein de gens dehors qui en voudraient.

Je fais un tour au fond de la backroom, je suce un peu le skin qui traîne à poil dans le lavabo à pisse, mais en fait ce qu'il veut c'est que je lui pisse dessus, et j'ai pas envie de pisser. Je me casse. Je me fais un peu embrasser, faire les seins par deux autres mecs. Je fais pareil. Le mec en face de moi me met deux doigts dans le cul. Je me reculotte. Je me retourne. Il y a un mec en face de moi que je connais, mais ça ne s'est pas fait. Il sort tout le temps mais il ne baise pas beaucoup je crois. Il regarde ma queue, je me branle un peu devant lui pour me marrer. Après ça je discute avec un petit skin qui ressemble à une souris. Il est hyper doux. Je lui dis Tu me donnes envie d'être méchant. Il fait Ah oui ?, plein d'espoir. Mais je ne suis pas très convaincu, je ne le trouve pas assez salope. Il le sent aussi, et on se laisse. Je retrouve Stéphane au bar. On se prend des giclées de champagne dans la gueule. Ça commence à devenir lourd. On décide de se casser.

Je suis nase dans la voiture. Stéphane me dit cinq ou six fois qu'il a envie de sexe. Je ne réponds pas. À la maison quand on se dessape, la moquette autour du lit se couvre de confettis. Je dis à Stéphane Si tu veux te faire baiser je peux le faire. Il n'a pas l'air d'y croire. Je demande Est-ce que t'as le cul propre ? Il dit Oui. J'attrape une olla, on n'a plus de manix large, mais olla j'aime bien, c'était celles qu'on utilisait du temps de Quentin. Elles sont assez épaisses, mais très souples et douces. Je le tire d'abord dans les chiottes, debout devant la cuvette, je lui fais mettre la tête dedans et je le baise. Puis je le ramène dans la chambre et je le baise au lit par-devant, puis par-derrière. Ça dure longtemps, et c'est vraiment pas mal, je rentre et je sors, son cul fait flotch, flotch, flotch très fort, il râle, ramassé sous moi. Je commence à débander parce qu'il est trop large. Je continue encore un moment. Et puis il faut qu'on arrête parce que j'ai trop débandé. On va se laver les mains. Je lui propose de me baiser. Il dit qu'il a envie de pisser. Je me fous dans la baignoire et il me pisse dessus et puis je ne me lave pas et on retourne sur le lit, de toute façon le drap est déjà bien avancé. La baise est super. Profonde. Longue. Je me laisse baiser comme jamais. Je trouve qu'il assure de plus en plus. Et puis il devient évident qu'on est trop stone pour arriver à jouir comme ça. Je cherche ma montre. Il est dix heures, ça fait quatre heures qu'on baise. On se finit à la paresseuse, il me bouffe les couilles, je jouis et puis je lui propose de lui travailler le cul de la main gauche parce que la droite est pleine de sperme. Il explose. On fait un câlin. Je roule un dernier pétard. Il s'endort. Je fume la moitié et puis je me rends compte que je perds conscience alors je pose le pétard et je m'endors.

Au réveil je suis vert du lapin d'hier. On regarde la télé. J'essaye de résister et puis je finis par appeler Serge vers sept heures du soir. Répondeur. Je parle au cas où il filtre. Il décroche.

– Oui ?
– Salut c'est Guillaume.
– Salut, ça va ?
– Non.
– Ah... Je suis avec des gens là. Avec ma maman.
– C'est bien.
– C'était bien hier soir ?
Je réfléchis.
– C'était décevant. C'est-à-dire que je ne savais pas que tu n'allais pas venir.
– Moi non plus je ne savais pas que je n'allais pas venir.
Silence.
– Bon, je reprends, tu es avec du monde et puis je n'ai pas grand-chose d'autre à te dire. C'est à toi de voir.
– Je te rappelle.
– Ok.

Je raccroche. Ce mec m'écœure. Je dis à Stéphane Tu te rends compte qu'il me pose un lapin et que c'est moi qui le rappelle ? Mais c'est aussi ça qui est bon. D'être impressionné. De le montrer. Comme une salope. Mais pas trop. J'étais content de C'était décevant. J'espérais qu'il avait compris que je voulais dire à la fois qu'il était décevant et que j'avais été déçu. Je voulais qu'il ait un peu les boules. Mais en même temps je voulais toujours me le faire. Sa peau ultra douce. Ses muscles parfaits, ni trop ni trop peu. Beau.

3. Excès

Ce week-end la cousine de mon amie M. est morte. Elle était brûlée au troisième degré depuis un accident l'année dernière. Jojo, le type qui donnait un coup de main à ma mère pour le jardinage, s'est tiré une balle dans la tête. Terrier est en cure de repos à la campagne après une tentative de suicide. Tout va bien.

Jeudi soir je suis ressorti seul. Stéphane dormait, épuisé par le cumul du boulot et du rythme que je lui impose. Moi j'étais ultra réveillé et en forme, évidemment je m'étais levé à une heure de l'après-midi. Je n'ai rien pris avant de sortir. Je suis allé au QG. Personne. Puis dans une groove party[42] semi-déserte près de chez moi. Après ça il était l'heure d'aller au Queen. Soirée mecs ce soir. Disons un peu plus mecs que d'habitude. Je connais les têtes. Je danse. Je cause. Un vieux, un grand black américain de quarante-cinq ans, me dit qu'il a de la coke qu'il a apportée des States. Je me dis que ça risque d'être de la bonne. Je demande si je peux goûter. Il dit que pour ça il faut aller chez lui. Je finis par prendre un taxi pour l'avenue de la Grande-Armée.

Quatre autres blacks, plus jeunes et plus mignons, jouent aux cartes dans le salon. Il me dirige droit vers sa chambre pour ne pas que je me les tape, le vieux briscard. Ok. On prend beaucoup trop de coke sur un coin de sa carte professionnelle. Normalement la coke ça speede mais quand on en prend vraiment beaucoup, disons plus d'un demi-gramme en peu de temps, ça a plutôt tendance à amortir, un peu comme l'héro mais en moins grave. Je m'en fous je suis là pour ça, et en plus le vieux est de plus en plus stone et ça m'arrange parce que je n'ai pas vraiment envie de baiser avec lui. Je roule un pétard avec le bout de shit que j'avais pris sur moi au cas où. On fume. On boit une bière. On reprend de la coke. I want some head and I want some tail[43], il dit. Je suce pendant longtemps sa grosse bite noire à moitié bandée. Il est ultra stone, et moi aussi. Finalement c'est cool de baiser comme ça, trop défoncés. Il me suce aussi pendant un bon moment. Je me laisse aller. Je le resuce. Je redemande de la coke. On en reprend. Il me lèche le cul. Et puis il dit qu'il veut me baiser. C'est sans capote bien sûr, vu l'ambiance et la faiblesse de son érection. Je me dis que même sans ce n'est pas très risqué, de toute façon il n'arrivera jamais à jouir. Are you hiv positive ? je demande, les jambes en l'air. L'ours Baloo me répond Yeah. Il a un mal fou à rentrer sa bite mais il finit par y arriver. Il me baise quand même un petit moment. Je pense qu'il a dû être un très bon coup, avant. On arrête parce qu'il débande trop. Je lui demande une bière. Pendant qu'il est parti je pique un jock-strap noir usé de chez Gazelle New York qui traîne par terre.

Je suis rentré à six heures du matin, après être passé au Transfert où il n'y avait plus personne. J'ai commencé à me goder dans la salle de bains en m'asseyant sur le maxi butt-plug que j'ai qui fait trente centimètres de haut et trente de diamètre à la base. Je savais très bien que je n'allais pas l'avaler, d'ailleurs je ne connais qu'un seul mec qui y arrive, c'était seulement parce que j'avais la flemme et que c'est le seul gros truc qui tient debout tout seul dans ma collection. Ça marchait moyen parce qu'au bout d'un moment ça fait mal au coccyx, mais je faisais quand même pas mal de bruit avec mon cul. J'ai entendu Stéphane bouger à côté dans la chambre. J'ai dit Tu dors ? Il a répondu Non. J'ai continué à me branler. Il est arrivé dans la salle de bains. Il a eu l'air effondré quand il a vu ce que je faisais. J'ai dit Ça va ? Il a fait Oui de la tête. J'ai dit Ça t'ennuierait de me goder parce que là j'arrive à rien. Il a dit Non. J'ai dit Bon alors on y va. J'ai embarqué une serviette, choisi les ustensiles. Je n'ai pas roulé de pétard pour ne pas trop abuser. J'ai décidé de commencer très gros. Défoncé comme j'étais, avec un bon coup de poppers je savais que ça allait passer, donc j'ai sélectionné le moulage de la bite de Kris Lord[44] (25 × 18) et puis le double énorme de San Francisco qui est plus gros qu'un bras. Ça a été super. Il m'a d'abord hyper bien baisé avec le lord. Après j'ai demandé à changer. Non seulement le monstre est rentré sans problème mais j'ai pu me faire ramoner avec pendant dix bonnes minutes. J'ai dit que ça venait. Il l'a retiré. Je me suis giclé partout en faisant des soubresauts. Comme il était sept heures, Stéphane est allé bosser. J'ai dormi.

4. Un peu de douceur

Vendredi dans la journée, je suis allé bosser avec M, qui avait son petit cousin de trois mois chez elle, le fils de la morte. Je l'ai pris dans mes bras. Je me suis aperçu, quand il s'est mis à avoir confiance, qu'il me regardait comme Stéphane me regarde. Ça m'a plu. Après je suis rentré à pied par les quais. Après j'ai baisé Stéphane. C'était la première fois que je le rebaisais après une semaine d'abstinence. J'avais une super trique. Je lui ai mis un doigt puis deux et puis je suis rentré du premier coup jusqu'à mettre mon gland après le deuxième sphincter. Comme avec Terrier, mais en mieux parce que j'ai fait pas mal de progrès en neuf mois. C'était vraiment super.

Après on est allés dîner dehors et puis on est sortis au Queen. On est arrivés vers trois heures, un peu tôt pour rentrer sans faire la queue, mais j'ai la cote avec Sandrine à l'entrée. Donc je me ramène très cool, je ne doute de rien, mais il y a quand même de l'embrouille, trop de monde, des mecs se sont fait jeter, les videurs m'arrêtent. On ne vous a pas dit d'entrer monsieur alors restez là. Bon, je m'en fous, je sais que ça va aller. Et Sandrine fait Ok, le ok qui veut dire qu'en plus on passe sans payer à côté des blaireaux, et puis on descend. C'est ultra bourré de monde, il y a la queue au bar, la queue aux chiottes, foule, la musique est excellente, j'ai presque tout le temps envie de danser. Je suis juste un peu étonné de ne pas être stone et de faire ce que je fais.

Dimanche soir. Terrier me raconte au téléphone que maintenant sa pharmacienne lui donne son xanax sans ordonnance. Et aussi qu'il s'est fait un iranien hyper mignon qui habite juste à côté de chez moi, qui l'a, dans l'ordre, fisté (c'était la première fois de sa vie), godé, baisé. Le mec lui a carrément pissé dessus pour finir. Je lui dis J'estime que tu devrais me donner son numéro de téléphone. Il me répond qu'il ne l'a pas pris. Je lui dis que c'est bien lui, ça. Il me dit Non tu vois, à sept heures du matin, on était cassés à la bière et au shit, le mec m'a proposé de dormir chez lui, j'ai préféré rentrer. Je demande Et tu ne lui as pas demandé son tel ? Il dit Non je lui ai pas demandé son tel parce qu'il me l'a filé sans que je lui demande mais je l'ai balancé en rentrant. Je dis C'est pas vrai ? Il dit Si. Je dis Tu es vraiment dingue. Il dit Non je ne suis pas dingue, je l'ai jeté parce qu'il ne me plaisait pas assez, c'est tout. On débat quand même pour le principe sur la question de savoir s'il aurait dû me filer le numéro de téléphone s'il l'avait eu.

Terrier est en forme en ce moment. Il a arrêté le prozac et un autre truc et ne prend plus que du xanax[45] parce que sinon il tremble. Il sort tous les soirs. Je lui dis que je trouve qu'il faut du courage pour se glisser, seul, dans la nuit, pour aller faire on ne sait pas quoi avec on ne sait pas qui. Il me raconte que bientôt il doit aller à Dieppe revoir son coup de quarante ans qui a un château. Aujourd'hui le mec lui a demandé d'aller se renseigner pour les Antilles, quinze jours en octobre. Le mec ne l'a pas sauté pour l'instant, il l'a seulement godé. C'était bien, paraît-il, il a le matos qu'il faut : pinces, godes, chaps en latex, slip en cuir. Terrier me dit Ouais mais je le trouve trop féminin et j'aime pas ça, moi il me faut un mec plus solide.

On parle encore un peu et puis je me dis que Stéphane en a peut-être marre de m'entendre m'éclater avec son prédécesseur alors j'abrège. Terrier et moi, ça va en ce moment. Il s'est fait à l'idée qu'on ne vivrait plus ensemble. Il n'arrose plus mon paillasson d'essence de térébenthine, il ne se taillade plus la gueule à coups de rasoir (mais en fait il avait fait ça avec tellement de soin que c'était de simples estafilades qui avaient cicatrisé en cinq jours). Enfin ça va. On va pouvoir retourner suivre des visites guidées de Paris le jour. Je préfère ne plus l'emmener choisir des films de cul au sex-shop pour des raisons que j'aurais dû voir dès la première fois. En fait je savais que ça n'était pas un truc à faire. Mais ça m'avait excité de le torturer un peu.

Je me rapproche de Stéphane dans le lit. Il se love dans mes bras. Je lui dis Tu es comme un croissant. Il me dit Au beurre ou ordinaire ? Je lui dis Au beurre. Il me dit Mais je suis aussi un peu ordinaire. Je lui dis C'est vrai, mais tu es intelligent. Alors, ça passe.

Il est minuit. Stéphane dort. Demain c'est lundi et il se lève tôt comme d'habitude. Je le regarde. Je le trouve hyper beau ce soir. Il n'a pas beaucoup dormi la nuit dernière. Après le Queen on est passés au Transfert et on a ramené à la maison un très beau mec brun tbm[46], ce qui fait qu'on s'est couchés à huit heures. Il s'est levé à onze heures pour aller déjeuner chez sa copine H. Comme il ne l'avait pas vue depuis un an, il n'a pas voulu décommander. Il est rentré vers cinq heures. Il m'a dit qu'elle l'avait trouvé changé, en mieux. Qu'elle lui avait demandé comment ça se passait avec moi. Qu'il lui avait dit Il m'emmène au bord du gouffre, et puis on part en deltaplane. Il dit que H lui a dit que je devais être un mec bien. J'ai tressailli. Je n'ai rien dit.

Je me tords dans le lit sans pouvoir dormir en pensant à Serge. Comme s'il avait pris la place de Quentin. J'ai envie de l'appeler encore. De lui dire J'ai envie de ta gueule. J'ai envie de ta peau. Que ça lui fasse quelque chose. Qu'il me dise de venir. Je trônerais sur son lit avec la télécommande, face à la grosse télé. On se chercherait. Les démons.

5. Problèmes

Stéphane revient de chez son copain ophtalmo. Les étoiles noires qu'il a devant les yeux depuis deux semaines, c'est un décollement de la rétine. Il risque de perdre un œil. Il faut opérer rapidement. Je pense C'est normal il ne veut pas voir ce qui se passe avec moi. Il entre à l'hôpital le lendemain, il passe chercher des affaires après le travail. Je suis défoncé au lit. Je dis Tu veux que je t'accompagne ? Il dit Non non ce n'est pas la peine. Alors je ne l'accompagne pas. Je me fais à bouffer. Et puis vers dix heures je sors, au Bar pour changer. Je ramène un mec, un petit bcbg totalement nase et antisexe, mais vraiment très beau. Comme prévu je le baise. Comme prévu c'est nul.

Le lendemain vers midi Terrier appelle. Je lui raconte ce qui se passe. Il dit qu'il veut me voir. Je dis Ok puisque Stéphane n'est pas là. Je ne découche jamais, c'est la règle. Sinon j'ai le droit de faire ce que je veux. Donc là c'est ok. Il arrive à l'heure, j'ai proposé de l'emmener au restaurant, mais j'ai changé d'avis en fin d'après-midi et sans le prévenir je suis allé chez Dubernet acheter à bouffer, j'ai pris de la terrine de perdreau et des brioches au foie gras, j'ai fait une petite salade à côté. On boit du bourgogne. Après le café je commence à avoir sérieusement envie de sexe. Je m'adosse aux placards de la cuisine, le bassin bien en avant pour le faire saliver avec ma bite à moitié bandée sous mon vieux 501. Il fait des manières mais je finis par obtenir qu'il me suce sur place à quatre pattes, et c'est vraiment très bien, il perd conscience de tout le reste, ça dure longtemps comme j'aime, il bave tellement que ça coule sur mes couilles et sur son menton, je me penche pour l'embrasser, je sens que ça le rend dingue, je me détache, je l'emmène dans la salle de bains pour qu'il se lave le cul, et puis on va dans la chambre et je le baise longuement et vraiment à fond, je rentre et je sors en le bourrant à bloc, il souffle comme un phoque en grimaçant, en ce moment il porte un bouc et ça lui va très bien parce qu'il a vraiment une très belle bouche, il est entièrement ramassé sous moi, c'est tellement meilleur qu'avec Stéphane mais je m'en fous pour l'instant je le regarde droit dans les yeux en le défonçant de plus en plus fort et puis il finit par gicler de gros jets de foutre en fermant les yeux et en criant, sans se toucher, et je sors et je l'arrose du mien.

Le lendemain, jour de l'opération, j'ai énormément de boulot et je ne peux pas aller voir Stéphane. Je l'appelle quand il est réveillé pour le prévenir que je passerai le lendemain. Je pense à l'opération de Quentin, en décembre. Après, il s'était remis à baiser très rapidement. Il faisait du minitel[47] avec une seule main. Il baisait et se faisait goder sur le dos pour ne pas bouger le torse les premiers jours. Je défaisais, lavais, refaisais son espèce de camisole porte-bras tous les jours. Je lui donnais à manger. Je l'habillais. Je le lavais. C'était cool. On avait pas mal partouzé pendant qu'il était comme ça. Dès qu'il n'avait plus eu besoin de moi on s'était éloignés de nouveau.

Le jour suivant j'ai encore mille trucs à régler. Je suis totalement en retard sur l'heure que j'avais annoncée mais je n'arrive pas à appeler tellement je me sens coupable. J'arrive à l'hôpital à sept heures et demie alors que je dois dîner à huit heures et demie avec mon père. Le temps de trouver le bon pavillon, puis la chambre dont j'ai oublié le numéro alors qu'il n'y plus personne pour me renseigner, il est quasiment huit heures. Stéphane dort. Je le regarde pendant un moment. Il se réveille. On parle. Je lui caresse la main. Je m'étonne qu'il y ait des fleurs dans la chambre, en principe c'est interdit à cause des risques d'infection. C'est son ex qui est venu le voir plus tôt dans la journée qui les lui a apportées. Moi, je lui ai apporté à manger, du foie gras, des biscuits et du chocolat, la nourriture est toujours tellement insipide à l'hôpital. Je lui parle de ce que je pensais pendant mon hospitalisation il y a un an. Je lui raconte que j'ai vu Terrier et que je n'ai pas pu m'empêcher de le baiser. Stéphane dit que ça ne le surprend pas. Il me demande des nouvelles de Terrier. L'œil qui n'est pas recouvert d'un pansement ensanglanté me regarde d'un air triste quand il me dit qu'il pensait que je n'allais pas venir du tout.

Quelques jours après Terrier appelle vers trois heures de l'après-midi. Il me demande Tu ne saurais pas quelle heure il est ? Voix hyper éraillée. Je dis Pourquoi ? T'as pas de montre ? Non, je l'ai cassée. Je dis Il est trois heures. Il dit Ah ok et tu ne saurais pas quel jour on est ? Je dis Vendredi pourquoi ? Il dit Ben je voulais savoir si ça fait trois ou quatre jours que je dors. Je dis Pas mal ! Et comment t'as fait ? C'est simple. Après avoir fait le tour des pharmacies où on ne lui a rien donné, il s'est tailladé les poignets et puis il a arrêté le sang et pris des somnifères. Je dis Et tu te sens comment ? Il dit Ça va mais j'ai un peu faim. Je dis Je fais des courses et j'arrive. Je m'extrais de chez moi, je passe au supermarché à côté de chez lui, j'achète du coca, du jus de pomme bio, du fromage, du saucisson, des épinards en bocal, du lait nestlé, des carottes râpées, du pain de campagne, des endives, du saumon fumé, du beurre, des yaourts, des petits pots pour bébé agneau-légumes et pommes-bananes (il n'y a pas pommes-coings), le journal pour qu'il lise.

J'arrive, il ouvre, tout blanc avec le jogging blanc que je lui ai donné. Moi ça me moulait hyper provoc, lui pas trop là, mais il est toujours aussi beau. Je mange un peu de céleri rémoulade, puis du saucisson, j'insiste pour qu'il mange un petit pot. Je lui fais ouvrir le lit, on fait un peu la sieste, il me montre des photos de mariage de ses parents et grands-parents, je commente. On cause, on se fait des bisous, on se chamaille, il me dit que pendant son séjour à la campagne il s'est fait Frédéric, un copain de ma mère, j'apprends donc que Frédéric a une très belle bite, vingt centimètres, épaisse. Il l'a sucé et puis il a dit On arrête, on n'a pas de capotes. Mais c'est le copain de Frédéric qu'il veut se faire en réalité et aussi le mec du copain de Frédéric. Terrier est vraiment une salope comme moi. Ah oui, je lui ai aussi apporté le pot de confiture de reines-claudes que j'ai faite moi-même et que je devais lui apporter depuis un mois, un pot rempli de fruits gros comme des cèpes, avec un couvercle rouge. Je l'engueule pour son suicide. Il me dit Qu'est-ce que tu veux, tu ne viens jamais me voir, tu ne réponds jamais à mes messages. Il n'y a que quand je suis mal que je t'intéresse. Un peu plus tard il me dit Ça m'a beaucoup touché que tu n'aies pas mangé ma confiture ou que tu ne l'aies pas donnée à quelqu'un d'autre. Je lui dis qu'elle était pour lui. Finalement on sort acheter des clopes, il me raccompagne au métro.

6. Diversions

Je me réveille à quatre heures de l'après-midi, après m'être endormi à sept heures du matin après avoir baisé avec un connard que j'avais ramené du QG parce que c'était le premier mec passable qui accrochait. La soirée avait été horrible, je n'avais aucun succès, j'avais beau me dire C'est rien il y a trop de beaux mecs ce soir, c'est ça qui refroidit l'ambiance, je me sentais comme une merde, comme si je n'existais pas. Un mec que je connaissais qui nous avait déjà branchés Stéphane et moi était là. Je lui avais palpé le cul à travers son fute en cuir, je lui avait dit Je le sens pas très bien. Il avait dégrafé son ceinturon pour que je le sente mieux, j'avais passé la main, mis mon index sur son cul bien défoncé, je lui avais caressé le trou, il s'était baissé le froc, je le doigtais cul à l'air en plein bar, il sniffait tranquillement du poppers, ça m'avait fait bander. Je lui avais mis la main sur mon paquet. Proposé d'aller chez moi. Pas de réponse. Il était descendu dans la backroom. J'étais fou de rage qu'il se foute de ma gueule comme ça. Je l'avais suivi, retrouvé en train d'ouvrir une capote avant de bourrer un mec dans un recoin. J'étais resté à regarder ça d'un air concentré. D'habitude je ne me fais pas aborder dans les backrooms parce que je n'ai pas l'air assez intéressé. En fait je trouve ça nul, ce genre de tripotage. Au mieux une sodomie debout vite faite. Beurk. Mais là je regardais bien fort en espérant que ça le gêne. Alors le mec à côté de moi a commencé à me palper. Je lui ai rendu. On a continué. Mon ennemi s'est arrêté d'enculer. Ça m'a fait plaisir, je me suis dit que c'était moi qui le déconcentrais, je me suis senti un peu vengé.

Bêtement, j'ai continué avec l'autre. Et au moment où il s'est tourné vers le mur et s'est branlé plus vite, j'étais tellement déprimé que j'ai dit

Et si on se finissait chez moi ? Il a demandé C'est où chez toi ? Tout près, j'ai répondu. Je savais en l'emmenant que ça allait être nul mais je n'avais pas le courage de rentrer seul. Une fois chez moi évidemment on a baisé. Quand j'ai eu la main presque dans son cul, il s'est mis à dire Oh, oui, c'est bon ta main dans mon cul, oh, oui, j'aime ça, à peu près comme s'il doublait un film porno. J'ai regardé sa bite. Il ne bandait pas. Ça m'a dégoûté. En plus il voulait me revoir.

Je me suis réveillé hyper glauque. J'ai fait du minitel quasiment tout de suite. Il n'y avait rien, sauf un mec avec qui j'avais déjà causé plusieurs fois, il m'a rebranché pour un plan exta et dessous de meuf. Je savais qu'il était nase, Quentin me l'avait dit, il l'avait fait l'année dernière, mais de toute façon il n'y avait rien d'autre et je n'étais pas assez en forme pour sortir chercher quelque chose de mieux, alors j'ai dit Ok. Après il m'a rappelé pour me proposer le même plan mais à trois, avec un jeune mec qu'il connaissait, vingt-sept ans, bien, actif-passif. J'ai dit Ok, évidemment.

Ils sont arrivés en fin d'après-midi. Le jeune mec était bien. Celui que je connaissais était nase comme prévu. Total disjoncté, ça devait être sa deuxième ou troisième exta[48] de la journée apparemment, en plus son truc c'était de la daube, il me la refilait pour le double du prix du marché, en fait c'était un dealer de daube. Il ne bandait pas. On s'est occupés entre nous Éric et moi. Puis le vieux con est parti. C'était cool. Il était encore tôt. On avait tout le temps avant que Stéphane ne rentre à la maison, il devait être de retour très tard après une réunion. Ça me faisait du bien je trouvais de baiser avec un beau mec de mon âge. Je lui ai passé mes chaps en cuir. Ça lui faisait un super gros pétard. Chaque fois qu'il se tournait, j'étais fixé dessus, tellement c'était lourd, cambré, blanc, rond. Comme les seins d'une maman.

Il ne savait rien faire sauf sucer, pisser et fister. Mais ça, il faut dire qu'il le faisait très bien, les yeux ouverts, en regardant et en bandant. D'abord je l'ai sucé. Après il a voulu me travailler le cul. Il était très précis, je triquais sans me toucher, il m'a mis la main dans le cul jusqu'après le poignet, j'ai vérifié la profondeur dans la glace. J'ai senti que ça venait. Je lui ai demandé de sortir vite. J'ai joui. Il a dit Je suis très ému. J'ai demandé Pourquoi ? Il a dit Parce que j'ai bandé sans me toucher pendant tout le temps que je t'ai fisté. J'ai dit C'est normal, c'est parce que tu l'as bien fait, moi quand je godais bien mon ex ça me faisait triquer comme un fou. J'ai refait un pétard. Après je me suis occupé de lui. Je lui ai craché la queue en la tenant d'une main, à petits coups précis de plus en plus fort, dessus, puis sur les côtés, puis sur les couilles plus doucement, puis re sur la bite. Il bandait dur. Je lui ai donné ma queue à sucer, il tétait super. J'avais une gaule lourde, souple, pleine, celle qu'on a quand on a déjà fait des trucs pendant une heure ou deux. On a continué.

Il a oublié son poppers chez moi. Il m'a rappelé le lendemain pour me le dire. Je lui ai dit que c'était classique. Il m'a dit Avec toi, tout est classique. Ça m'a fait marrer. En y repensant, j'aurais pu lui dire que c'était simplement une question de statistiques. Il m'a dit qu'il n'a pas beaucoup baisé. Dans mon monde, baiser beaucoup, ça veut dire plus de trois mecs par semaine. Ce que je fais en ce moment. Quentin, lui, avait fait ça beaucoup avant de me rencontrer. Après aussi d'ailleurs. À une époque il avait un mec régulier différent pour chaque soir de la semaine, le week-end restait en open pour les nouveautés. Avec les réguliers la baise est toujours meilleure. Le problème c'est qu'il y a du relationnel à gérer. Mais Quentin est un peu schizophrène, alors ça ne le gêne pas. Quand personne n'existe vraiment, il y a de la place pour tout le monde. Je me demande si je suis comme lui. Je ne crois pas, mais ce n'est pas sûr.

7. Ça recommence

Le lendemain c'est lundi. Avec Stéphane on va dîner au Diable des Lombards[49]. J'adore cet endroit. C'est le Ritz du ghetto. En plus, maintenant que je suis vieux, j'y croise toujours des connaissances. Ce soir c'est un grand, style mannequin, mais pas mal, à qui on avait laissé notre numéro de téléphone au restaurant trois mois plus tôt. Il avait laissé un message une semaine après, mais c'était les vacances, on lui avait laissé un message pour lui annoncer qu'on partait. Au retour on ne l'avait pas rappelé, c'était devenu un peu trop refroidi. Je le rebranche au passage en sortant de table. À voir. On va boire un dernier verre au QG. On tombe sur un copain avec qui j'ai déjà fait des plans plutôt chauds deux ou trois fois, je l'appelle le Doc parce qu'il est médecin. On le ramène à la maison.

Ça fait déjà une heure à peu près qu'on baise, Stéphane, le Doc et moi, quand quelqu'un sonne. Merde, je me dis. À tous les coups c'est Terrier. On s'arrête. Plus rien. Je recommence à ramoner Stéphane. Stéphane recommence à pomper le Doc. Le Doc recommence à faire les seins de Stéphane. Ça re-sonne. Ce coup-ci c'est sûr c'est lui. Je décule. Je garde la capote pour aller ouvrir, pour lui montrer que ça ne se fait pas de débarquer chez les gens à trois heures et demie du matin. Mais ça ne marche pas du tout parce que quand j'ouvre il se laisse tomber dans l'embrasure de la porte, hyper bourré. T'as bu combien ? Une bouteille de whisky. Je regarde la moquette sale de l'entrée. Il dit Je veux dormir. Je dis Eh ben tu rentres chez toi et tu dors. Il dit Je veux dormir ici. Je dis Tu fais chier, vraiment tu fais chier. Je me casse. Les deux autres sont toujours dans la chambre. Je leur raconte. Ils me calment. Je retourne voir Terrier. Ok tu peux dormir dans la chambre d'amis. Comme il ne veut pas bouger je le traîne dans la chambre et je ferme la porte.

Après c'est impossible de se remettre à baiser, parce qu'au lieu de dormir il rôde dans l'appart. On plaisante Il faudrait l'attacher au radiateur et baiser devant lui, ça ça serait marrant au moins. Et puis j'entends coulisser la porte du placard de la salle de bains. Quand j'arrive il a l'air content. Je cherche immédiatement le tube de lexomil que je viens d'acheter. Le tube est vide. Ce petit connard est carrément venu se suicider chez moi. Ça fait la troisième ts bidon en deux semaines. Au moins la dernière fois c'était chez lui. Bon. Je l'empoigne par la peau du cou et je le traîne comme un petit chat vers les chiottes. Non mais qu'est-ce que tu fais Guillaume, ça va pas non ? Si si, moi ça va très bien, c'est toi qui vas pas. Mais arrivés aux chiottes il n'est pas du tout d'accord pour gerber, je suis sûr que si je lui fous deux doigts dans la bouche il va me mordre. J'abandonne. Je le laisse là, écroulé par terre. Les autres sont toujours dans la chambre. Je ne sais pas quoi faire, je dis. Il a pris quoi ? Une bouteille de whisky et un tube de lexomil. Bon alors c'est pas mortel il va juste dormir pendant trois quatre jours. Mais moi je ne veux pas qu'il dorme chez moi pendant trois quatre jours pendant que je ne suis pas là, il l'a fait exprès il sait que je me casse demain, je le lui ai dit aujourd'hui au téléphone. Je demande au Doc ce qu'on fait normalement dans ce genre de situations. Le Doc dit que dans ce genre de situations on appelle les pompiers, on arrête de laver son linge sale en famille, quand il va se réveiller aux urgences il va comprendre que c'est grave.

J'appelle les pompiers. Je suis raide, on a fumé deux pétards bien tassés, pris un max de poppers, j'ai peur que ça s'entende. Allo bonsoir monsieur j'ai quelqu'un chez moi qui vient de faire une tentative de suicide. La personne a utilisé quoi ? Un tube de lexomil et une bouteille de whisky. Ils font des difficultés pour venir le chercher. Je dis que je n'ai pas de voiture, je ne peux pas l'emmener à l'Hôtel-Dieu. Ok ils arrivent. On commence à le rhabiller. Il résiste autant qu'il peut. Le Doc se casse en nous souhaitant bon courage. On a l'air à peu près normaux quand les pompiers arrivent, enfin je pense. Eux n'ont pas l'air spécialement enchantés d'être là. Allez monsieur, il faut vous lever maintenant, non non, il ne faut pas dormir là, allez on se rhabille. Je finis de le couvrir avec Stéphane. Les bottes c'est pas la peine.

Décidément Terrier est un garçon organisé. Dans sa pochette de carte orange, il a sa carte d'identité, sa carte de sécu, du fric. Ouf. Ils le descendent en chaise. Je suis. À tout à l'heure. Dans la voiture à côté du brancard je flippe en pensant qu'ils doivent penser qu'on est une bande de sales pédés dépravés, et puis je me dis Bon en fait ils doivent avoir plus l'habitude de ce genre de choses que moi. Les rues passent dans les fenêtres du camion.

À l'Hôtel-Dieu il y a des clodos qui cherchent à dormir là et qu'on vire et plein de flics. Je suis toujours hyper raide. On décharge Terrier. Infirmiers, infirmières. Ils l'emmènent en brancard. La surveillante, une brune solide, prend un air accusateur pour m'envoyer enregistrer « mon ami ». Je traverse l'hôpital endormi. La salle d'enregistrement a tous ses petits boxes vides. Le monsieur noir est gentil. Je lui demande combien il y a de ts par soir en moyenne. Il dit Oh des malheurs comme ça il y en a souvent.

Je suis retourné aux urgences pour donner les papiers. J'ai demandé ce qui allait se passer. L'infirmière m'a dit qu'on allait lui faire un lavage d'estomac et qu'il fallait que j'attende. Alors j'ai attendu. Je savais qu'il n'y avait rien à attendre mais je ne pouvais pas partir. J'ai entendu Terrier crier mon nom très fort. Il y a eu un grand bruit métallique. Un infirmier s'est précipité. Je suis allé au guichet. J'ai demandé à l'infirmière s'il y avait un problème mais elle n'a pas eu le temps de répondre parce que la surveillante est arrivée. Elles se sont parlé à voix basse. Puis la surveillante s'est tournée vers moi et elle a dit C'est vous Guillaume ? Je n'ai pas osé mentir. J'ai hoché la tête. Elle a dit Il vous demande. Il veut vous voir. J'ai dit Je pense qu'il ne vaut mieux pas.

J'ai attendu encore, total parano sous l'effet du pétard qui ne se dissipait toujours pas, en plus toutes les demi-heures des tonnes de flics débarquaient avec des mecs plus ou moins en sang. Terrier est passé plus blanc que le drap dans un chariot, enfin endormi, une perfusion au bras. On m'a dit que je pouvais appeler vers midi, quand il se serait réveillé. J'ai marché jusqu'à la maison. Je me suis déshabillé dans le couloir et puis je suis rentré dans la chambre et quand je me suis assis sur le lit Stéphane s'est réveillé et je lui ai raconté et puis je l'ai pris dans mes bras comme d'habitude et on s'est endormis.

J'ai revu Terrier quelque temps après. Stéphane était chez ses parents à la campagne. Comme d'habitude j'ai essayé de le baiser. Il n'a pas voulu. J'ai dit à Stéphane que je pensais que Terrier avait raison. Ça ne lui faisait pas du bien de baiser avec moi.

8. Party time

J'ai fait de la confiture pendant deux trois jours, et puis j'ai finalement été d'accord pour partir avec Stéphane pour le week-end du onze parce que c'était en groupe avec des copains et on est partis pour Londres.

Les gens de la nuit sont les plus civilisés de tous. Les plus difficiles. Chacun fait plus attention à sa conduite que dans un salon aristocratique. On ne parle pas de choses évidentes la nuit. On ne parle pas de boulot, ni d'argent, ni de livres, ni de disques, ni de films. On agit seulement. La parole est action. L'œil aux aguets. Le geste chargé de sens. Clubland. All over the planet. Ce soir on est à Londres. Je recommande le ff pour la dope qui est vraiment pour connaisseurs. Ils sont là d'ailleurs. La crème de la crème. Les plus beaux, chic, hard du monde. La boîte est pleine. On prend la demi-exta chacun que j'ai encore du Heaven, mais ce n'est pas suffisant pour supporter la musique. Trop hardcore. Je pars chercher quelque chose d'autre après avoir roulé et fumé un pétard dans un coin du bar.

Look around
Pleasure
Pleasure
Pleasure
Give yourself over to absolute pleasure
(Opm, Pleasure – Bubble mix)

Au coin d'un pilier il y a un mec penché sur une petite cuillère tenue par un autre. Je me mets à côté, pas trop près. J'attends qu'ils finissent. Celui qui a sniffé [50] se casse. Je demande à l'autre Do you sell anything? Il fait No. Do you know anyone who sells anything? Il dit I'm gonna see if I see someone I know. I'll be back in a minute. Il revient cinq minutes après avec un grand bodybuilder en harnais de torse. Le bodybuilder m'emmène à l'autre bout du bar. Le dealer est grand et noir et très sexy. How much for an E ? Fifteen. And for acid ? Five. L'exta est à cinq livres de plus qu'au Heaven, mais elle est sûrement meilleure ici. Mais je n'ai pris que ten quids[51] alors j'achète deux acides. On en prend un demi chacun avec Stéphane. Je retourne quand même voir le dealer pour acheter deux extas pour plus tard.

Après un pétard supplémentaire, j'arrive à danser même sur du hardcore, un peu frustré tout de même parce que le rythme est trop simple pour que je puisse faire ce que j'aime. D'ailleurs, tous les hardos en cuir dansent mal à quelques exceptions près, ceux qui sont tellement speed qu'ils arrivent à suivre le rythme. Je danse quand même dans la quasi-obscurité du fond de la boîte. Par terre c'est trempé, ça glisse un max. Il fait tellement chaud que je suis couvert de sueur en une minute. C'est cool ça me réchauffe la bite. Je l'avais un peu oubliée avec la dope. Après je finis par manquer de souffle, je vais me calmer au bord de la piste. Je ne sais pas où est Stéphane. De toute façon il ne danse pas, avec ça aussi il a un complexe.

Je commence à m'emmerder. Je vais remercier le donneur de tuyaux, on ne sait jamais, et puis pour le principe. Il est toujours au même endroit. Je dis Thanks for the hint. Il me fait un énorme sourire fashion. Moi je ne peux pas. Je retrouve Stéphane. J'ai la haine contre l'endroit. La musique est trop chiante. Les gens sont trop snobs. Le mégabutch[52] bodybuildé qui m'a touché le paquet quand je suis passé près de lui tout à l'heure me dévisage encore avec des yeux à la fois avides et dépourvus de toute expression. Il m'énerve. Je dis à Stéphane Je ne peux plus supporter tous ces gens. Moi, je n'aime que les gens qui savent qu'il y a plus important qu'eux. En plus ici il n'y a que des culs qui attendent tranquillement une bite parce qu'ils savent qu'ils sont assez mignons pour vraiment l'avoir. Ça m'énerve.

Le bodybuilder repasse. Un mètre soixante-dix, quatre-vingts kilos de muscles, au moins. Crâne rasé. Torse nu. Pas un poil. Des tétons énormes, dont l'un est percé d'un gros anneau chromé. Espèce de femelle, je dis. Je le regarde, pas gentiment je pense. Il s'arrête au milieu de l'escalier. Apparemment mon expression lui plaît.

J'en ai marre. Je propose à Stéphane qu'on se casse, de toute façon ça ferme dans une demi-heure, autant éviter la queue au vestiaire. Je récupère le mien. Je me rhabille. Stéphane attend le sien. Je me repose, vautré sur la barrière de sécurité qui barre l'entrée. Il est là. Il s'approche de moi. Les pupilles vraiment ultra dilatées. Il grogne I want you to fuck me, avec un super accent cockney. Je le regarde. Je fais I'm sure. Il me dit Come. With your boyfriend. Je dis Ok. Je vais chercher Stéphane. On redescend. Maintenant il y a la queue pour le vestiaire. Les chiottes des mecs sont pleines. On va chez les femmes. Une cabine s'ouvre. J'avais déjà remarqué la fille qui sort, une brune avec un top blanc brodé de noir. Elle nous sourit, ultra stone comme nous. On entre. On se déshabille un minimum, pantalon aux chevilles. Il a le gland percé, et il ne bande pas. Il nous suce. Quand on est exploitables il sort ses capotes. Ils utilisent des capotes ultra épaisses ici, mais ça va, je trique. Je le baise. Il est tendu et raide, le cul un peu trop haut. Enfin sans gel, ça passe quand même sans problème, merci l'acide. L'ennui c'est que c'est inconfortable et que je ne sens pas grand-chose. Je le passe à Stéphane. Stéphane le bourre. Ça me réexcite. Il me le repasse, etc., etc. On finit par débander. Il veut qu'on lui gicle dessus. Je dis à Stéphane T'as envie de lui gicler dessus toi ? Il fait Bof. Je dis Moi non plus j'ai pas envie de me gâcher je préférerais faire quelque chose à l'hôtel avec mon habituel. Donc on ne gicle pas. Je dis I think it's ok like that. On se rajuste. Il dit I'm sure to see you around some time guys. Sa politesse m'énerve. Je dis Where ? Do you often come to Paris ? Il fait No. Je dis Then it's not so sure.

À la sortie le taxi indien qui se jette sur nous titube tellement sur le chemin de sa voiture qu'on revient à la porte en prendre un autre, un noir apparemment sobre. Il écoute de la disco. C'est cool. On croise des camions de lait dans les rues énormes et désertes de la City. Le black conduit vite et bien. You're a smooth driver, je lui dis, I like that. Il fait Oh.

J'ai envie que Stéphane me baise avec la cagoule en latex, intégrale avec seulement des trous pour les narines, que j'ai achetée à Clone Zone cet après-midi. Sous acide je suis sûr que ça va être super. Il est d'accord. Il me baise. Deux fois de suite. Le lit fait un bruit d'enfer. Et puis il me fiste. Je jouis les trois fois, lui une fois à la fin. Lexomil pour couper l'effet de l'acide et pouvoir dormir. Pétard. L'ambiance est quand même dure.

Le lendemain je veux être beau. Je me rase en laissant un bouc, pour mettre ma bouche bien en valeur. Je me fais des pattes bien longues. Fute en cuir noir. Ceinture rock. Rangers. T-shirt ultra moulant rouge vif avec des étoiles argentées, coupé au nombril, avec les poils et un peu de ventre qui dépassent. Top classe. Je partage une exta pour la déprime avec Stéphane. Ça ne va pas entre nous. Je l'ai déjà largué une première fois la semaine dernière. J'ai compris maintenant que ça fait un petit moment que j'essaye de le remplacer. Hier j'ai demandé à Sandrine, une copine qui habite ici, si elle avait un petit copain. Elle m'a dit Non je suis seule. J'attends quelque chose de bien. C'est bien d'être seule aussi. J'ai dit Ouais, je suis d'accord. J'ai pensé que moi aussi je devrais être seul et attendre.

Tonight
It's party time
Tonight
It's party time
Tonight
It's party time
(Alex Party [53], Saturday night party – Read my lips)

À Substation la soirée a commencé assez morne. Pas grand monde. On a gobé sur place les deux exta du *ff*. J'ai monté progressivement, très fort, mais très cool. Commencé à danser à côté du flipper où Stéphane jouait avec le grand Christophe. Puis sur la piste. Là je me suis rendu compte que je venais de prendre la meilleure exta de ma vie. J'ai dansé comme je ne l'avais pas fait depuis longtemps. Comme jamais, en fait. Moins répétitif. Plus libre. Plus chorégraphique. J'ai pas mal sauté en l'air, à la fin de la nuit j'ai même tourné sur moi-même dix fois de suite. Super DJ. Le meilleur set que j'ai jamais entendu, je crois, le plus happy et deep house, vraiment géant. À un moment particulièrement top, j'ai cherché son regard, il devait déjà être deux trois heures, ça fermait à quatre. J'ai levé le pouce. Il a fait pareil. Pendant que je dansais, un grand mec s'est penché sur moi et il a dit I like you. I pray God for you to stay alive. Ça m'a un peu déconcentré mais j'ai quand même dit Thank you.

Le petit skin dansait hyper bien dans un genre excité. On était les deux meilleurs danseurs de la piste, une fois parties une ou deux filles qui étaient là au début. On s'est regardés en s'appréciant. À un moment il était de dos tout près de moi, je l'ai attrapé et j'ai fait semblant de le baiser. C'était bon de tenir ses hanches étroites et musclées. Après je me suis retourné, et à son tour il m'a fait tap tap tap tap tap au beau milieu de la piste. On s'est embrassés pendant longtemps. Stéphane s'était cassé. Un peu touché les seins. Je l'ai touché au creux du dos, au haut des reins, j'ai mis un doigt en haut de sa raie, il était doux. Je l'ai touché exactement comme s'il pouvait être à moi. Stéphane était revenu. Je me suis écarté de dix centimètres et j'ai dit I have a boyfriend. Il a dit Where is he ? He's here, j'ai dit en lui montrant Stéphane. Il m'a pris par les épaules. Il m'a retourné. Il m'a poussé jusqu'à Stéphane. Don't play around with love if you've got a boyfriend. Or you'll get a punch in your face, il a dit. Et puis il m'a laissé seul avec Stéphane. Stéphane est reparti. Je suis allé me payer une bière bien qu'en principe il ne faille pas mélanger l'exta et l'alcool.

Ça fermait. Je faisais la queue au vestiaire. Le petit skin allait et venait en gueulant Everybody's counting their money ! But I want some flesh ! And just nobody will give me a shag ! Just because I'm a gay national star ! J'ai demandé au keubla devant moi Is he really the star he says he is ? No, he's just the contrary, le mec m'a répondu. He's what we call in english a complete asshole. J'ai pensé qu'il disait ça par jalousie.

Stéphane s'endort pour m'oublier dès qu'on est rentrés. Il est quatre heures. On aurait pu baiser. Je me branle. C'est super. Pourtant c'était la meilleure soirée. Don't play around with love if you've got a boyfriend.

Au retour de Londres j'ai dit à Stéphane que je le quittais. Il m'a dit que ça ne le surprenait pas. Il est sorti faire la tournée des bars. Je me suis branlé. C'était super. Et puis j'ai écouté une des compils de house que je m'étais achetées là-bas. Après j'ai écouté Propaganda, Duel.

The first cut won't hurt at all
The second only makes you wonder
The third will get you on your knees
You'll start bleeding I'll start screaming [54]

J'ai pensé à Éric P. qui savait si bien choisir la musique, et qui avait toujours envie de sauter quand il allait près de la fenêtre après avoir fumé.

The first cut won't hurt at all
The second only makes you wonder
The third will get you on your knees
You'll start bleeding I'll start screaming.

Je ne serais pas surpris qu'il me tue. S'il avait un revolver.

Selling your soul
Selling your soul
Selling your soul
Never look back
Never look back
(Propaganda, Dr Mabuse)

9. Séparation

Stéphane a dit qu'il quitterait l'appartement à la fin de la semaine. Je suis content qu'il ne s'en aille pas tout de suite. Pourtant ça n'est pas très drôle entre nous. On ne se parle presque plus. Parfois on pleure. On se couche sans se toucher. Finalement il part une semaine chez ses parents. On s'appelle. Je dit que je ne sais plus, qu'il faut que je prenne du recul, que si on continue à se voir il faut que ça se passe dans de meilleures conditions, que je lui fasse moins de mal, que j'aille mieux. Quand il revient il va habiter chez un copain. Il fait son déménagement pendant que je suis au boulot. Je cherche un studio ou un deux-pièces pour moi. Je finis par trouver un truc un peu excentré mais pas trop mal. Je fais mes caisses.

Le matin du déménagement, un type qui m'avait branché deux mois plus tôt sur minitel m'a appelé au téléphone pour me proposer de me percer. J'ai demandé si on ne pouvait pas se revoir en fin de semaine. Il a dit qu'il n'était libre que l'après-midi même, après il repartait. J'ai dit Ok passe. Ça faisait longtemps que j'y pensais. Plein de mecs que je voyais ou connaissais l'avaient fait. Pas moi. C'était un des seuls trucs que je n'avais pas déjà faits. Et puis j'avais envie de faire quelque chose de grave. En plus c'est lui qui m'avait contacté. Intéressé par piercing ? J'avais répondu Oui mais de quoi si pas le visage pas la queue pas la bite ? Il avait écrit qu'il restait le nombril, le périnée, le sac. Le sac ? Il avait tapé Les couilles. J'avais écrit Pourquoi pas. Il avait écrit qu'il me rappellerait.

Il est arrivé dans l'appartement vide avec sa mallette, un peu en retard parce qu'il venait de repercer un mec qu'il avait percé l'année dernière.

Il était très grand, large d'épaules, assez moche et mal habillé. On a causé autour d'un verre d'eau. Il m'a montré ses piercings, les deux seins, le droit portait deux anneaux, il en avait ajouté un récemment. Je lui ai demandé si ça cicatrisait bien. Il a dit Oui il faut seulement désinfecter régulièrement parce que c'est un peu distendu. Il a appuyé pour faire sortir le pus.

On a causé longtemps parce que je voulais être sûr de pouvoir lui faire confiance. Il m'a montré son matériel. Il m'a dit qu'on ne commencerait que quand je serais prêt. Au bout d'un moment j'ai dit que je pensais qu'on pouvait y aller. Je me suis installé dans le canapé du salon, le seul meuble qui restait dans l'appartement. Il m'a fait une piqûre dans le scrotum pour m'anesthésier. On a attendu. C'était toujours sensible. Je lui ai demandé de m'en faire une deuxième. On a attendu. J'avais le scrotum un peu gonflé. C'était toujours sensible. J'ai dit que je ne voulais pas avoir mal, que je voulais qu'il m'anesthésie encore. Il m'a dit qu'il n'avait jamais vu ça. J'ai pensé qu'en fait ça ne lui aurait pas déplu que j'en bave. J'ai dit qu'il fallait bien une première fois. Il m'a fait une troisième piqûre. On a attendu. J'ai parlé pour détendre l'atmosphère. J'ai pincé. Je ne sentais plus rien. J'ai dit C'est bon on peut y aller. On est allés dans la salle de bains, pour le sang. Je me suis assis sur le bord de la baignoire. Il a tiré sur mes couilles, placé des pinces de chirurgie de part et d'autre du sac. Je regardais. Il a commencé à percer, avec une aiguille longue de sept ou huit centimètres au bout de laquelle était fixée la boucle à mettre en place. L'aiguille est passée, puis la boucle. Il a eu du mal à visser la petite boule de fermeture à cause du sang qui faisait glisser ses gants de latex. Il a désinfecté. J'ai tenu le pansement parce que ça saignait.

Il a passé un coup de fil sur son portable. Un autre piercing. Un sein je crois. Il est parti. J'ai attendu Stéphane avec qui j'avais rendez-vous pour transporter des trucs. Ça n'arrêtait pas de saigner. Stéphane est arrivé en retard, l'air vachement content de me voir. Je lui ai dit qu'il y avait un problème, que je venais de me faire percer les couilles et que ça n'arrêtait pas de saigner. Il m'a dit Mais ça veut dire qu'on ne va pas pouvoir baiser pendant combien de temps ? J'ai dit Deux trois semaines. Il a gémi comme si je l'avais frappé. Il a tapé du poing contre le mur. Je me suis rendu compte que je venais de foutre en l'air notre nouveau départ.

Je me suis bourré le slip de papier cul. Le sang commençait à tacher mon 501. On a pris sa voiture. Il m'a conduit jusqu'à mon nouvel appart. Il a monté les affaires que j'avais avec moi. J'essayais de ne pas trop bouger pour que l'hémorragie s'arrête. Il est resté un peu et puis il est rentré dormir, il devait se lever tôt le lendemain.

10. Réveillon

Pour Noël j'étais seul dans le nouvel appartement. Mon compte en banque avait été dévasté par le déménagement, j'avais dû travailler dur pour ramener de la thune. Dès que j'ai eu fini je suis tombé malade. Stéphane est venu m'apporter du jambon et de la soupe en boîte avant de partir chez ses parents. On devait aller ensemble voir une exposition de peinture qui se terminait, pour une fois qu'il était libre un après-midi de semaine. Et puis j'étais malade. On pensait tous les deux que c'était vraiment la fin sans se le dire. Il n'est pas resté longtemps.

J'ai appelé ma mère pour lui dire qu'on aurait quand même peut-être pu faire un truc en famille, cela dit c'était un peu faux cul, si elle me l'avait proposé j'aurais refusé. Je pensais à Quentin. La première année, on s'était retrouvés l'un dans l'autre le vingt-quatre au soir. Il avait souri au-dessus de moi. Joyeux Noël mon chéri. On s'était embrassés. Pour le réveillon, même chose. Ça faisait trois ans maintenant qu'on ne respectait plus la tradition.

Je me suis mis au minitel. J'ai branché un mec qui avait Bze sans kpote comme pseudo. Le petit mec au minitel m'a demandé ce qui m'avait branché dans sa cv. J'ai répondu Te bzer ss kpote. J'ai pensé qu'il se méfiait. Il n'y a pas ssr précisé dans ma cv mais c'est vrai que j'ai une cv de mec ssr[55]. Les mecs branchés baise sans capote ne précisent jamais quel genre de baise ils pratiquent, hard ou soft ou crade ou mec-mec ou n'importe quelle autre nuance, en fait ce qui les intérese c'est de se vautrer dans le foutre empoisonné, c'est une baise romantique et ténébreuse, je dis ça de façon condescendante, mais c'est vrai que c'est très fort. Une fois j'ai partouzé comme ça avec deux mecs, moi j'ai calé, je débandais dans leur cul et quand ils me sautaient, ça me faisait trop flipper de baiser à risques, ok on ne sait rien sur la réinfection mais ce qui est sûr c'est qu'en faisant ce genre de choses on peut se choper des tas de trucs en plus. Cela dit, quand le petit vicelard a giclé sans capote dans le cul du grand skin, c'était vertigineux. Le baiser de la mort, comme on dit.

Quand il m'a appelé il m'a dit qu'il avait plutôt envie de baiser que de se faire baiser ce soir. J'ai pensé En voilà un qui n'est pas bête. J'ai dit Je pense qu'il va y avoir un problème parce que je ne me fais pas baiser sans capote. Il m'a dit qu'il n'allait pas venir. Nous n'avions pas le même désespoir. Je me suis promis que quand je serai descendu au-dessous de deux cents t4 je m'y mettrai.

J'ai pris une exta qui me restait au frigo et je me suis branlé en me mettant des trucs dans le cul devant un porno que je passais mon temps à rembobiner. J'étais tellement stone que j'ai fait tomber le sapin et la tour à cd en maniant le sac à godes. J'ai trouvé ça marrant.

11. Joyeux Noël!

Je me suis réveillé vers une heure. Je n'avais pas faim, j'étais en forme à cause de l'exta. J'ai juste bu un verre d'eau et je me suis mis au minitel. J'ai branché un mec qui avait un programme sympa. Enculage et godage réciproque au Jeff Stryker. Tout s'est passé comme prévu, sauf qu'après qu'on s'est bien ouvert le cul avec les deux godes qu'il avait apportés, on s'est retrouvés debout, j'ai tendu mon cul devant sa grosse bite luisante de gras et sans capote. Il m'a enfilé. C'était bon. Il a arrêté assez vite. Je l'ai retourné pour le mettre à mon tour. On s'est regodés. Je lui ai enfoncé le stryker [56] bien profond et puis je me suis rassis sur sa grosse bite violacée tout en continuant à le goder. Puis il m'a fait pareil. On a joui chacun son tour en se regodant bien à fond. Je me suis dit que ça allait à peu près puisqu'il n'y avait pas eu de sperme dans le cul.

Le soir, j'avais rendez-vous pour dîner dans le Marais chez un copain qui nous invitait régulièrement Quentin et moi depuis des années. J'y avais été aussi une fois avec Stéphane. Je suis arrivé à l'heure. On a pris l'apéro avec son mec du moment. J'ai dit que je venais de quitter Stéphane. On a dîné. Après ça je me suis retrouvé dans le froid de la rue. Il devait être une heure. Je me suis demandé si je devais rentrer me coucher pour me reposer, ou bien sortir. J'ai décidé qu'il fallait avoir foi en la vie, le jour de Noël ça s'imposait. J'ai marché dans la nuit jusqu'au Quetzal. Je pensais qu'il y aurait du monde intéressant, les enragés, les sans famille. Il y en avait effectivement pas mal. J'ai pris une bière, je me suis posté là où on a la meilleure visibilité, à l'entrée des chiottes. J'ai examiné la marchandise. J'étais parfaitement détaché. Si jamais il n'y avait rien, ok, je rentrerais à la maison sans me faire prier.

Il n'y avait rien de spécialement extraordinaire. Et puis j'ai vu ce grand keubla en bonnet, vraiment grand, style un mètre quatre-vingt-dix, cent dix kilos, hyper costaud, tendance enrobé, jeune, très belle tête, l'air réservé. On s'est souri. Je suis allé le voir et je lui ai dit Where are you from in America ? Il m'a dit I'm not from America, I'm from Africa. J'ai dit Oh ok so you must be some sort of African prince. Ça l'a fait marrer. On a parlé, de lui, de moi, du zen. Son hôtel était à l'Etoile, les américains ont toujours peur des quartiers craignos. On est allés chez moi.

À la maison au lieu de lui sauter dessus je me suis immédiatement mis à rouler un pétard allongé sur le lit. Il n'a pas voulu en fumer. Il m'a demandé si je fumais tout le temps. J'ai dit Non, seulement tous les soirs. Il m'a dit Alors tu es un drogué. J'ai nié. J'ai fumé mon pétard.

On ne baisait pas. Il s'était quand même déshabillé à cause du chauffage poussé à fond. Il était étendu en t-shirt et en slip à côté de moi. Je lui ai demandé si ça ne le gênait pas que je le suce. Il m'a dit You can try to, if you really want to. Au bout de cinq bonnes minutes ça y était quand même il bandait vraiment. Je lui ai enfilé une capote et je me suis assis sur sa très grosse bite pointue. Il ne bougeait pas. On ne s'embrassait pas. Je me suis enculé. Au bout d'un moment il m'a retourné et il m'a défoncé très vite et très fort presque sans me toucher. J'ai dû me bourrer le crâne en me répétant que j'étais une petite pute blanche qui se faisait tringler par un grand noir pour arriver à continuer à bander et puis à jouir, en même temps que lui d'ailleurs, il faut dire qu'il y avait mis le temps, j'avais eu tout le mien pour régler ma petite affaire. Je lui ai demandé après si quand il baisait d'habitude il n'utilisait pas plus ses mains. Il a dit que si. J'ai réfléchi.

12. Pourparlers

Quentin m'appelle. Il me dit que ça se passe mal avec Nico. Je dis De toute façon tu ne l'aimes pas. Moi au moins j'ai largué Stéphane. Il dit J'ai envie de te voir. Tu ne veux pas venir à la maison ? Je réponds Ça ne va pas non, avec l'autre nase qui peut ramener sa fraise à n'importe quel moment, c'est hors de question. Il dit On peut se retrouver au Quetzal. Sortir me paraît complètement au-dessus de mes forces et en plus totalement inutile. Et puis je veux que ce soit lui qui vienne, qui fasse l'effort. Après tout c'est lui qui cherche à me récupérer. Je dis Non, je ne bouge pas. Tu n'as qu'à venir. Il dit Ok, je serai là dans une heure. Je sais qu'il en a au moins pour une heure et demie, compte tenu des effets cumulés du pétard et du xanax. Il m'a dit qu'il a diminué les doses. Je ne sais pas si c'est vrai. Il ment tout le temps. Au bout de deux heures je comprends qu'il y a un problème. Je vérifie chez lui. Répondeur. Je parle au cas où il filtre. Pas de réponse. Il appelle deux minutes plus tard. C'est le code qui ne marche pas. Je dis Ok je descends. Je passe un jean sans slip, mon bomber sans t-shirt, des baskets sans chaussettes. En bas, personne. Le code fonctionne. J'attends cinq minutes. Je me dis qu'il a dû se tromper de rue. Je cours sous la pluie jusqu'au même numéro de la rue du Faubourg-Saint-Denis. Je pense à un plan qu'on avait fait quatre ans plus tôt, quelques numéros plus loin, chez deux mecs vraiment très canons, grands, balèzes, actifs-passifs, très grosse bite tous les deux. Ils avaient une énorme boule de très bon shit. Tout le monde m'avait baisé mais évidemment ils préféraient Quentin, avec lui il y avait plus de choses à faire. J'avais fini par me prendre un gros gode dans le cul, à l'époque je n'avais pas l'habitude, et puis je m'étais tiré parce que c'était trop. Le lendemain Quentin m'avait raconté qu'il s'était réveillé en se faisant enculer.

Personne. Je retourne chez moi. Au bout d'un moment qui semble interminable le téléphone sonne à nouveau. Je dis Tu t'es trompé de rue, ce n'est pas Saint-Denis, c'est Saint-Martin. Je raccroche. Il arrive total cassé. Il critique l'appartement que tout le monde trouve super sauf ma sœur et moi. Je dis que je suis au courant. C'est tout ce que j'ai pu me payer. Il roule un pétard que je trouve trop chargé. On cause de notre passé. Il m'explique qu'il a changé. On cause de notre avenir éventuel. Je lui dis que j'ai envie qu'on baise maintenant, comme ça on saura à quoi s'en tenir. Il dit que non il trouve que c'est trop tôt, on verra plus tard, par exemple demain à son réveillon où il y aura de la coke et pas Nico qui doit passer le sien chez ses parents en province.

Au bout d'un moment il me demande de venir sur ses genoux. Je ne suis pas très chaud pour y aller mais j'y vais quand même. Posé dessus, raide comme une marionnette, je compare avec l'effet que ça me faisait dans le temps. On s'embrasse. C'est parfait techniquement, mais ça ne me fait pas bander. Il finit par s'en aller. Je fais du minitel et comme ça ne marche pas je vais au bordel.

Quand je suis arrivé il n'y avait quasiment personne. Un jeune mec très bien foutu attendait couché, jambes écartées, les chevilles dans les étriers d'un sling, avec une grosse bite bandée, entièrement à poil sauf une paire de converse bleu marine portées sans chaussettes. Je me suis mis dans la cabine du fond. J'ai attendu. Deux monstres ont passé la tête à l'entrée. J'ai fait la gueule. Ils sont partis. Ça faisait une demi-heure que j'étais là. Il ne se passait rien. Je suis sorti de la cabine. J'ai fait un tour. Le mec était toujours dans le sling. Je me suis mis devant lui. J'ai commencé à me branler. Ça m'excitait de penser qu'il était là pour se faire baiser par n'importe qui. J'ai appuyé ma bite contre son trou. J'ai dit J'ai pas de capote. Il a dit C'est pas grave. J'ai craché pour lubrifier. J'ai eu du mal à rentrer. Et puis j'y suis arrivé. Je l'ai baisé en finesse. Il bandait sans se toucher. Un mec est arrivé. Il s'est approché pour mater. Instinctivement, je me suis plaqué contre le cul du mec pour empêcher l'autre de voir qu'on baisait sans capote. Il a vu quand même. Il est parti. J'ai continué. J'ai senti que ça venait. Je me suis dit Est-ce que je jouis dedans, de toute façon c'est ça qu'il veut. Et puis je suis sorti et j'ai giclé par terre. Je suis retourné à ma cabine. J'ai fini par me faire baiser, goder et fister par un petit mec hyper mignon qui me travaillait comme un dieu en me disant Vas-y mec, prends ton pied, je veux que tu aies les yeux qui se renversent.

13. Et bonne année !

Je suis arrivé chez Quentin à minuit dix. Les gens n'avaient pas tout à fait fini de s'embrasser. J'ai inspecté l'appartement où aucun des travaux nécessaires n'avaient été faits depuis mon départ. Tout le monde m'a félicité sur ma bonne mine. Quentin était droguéissime. Coke, je le savais, mais aussi pétard sur pétard qu'il extorquait à une pauvre fille pendue à ses basques alors que j'étais sûr qu'il en avait. Au bout d'une heure il n'était toujours pas question de la coke dont il m'avait parlé la veille. Comme j'en avais assez d'attendre qu'il soit poli, je suis allé la lui demander. J'ai dit Je préférerais ne pas avoir à le faire, mais puisque tu ne me l'offres pas, il faut bien que je te la demande, alors elle est où cette coke ? Il m'a dit Tu me donnes combien ? J'ai dit Rien, tu te fous de ma gueule ou quoi, je ne vais quand même pas te payer pour une ligne. Il a dit Bon d'accord. Il s'est cassé. J'ai attendu. Finalement il est venu me dire de prendre la paille jaune qui se trouvait dans le pot sur la cheminée de la chambre et de le rejoindre dans la salle de bains. Dans la salle de bains, il y avait aussi Nico qui venait d'arriver et qui a dit que c'était tellement sympa de se retrouver un an après. J'avais envie de le tuer mais j'ai fermé ma gueule pour avoir de la coke, je me suis simplement délesté de son bras passé autour de mon épaule, ça c'était vraiment trop.

La coke était dégueulasse, hard et flippante. Ou bien la soirée. J'ai quand même eu des sursauts d'énergie. Dansé un peu. De temps en temps Quentin me regardait d'un air à la fois stone et enamouré. Puis Nico venait se faire rassurer. Mais oui on va baiser et puis dormir ensemble, disait Quentin, va nous couper une demi-exta la première n'a pas fait beaucoup d'effet. Nico est revenu dire qu'il n'y arrivait pas, qu'il ne savait pas comment faire, qu'il y avait trop de monde dans la cuisine. Quentin l'a engueulé. J'étais écœuré. Tu ne vois pas qu'il a envie que tu t'occupes de lui ? Il n'a rien répondu. Il n'a pas bougé.

J'ai encore dansé, sans conviction. Discuté avec quelques stars du ghetto que je n'aimais pas et qui me le rendaient bien. Vers deux heures est arrivé un type terriblement beau, d'une beauté vraiment monstrueuse, très jeune, qui s'est engouffré aux chiottes juste devant moi. Quand il est ressorti je n'ai pas résisté, il fallait que je lui parle, je lui ai dit C'est toi David ? Il a dit Non, moi c'est Ivan. Ah, j'ai dit, alors tu n'es pas le dealer que tout le monde attend. Il a dit Non, ce n'est pas moi, il doit passer David, je l'ai vu tout à l'heure à une autre soirée. J'ai pensé Il est vraiment parfait. Il a dit Je n'ai pas beaucoup d'énergie ce soir. J'ai dit Va te coucher ou bien prends de la drogue. Il a dit J'ai déjà pris de la coke mais j'ai pas la pêche. Je lui ai demandé son âge pour savoir quel âge il fallait avoir pour avoir cette peau. Vingt et un, il a dit. C'est lui, m'a dit Quentin plus tard, qui est sponsorisé par un couturier vachement connu. Ils sont toute une bande de petites merveilles comme lui, ils vont à la gym tous les jours, uv tous les jours, drogue tous les jours. Ils ne font rien, ils ont des sponsors. Tous entre dix-huit et vingt-deux ans.

Au bout de deux heures je me sentais liquéfié. J'étais assis à côté de lui, à lire un truc débile qu'il avait écrit et qu'il voulait me montrer, le gentil petit mec qui passait les disques depuis le début s'est penché sur moi, il m'a dit Tu as l'air triste. J'ai levé la tête, j'ai pensé qu'il me draguait, en fait ça m'a énervé parce que je ne l'avais même pas regardé avant et que maintenant je trouvais qu'il n'était pas mal, et je me disais que je pensais ça uniquement parce qu'il me draguait, et j'ai dit J'ai bien le droit non. C'était con. Nico tournait autour de nous mort de jalousie. Tout à l'heure pour la première fois depuis un an il m'avait proposé la botte, évidemment il sentait que Quentin était à nouveau après moi, ça le faisait péter de trouille. C'est vrai que j'avais toujours eu envie de ses vingt-trois centimètres mais là ça venait un peu tard.

Au bout de trois heures quand je me suis regardé dans une glace je me suis trouvé éteint, gris, mort. J'ai demandé à Quentin Mais comment tu fais pour supporter ça ? Il m'a dit C'est dur. J'ai pensé Il dit n'importe quoi. J'ai pris mon manteau et je suis parti. J'ai marché jusqu'aux quais, place Stalingrad, il n'y avait pour ainsi dire personne, j'ai traîné quand même, discuté avec un mec sapé en treillis de crs. Je me suis couché à six heures. Le lendemain je me suis réveillé avec de la fièvre.

Quentin m'a appelé deux jours après. Il voulait que je lui rende un service, il fallait qu'il vienne chez moi pour m'expliquer. Je l'ai reçu en robe de chambre. Il m'a tendu un petit paquet bleu. Cadeau. J'ai dit Merci et j'ai mis le truc de côté sans l'ouvrir. Il a allumé une cigarette sans me demander la permission. Je lui ai fait remarquer que peut-être ça pouvait me gêner. Il a eu l'air surpris. J'ai commencé à l'insulter, pour Nico, pour moi, pour son perpétuel manque de clarté, ses mauvais traitements. J'ai fourré dans la poche de son bomber le paquet qu'il m'avait apporté. Je l'ai foutu dehors. Il m'a rappelé le lendemain pour me dire qu'il avait eu mal mais que c'était sans doute délicieux d'être torturé par celui qu'on aime. Je n'arrivais pas à le croire un quart de seconde. J'ai pensé Cette fois c'est fini.

14. Morsures

Quelques jours après j'allais mieux. Je suis retourné au Quetzal. J'ai retrouvé des copains. On s'est donné de nos nouvelles. Dennis a fini par me dire qu'il était inquiet parce qu'il attendait les résultats de son test et qu'il avait fait des conneries. J'ai dit Quoi comme conneries ? Il a dit Ben l'année dernière j'étais avec un mec pendant plusieurs mois et on baisait sans capote. J'ai dit Ah. Il a dit Et là je viens d'apprendre qu'il est malade. J'ai dit En effet ça craint. Il a dit qu'en plus il était toujours au chômage, il n'avait pas eu le boulot qu'il espérait. Pour changer d'atmosphère je lui ai demandé qui il avait fait comme bon coup dans les mecs qui étaient là, bien que je n'aie pas trop confiance en lui pour ce genre de choses, à mon avis nos critères n'étaient pas les mêmes, mais ça faisait quatre ans que je n'avais plus baisé avec Dennis, il pouvait avoir fait des progrès.

Il a désigné un petit mec de notre âge, peut-être un peu plus jeune, crâne rasé, t-shirt blanc moulant, très bien foutu, très star, qui parlait avec des copines aussi plutôt stars à trois mètres de nous. Il a dit Il y a lui, tu t'entendrais bien avec lui je suis sûr. J'ai dit Pourquoi ? Il a dit Il baise très bien. J'ai demandé Il est actif-passif ? Bien monté ? Branché sm ou baise classique ? Dennis a répondu Oui à tout, mais plus passif qu'actif. J'ai re-regardé. J'ai pensé Bon pourquoi pas. Comme par hasard le mec a enlevé son t-shirt juste à ce moment-là. J'ai trouvé ça lourd. Il était évidemment hyper bien foutu. Entièrement rasé. Tétons développés. Pas un poil de ventre. J'ai dit Mais dans la baise il est comment ? Plutôt cérébral ou plutôt physique ? Dennis a dit Plutôt cérébral. La dernière fois que je l'ai baisé il m'a dit Attends, il est allé chercher un miroir et il l'a mis sous lui pour voir ma bite dans son cul.

Dennis avait l'air de trouver ça très excitant. Moi ça m'a refroidi. Je ne le trouvais pas assez beau pour que ça me soit égal qu'il m'utilise. J'ai demandé C'était avec ou sans capote ? Sans, a dit Dennis. J'ai décidé de ne pas le faire. Ça devenait trop tentant.

Je suis allé nous chercher des bières fraîches au bar. Je suis tombé sur d'autres copains. Marcelo m'a annoncé qu'il s'était fait percer son deuxième sein. Il a dit Et toi alors quand est-ce que tu t'y mets ? J'ai dit Moi non, les seins ça ne me branche pas, j'ai pas envie de perdre ma sensibilité. Marcelo m'a demandé si j'avais toujours son numéro de téléphone. J'ai dit Oui. Il a dit Alors appelle-moi un de ces jours, je me souviens encore de ce qu'on a fait ensemble en Italie. J'ai dit Oui moi aussi, et c'était vrai. Mais je ne voulais pas le rappeler. Je me suis retrouvé seul au milieu du bar avec une bière à la main. J'ai regardé autour de moi mon rêve détruit.

Finalement j'ai branché une nouveauté. Ma taille, brun, cheveux courts, très bonne gueule, très bien foutu, jean noir, t-shirt noir. Encore une star, mais bon, il me faisait envie. Je l'ai regardé. Il m'a regardé d'un air suffisamment intéressé. J'ai souri. Il a souri avec des dents pas terribles, un peu écartées et pointues. Ça le rendait plus sexy j'ai trouvé. On a causé. J'ai posé rapidement les deux ou trois questions essentielles. Oui, il était actif-passif. Non, pas branché sm trop hard. J'ai dit Ok on y va. Il n'avait pas de voiture, visiblement c'était un fauché. On a pris un taxi. Dans le taxi on s'est un peu touchés. Ça allait. Et puis arrivés chez moi il s'est mis à me toucher le cul dans l'escalier, assez macho, je l'ai laissé faire, il m'a mis son poing entre les fesses pour me faire monter les marches, ça me rappelait Quentin en un peu plus approximatif, un peu trop hard. Ça me faisait triquer en fait, pour une fois qu'un mec mignon de mon âge allait me prendre en main et pas l'inverse.

Dans le couloir de l'entrée il s'est mis à me mordre la nuque. Ça, je n'aime pas du tout. Je me suis dégagé immédiatement pour que les choses soient claires. On est entrés. J'ai servi deux whiskys, j'ai roulé un pétard, on a commencé à fumer. Puis on s'est déshabillés, à poil il était vraiment canon, on s'est embrassés, enlacés, j'étais bien excité. Il a recommencé à me mordre. Je me suis raidi. Il a arrêté. On a recommencé à se toucher. Il m'a remordu. Je me suis dégagé. Je l'ai regardé.

Mais qu'est-ce que tu crois que ça peut me faire que tu me mordes comme ça?, j'ai dit. Tu penses que ça me fait plaisir? J'arrête pas de te montrer le contraire. Alors ça veut dire quoi ça, qu'est-ce que tu cherches? Il a dit J'avais envie de le faire c'est tout. Il est revenu sur moi pour qu'on se remette à se palucher. J'ai dit Je pense qu'on va s'arrêter là. Je suis resté assis à la tête du lit. Il s'est levé, il a remis son slip noir, ses chaussettes noires, ses jeans noirs, son t-shirt noir, ses baskets noires, en silence. Je l'ai raccompagné à la porte, toujours sans un mot.

J'ai refermé. Je suis resté là sans bouger. Je me suis dit Qu'est-ce qui m'arrive? Comment est-ce qu'une chose pareille peut m'arriver? J'ai vu par la fenêtre le mec traverser la cour. J'ai pensé Ce mec en noir c'était un signe. Si je reste ici je vais mourir. Je vais finir par mettre du sperme dans le cul de tout le monde et par me faire faire pareil. La vérité, c'est qu'il n'y a plus que ça que j'ai envie de faire. D'ailleurs c'est déjà bien parti. Évidemment je ne pourrai en parler à personne. Je ne pourrai plus rencontrer personne. J'attendrai d'être malade. Ça ne durera sûrement pas longtemps. Alors je me dégoûterai tellement que ce sera enfin le moment de me tuer. Je me suis dit que je n'avais plus qu'à partir.

15. Exit

J'ai eu de la chance. On m'a proposé un travail très loin, à l'étranger. J'ai pensé J'ai un chagrin d'amour, je pars au bout du monde, c'est ce qu'il faut faire dans un cas pareil. J'ai accepté. J'ai passé encore un mois à régler mes affaires, à voir des gens, mes amis, ma grand-mère. Je voulais laisser les choses en ordre.

J'ai appelé Terrier au téléphone. Je ne lui avais pas donné de nouvelles depuis longtemps. Il m'a dit qu'il ne faisait rien. Qu'il était toujours au chômage. Qu'il restait chez lui tout le temps, sauf des fois le week-end pour aller voir sa mère. Qu'il ne sortait plus. Qu'il en avait marre d'attendre le prince charmant. Je n'ai pas proposé qu'on se voie, j'avais peur que ça soit trop triste. Il ne l'a pas proposé non plus. Il m'a souhaité bon voyage. Dit qu'il viendrait me voir. J'ai dit qu'il n'y avait pas de problème. Je me suis demandé si je lui paierais un jour le voyage. Peut-être.

Stéphane était mon dernier rendez-vous. Il m'avait dit qu'il préférait me voir juste avant mon départ, parce qu'il était trop occupé avant, mais j'avais pensé que c'était pour une raison plus profonde, qu'il pensait qu'il valait mieux que cet au revoir soit un adieu. Il devait passer me prendre pour aller déjeuner. C'était un samedi. Évidemment je n'avais pas pu me lever à temps pour être prêt, j'avais encore passé la nuit dehors. Je lui ai ouvert la porte en peignoir mal attaché. Je suis allé immédiatement me remettre au lit. Il s'est assis sur le bord. On a parlé. De lui, de moi, de son nouveau mec. Et puis comme on était émus on s'est pris dans les bras. Érection électrique. On s'est embrassés. C'était très fort. Je lui ai dit Déshabille-toi. On s'est retrouvés à poil sur le lit.

J'étais hyper excité. Je me suis dit que j'allais lui laisser un bon souvenir. Je me suis penché sur sa bite et je l'ai sucé comme je ne l'avais jamais fait jusque-là. En l'aimant. Il a failli jouir. Je me suis relevé. J'ai dit Qui baise qui ? Il m'a dit J'ai envie de te baiser, je ne me souviens plus comment c'est. J'étais d'accord, je trouvais ça mieux que le contraire, dans le contexte. Ça a été absolument super. Après je l'ai invité à déjeuner dans une brasserie des Halles. On a bu comme des trous. On a ri. Il m'a raccompagné en voiture. Je l'ai regardé partir, sa jolie petite tête encadrée de profil dans la portière. Il m'a fait un signe de la main avant de redescendre la rue. La nuit était tombée. Je sais que j'aurais dû le quitter beaucoup plus tôt. Quand je me suis dit pour la première fois que je ne serais jamais amoureux de lui. Mais c'était tellement bon qu'il m'aime. C'était bon.

Notes

Première partie

1. Le *Keller*, boîte *gay* située dans la rue du même nom, dans le quartier parisien de la Bastille.

2. La *backroom*, la « salle du fond » des bars, réservée aux rapports sexuels. Voir *Backrooms*, de Pierre-Olivier de Busschère et Rommel Mendès-Leite, *Questions de genre*, Gay Kitsch Camp n° 37, Université Paris 7, 1997.

3. *D:ream*, groupe de pop d'Irlande du Nord actif entre 1992 et 1997. Son tube « Things Can Only Get Better » a été utilisé par le parti travailliste britannique.

4. Le *Queen*, boîte de nuit des Champs-Elysées, haut lieu de la vie nocturne *gay*. Le *Bataclan*, situé boulevard Voltaire, salle de concerts.

5. Tony D. Bart, chanteur né en 1964, auteur du tube « The Real Thing ».

6. Le *Transfert*, boîte *gay* du Ier arrondissement de Paris.

7. MC Solaar, alias Claude M'Barali, chanteur tchadien de rap francophone né en 1969.

8. Chad Douglas, acteur pornographique *gay* né en 1957, mort en 1999.

9. Le hiv (ou vih, en français) 1, virus de l'immunodéficience humaine, responsable du syndrome immuno-déficitaire acquis, plus connu sous le nom de sida.

10. Le *bomber*, blouson porté par les pilotes de bombardiers américains de la Seconde Guerre mondiale, réactualisé par la mode urbaine. Le 501 est un type de jeans créé en 1873 par la firme américaine Levi Strauss, le numéro provenant du lot de tissu.

11. Les poppers, connus pour leur effet euphorisant, sont des vasodilatateurs utilisés en médecine, se présentant sous forme de liquide contenu dans des fioles. Ce produit, vendu en sex-shop, qui n'était alors pas considéré comme un stupéfiant, est sous le coup d'une interdiction totale de vente depuis 2011.

12. Soft Cell, groupe de pop anglaise des années 1980. Marc Almond en est le chanteur-vedette.

13. DJ Brainwasher, pseudonyme d'un disc-jockey et producteur français, Laurent Meyer, qui fut DJ du *Queen*.

14. Sur le godemiché, accessoire sexuel, voir Beatriz Preciado, *Manifeste contrasexuel*, Balland, « Le Rayon », 2000. Le mot vient du latin *gaude mihi*, « Réjouis-moi ».

15. Eric Manchester, acteur porno et chanteur né en 1960.

16. La zidovudine, azt, médicament antirétroviral contre le sida.

17. François Kevorkian, musicien, disc-jockey et producteur français né en 1954, auteur du titre « In Your Room ».

18. Les plaquettes sanguines ont un rôle primordial dans le processus de la coagulation.

19. En Vogue, quatuor féminin de rythm'n'blues californien, actif à partir de 1988.

20. Noms de boîtes de nuit.

21. *Pleasure Chest* et *Yanko*, sex-shops américain et parisien.

22. Ts, pour « tentative de suicide ». Les T4, lymphocytes, sont des globules blancs jouant un rôle important dans le processus immunitaire. Leur nombre est un marqueur de l'infection.

23. Le cytomégalovirus, ou cmv, virus qui atteint les malades dont les défenses immunitaires sont faibles. Le dernier texte écrit par Hervé Guibert (1991) porte le nom du syndrome et est sous-titré *Journal d'hospitalisation*.

24. « Fister », de l'anglais *fist*, « poing » : pénétration anale avec le poing. D'après David Halperin, c'est la « seule pratique sexuelle inventée au XXe siècle », in *Saint Foucault*, 1995.

25. *Le Quetzal*, bar *gay* du Marais.

26. Jam and Spoon, groupe de musique électronique allemande. Son leader, Markus Löffel, est mort à trente-neuf ans. Double sens obscène, *jam*, mot polysémique signifiant « confiture », désigne en argot le « foutre » (mais aussi l'hétérosexuel).

27. *Le Bon Pêcheur*, grand café des Halles.

28. Le *QG*, bar *gay* du Marais.

29. *Taxi Driver* (1976), sixième film de Martin Scorsese, avec Robert De Niro.

30. « Plugger », de *plug*, « prise électrique », accessoire sexuel.

31. Moderne Mesclun est l'un des personnages d'*Agrippine*, bande dessinée de Claire Brétecher, dessinatrice française née en 1940, dont l'héroïne est une adolescente.

32. Depeche Mode, groupe de pop anglaise formé en 1979.

33. « Vivre dans le ghetto », titre d'une chanson du groupe de reggae Toots and the Maytals. Désigne ici le Marais.

34. L'Association sado-masochiste-fétichiste.

35. Le *cockring*, « anneau de queue », est un anneau pénien à placer à la base du sexe pour renforcer l'érection. Le *ball-stretcher* est un étireur de testicules.

36. Sans doute s'agit-il du film de Billy Hopkins *I Love You, I Love You Not*, de 1995 (renseignement aimablement communiqué par Stéphane Bouquet).

37. Le kaposi et la pneumocystose sont parmi les maladies qui touchent le plus les patients infectés par le virus hiv.

DEUXIEME PARTIE

38. Titre du premier film de Claude Chabrol (1959).
39. Marques de préservatifs.
40. Marque de sous-vêtements pour homme. Le *jock-strap*, sous-vêtement masculin utilisé par les sportifs, laisse les fesses à l'air libre et enserre le pénis dans une coquille.
41. *Folies Pigalle*, boîte de nuit mixte.
42. *Groove*, de l'anglais « sillon », signifie aussi « s'éclater ». C'est un rythme musical.
43. Jeu de mots argotique et obscène sur la tête et la queue.
44. Kris Lord, porno star *gay* américaine.
45. Xanax et Prozac, antidépresseurs.
46. TBM, « très bien monté ».
47. Le minitel, invention française ancêtre d'internet, très utilisé dans le milieu *gay* pour les sites de rencontres, n'existe plus depuis 2012.
48. « Exta », pour ecstasy, parfois abrégée en E, amphétamine entactogène (qui facilite le contact) consommée en club.
49. *Le Diable des Lombards*, café-restaurant branché des Halles.
50. La cocaïne consommée en « sniff » est liée au monde de la nuit. Voir Bertrand Lebeau, *La Drogue*, Le Cavalier bleu, 2002.
51. *Quid*, argot anglais pour « livre sterling ».
52. Le *butch*, de *butcher*, « boucher », désigne un homosexuel particulièrement viril, s'adonnant à la musculation (*bodybuilding*). Ce terme désigne aussi les lesbiennes qui jouent le rôle de l'homme.
53. Alex Party, groupe italien d'électro-pop.
54. Propaganda, groupe post-*new wave* des années 1980. La chanson « Duel » date de 1986 : « La première coupure ne te fera pas mal / Seule la deuxième te fait réfléchir / La troisième te mettra genoux à terre / Tu commenceras à saigner / Je commencerai à crier. » Et, plus loin : « Vends ton âme / Ne regarde jamais derrière toi. »
55. SSR, sexe sans risque. L'expression française est ambiguë : en anglais *safer sex* signifie « sexe plus sûr ».
56. De Jeff Stryker, acteur porno *gay* américain.

JE SORS CE SOIR

Roman

Pour qui n'aurait jamais lu Guillaume Dustan, *Je sors ce soir*, le deuxième volume de la première trilogie, paru en 1997, constitue le meilleur accès à son œuvre : deux ans après le radicalisme sexuel de *Dans ma chambre*, qui pouvait effrayer un lecteur non averti, l'auteur explore un autre univers qui lui est consubstantiel, la boîte de nuit. Dustan est l'un des premiers écrivains à avoir introduit ce lieu de plaisirs moderne dans la littérature française, lui donnant ainsi une consistance presque mythologique. On peut s'étonner qu'une des activités favorites de la jeunesse, la danse, n'ait pas, avant lui, trouvé son Balzac, là où le cinéma avait dès 1978, produit un film culte disponible pour cette génération, *La Fièvre du samedi soir*[1]. C'est que la littérature, bien souvent faite par des écrivains qui, arrivés à la quarantaine, ont cessé de fréquenter ce type d'établissements (s'ils les ont jamais fréquentés), s'est plutôt spécialisée dans des lieux où la barrière d'âge est moins dirimante, maisons de passe ou de jeu, notamment dans la culture hétérosexuelle[2]. On peut bâtir une histoire de la littérature autant par ses personnages que par ses espaces, et de ce point de vue Dustan est un novateur[3].

Le rose et le noir

La boîte de nuit n'est pas pour Guillaume Dustan un endroit comme un autre. Non seulement elle fut un lieu très régulièrement fréquenté par l'auteur lui-même, mais elle correspond plus largement à un moment de la vie de « l'homme de trente ans », où le sujet est en pleine possession de ses

1. Voir notes en page 144.

moyens, et ce malgré la maladie présente en arrière-plan. La boîte de nuit est un espace où la jeunesse semble rayonner, celle de Dustan lui-même, mais aussi celle de la « jeunesse éternelle » avant son déclin inéluctable. Pour cet âge de la vie où il n'est plus trop tôt pour écrire et pas encore trop tard pour rentrer à la maison, la boîte de nuit favorise une expérience de la dépense qui n'est pas sans rappeler Georges Bataille, jusque dans la dimension mystique. Pourtant, Dustan n'a jamais atteint la quarantaine, cette période où le talent de l'écrivain est censé mûrir pour atteindre une forme de maîtrise. Sa mort précoce ne lui a permis ni de se régler ni de polir une écriture qui ne demandait pas à l'être. En un certain sens, la boîte de nuit fut sa descente aux Enfers[4] et préfigure sa disparition. Par-delà la différence de génération, le mot de Marguerite Duras, l'un de ses écrivains fétiches, « très vite c'est trop tard dans la vie pour aller au "Tabou[5]" », s'est trouvé confirmé d'une toute autre manière : le sida, discret dans *Je sors ce soir*, rôde néanmoins, et la dédicace du livre « à la mémoire d'Alain Ferrer », un ami décédé de l'auteur, se voit redoublée par la mention de sa mort dès le deuxième paragraphe. Pour paraphraser un slogan irrécupérable d'Act up, « Disco = sida », on dira que le plaisir simple de la fête et de la vie fut, pour les homosexuels de ces années-là, indissociable de son contraire. Pour autant, *Je sors ce soir* exhale une certaine euphorie qu'on n'a pas toujours en tête lorsqu'on évoque Guillaume Dustan. Ses détracteurs ont insisté sur le caractère déprimant de son univers. *Je sors ce soir* ne peut que leur donner tort, c'est un livre doux et zen, qui offre un *èthos* plus nuancé au lecteur, où le rose l'emporte sur le noir.

La boîte de nuit, une hétérotopie

Je sors ce soir est le livre qui a élevé la boîte de nuit du rang de décor romanesque à celui de lieu de civilité, voire de civilisation. L'établissement nocturne qui donne son unité au livre est un endroit où s'élaborent d'autres rapports que les rapports ordinaires diurnes, un champ d'expériences alternatives. Bien qu'elle soit située au cœur de la ville, ou plus exactement *sous* la ville, la boîte de nuit, en l'occurrence *la Loco*, est un lieu qui lui échappe pour proposer d'autres règles de vie, moins normées, plus folles, construites en excès par ses usagers mêmes. Elle est une « hétérotopie », concept inventé par Michel Foucault dans un texte célèbre[6], un espace autre, où tout ce qui est jugé déviant ne l'est plus. Dans le monde renversé de la boîte et de la nuit, les valeurs oppressives du haut sont abolies au profit d'une sociabilité dont l'auteur donne la théorie et montre la pratique.

La cohérence de Dustan passe par l'élection d'une série d'endroits clés qui ne sont en rien de simples toiles de fond propres au récit réaliste mais au contraire des lieux qu'il a assidûment fréquentés parce qu'ils lui paraissaient porteurs d'expériences nouvelles. En un sens, le projet politique de Dustan est né dans les boîtes de nuit : le lecteur qui découvre *Je sors ce soir* ne le sait pas encore mais le pressent, et se le verra confirmer rétroactivement, une fois lue l'œuvre entière. Le corps et la convivialité nocturnes seront au cœur d'une nouvelle éthique et d'une nouvelle esthétique débouchant à terme sur un avant-gardisme de type politique, développé dans les volumes de la seconde trilogie. L'œuvre à venir est en germe, mais pour l'instant *Je sors ce soir* se contente de montrer la nuit et d'en dire le plaisir sur un mode phénoménologique. Le signe le plus patent de cette affirmation réside dans le titre même du texte, où le pronom « je » sonne comme un programme : *Je sors ce soir* est un titre simple et magnifique, empruntable universellement par tout sujet, titre-phrase avec son verbe au présent, ses quatre monosyllabes qui claquent comme un fouet et les sonorités en *s* en attaque de mot.

S'il est marqué par son orientation homosexuelle, *Je sors ce soir* a l'intelligence de ne pas s'y restreindre : le monde de la nuit abolit les différences, et le « communautarisme » de Dustan, concept piégé s'il en est, tend ici à se fondre dans une généralité du plaisir. Aussi bien cette juste description d'un monde minoritaire se double-t-elle d'une photographie de la socialité noctambule saisie dans un chronotope précis, les années 1990 en France. *Je sors ce soir* est donc un livre qui dépasse largement les micro-enjeux du « ghetto », comme toute l'œuvre de Dustan ne cessera de le prouver. Ici se dessine une communauté qui transcende les différences de classe et sexuelles : l'universalité de Dustan est née dans une boîte mixte, populaire et non exclusivement *gay*. Livre neuf par son thème et l'approche qu'il en fait, livre engagé sous des dehors légers, *Je sors ce soir* est à la fois mondain et grave, nietzschéen et warholien, superficiel et profond.

Le vide et le plein

Je sors ce soir est, comme l'était *Dans ma chambre*, un livre conceptuel dans sa forme : ici, le respect des trois unités de lieu, de temps et d'action est total puisque le livre raconte, en moins de cent pages, une soirée à *la Loco*. Absorbé dans un pur présent, qui est à la fois une marque stylistique d'époque et un mode d'écriture propre à Dustan, le lecteur se fraie

sans peine dans cette description d'une soirée en boîte jusqu'au retour final
« dans la chambre », qui renvoie au texte précédent, dont il est le dehors.
Je sors ce soir, tout en poursuivant le minimalisme stylistique du premier
Dustan, propose une forme spécifique. Le récit, fait de fragments d'inégale
longueur, parfois constitués d'une seule phrase, exalte la dimension perceptuelle de la boîte de nuit. Le texte se situe au plus près des sensations
physiques éprouvées par ses pratiquants. Dans cette sorte d'hypogée, Dustan fait l'apologie du plaisir réprimé par le monde-d'en-haut. De ce point de
vue, *Je sors ce soir* reprend le motif du corps mais dans une direction beaucoup plus hédoniste et plus joyeuse que *Dans ma chambre*. Dustan danseur
construit l'image d'un sujet désireux de lâcher prise, de perdre le contrôle
de soi exigé par la société autoritaire.

Produit par un sujet plein, ce livre traite avec grande finesse de l'attrait
du vide. D'une part, les événements y sont décrits de façon purement successive, par une conscience qui va peu à peu s'évider. Le style phénoménique y est pour beaucoup, réduisant l'action à la ténuité répétitive de ses
opérations. L'énonciation de première personne constitue des moments
autonomes mais tendus vers une suite, qu'elle annule de façon déceptive.
Bénédicte Boisseron, dans son article stimulant[7], propose de comparer le
style de Dustan au Coca-Cola (ce qui eût sans doute plu à l'auteur), cette
boisson qui incarne « la mise à mort de la matière, l'autoréférence du désir
dans une poursuite alléchante en abîme[8] ». Tourner les pages de *Je sors
ce soir* relève d'une forme d'excitation légère, due autant aux vertus de la
boisson qu'à son pouvoir iconique. On pourrait se livrer ici à une lecture inspirée de Jean Baudrillard, pour qui la passion contemporaine du réel se mue
en hyperréalité : le degré de fascination du texte puise peut-être son origine
dans cette totalité répétitive et dépourvue d'épaisseur, cette transparence
absolue où la dimension pragmatique emporte tout sans hiérarchie aucune.
Pourtant, cette lecture ne donne qu'une clé partielle du texte, qui n'est
pas une critique du sujet contemporain perdu dans un réel à l'état gazeux.
Décrire le vide est une expérience, positive, de l'extase.

La boîte de nuit est en effet le lieu d'une dépossession de soi. Quel
paradoxe que la subjectivité intense du « sujet Dustan » se résorbe dans
une quête presque bouddhiste de la désubjectivation opérée par la musique,
la drogue et la confusion des corps. Que l'apologie du plaisir soit proposée
aussi comme un geste politique est sans doute le titre de gloire de Dustan.
Continuateur de l'esprit libertaire des années 1970 remodelé par le postmodernisme libéral, Dustan, individualiste forcené, est aussi un héritier.
Le contexte du sida renforce les liens communautaires : l'hétérotopie de la

boîte de nuit n'est pas coupée du monde, elle offre une parade à la maladie, en affirmant la prééminence des plaisirs sur la mort. Ici plus que dans les deux autres livres, Dustan part du particularisme homosexuel pour le dépasser en une quête dionysiaque.

La danse ou la mort

Mêlant à son histoire personnelle celle de ses frères d'armes, Dustan a incarné la condition du jeune activiste *gay* des années 1990. L'expérience du monde de la nuit, et sa restitution, étaient inévitables. Bien plus que chez Foucault, Dustan puisa sa référence suprême chez Nietzsche, écrivain qui revient fréquemment sous sa plume, et dont l'apologie de la figure du danseur semble la plus brûlante des injonctions : « des vérités pour nos pieds ! des vérités sur lesquelles on peut danser ![9] »

De fait, *Je sors ce soir* est un livre musical : son écriture est, par imprégnation rythmique, celle du lieu de l'action. La boîte de nuit implique, pour cet auteur littéraliste, des phrases courtes, un style simple, répétitif, qui semble calqué sur la basse continue de la musique techno. Dans le dernier tiers du livre, des blancs marquent la perte de conscience progressive du narrateur-personnage, qui va s'amplifiant au cours de la nuit. Dustan, dans une belle trouvaille, interpole une série de pages blanches pour exprimer le *satori* perceptif, le trouble rendu possible par ce lieu hors normes qu'est la boîte de nuit. *Je danse, donc je suis* serait peut-être le meilleur sous-titre de ce texte synesthésique. La vue, le plus aristocratique de tous les sens, y joue un rôle problématique, la dimension nocturne des lieux et la lumière artificielle créant une perception altérée des choses et des corps. La vue coupe le regardeur de son objet : cette coupure (et à un autre niveau la coupure opérée entre vie privée et vie publique, littérature et expérience, plaisir et intellect), Dustan cherche à l'abolir, puisqu'elle est un temps mort dans l'accomplissement du désir. L'ouïe en revanche est fondamentale dans l'univers saturé de musique où la communication est réduite à l'essentiel – le corps[10]. Les nombreuses références musicales ont valeur d'ambiance d'époque, mais c'est bien la musicalité sourde et directe de la phrase qui donne le ton, comme en témoignent les nombreux vers blancs du texte : « J'étais indiscutable / au sous-sol du Palace », ou « La musique est moins bonne. / Je me repose en bord de piste ».

Danser est également une manière de conjurer la mort, comme le sexe ou la gymnastique, autres éléments d'une culture de soi. Il est certain que la dépense physique est une réponse directe au sida, une façon de le nier, non de le dénier. La dimension collective de la boîte de nuit soude alors une communauté. On danse moins pour être vu que pour se fondre dans une masse qui n'exclut pas le moi mais le démultiplie. Auteur snob, sans doute, Dustan clame pourtant sa détestation du snobisme à partir du moment où il exclut les autres. Au contraire, la danse (et l'ensemble de la culture adolescente) réunit les hommes dans une quête commune et participative, qui préfigure une *polis* fondée sur le plaisir et la constitue en acte : avec la danse, l'hétérotopie est une utopie réalisée.

Littérature populaire, littérature underground

Dustan ne s'est pas contenté d'une représentation de la boîte de nuit, il cherche à lui en faire partager l'expérience. La modernité de Dustan tient aussi à cette défiance envers la réduction de la littérature à une simple *mimesis*, position qui est une faute, un esthétisme. Dustan n'a rien à « raconter », c'est le réel qui lui importe. À la fiction désincarnée qui prospère sur sa capacité d'endormissement, l'autobiographe oppose une littérature d'accès direct au monde de l'expérience. *Je sors ce soir* est plus qu'un constat qui décrit une action, c'est un performatif, qui la réalise.

Littérairement, il existe un paradoxe dustanien : en lui coexistent un côté *underground* et un côté populaire. La littérature *underground*, celle qui se fait sous le sol, foule aux pieds les règles établies, comme les danseurs baignent dans un monde libéré des contraintes corporelles. Avec son thème populaire et sa langue standard, *Je sors ce soir* pose les bases d'une littérature adressée au plus grand nombre. Il y a un fantasme « pop » chez Dustan (et chez les écrivains qu'il aime), qui lie danse et littérature par la notion de masse. La littérature n'a de valeur qu'à être partagée par tous, alors qu'elle est dans les faits réservée à une élite. Dustan, qui brossera un étonnant panorama de la littérature française[11], a un idéal démocratique ; les valeurs de liberté, d'égalité et de fraternité trouvent dans la boîte de nuit un espace où s'exprimer littéralement. La contradiction entre populaire et *underground* n'est pas résolue chez lui, mais elle est posée avec une acuité rare dans la littérature française. L'autobiographie joue là encore un rôle décisif puisque Dustan parle d'une voix singulière mais en laquelle beaucoup peuvent se reconnaître, singularité quelconque, voix collective, qui tend, dans le contexte de la boîte de nuit, à abolir la distinction entre le personnel et l'anonyme.

Ce second volume est, par rapport aux deux autres, très peu sexuel : après l'orgie de *Dans ma chambre* (à laquelle répondra celle de *Plus fort que moi*), *Je sors ce soir* occupe la place du milieu, celle d'une forme de détumescence. Il n'est pas hasardeux que ce soit aussi le texte le mieux écrit, le moins dur, le plus accessible de la première trilogie, en ce qu'il offre au lecteur une possibilité de contact : là où *Dans ma chambre* visait une sorte d'agression du lectorat, qui s'explique en partie par le caractère de primo-publication, et où *Plus fort que moi* rejouera la scène sadomasochiste, *Je sors ce soir* s'avère comme la première tentative de produire un espace commun : le livre-boîte-de-nuit, cette dernière envisagée autant comme modèle de société future que comme métaphore de la littérature, à condition de bien comprendre que la boîte est un club ouvert à tous et non un lieu d'exclusion dicté par des considérations mondaines. De ce point de vue, les sorties que s'autorise Dustan hors de *la Loco* sont un appel à sortir d'une conception trop close du texte sur lui-même, à rejeter la littérature du milieu, modèle-repoussoir – le milieu, en tant que milieu homosexuel mais aussi en tant que littérature *mainstream*, moyenne, constitutive du goût dominant. Participer autant que représenter : ces deux activités généralement antagonistes, l'écrivain-danseur que fut Guillaume Dustan a désiré ardemment les conjuguer. *Je sors ce soir* est une invitation lancée à tous.

NOTES

1. Film américain de John Badham, qui révéla John Travolta en 1978.

2. *Le Joueur* de Dostoïevski, *La Maison de rendez-vous* d'Alain Robbe-Grillet.

3. Il avait néanmoins été précédé par Anne Garréta, qui avec *Sphinx*, Grasset, 1986, donnait au disc-jockey ses lettres de noblesse, et par Renaud Camus (voir la Préface de *Dans ma chambre*).

4. La référence à Dante vient très vite dans le texte, p. 151.

5. « Les plaisirs du 6e » in *La Vie matérielle*, P.O.L, 1987, p. 26.

6. « Des espaces autres », 1967, in *Dits et écrits* II, p. 1571.

7. Article cité.

8. *Op. cit.*, p. 82.

9. Nietzsche, *Poésies*, Éditions Ollé, 1991, p. 81.

10. *Je sors ce soir*, p. 155.

11. Dans *Nicolas Pages* et *Génie divin*.

À la mémoire d'Alain Ferrer

Lapin, je t'aime

Lorsque tout est fini,
Quand se meurt vo-o-o-tre beau rêve,
Pourquoi pleurer les jours enfuis,
Regretter-er les songes partis ?

Les baisers sont flétris,
Le roman vi-i-i-te s'achève,
Et l'on reste à jamais meurtri,
Quand tout est fini.

On fait serment, dans sa folie,
De s'adorer longtemps, longtemps,
On est charmant, elle est jolie,
C'est par un soir de gai printemps

Mais un beau jour,

L'amour se fane
Avec les fleurs,

Et l'on reste là tout chose-eu,
Le cœur serré,
Les yeux remplis de pleurs.

Lorsque tout est fini,
Quand se meurt vo-o-o-tre beau rêve,
Pourquoi pleurer les jours enfuis,
Regretter-er les songes partis ?
Les baisers sont flétris,
Le roman vi-i-i-te s'achève,
Et l'on reste à jamais meurtri,
Quand tout est fini.

(O'Clave-Cremieux / *Quand l'amour meurt*[1])

---

1. Voir notes en page 227.

Il y a un certain plaisir à ne pas faire les choses dans les règles. Comme aller au Gay tea dance[2] en 501 deux tailles trop grand, chaussures non montantes, chemise à carreaux bcbg. Ce n'était pas prémédité. Je m'étais habillé ce matin pour mon rendez-vous avec Diane, et comme c'était un truc important pour moi, je n'ai pas pensé à ce que j'allais faire après, et qui ne pourrait, de toute évidence, qu'être ce que je fais maintenant : descendre la rue Lepic vers la place Blanche pour aller au gtd qui est à la Loco[3] depuis que le Palace a fermé.

Mais je me regarde dans la glace du café à mi-pente et je décide que ça ira. Sous la chemise j'ai une arme secrète : le vieux t-shirt indigo Marine nationale du frère d'Alain Ferrer, à la fois moulant, souple, bien coupé, avec de toutes petites manches qui mettent en valeur les biceps, et sexy à cause du logo et des trous de pétard que j'y ai faits. C'était le t-shirt fétiche d'Alain. Je le lui avais échangé contre mon propre t-shirt fétiche, un t-shirt américain noir, moulant, bien coupé, souvenir d'une compétition parachutiste, avec le lieu, l'année, et un dessin qui montrait trois mecs en formation, en chute libre, se tenant par les mains, et qui avait vraiment la forme du symbole de la radioactivité, ce qui faisait peur mais était aussi ultra-cool. On avait fait ça rue de Bellefond. J'avais pas mal hésité avant. Dans mon esprit ça voulait dire qu'on devenait frères. C'est Quentin qui m'a appris la semaine dernière qu'Alain est mort. Il y a quelques mois déjà. Je ne savais pas. Je n'étais pas en France.

La dernière fois que je l'ai vu, c'était au Bar, en 94. Il était avec son mec, moi avec le mien. J'avais dit que je les appellerais pour qu'on aille dîner chez eux, mais je ne l'ai pas fait, ç'aurait dû être le contraire, c'était nous les plus vieux et les plus friqués. On ne se voyait plus depuis qu'il était maqué. En fait on s'était vraiment connus pendant les trois ans où il avait été l'amant régulier, puis occasionnel, de Quentin. Le mien aussi, par contrecoup. On était partis en vacances chez lui, en Espagne, l'été 90. Je me souviens comme il dansait, comme un fou, dans la boîte pédé de Valence, sur le tube house[4] que nous préférions : *Es imposible, no puede ser*.

Alain était spécial. *Tout le monde* le regardait chaque fois qu'il entrait quelque part. Pourtant il était tout petit. Très mince, mais très bien fait. Toujours vêtu comme un Zorro, son blouson comme une cape, ses jeans comme des collants noirs, de grosses chaussures. Chacune de ses attitudes était une image parfaite. Je pense qu'il le faisait exprès. Il avait dû s'étudier longuement, comme peuvent le faire les jeunes prolos que leurs études laissent tranquilles et qui n'ont que leur corps pour capital. C'était aussi un coup d'enfer. Acharné. Sans fin. Sans fond. Enfermé en lui-même. Je ne savais pas qu'il était séropositif. Peut-être que lui-même l'ignorait. C'était bien le genre à ne pas le savoir.

Je me souviens très précisément de la forme de son corps. Je me souviens de son odeur, que je critiquais. Je n'arrive pas à croire qu'il puisse être mort. En même temps ça ne me surprend pas complètement. Ça faisait un moment que je me demandais ce qu'il faisait de sa vie, sans bosser, maqué avec ce type qui était une sécurité, ok, bien foutu, belle gueule, bien monté, hyper-amoureux, mais pas du tout assez marrant pour lui. Je pense qu'il avait dû sentir s'évanouir progressivement, avec le temps, avec sa jeunesse, le pouvoir absolu qu'il avait sur les autres. Qu'il n'avait pas su par quoi le remplacer.

J'ai hyper-envie de chier. Tout à l'heure il n'y avait plus de papier dans les chiottes des invités chez Diane, et on ne parle pas de ces choses-là, alors ça fait un bon moment, mais je ne veux pas casser le rythme, et puis je suis sûr qu'en début de soirée les chiottes à la Loco vont être propres et approvisionnées, donc je ne m'arrête pas au café rue Lepic, ni chez Quick sur le boulevard, et je vogue vers l'entrée à travers les gens qui traînent devant le Moulin rouge.

Ça fait une éternité que je ne suis pas venu. Les videurs ont un nouvel uniforme, bomber argenté et 501 noir. J'avance vers la musique de plus en plus forte mais le portier, un brun sexy de trente-cinq ans, mal rasé, me bloque avant l'entrée, et je me dis, – Merde qu'est-ce qui se passe, mais le mec m'embrasse sur les deux joues en me disant un truc que je ne comprends qu'après et qui est – Joyeuses Pâques, joli garçon ! Agréable. Je paye mes soixante balles et je file au vestiaire.

Je laisse mon manteau. Je prends mes clopes et ma carte bleue. Je laisse mon briquet. Ce matin j'ai oublié d'en prendre un. J'étais décalqué, on s'était couchés à six heures avec Dimitri en rentrant de la Station. C'est là que je l'ai largué. On a quand même dormi ensemble. Parlé. Pleuré. Lui surtout. Ça ne faisait qu'une semaine qu'on se connaissait, alors ce n'est pas grave. Je n'ai pas voulu en acheter un tout à l'heure au Saint-Jean[5] en allant chez Diane parce que je voulais rester dans mon budget de la journée. Et puis finalement j'en ai acheté un, en même temps qu'un paquet de clopes d'avance, quand on est allé se promener elle et moi le long de la rue Lepic.

Mais je ne le prends pas parce que je sais que je n'arrive pas à demander du feu d'un air naturel quand j'en ai sur moi et que c'est juste une entrée en matière. Donc autant ne pas en avoir. Et puis comme ça, ça me fera un truc de plus à faire, en boîte on se fait chier très facilement.

Je redescends les escaliers d'un pas soutenu. Je traverse les trente ou quarante mètres du bar déjà ouvert. Le barman est top-flashant, petit, hyper-musclé. Il n'y a encore presque personne. La première fois que je suis venu, c'était il y a dix ans. J'avais vingt ans. C'est Franck qui m'avait emmené. Ça m'avait fait un choc. Je n'avais jamais vu ça. Tout ce monde, des centaines et des centaines de mecs en train de danser, au fond il y en avait des dizaines, balèzes, torse nu ou en débardeur blanc, comme tapissés. J'ai pensé – C'est l'enfer[6] de Dante, et j'ai foncé dedans.

Il est tellement tôt que l'escalier qui descend vers la grande piste est encore fermé. Je tourne à gauche vers les chiottes. Les deux cabines sont occupées, alors j'attends en me concentrant sur mes sphincters qui n'en peuvent plus d'anticiper, et puis quelque chose se rééquilibre à l'intérieur, et ça va. Une des portes s'ouvre. J'entre. Je referme derrière moi. Je vérifie le distributeur. Vide. Je ressors. J'attends pour l'autre. La porte finit par s'ouvrir. J'entre et je regarde tout de suite et il n'y a pas de papier non plus, c'est quand même incroyable à sept heures et demie. Alors je vais aux chiottes des filles au fond du couloir, de toute façon ce soir des filles il n'y en a pas.

C'est ce que j'aurais dû faire dès le début parce qu'il y a quatre chiottes au lieu de deux, mais je ne savais pas, je n'avais jamais eu à y aller jusqu'à présent. La deuxième cabine est libre et a du papier. Je frotte un coup la cuvette et je m'assois. Mmmmh. Soulagement.

Je me rhabille. Réenroule la ceinture de mon jean sur elle-même, comme ça ça le raccourcit, tant pis pour le bas, on voit mes chaussettes mais elles sont sombres, alors ça va. Une fois sorti je me regarde. Rajuste ma chemise. Lisse le bas dans le dos, les côtés. Et puis je veux me laver les mains, mais il n'y a pas de savon dans les distributeurs, ni ici ni aux chiottes des mecs, bravo la Loco. Alors je me les rince et je retourne au bar.

Il y a déjà un peu plus de monde. Je mate en me disant que c'est cool d'être là à nouveau, parmi mes frères du ghetto. Que des pédés. Que des mecs que je peux regarder sans aucun risque de me faire casser la gueule. Même si c'est dans les yeux. Que des mecs à qui ça fait a priori plaisir que je puisse avoir envie d'eux. Un endroit où je n'ai plus à être sur la défensive. Un endroit où je ne suis plus un animal qui attend qu'on l'attaque. Le paradis.

Je demande du feu. Je fume une clope. Je regarde passer. De toute façon je ne suis pas pressé de boire, j'ai décidé que je ne dépenserais pas un sou de plus que ce qui me reste, plus le fric que je vais quand même devoir aller tirer tout à l'heure parce que là je n'ai que de quoi boire un verre et que je sais que ça ne sera pas suffisant pour tenir toute la soirée. Mais j'ai envie de voir ce que ça donne quand je ne suis pas bourré. Alain ne buvait jamais d'alcool. Il nous filait toujours son ticket pour qu'on boive à sa place.

Je demande du feu. Je fume une autre clope. Et puis je finis par en avoir marre, alors je me donne le feu vert pour le premier verre. Je remonte vers l'entrée pour me faire servir par le body-builder. Il y a marqué Corona sur les caisses à côté de Heineken, alors je me dis que je pourrais faire téquila-Corona, c'est Christopher qui m'a appris ça aux States, un shot de téquila, là-bas c'était de la Cuervo Gold, pour monter, et après la bière, douce et citronnée, pour planer tranquille, en se relançant à chaque fois qu'on reboit un coup. C'est le même principe que coke-pétard. Un must.

Mais ça ferait trop cher, alors je pense à prendre une bière, la Corona j'adore ça, mais la bière ça fait gonfler, et j'ai toujours du bide, le ventre à la verticale des pecs[7] et pas en arrière, alors je prends une vodka. De l'alcool fort ça devrait m'euphoriser. Le body-builder s'approche, blanc et bronzé. Il est tellement bien foutu qu'il pourrait sans problème être en couverture de Honcho ou de Mandate[8]. Du coup je me sens mal, trop maigre. Je dis, – Une vodka-glace s'il te plaît, en pensant, – J'aurais dû prendre une bière. Le verre est moyennement servi, mais il y a plein de glace, au moins ce sera froid. Je bois. Ça va mieux.

Je repars mon verre à la main. Je vais vers le fond. On me regarde. Ça ne fait visiblement baver personne. Mais je sais que je suis beaucoup plus intéressant une fois réchauffé. Alors il faut attendre. Et puis j'ai passé toute la semaine à baisouiller avec Dimitri (beaucoup plus jeune que moi, pas de ventre). Donc je suis censé ne pas être en manque. Ça tombe bien vu que je n'ai aucun succès avec les mecs qui me branchent. Il faut dire que je ne regarde que les plus beaux et les plus fashion. Deux body-builders, trente-cinq-quarante ans, format américain. Un rebeu, vingt-vingt-cinq ans, en 501 cuir. J'ai encore pas mal de séances de gym devant moi avant de me retrouver à ce niveau-là.

En fait je me fais chier. Normalement je ne viens pas aussi tôt. J'arrive à dix heures-dix heures et demie, je reste un peu en haut, ça dépend de la musique, et puis je vais rejoindre les aficionados de la nuit sur la piste du bas, au Palace ou ici ça fonctionne de la même façon, il y a le grand dance-floor en haut au début, mais c'est en bas que ça devient sérieux, qu'on se retrouve, que ça drague. Je suis quasiment toujours reparti avec quelqu'un les fois où j'étais venu seul. Des mecs plutôt mémorables. J'ai encore l'image des pecs, du ventre et des cuisses du Doc, en t-shirt noir et 501 cuir au sous-sol du Palace[9]. C'est là aussi que j'ai fait le fils du footballeur. Le plus beau mec que j'aie jamais eu entre les mains. Je pensais que c'était génétique mais après je l'ai croisé à la gym, en fait lui aussi il s'entretenait.

Le sous-sol n'ouvre que vers neuf heures. Je vais danser en bas sur la grande piste. Il y en a vraiment trop qui ont des corps énormes. Je me sens petit, pas assez musclé. Je fais le tour de la piste pour trouver l'endroit où le son est le meilleur, et c'est au bout de la coursive, presque sous les baffles, mais c'est un mauvais spot, trop loin de tout. La piste, ça ne va pas, je n'ai pas la place pour danser. Alors je retourne au même endroit qu'au début, dans le creux au début du promenoir. J'y vais toujours parce que c'est là qu'on chope le maximum de mouvement. Et aussi parce que, on ne sait pas pourquoi, ce côté-là est plus hard que l'autre.

Eye-contact avec un mec pas mal, mais pas assez sexe. La musique est meilleure. Un mec descend de la table basse à côté de moi. Je monte et je danse, pas mal. Je commence à transpirer. J'enlève ma chemise, puis mon t-shirt, je les jette en bas sur un canapé. Je bouge fort mais je ne me lâche pas complètement. J'ai mal aux cuisses, je n'arrive pas à faire des trucs avec les bras plus de deux minutes d'affilée, je m'essouffle. Je ne tiens plus comme avant, ça me fout les boules. Je manque d'entraînement. Avant je dansais chaque semaine pendant des heures, et la danse en boîte c'est vraiment un sport complet, et puis j'ai quasiment arrêté, et maintenant voilà ce que ça donne.

Un muscleman vient danser juste au-dessous de moi. Je trébuche. Je me rattrape à la grille pour ne pas tomber. Le type se casse. Alors je me concentre sur la musique qui s'est encore améliorée, et je danse, presque au top, mais quand même tout le temps un peu sous-énergisé. Un mec plus moyen vient danser à mes pieds, face à moi. Il cale ses mouvements de bras sur les miens. Il sourit mais je n'ai pas envie de le faire.

La musique devient chiante. Je saute de la table, lourdement, j'ai peur de me faire mal, je n'ai pas confiance en mon corps. Je remets ma chemise pour ne pas attraper froid en la laissant entièrement déboutonnée sur le devant. Je retrousse encore les manches qui sont maintenant roulées au-dessus de la naissance des biceps. Pour le t-shirt j'ai une nouvelle technique : au lieu de le laisser pendre bêtement derrière, je fourre les dix premiers centimètres, assez pour être sûr de ne pas le perdre, dans le dos entre le slip et le jean, pas tout à fait au milieu, un peu du côté gauche, pour indiquer que je ne suis ni 100 % actif – ce serait carrément à gauche – ni 100 % passif – ce serait carrément à droite – mais les deux. Donc je le mets au milieu, mais un peu à gauche, parce que si je le mettais pile au milieu, ou au milieu mais vers la droite, ça voudrait dire que je suis actif-passif mais plutôt passif, donc en réalité total passif, mais que comme je ne suis pas assez body-buildé je la joue actif[10] en pensant que j'aurai plus de chances.

Je demande du feu. Je fume une clope. J'ai fini ma vodka. J'ai super-faim. C'est le moment d'aller bouffer. En fait j'avais déjà faim en passant devant Quick mais je n'ai pas voulu manger, je me suis dit que je ressortirais, ça me ferait un truc à faire en plus. Je marche vers la sortie. Je m'arrête pour mater deux jeunes mecs hyper-mignons qui dansent devant le flipper. Il y en a un qui fait un tour complet sur lui-même, renversé en arrière. Il est torse nu, le haut de sa salopette rabaissé sur les cuisses, les abdos parfaitement dessinés, pas un gramme de graisse, mon Dieu si seulement j'étais encore comme ça.

Et puis je vois le panneau – Toute sortie est définitive et je me dis, – Merde. Alors je me dirige vers le portier de tout à l'heure et je me penche vers son oreille et je dis, – Si on sort on ne peut plus rentrer, c'est ça? Mais il cligne de l'œil et il fait, – Vas-y, avec la tête, et en même temps il ouvre la barrière de sécurité pour me laisser le passage, et je sors en disant, – Merci. Tout ça n'a pas duré plus de cinq secondes. C'est ça que j'aime la nuit : la communication réduite à l'essentiel.

Il n'y a pas de cash-machine place Blanche et je suis bien emmerdé vu que je suis en t-shirt et en chemise et qu'il ne fait pas plus de dix degrés. Mais je me dis que tout va bien, que cette fraîcheur est délicieuse, que je suis fort et que je ne vais pas attraper froid, et je prends la rue Lepic pour aller à la Société générale en haut à gauche. À mi-chemin il y a une BNP dont j'avais oublié l'existence. Je m'arrête. Le couple de jeunes touristes allemands devant moi tire trois ou quatre fois de suite, c'est tellement long que les gens derrière moi délibèrent et décident d'aller à celle où je voulais aller, à cent mètres, mais j'y suis, j'y reste, et finalement je tire mes deux cents balles et je redescends la rue, en speedant parce que ça caille.

J'entre au Quick. Il n'y a pas trop la queue. La serveuse me demande ce que je veux et je ne sais pas, alors je dis, – Ce qu'il y a de plus gros, c'est quoi? Et elle dit, – Le Quick'n toast, et je dis, – Ok, et elle dit, – Le menu ou le sandwich? et je dis, – Le sandwich, et elle dit, – Vingt francs soixante-dix, vous pouvez patienter un moment s'il vous plaît? Je patiente derrière l'autre pédé qui doit sortir de la Loco lui aussi et qui n'est pas mal mais qui ne me plaît pas à cause de sa petite bouche.

Je mange là, sans prendre mon temps, à une mauvaise table, derrière les gens qui font la queue, mais près des distributeurs de serviettes, et j'en prends deux tout en mangeant, bras collés au corps, je ne suis pas cool ce soir, probablement parce que je me sens seul, mais je ne me dis pas ça, je ne suis pas assez détaché de mes émotions pour y penser, je me dis juste que j'ai les boules de ne pas être sapé comme il faut pour parader moi aussi.

Je vide mon plateau et je sors et je marche vers la Loco et le videur me bloque le passage. – Bonsoir, beau garçon !, il fait, en m'embrassant sur les deux joues. – C'est moi qui t'ai demandé à sortir, tu ne te souviens pas ?, je dis. – Si, mais j'en profite, il fait en me laissant le passage.

Je passe la porte en le regardant plus attentivement. Décidément il est faisable[11] : bouche charnue, beaux lobes d'oreille, pas mal de poils dans l'échancrure de sa chemise noire. Alors je passe deux doigts de la main gauche à l'intérieur, entre deux boutons, et il y a encore plein de poils, et je me dis que ça serait sûrement excitant comme confrontation, les siens et les miens. Je me ferais sûrement baiser. Je n'aurais pas envie de le baiser parce qu'il est beaucoup plus lourd que moi, et plus vieux, et probablement pas souvent passif, et que je n'aime que les culs bien faits, mais ça pourrait être pas mal, alors je le regarde droit dans les yeux pour marquer le coup et puis j'entre.

Il y a déjà deux mecs devant la caisse. J'hésite. Est-ce que j'attends pour expliquer que je re-rentre ? Non, c'est débile. Je passe directement à l'intérieur, et puis je me retourne et je vois le portier qui fait signe au mec de la caisse que c'est ok.

Maintenant il y a du monde. Je m'approche du bar. Alors, ce coup-ci, bière ou vodka ? – T'as déjà pris de la vodka tout à l'heure alors que t'avais envie d'une bière, je me dis, en plus une bière c'est plus long à boire, et puis tu n'en a pas pris au Quick où elle est trois fois moins chère précisément parce que tu allais en prendre une ici, alors maintenant tu la prends sans faire chier avec tes trois cents grammes de graisse mal placés. Alors je demande au barman, – Une Corona s'il te plaît, mais il fait la grimace, et il dit, – Un whisky-coca ? Et je dis, – Non, une Corona ! On a du mal à s'entendre à cause de la musique. Il me rapporte une Corona avec du citron jaune, et pas vert, mais je ne me sens pas de réclamer. Je donne cinquante balles. J'attends un peu. Il ne revient pas. Apparemment la bière est au même prix que l'alcool. Bon. Il me reste cent vingt, ce qui fait qu'éventuellement je pourrai m'acheter une exta plus tard.

Trois mètres plus loin je tombe sur Jean-Luc. On s'embrasse. – Salut !, – Ça va ? – Moyen, il fait. C'est la première fois que je l'entends dire ça. D'habitude il dit toujours, – Ça va !, de la même façon pointue, alors je pense instantanément que, – Moyen, ne peut vouloir dire que, – Mauvais résultats. Ça me flippe trop alors je ne demande pas de précisions. Je lui raconte que Quentin veut m'interviewer, mais que je pense qu'il va vouloir me piéger. Je lui demande ce qu'il en pense. Il pense que ça n'est pas exclu. – Ouais, je crois que je ne vais pas le faire, je dis, de toute façon ça fait déjà deux messages de chaque côté, et on n'a toujours pas pris de rendez-vous, ils ont dû boucler depuis. Je demande des nouvelles d'un autre type qu'on connaît d'une association sida [12] qui avait dit à dîner il y a quatre ans que maintenant il baisait sans capotes avec son mec parce qu'il en avait marre. Il va bien. Je raconte à Jean-Luc que je suis tombé sur un autre mec qu'on a bien connu, et qui ne s'arrange pas avec l'âge. – Contrairement à toi, j'ajoute pour montrer à Jean-Luc que j'ai remarqué le fait qu'il n'a plus ses boutons sur la tronche.

C'est là que passent Jean-Luc et Stéphane, un couple éternel que je n'ai pas vu depuis des siècles, et on se dit tous, – Salut !, – Ça va ?, sincèrement contents de voir qu'on n'est pas morts ni visiblement malades. Je me demande si je vais leur demander des détails, mais sur quoi ? Leur boulot ? Vulgaire. Les coups les plus marquants qu'ils ont faits ces derniers temps ? Indiscret. Leur recette pour ne pas se séparer ? Ça, ça serait intéressant mais je n'y pense pas sur le moment. De toute façon l'essentiel a été dit. Il y a un silence. Et puis ils disent, – On va faire un tour, à plus !, et ils partent.

– Ça fait un siècle que je ne les avais pas vus, je dis à Jean-Luc. Il dit, – Ouais, je disais à Jean-Luc que ça doit faire quatre ans la dernière fois qu'on s'est vus, quand j'ai déménagé de Sébastopol. Silence. Je repense à la vie qu'on menait là-bas, Quentin, Jean-Luc, et moi. À tout ce qui s'est passé. Et puis je dis, – Je porte le t-shirt du frère d'Alain. Je ne savais pas. C'est Quentin qui m'a dit. Jean-Luc dit, – Ouais. Et puis il ne dit plus rien, et je ne dis plus rien, et au bout de trente secondes je pense, – Une minute de silence, alors je continue à me taire.

Je regarde autour de moi. Un type au bar est vraiment mignon. Il parle au barman en souriant jusqu'aux oreilles. Ils se marrent. Je pense, – Il est naturel. Jean-Luc a vu que je le regardais. Il regarde aussi. Je me retourne et je dis, – Il est mignon. Jean-Luc dit, – Pas mal. Mais on ne peut pas dire qu'il soit seulement pas mal, ce mec est vraiment très mignon, le genre pas facile à avoir, voire carrément impossible pour moi, sauf si j'étais plus body-buildé. Quatre kilos de muscles en plus et je pourrais me le taper. Peut-être moins ?

Jean-Luc dit, – On va en bas ? Les gens sont chiants ici. Je regarde autour de moi. Il a raison, l'ambiance est assez nez-en-l'air. On se casse vers le fond. Le sous-sol n'est toujours pas ouvert, pourtant il est neuf heures et quart. Alors on attend en regardant les mecs.

– T'as vu tout ce qu'il y a comme musclemen, je dis à Jean-Luc. Jean-Luc acquiesce à cette évidence quasiment palpable. – C'était pas comme ça il y a dix ans, maintenant Paris c'est comme Los Angeles, j'ajoute en exagérant tout de même un peu. – Mais qu'est-ce qu'ils font dans la vie ces mecs ?, je continue, t'es pas comme ça si tu vas pas à la gym minimum cinq fois par semaine. Donc ils ne font rien d'autre. Je critique parce que je me sens déstabilisé. Ça ne fait que sept mois que j'ai repris la gym, au bout de trois ans presque sans rien faire. C'est pas évident. Enfin ce qui est évident, c'est que j'ai perdu. Les exercices que je faisais avec des poids de quinze kilos avant d'arrêter, je les faisais avec des huit quand j'ai repris. Maintenant avec des douze et demi. Je récupère, mais c'est pas encore ça.

Jean-Luc me rassure immédiatement. – Ouais mais tu sais, la plupart c'est des passifs, alors avec la concurrence ils ont intérêt à être super-bien foutus. Quand t'es actif, tu trouves toujours, c'est pas pareil. Je me souviens de ce raisonnement, alors je dis, – Ouais, c'est vrai.

Je vérifie l'emplacement du débardeur au bas des torses nus qui passent. Le plus souvent il est à droite. N'empêche que ces mecs baisent générale-ment entre eux, je veux dire entre musclemen, donc le truc de Jean-

Luc n'est pas si vrai que ça. À mon avis ils ont juste envie d'être adorés. C'est pour ça qu'ils se donnent tout ce mal. Être sous le regard, entre les mains de quelqu'un qui à chaque seconde se dit, – Qu'il est beau ! C'est vrai que c'est le pied. Respect for the musclemen.

Tout d'un coup ça se met à descendre. – On y va ?, je dis à Jean-Luc. – Pas maintenant, il va faire trop froid, il répond. Il a raison, au début c'est toujours glacial. Alors on attend encore en parlant gym, et puis j'en ai marre et je dis, – Je vais quand même faire un tour, et il dit, – Ok. Je fais deux mètres vers l'escalier et puis je me dis, – Merde, il va sûrement faire trop froid, je vais attraper la crève, et je me retourne, mais Jean-Luc a déjà disparu, alors je descends en pensant que je vais avoir de la place pour danser.

Il y a un mec sur la piste. Quasiment personne au bar. Et il fait ultra-froid. Je remonte.

En haut ça va, il fait chaud, mais il y a tellement de monde qu'il me faudrait probablement dix minutes pour arriver à l'escalier de la grande piste, alors je laisse tomber et je me reposte au même endroit que tout à l'heure et je sors une clope. Un mec avec une clope allumée passe pas trop loin. Je lui demande du feu en montrant ma clope et en articulant, – Du feu ?, sans émettre un son parce que la musique est tellement forte qu'il faudrait que je crie pour qu'il m'entende.

David Lynch[13] disait l'autre soir sur MTV qu'il passe toujours de la musique très fort quand il tourne parce que les acteurs ne bougent pas de la même manière. D'une façon plus mystérieuse.

Je tire sur ma clope en buvant ma bière. Et puis j'ai un flash : Dimitri est en train de rouler une pelle à un mec carrément sous mon nez, enfin à un mètre à ma gauche. Putain il n'a pas mis longtemps à me remplacer, l'enfoiré. Et puis les deux visages se détachent et reviennent à la verticale et le mec me rend mon regard, et ce n'est pas Dimitri mais un autre mec mignon de vingt-cinq ans aux cheveux lisses. Je regarde devant moi. Je bois un coup de bière.

Ça descend régulièrement. Il doit faire plus chaud maintenant. J'ai fini ma clope. Je tente ma chance.

En bas il fait encore frais mais c'est tolérable. De toute façon avec t-shirt plus chemise, je ne risque rien. La piste n'est pas encore bourrée, ce serait bien pour danser, mais je n'aime pas la musique trop pumping New York, alors je m'arrête derrière la balustrade et je regarde.

Et puis je me rends compte que je suis un peu down et qu'il faudrait que je bouge, et bien que la musique soit à peine plus supportable je descends les trois marches et je danse. Je me tape trois ou quatre titres sans trop de conviction.

Mes chaussures ne me serrent pas assez. Je les ai achetées en solde à Londres une demi-taille trop grandes, c'était tout ce qui restait. Elles sont très belles, marron-rouge, en cuir épais, sans rien, avec de grosses semelles, mais pour danser pas terribles parce qu'elles ne sont pas montantes, alors la cheville est libre et c'est chiant parce que c'est plus difficile d'avoir les jambes et les pieds en continuité. Pour que ça aille à peu près il faudrait que j'aie une deuxième paire de chaussettes. Je vais quand même resserrer mes lacets sur le podium de la coursive. C'est un peu mieux.

Je commence à avoir chaud. J'ai à nouveau envie de chier. De toute façon la musique n'est pas terrible. Je remonte.

Cette fois-ci je vais directement aux toilettes du fond. Ma cabine est toujours libre. Un peu plus sale. Je finis ma bière assis tranquille. Au moins si je prends de l'exta tout à l'heure je n'aurai pas à me précipiter aux chiottes comme l'autre fois à la fête de Paul. Je me rajuste. Laisse ma bière là pour le décor. Me rince les mains. Vérifie mon image dans le miroir. Pas trop mal. La chemise tombe bien droit. Un coup d'eau sur la gueule, je m'essuie les mains sur les côtés de mon jean et c'est reparti.

Ce coup-ci en bas c'est la totale foule. J'avance vers la piste, et puis il y a tellement de monde que je renonce, et je reste à quatre rangs des marches.

Je mate autour de moi. Un des mecs avec qui j'ai partouzé il y a quinze jours à la sortie de l'after des Bains est à deux mètres de moi, coincé entre deux baraques. Il se retourne. On se retrouve face à face. – Salut !

– Ça va ? On s'embrasse sur les joues. Moi j'aurais préféré sur la bouche, on a tout de même baisé ensemble, alors ça se fait, mais comme c'était dans une partouze il doit considérer que ça ne compte pas.

Il a vraiment une gueule ravagée, je m'en souvenais mais pas à ce point-là. Plein de grosses rides alors qu'il a quoi ? Trente-cinq ? Et puis on ne voit pas du tout son corps, pourtant il est moulé, mais ce truc bleu marine ça le rétrécit c'est dingue, il fait crevette alors qu'il a un corps sublime. Sans parler de ses tétons (énormes), ni de sa bite qui est aussi vraiment très bien. Lourde, large, pleine de peau.

Il y a un blanc mais j'ai envie de parler alors je dis, – Alors, tu sautes toujours en l'air ?, en faisant allusion au dernier moment où je l'ai vu avant de refermer la porte de l'appart du mec chez qui on était. Je ne sais pas pourquoi, il devait être heureux alors qu'on venait de copieusement baiser à quatre sans capotes, il est arrivé nu dans le couloir, j'étais en train de dire au revoir au mec chez qui on était, il lui a dit quelque chose que je n'ai pas entendu, et il a sauté en l'air sur place, comme pour ponctuer, et je me suis dit, – Voilà quelqu'un d'intéressant. Mais comme il s'était contenté de sourire, d'un grand sourire fashion, quand j'avais suggéré une heure plus tôt dans la cuisine en m'épluchant une pomme que peut-être on aurait pu remettre ça tous les deux une autre fois, je savais que je n'en saurais pas plus.

– Pfff, j'suis crevé, il dit, ça fait cinq jours que je bosse sans arrêter. Je n'ai pas la moindre idée de ce qu'il peut faire. Mais je ne demande pas. On ne sait jamais ce que les gens font. On s'en fout. – Hard, je dis. Et là t'as fini ? – Non, je recommence demain, il fait.

Je ne lui ai pas demandé s'il avait revu les autres. Seulement s'il était retourné aux Bains[14] depuis. Il a dit que Oui. J'ai dit, – C'est vraiment vachement bien depuis que c'est les Guetta[15]. Il a approuvé. Il y a eu une pause. Et puis il a dit, – A plus !, et j'ai fait, – Ok, avec les paupières, et il est reparti vers la piste. Je l'ai vu embrasser quelqu'un sur les joues. Ils se sont mis à parler. J'ai pensé que j'avais bien fait de ne pas lui proposer de rebaiser, déjà qu'il m'avait jeté une fois, ce coup-ci ç'aurait été carrément misérable. Pourtant la baise avait été vraiment très bonne quand on s'était retrouvés tous les deux tranquilles, debout dans la baignoire. J'avais beaucoup aimé son style. D'un autre côté, vu sa gueule, je n'aurais pas déjà baisé avec lui ça ne me serait jamais venu à l'idée de le brancher. Donc, tout est bien. Et puis ça me fait quand même une occasion de baiser sans capotes en moins.

Je me fraye un passage vers la piste. Il y a un spot[16] libre sur le côté de la première marche. En bas c'est la grosse excitation avec la pumping[17] New York qui dure depuis des siècles, les alphas adorent ça alors il n'y a rien d'autre à faire qu'attendre que ça passe.

Tout le monde bouge son corps sublime. Et juste à ma droite apparaît un corps encore plus sublime que tous les autres. Le t-shirt monte lentement au-dessus des épaules pour révéler un torse où chaque muscle est, non seulement énorme, mais encore parfaitement défini. La chose se met à bouger. Je remonte, ça va me calmer, en haut c'est plus populaire.

Bonne surprise. J'émerge dans de la techno[18] plutôt correcte au lieu de la disco horrible à laquelle je m'attendais, vu que c'est ce qu'ils ont toujours passé sur la grande piste. Je descends vers le dance-floor. Il y a déjà beaucoup moins de monde, on peut marcher. Et là, au bas des marches, au milieu de l'esplanade, avant le perron et la piste, je vois un truc qui me fait tressaillir la bite dès que je l'aperçois. Le genre de chose qui n'arrive pas souvent. Crâne rasé. Torse nu. Gilet en cuir noir. 501 noir. Rangers noires. Bouge beaucoup, mais bien.

J'approche pour les détails. La chaîne de clefs est à gauche. Trente ans. Belle gueule. Bouc. Nettement plus musclé que moi. Poignet de force en cuir noir à la naissance du biceps gauche. Il me jette un coup d'œil sans s'arrêter de danser. Alors je décide de lui montrer ce que je sais faire. J'ai un peu les jambes en coton au début, je n'aime pas quand je sais qu'on me regarde, mais la musique est bonne et je me retrouve assez rapidement dans le rythme. Vite et fort. S'il me regarde à nouveau ça doit lui plaire.

Au bout d'un moment je me remets à le mater, et assez rapidement il me regarde, mais pas d'un air hyper-chaud. Je danse encore, et je me lâche un peu plus, et puis il ne me regarde plus, alors je décide de faire une pause pour ménager ma dignité et je pars faire le tour du promenoir. Rien d'intéressant. Les go-go boys font leur travail.

Je traverse la piste. Un petit mec me mate à mort. De l'autre côté, un mec pas mal, mais un autre mec arrive et lui roule une pelle. Je stoppe juste avant la fin de la balustrade, avec une vue imprenable sur sexyskin qui danse toujours au même endroit, à environ cinq mètres de moi. Je demande du feu.

Et puis il ne se passe rien. Alors je change de place. Je vais près de lui, à un mètre à sa droite. Mais ce n'est pas encore assez près pour que quelque chose puisse se passer. Il danse toujours. Je me rapproche. Encore. Encore. Maintenant je suis tout près de lui. S'il a fait un minimum attention il a compris que je suis en train de le brancher. Je tourne la tête vers lui. Et sans s'arrêter de danser il tourne la tête vers moi et il me regarde avec ses yeux bleus et il dit, – T'es excitant mais je ne suis pas seul. Alors je dis, – Ah…

Et puis je cherche quelque chose d'autre à dire mais je ne trouve rien de bien dans les cinq secondes et ça devient trop tard, alors je m'éloigne vers le fond, et puis je m'arrête, et je me dis, – Bon, c'est plutôt déstressant, au moins je vais pouvoir danser tranquille, et je commence à danser sur la bonne techno.

Je danse de mieux en mieux. Je m'approche du perron pour avoir de la vue, et comme il y a plus de place juste en bas sur le dance-floor, je descends les trois marches et je danse très fort, genre pogo [19], sur trois mètres de long et un mètre cinquante de large, boum, boum, boum, boum, jusqu'à être hors d'haleine, et puis je reprends un peu plus soft, et puis je commence à m'emmerder alors j'arrête.

Il est toujours là en train de danser.

Je remonte le grand escalier pour aller zoner au bar du haut.

Trois mètres de foule et je tombe sur François le prof de maths au milieu d'une bande de potes top-exclusive, très beaux, très bien habillés. Ils rigolent et dansent en cercle et François ondule son petit cul dans ses chaps en cuir noir, son bras avec le poignet de force du côté gauche se détache parfaitement sur son gilet en cuir noir, au bout des toutes petites manches courtes d'une chemise noire moulante qui doit coûter cher. Il n'est pas aussi musclé que la moyenne des alphas, mais il compense avec son look extra-hard.

Jean-Luc l'avait ramené au petit matin à Sébasto il y a cinq ans. On s'était croisés à leur réveil, donc on peut dire qu'on se connaissait, mais bien qu'on se soit toujours vu, avant comme après, dans toutes sortes d'endroits sm et fashion, on ne s'était jamais vraiment parlé jusqu'à ce que je le rencontre à l'after[20] des Bains. Il m'a payé deux téquila-glace après que je lui ai expliqué que j'avais arrêté de bosser pour écrire mon deuxième[21]. J'ai trouvé ça cool, et je l'ai enfin dragué. On a évoqué un plan hard, il m'a posé des questions genre, – Qu'est-ce qu'on peut te faire ?, – Ok, et ça ?, et j'étais ok pour à peu près tout, ce qui faisait qu'on était assez excités, mais il voulait qu'on fasse ça sans rien prendre, ce qui m'a un peu refroidi. Et puis il a voulu me faire un plan chauffage des tétons avec sa cigarette, un classique, mais il a approché son mégot d'un peu trop près. – C'est bien quand ça chauffe, mais pas quand ça brûle, j'ai dit. D'un autre côté, les pelles étaient plutôt bandantes. Mais je le trouvais quand même trop brutal, trop genre dominateur. Bref, quand il m'a donné son tel en me disant de l'appeler dans deux semaines parce qu'avant il avait trop de travail, j'ai pensé que je n'allais très probablement pas le faire.

N'empêche qu'il est triomphal ce soir, et qu'il bouge vraiment très bien, beaucoup plus souple que ce que j'arrive à faire. Je ne sais pas ce qui se passe, je n'ai pas l'enthousiasme, j'ai dû trop sortir ces derniers temps.

Il fait des vagues, torse en avant. Si je reste encore ici une minute de plus, je pense, il va falloir que j'aille lui parler, ça fait un bon moment qu'il m'a vu, mais je n'ai pas envie, alors je reprends le chemin du sous-sol, et en passant à sa hauteur, je lui pince la fesse.

Je ne me retourne pas. J'avance dans la foule. Je regarde les mecs. Avec la musique ça fait comme un clip vidéo. Et tout d'un coup je flippe, je me sens seul, je suis au bord de rentrer. Et puis je me reprends, je me dis qu'il est encore tôt, que les choses intéressantes se passent en fin de soirée, que je n'ai qu'à tenir bon. Le problème c'est que je sens que je commence vraiment à faire la gueule, et ce n'est pas avec ce genre de tronche qu'il va m'arriver quoi que ce soit de sympa. Alors j'expire à fond, plusieurs fois de suite, pour me calmer, et je me redresse, j'ouvre la cage thoracique, je rejette les épaules en arrière et vers le sol, et ça va mieux, je sens se dessiner un quart de sourire à peu près naturel au lieu du rictus crispé de tout à l'heure. Je regarde autour de moi. Le retour est déjà meilleur.

Je retourne au sous-sol. Je danse. Au bout de cinq minutes j'ai déjà trop chaud. J'enlève ma chemise. Je la roule en large. Je la noue autour de ma taille. Encore cinq minutes et c'est le tour du t-shirt. Je ne veux pas qu'il soit trempé de sueur froide quand je le remettrai. Je danse encore, et puis je commence à fatiguer, alors je décide que c'est le moment d'un remontant. Je traverse la foule compacte jusqu'au bar. Paul est là, adossé à un pilier, en train de discuter avec quelqu'un. Je m'en fous, je vais droit sur lui et je dis, – Ça va ? Il dit, – Ça va et toi ? Je dis, – Ouais, ma tête fait – Non. J'enchaîne. – Alors, c'était hier ta soirée ? Normalement il la fait le dernier samedi de chaque mois. – Non, je rentre de vacances, alors je ne l'ai pas faite, il dit. – Ah bon, je dis, parce qu'hier j'étais à la Station, et tout d'un coup j'ai pensé que ça devait être le jour de ta soirée, mais c'était trop tard, il était déjà cinq heures, et j'ai vraiment eu les boules de l'avoir ratée. – C'était bien la Station ?, il demande. – Saint-Tropez à Paris ?, je fais, non merci ! en prenant un air dégoûté. Là j'exagère, vu que je suis quand même resté jusqu'à cinq heures et demie du matin. Il y avait un groupe de filles exotiques, probablement des traves. Celle du milieu, la bouche énorme, les yeux, les cheveux noirs, me rendait mon regard. J'ai pensé, – Elle ressemble à Lapin[22].

Paul renverse la tête en arrière. Il rit. Il la joue mondain depuis qu'il fait ses soirées. – Et tes vacances, c'était bien ?, je fais. – Super, il fait. – T'étais où ? – En Thaïlande, sur l'île de Pukhet (comme si je ne savais pas que Pukhet est une île), et puis à Sydney pour le carnaval (vraiment les vacances de pédale[23]). – Cool, je dis. – Et les tiennes, ça se passe bien ?, il me demande. – Ouais, je fais, je suis parti à Toulon squatter chez un copain pour avancer sur le deuxième, et là je suis à Paris depuis un mois, normalement je devais juste rester une semaine, mais j'arrive pas à me casser, il y a trop de trucs à faire. Il hoche la tête. Et là, au lieu de me payer à boire comme les dernières fois qu'on s'est vu, il se remet à parler avec son copain. Je n'entends rien, la musique est trop forte, il faudrait que je me colle à lui mais ce serait lourd, et en plus je n'ai pas été particulièrement poli vis-à-vis du mec.

La dernière fois que j'étais à Paris j'ai baisé avec Paul. Je n'en avais pas particulièrement l'intention. Je l'avais déjà fait il y a quatre ans à Sébasto et ça n'avait pas été terrible. Enfin ça l'avait sûrement été pour lui, vu que je lui avais expliqué en détail tout ce qui n'allait pas dans sa façon de baiser. Mais lui il me voulait, et il m'a eu. Il m'a filé de la topexta, et payé des verres dans tous les bars du Marais, et quand je lui ai dit que j'avais envie de fumer, il a trouvé un shit sublime en deux temps-trois mouvements. Là je lui ai dit qu'il n'y avait pas de problème pour que je finisse chez lui. J'étais tellement explosé que je n'ai strictement rien senti quand il m'a travaillé le cul à la main après avoir m'avoir baisé. Pourtant j'aurais dû me méfier parce que la première fois que je l'avais fait je lui avais dit qu'on ne pouvait simplement pas imaginer toucher le cul d'un mec avec des ongles comme ça. Seulement cette fois-là j'étais beaucoup moins défoncé, juste explosé au pétard comme d'habitude, alors je ne l'avais pas laissé s'en servir.

Il y a un blanc entre lui et l'autre mec, alors je me penche vers son oreille et je dis, – Il faut quand même que je te dise que j'ai mis quinze jours à cicatriser après la dernière fois, vu que tu avais encore les ongles trop longs. Ça le fait marrer. – Ah oui, tu m'avais déjà dit ça il y a quatre ans, il fait. – Ouais, mais tu ne les as pas coupés pour autant, je dis. Blanc. Il se remet à parler avec le mec.

Je suis un peu énervé. Après un coup comme ça il pourrait quand même me payer à boire. Je regarde autour de moi. Et puis quand il se tait je dis, – T'aurais une exta pour moi ? – Peut-être, il fait. Alors je dis, – Si tu veux, je te la paye. – Si tu payes, j'en ai, il fait. – Putain la dernière fois tu me l'avais filée, je dis, en me marrant pour rester poli. – J'ai les ongles longs, il fait. Alors je dis – C'est cent, c'est ça ? Il hoche la tête. Je cherche dans ma poche de jean et je sors cent balles, sans les cacher exprès pour le faire chier, et il me file l'X[24] d'une main en chopant les cent balles de l'autre, et je dis, – Merci, et il dit, – Tu vas voir elle est très agréable, et je dis, – J'espère (vu que celle qu'il m'avait vendue au double du prix normal l'été dernier était plutôt moyenne), et j'ajoute, – Et puis comme ça j'ai économisé un verre.

En principe il ne faut pas boire d'alcool quand on prend de l'exta. Ce n'est pas trop conseillé pour le foie, mais surtout ça fait redescendre. À la limite de l'alcool blanc, pur. L'idéal étant un peu d'acide ou de speed et de la fumette ou encore, paraît-il, un tout petit peu de special K. Mais je n'ai pas tout ça ce soir, ce qui n'est pas plus mal, vu que je n'ai pas spécialement envie d'être hyper-défoncé. – À plus, je dis à Paul, et je m'enfonce dans la foule en direction du dance-floor. Le skin de tout à l'heure passe à côté de moi, suivi de ce qui doit être son mec. On se regarde. Il est vraiment pas mal. L'autre moins. Je récupère l'exta que j'avais mise dans ma poche avant droite normale et je la glisse plus en sécurité dans la mini-poche juste au-dessus.

La piste est un bouquet d'alphas qui jouissent de tous leurs muscles. La musique est toujours aussi molle. J'ai envie de retourner demander à Paul où il faut aller après mais il n'a pas été très gentil, alors je n'y vais pas. Je décide d'aller pisser et boire de l'eau. Je n'aime pas les chiottes du bas qui sont minuscules et très rapidement crades. Je remonte.

Je vais chez les mecs et je pisse debout à l'urinoir de groupe, tranquille vu qu'il n'y a personne. Et puis je me rince les mains et je me passe de l'eau sur le visage et la nuque, et je me regarde dans la glace.

Un rebeu en jean et chemise en jean, trente-cinq ans, balèze, sort d'une cabine. – Oh là là, t'es poilu toi dis donc!, il fait. Je me retourne vers lui et je dis, – Ouais, en le regardant dans les yeux et en souriant à fond. Je suis un animal. – Remarque, il y en a sûrement qui doivent aimer ça, il ajoute. – Ouais, j'ai plein de fans, je dis en me marrant. – Mais quand même, les poils, comme ça, ça sent, il dit. – Tu délires, je dis, moi, je sens toujours bon (c'est ce que dit Basquiat[25] dans le film de Schnabel que j'ai vu il y a trois jours), je sens le miel... Il rigole et il dit, – Alors tu es une petite abeille... Je réfléchis pour voir si je suis d'accord, et puis je dis, – Ouais, je butine!, et là mon sourire part tout seul, et je le garde précieusement en sortant des chiottes, en m'essuyant les mains sur les côtés de mon jean, et en redescendant l'escalier vers le sous-sol.

Je tombe sur Tom dans l'antichambre. La soirée commence à prendre tournure.

Il est toujours aussi mignon. Beaucoup plus même, depuis qu'il est sous trithérapie. Comme m'a dit son éternel pote Georges à la fête de l'asmf en février, – C'est fou la pêche que ça leur donne! Il faut dire qu'avant déjà il était toujours bronzé à cause des médicaments qu'il prenait pour le kaposi. Son mec, un Américain qui galérait pour trouver du boulot à Paris, sans parler des titres de séjour, est mort il y a trois ans. Ça a été horrible, un an de diarrhée dans l'appart de Tom rue Quincampoix, et puis il est allé mourir chez sa mère aux États-Unis. Tom est pour moi l'incarnation du courage.

Ce soir il est visiblement en hyper-forme. Parfaitement looké, avec un petit collier noir et une chemisette genre sixties en rayonne ouverte sur ses gros biceps et ses pecs ronds et gorgés. J'abrège quant à son nez et ses lèvres épaisses et toujours mouillées. J'ai toujours voulu me le faire, mais sans succès. Je l'ai connu quand il était l'amant régulier de Quentin, il y a cinq ans environ. À cette époque-là ça ne s'est pas fait parce qu'il était un peu amoureux de Quentin, je pense. Quentin de son côté me donnait tous les détails sur la manière dont ça se passait au lit, et ce qu'il disait était tout à fait crédible, donc je bavais. En plus j'ai eu d'autres échos. Bref. Et plus récemment, l'été dernier, alors qu'on fumait un pétard surdosé là où je squattais à Belleville, ce qui aurait pourtant dû être favorable, il m'a dit quand j'ai ramené le sujet qu'il ne pourrait plus maintenant parce qu'on se connaissait trop. Et merde.

– Salut ! Ça va ? Alors ? T'es à Paris ?, fait Tom, et on s'embrasse sur les joues. Je confirme et puis je commence à me plaindre. La musique est chiante, tu sais pas où il faut aller après ? Il ne sait pas, il n'y a rien de spécial à part le Queen, mais ici ça va s'améliorer, et il paraît que Pascal va passer de la musique toute la nuit, ils ne vont pas s'arrêter à une heure comme d'habitude. – Ah, c'est cool, je fais (passablement impressionné qu'il connaisse le DJ par son prénom), j'ai de l'exta. I'm such a plouc, je pense. Ça ne se dit pas, ce genre de trucs, à moins que ce ne soit pour en offrir, et encore. L'autre fois mon copain Todd a juste tiré la langue et il y en avait une demie au bout, et il a fait signe que c'était pour moi, et je l'ai prise comme ça. La classe. On échange quelques nouvelles avec Tom et puis il se casse. Je reste là, j'ai pas envie de retourner dans la foule.

– Salut !

Celui-là, ça fait vraiment un bail. Je ne me souviens même plus de son prénom. Sept ans ? Huit ans ? C'était nos débuts avec Quentin, on l'avait rencontré au gtd précisément, et on l'avait ramené baiser à trois rue Henry-Monnier. Apparemment ça nous a à tous laissé un bon souvenir parce que chaque fois qu'on se voit depuis, on se dit bonjour, ce qui n'est pas toujours le cas avec les anciens coups.

Je l'embrasse sur les deux joues. D'habitude je ne le fais pas, mais là ça fait des années que je ne l'ai pas vu, et j'ai envie d'être proche. Je me demande si c'était lui qui portait cette espèce de string coquille en skaï-ciré mauve avec des ficelles, mais je ne crois pas, ça devait être un autre, le même genre en plus gros, un bon souvenir lui aussi. En tous les cas lui n'a pas changé d'un poil depuis le temps. Son joli visage s'est peut-être un peu affiné, et il porte un bouc maintenant. Il est aussi looké plus fashion, il n'a plus de 501 moulant usé comme avant, mais un néo-treillis beige. Ça le rend moins sexy je trouve.

– Ça va?, il fait, ça fait super longtemps que je ne t'avais pas vu.
– Ouais, je fais, je suis parti de Paris pendant deux ans. Et toi? – Ça va, il répond. – Toujours célibataire? (une de mes questions favorites).
– Non, ça fait cinq ans que je suis avec un mec, il répond. – Ah bon mais comment ça se fait que je ne t'aie jamais vu avec?, je demande.
– Il est anglais, il habite à Londres, il dit, mais ça va, avec Eurostar.
– Cool, je fais, et en plus, vous n'habitez pas ensemble, c'est quand même beaucoup plus facile dans ces conditions. Il est d'accord. – Et vous vous voyez souvent?, je demande. – Ça dépend, il dit, des fois quasiment tous les week-ends, des fois moins. – Et là tu sors tout seul, je dis, plein de sous-entendus. – Non non, il est ici quelque part, il fait. Ben tiens, le voilà.

Le nouvel arrivant a ma taille. Le torse nu. Le ventre un peu rond. Lui au moins c'est sûr qu'il ne va pas à la gym plus de trois fois par semaine. Un vrai treillis, vert foncé. Des grosses pompes marron (Caterpillar[26]?). Les cheveux châtains courts. Les yeux bleus. La bouche est un peu fine.

– Andy..., euh..., c'est comment ton prénom déjà?
– Guillaume.
– Andy, this is Guillaume.

Il me regarde avec attention. En fait, je pourrais même dire qu'il m'examine.

– Il aime les poils, dit son mec.

En effet, on voit les miens. Ma chemise est entièrement ouverte, les manches roulées au maximum. – Ah ouais?, je fais, et j'embrasse Andy sur les joues. Mais il ne me branche pas des masses, je n'aime pas trop les mecs à peau claire et imberbe. Et surtout, il n'a pas une assez grosse bouche. Cela dit, c'est toujours agréable de plaire.

– Qu'est-ce que vous faites après ?, je demande. – On sait pas trop, il paraît qu'ici ça continue, fait le Français. – Ouais, je fais, il y a une rumeur. – Sinon il y a toujours le Queen, il fait. – Mmmmouais, je fais, c'est disco le dimanche soir, non ?, les soirées disco ça me saoule, ici c'est quand même mieux. – Ouais, il fait. C'est ici qu'on s'est rencontrés, tu te souviens ? Je me souviens.

Andy lui demande quelque chose en anglais. Je n'écoute pas.

Andy n'est pas folle[27], je trouve. C'est normal, l'autre non plus. Peut-être un tout petit peu plus précieux ? Ils doivent se baiser réciproquement. Celui que je connais doit être un peu plus passif, Quentin l'avait enculé bien à fond, dans le temps. Mais ce n'est pas sûr, il a sûrement dû évoluer depuis, comme moi, comme tout le monde. On se virilise avec l'âge. Même Terrier[28] est devenu un macho. La dernière fois que je l'ai vu, à la fête de l'asmf, il n'arrêtait pas de se faire sucer.

– Je vais faire un tour, je dis, à plus ! Au bar c'est la foule, alors je prends à gauche, le long du promenoir. Ça commence à être cruising time[29]. Eye-contact. J'ai mis très longtemps à comprendre que quand on me regarde, c'est que j'intéresse. Pourtant moi je ne regarde pas un mec qui ne me plaît pas. C'est que ça ne m'intéresse pas de savoir que je plais à un mec qui ne me plaît pas. Et quand les mecs me plaisent en fait je suis plutôt timide. Sauf quand ils me plaisent vraiment beaucoup. Là je ne peux pas m'empêcher de les brancher. Tout cela fonctionne donc plutôt bien.

J'entame le retour vers la piste. Comme je ne veux pas aller boire, je vais danser. La musique est devenue à peu près correcte. Je trouve un spot pas trop asphyxié près des baffles, dans le coin des torses nus c'est plus agréable. Et je danse. Je laisse la musique s'infuser en moi, en bougeant d'abord tout doucement. Et puis une fois que j'ai bien le rythme dans le cul j'accélère. Le bassin tourne tout seul. J'oscille d'un pied sur l'autre. Les épaules se mettent à rouler en entraînant les bras. Plus vite. Je reviens sur le bassin pour me rééquilibrer. Les forces s'annulent au niveau du nombril. Je contracte les abdos. Danse posé dessus. Buste en avant, les bras dans le creux du ventre. Buste en arrière, mains levées, le ventre tape dans le vide. La musique n'est pas assez ronde ni assez speed pour que je puisse vraiment faire ce que je veux mais je m'agite quand même de bon cœur. Autour de moi tout le monde sourit.

Je noue les pans de ma chemise comme ça je sens mieux mon torse et c'est plus sexy. Le bas vaut mieux oublier, je ne sens rien avec ce putain de jean trop grand, juste les genoux, pas les fesses et les cuisses comme quand je suis normalement moulé.

Mes chaussures sont vraiment trop larges, c'est chiant.

En plus la musique est devenue totalement stupide, un beat hi-nrg[30] sur deux temps, sans écho, sans rien. Je cherche du regard quelqu'un qui danse bien pour me caler dessus, j'ai découvert ça il n'y a pas longtemps, ça motive, mais personne ne m'inspire, si peut-être celui-là, j'essaye, et puis non, ça ne marche pas.

Je décide de refaire un tour de promenoir. Je passe à travers les danseurs, c'est tout un art, il faut saisir l'occasion pour ne pas se prendre une main ou un coude en pleine gueule. Les danseurs ont la priorité. La foule de la nuit est polie, pas comme celle du jour. Ça a frappé Delphine et Bettina quand je les ai emmenées au Queen[31] il y a deux mois. Personne ne bouscule. On sent une main – le bout des doigts plutôt – sur la hanche, l'épaule, le bras – deux mains quand on est trop scotché pour faire attention. On te fait à peine pivoter pour te faire comprendre qu'il faut que tu laisses le passage. Tu laisses le passage. Il y a aussi les cigarettes allumées qui ne doivent brûler personne. On les porte haut en l'air au début, puis quand elles sont bien entamées, le bout incandescent retourné vers l'intérieur de la main. Le transport de verre plein est un sport d'adresse à lui tout seul. Personnellement je mets la paume au-dessus pour plus de sûreté. Si ça bouge trop je préfère me lécher la main qu'être couvert de gin-get. Il n'y a jamais de bagarres. On a la paix.

Je retombe sur Tom au même endroit que tout à l'heure. Cette fois il y aussi Georges. C'est marrant parce que je connais Georges d'une manière complètement différente de Tom. On était dans la même classe en terminale. Il y a donc quinze ans. On ne s'était pas trop parlé à l'époque, il était un peu dans son coin et je faisais plutôt partie des stars. C'est à peu près six ans plus tard qu'on s'est recroisé, quand j'ai commencé à m'engloutir dans le ghetto. Je le voyais souvent au Palace. Il était déjà bodybuildé, peut-être un tout petit peu moins que maintenant, mais ce n'est pas sûr. Moi j'étais dur et fier et je dansais comme un fou sans me fatiguer pendant des heures, et tout le monde me regardait, et c'était cool même si j'étais très malheureux à cause de Quentin.

On s'est encore rapproché depuis deux ans Georges et moi. Je l'ai revu à chaque fois que je revenais à Paris. Je me sentais bien avec lui à cause de toutes ces choses qu'on a vécues en parallèle, la nuit, le sexe, la drogue, les échecs sentimentaux. Cette fois-ci pourtant je ne lui ai pas fait signe. Il me donne une impression de paix intérieure tellement solide que ça m'énerve. Mais c'est quelqu'un de très bien.

Bref, Georges est torse nu, et je regarde ses tétons pas over-developped mais parfaitement dessinés, et je l'embrasse sur les joues (on n'a jamais baisé ensemble, c'est sans doute aussi ça qui me gêne) et je dis, – Ça va? – Ouais, très bien, il fait (je le savais!). – Et toi? – Mmmmouais..., je fais, d'un ton semi-misérable. Je crois que je ne vais pas tarder à gober.

Georges me demande des nouvelles de Marcelo (Marcelo, c'est Lapin). Il l'a rencontré l'été dernier quand on est venu ensemble à Paris. Je dis que je l'ai largué parce que ça craignait trop entre nous, on se tapait, mais que ça va. – Vous vous revoyez? – Ben non, il avait plus de visa, il est rentré au Chili, en fait au départ il bossait, il avait un titre de séjour pour neuf mois, et après on a galéré en demandant des visas de tourisme et en s'humiliant devant les flics pour les faire prolonger, normalement il devait revenir en septembre avec un visa étudiant mais ça ne s'est pas fait vu que c'est là que je l'ai largué, et là il est à Santiago, ça me fait flipper parce que là-bas y a pas d'accès aux traitements sauf si t'as du fric, enfin heureusement il a trouvé un super-boulot, mais un super-boulot au Chili ça veut dire quatre cents dollars par mois, enfin bon je l'appelle une fois par semaine pour qu'il tienne le choc et je compte y aller l'hiver prochain pour voir si on a un avenir. Et toi, toujours pas maqué? – Ben non, il répond en se marrant, j'ai un peu abandonné. – Ouais, de toute façon c'est toujours la galère, je dis.

– Et ton mec, il est où?, je demande à Tom. – En week-end, il fait. – C'est con, j'aurais bien aimé le voir, je fais. Je veux toujours voir comment sont les mecs des autres. L'alchimie des couples, ça me passionne. – Ça se passe toujours bien ?, je continue. – Moyen, il fait. Je dis, – Ah… – C'est bien, mais je ne suis pas amoureux, il fait. – Ouais, ça c'est chiant, je commente. C'est pas la même ambiance quand on ne croit pas que c'est Real Love, je dis en prononçant les majuscules.

Après on dit je ne sais plus quoi, et puis Tom et Georges se disent quelque chose que je n'écoute pas, et puis plus personne ne parle, chacun dansouille sur place, et comme Georges le fait particulièrement bien, en bougeant les bras à la dernière mode, que je ne maîtrise pas, n'étant que rarement dans la capitale, je me fous de sa gueule en faisant comme lui. Au bout d'un moment il s'en aperçoit et il dit, – Tu m'imites ?, d'un ton scandalisé, et je dis, – Ouais, je m'initie aux dernières modes. Il ne fait aucun commentaire, ce qui veut dire que je suis vraiment trop con mais qu'il me pardonne.

C'est à ce moment-là que j'aurais dû leur payer à boire pour remettre une bonne ambiance, mais je n'y ai pas pensé. J'ai dit, – Je vais faire un tour, et j'ai pris vers le promenoir.

Ça bouchonnait au tournant. Je me suis appuyé au dos d'un des gros canapés en skaï noir pour attendre que ça passe. J'ai regardé autour de moi. Je me sentais un peu crevé. Un mec me matait, un jeune zéra maigre et mal rasé avec la tête penchée en avant et les yeux genre méchant. J'ai coupé le contact. Je suis passé.

Juste après le tournant il y avait une place dans un canapé. Je me suis assis. Ça fait trois heures que je suis debout, j'ai pensé. Le mec à ma droite était un jeune chinois sans intérêt. J'ai regardé les mecs défiler. Le zéra est venu se poster à deux mètres de moi, adossé à la rambarde. Parlant avec un mec qui n'avait pas l'air d'être le sien. Il me regardait toujours, d'un air, je ne sais pas, de petite frappe maso, plutôt de loub vicieux, oui, ça devait être ça son trip, loub vicieux. Il y a quelques années je l'aurais sûrement fait, j'ai pensé. Au bout de cinq minutes je me suis relevé. J'ai pris le chemin de l'étage en revenant sur mes pas.

Le temps de monter, je me rends compte que j'ai à nouveau envie de chier. C'est quand même incroyable, maintenant l'exta ça me fait comme le pétard : mon corps sait tellement qu'il va se détendre qu'il anticipe.

Je retrouve ma cabine. Ma Corona vide est toujours là. Je chie et puis je m'essuie à mort et puis je me relève et je récupère l'exta au fond de ma mini-poche de jean. Comme elle n'a pas de rainure, je la casse avec les dents pour ne rien perdre.

La moitié qui me reste dans la main est trop grosse, alors je croque encore un petit bout pour faire une vraie bonne demie, au-dessous d'un certain seuil ça ne fait aucun effet. D'un autre côté je n'ai pas envie d'être ultra-défoncé au cas où elle soit vraiment forte comme au Queen il y a deux mois. Heureusement le copain anglais de Todd était bien rodé à ce genre de truc, on a fait un hugging [32] jusqu'à ce qu'on soit à nouveau ok. C'est pour ça que là je n'en prends qu'une demie, si ça ne suffit pas je prendrai le reste tout à l'heure.

Jamais je ne vieillirai.

Je reboutonne ma chemise et je la remets en place sous le slip, et je referme mon jean et je boucle ma ceinture et je retourne à nouveau complètement sur elle-même la ceinture du jean avec ma ceinture en cuir. Je ne suis toujours pas moulé mais au moins ça ne flotte pas. Et puis je ressors du chiotte et je me rince les mains et je bois au lavabo, et je me rince la bouche et je me passe de l'eau sur le visage et sur le haut du crâne et la nuque, et je m'essuie les mains sur les côtés de mon jean et je me regarde dans la glace. Je rajuste les côtés de ma chemise. Un petit coup de main pour l'aplatir derrière. C'est reparti.

Je redescends.

Je vais danser.

J'attends que l'exta monte.

Normalement il faut environ une demi-heure. C'est long.

Au bout d'un quart d'heure j'ai l'impression de sentir quelque chose au niveau visuel, mais ça passe.

Au bout d'une demi-heure toujours rien. Je vais aux chiottes au bout du promenoir, ça me saoule de remonter, et je me regarde dans la glace crade dans l'espoir de déceler une dilatation des pupilles. Pas de dilatation. Ça cadre parfaitement bien avec l'absence totale d'effet que me fait cette demi-exta. J'imagine que c'est ce que Paul voulait dire en réalité par, – Agréable : – Nulle. En tous les cas c'est clair que ce n'est pas la même que celle qu'il m'a filée quand il voulait me baiser. Je ressors des chiottes en faisant à mort la gueule, d'autant qu'il est absolument impossible de s'asseoir. Un mec passe en me regardant droit dans les yeux. Je regarde ma montre. Onze heures vingt. Si dans dix minutes il ne s'est rien passé, je reprends l'autre demie. J'ai peur que ça ne fasse rien non plus, quand elles sont trop faiblement dosées ça ne fait rien si on ne les prend pas en entier tout de suite.

Je retourne danser. Et là, au bout de quelques minutes, je sens enfin que ça démarre. Je ralentis pour mieux sentir ce qui m'arrive : la détente musculaire, la chaleur, la respiration plus profonde. Ma colonne vertébrale se redresse toute seule. C'est cool. Et puis tout d'un coup ça part en flèche et j'ai envie de gerber mais je me calme en respirant tout doucement, sans bouger, et ça passe. Je ne gerbe plus jamais maintenant quand je prends de l'exta. Je maîtrise.

Et voilà le plus agréable : je me mets à sourire, d'un sourire que je ne peux pas empêcher, que je n'ai d'ailleurs pas la moindre envie d'empêcher, parce que je suis réellement content. Je me sens tellement bien. Je me retiens quand même un peu, on n'est pas à Londres. La dernière fois au Queen les mecs des chiottes faisaient carrément la gueule quand j'allais boire de l'eau, c'est vraiment ridicule.

Ça sent le pétard. Les musclemen à côté de moi sont en train d'en fumer un. Les choses ont tout de même beaucoup changé en dix ans. Avant on ne fumait pas ouvertement comme ça en boîte. On va vers la légalisation[33] c'est clair.

Bon ben voilà, j'ai chaud, je suis cool, alors j'enlève ma chemise et je m'amuse avec mon corps. Wou, wou, wou, je fais la moulinette avec les mains. Il y a encore plein de monde, donc je ne peux pas faire vraiment tout ce que j'aimerais, comme sauter en l'air ou marcher comme un canard, ou faire Linda Evangelista[34], ou rouler à mort du cul, ou faire semblant de baiser un cul imaginaire, mais ce n'est pas grave je suis content quand même.

Au moment où je commence à me dire que j'ai sérieusement soif et qu'il faudrait que j'aille boire, Tom passe à ma hauteur et me tend sa Corona. Ma bière préférée ! Je rêve... Je bois une gorgée et je la lui rends. On danse un peu l'un à côté de l'autre. Sourires. Je pense qu'il a dû gober lui aussi mais j'ai la flemme d'aller regarder ses pupilles pour en être sûr. En fait je m'en fous.

Il se casse. Je danse encore, pas mal avec mon cul maintenant, et puis je commence à me dire que ce ne serait pas plus mal de la prendre, cette demie qui reste, vu que là je me demande si je ne suis pas carrément en train de redescendre, en tout cas la montée est finie c'est sûr.

Et comme il se trouve que j'ai encore envie de chier (pourtant j'étais vraiment persuadé d'être vide, c'est l'exta qui fait ça), il est temps de remonter aux chiottes du haut. J'essaye de prendre par la piste vu que c'est le plus court chemin, mais les gens bougent tellement vite que je me dis que je vais plutôt éviter cette galère (sourire), et passer par la droite en faisant tranquillement le tour du promenoir (détente).

Ravi par ce programme, je traverse les quelques mètres qui me séparent du promenoir avec les jambes molles et en souriant stupidement à tout le monde (c'est bon d'être stupide), et c'est là que je tombe sur Georges adossé au mur en train (trop cool !) de tirer sur un stick. Il me le tend, je tire une bouffée, je le lui rends avec un clin d'œil et je repars.

Après avoir escaladé les marches de façon divine (une petite difficulté sur ce parcours, tout de même), je m'engage d'un pas triomphal dans le couloir sombre. – Guillaume !, j'entends dans mon dos, alors je me retourne (tiens ?), et Paul, que j'ai déjà largement dépassé, et qui est avec un mec, me demande, – Tout se passe bien ? – Ouais, super, je réponds, je vais prendre l'autre demie, et je fais un sourire que je sens partir jusque derrière les oreilles et je me casse et il fait, – Bonne soirée !, et je hoche la tête, déjà parti.

Le promenoir est sombre, c'est agréable, je ne sais même plus comment je marche tellement c'est facile. Mon Dieu, le zéra est toujours planté là depuis tout à l'heure. Je tourne à gauche. Un mec sourit et m'effleure le téton gauche en passant à ma hauteur. C'est agréable parce qu'il était canon. Je croise aussi le mec dont j'ai oublié le nom et son copain anglais qui aime les poils, et je leur souris en passant, et puis je me retrouve au niveau de l'escalier, donc je tourne à droite, et je monte les marches. Calme et serein. Le haut de l'escalier est barré par une espèce de ceinture de sécurité grise. Il n'y a plus personne en haut, ils sont en train de nettoyer pour la suite. J'enjambe le cordon. Les chiottes désertes sont encore sales. Mais pas dégueulasses.

Ma bière est toujours là. Toujours vide. Ah non, il reste un fond. Je bois les gouttes, et puis je me mets à essayer de récupérer le bout de citron, mais avec les doigts ça ne marche pas du tout, il faudrait autre chose, alors au bout d'un moment j'abandonne et je pisse, et puis je m'assois pour chier. Ça me donne l'idée de me reposer. Je m'adosse en arrière contre le mur. Je renverse la tête. Je ferme les yeux. C'est cool.

Et puis je m'essuie (j'ai vérifié en entrant qu'il y avait toujours du papier. No galère), et je me rhabille en remettant juste mon t-shirt, pas ma chemise, je veux être plus casual[35], la chemise je la roule et je la mets à la ceinture (à gauche). Je récupère la demi-exta dans ma mini-poche et je la mets dans ma bouche, et puis je tire la chasse et je sors et je me regarde, ça va je ne suis pas trop défait, et je me rince les mains, et puis je prends de l'eau, froide, dans ma paume, et j'avale. Un autre mec qui n'a pas peur des cordes arrive. Je me jette un dernier coup d'œil et je quitte les lieux.

Je m'arrête pour sortir une clope (je n'ai plus ma chemise, mes cigarettes sont maintenant dans ma poche arrière gauche). Je considère la boîte vide et noire. Un indien lave le sol au loin. Je redescends l'escalier. Demande du feu. Tire à fond pour retrouver l'effet d'enfer que ça m'avait fait l'autre fois au Queen, avec des Rothmans bleues, mais surtout avec une X beaucoup plus forte. Là c'est moins l'hallu.

C'est là que je pense au chewing-gum. Ce serait le pied de mâcher un chewing-gum tout en fumant. Il faudrait que j'en demande un à quelqu'un que je connais. À Jean-Luc par exemple, qui est encore là en train de danser juste au bas des marches, et qui en a toujours sur lui. Alors je descends sur le dance-floor et je vais me planter devant lui et je dis, – Jean-Luc, t'aurais pas un chewing-gum ? (d'une voix traînante). Il ouvre les yeux. – Ah non, c'est con, j'ai donné le dernier il n'y a pas longtemps. – Merde, je dis, j'ai hyper-envie d'un chewing-gum. – Ils en ont aux vestiaires, il dit. Des sucettes à chewing-gum. L'espoir renaît. – C'est combien ?, je demande. – Pas cher, genre deux francs, il dit. Je fouille dans ma poche. Génial, il m'en reste sept. – Jean-Luc, you saved my life, je dis, et je me casse.

Je longe le bord de la piste pour passer par le petit escalier qui monte directement vers la sortie. Je marche hyper-lentement tellement je suis cassé. J'arrive aux vestiaires en me disant que ça doit se voir. Il n'y a plus que deux rangées de blousons. La nana blonde cause avec un mec brun. Personne ne fait attention à moi. C'est bon.

– Bonsoir… Y a encore des sucettes à chewing-gum ?, je demande au mec assis sur son comptoir les jambes dans le vide. – Il m'en reste deux, il fait. – Une, ça suffira, je dis. C'est combien ? – Deux francs.

Je paye, je prends la sucette et je m'en vais en croisant dans l'escalier les premiers hétéros.

Cette sucette est incroyablement difficile à ouvrir. Je mets au moins cinq minutes à y arriver, le temps de redescendre, de me poster dans un coin du promenoir, et de m'escrimer avec les doigts, et comme ça ne marche pas, avec les dents.

Au bout d'un moment je finis par arriver à déchirer un mini-bout de l'enveloppe qui colle, et à l'enlever, et je mets la sucette dans ma bouche.

Elle est au Coca.

Et énorme.

J'essaye de sucer très fort pour la faire rétrécir parce qu'elle me distend les mâchoires, mais ça non plus ça ne marche pas, alors je me contente de customiser la tige blanche en la pliant en deux, c'est moins ridicule comme ça je trouve. Et puis je retourne sur la piste.

Voilà pourquoi tous ces jeunes hyper-énergétiques hier à la Station en avaient eux aussi. Ça fait saliver, et comme ça on n'a pas cette horrible soif qu'on a toujours quand on est sous exta.

En plus ça ne doit pas être mal pour l'énergie de bouffer du sucre.

C'est à ce moment-là que je reconnais Frédéric. Il danse torse nu au milieu de la foule à quelques mètres de moi. J'avance. – Ça va ?, je dis. Il sourit largement. On s'embrasse. Combien d'années qu'on ne s'est pas vu ? Trois ans je pense, depuis qu'il était à l'accueil de mon club de gym. On s'est connu à l'époque de la rue Henry-Monnier, lui et Donald étaient voisins, on se croisait le samedi au lavomatic. – Et Donald ?, je demande. Il le désigne de la tête, en train de danser torse nu sur les marches.

Ça fait quelques années déjà que Donald s'est métamorphosé. À l'époque où on avait baisé avec lui avec Quentin il était super-maigre, limite racho, le ventre collé à la colonne vertébrale, les cuisses hyper-sèches et un tout petit cul poilu. La seule chose qui n'a pas changé, c'est sa belle petite gueule de latino. Pour le reste c'est un athlète maintenant. Je le déteste un peu parce que je n'avais pas trop assuré à l'époque, Quentin prenait toujours toute la place pendant les plans à trois. Je l'aurais bien refait correctement, mais après c'était trop tard. Je lui souris de là où je suis sans aller l'embrasser.

Je suis dans le couloir. Andy s'approche de moi. Il n'y a pas tellement de monde autour. Je vois ses yeux bleu-gris, penchés en avant, sur moi. Il dit, – Je te veux, avec un accent anglais d'enfer. Pause. – Très fort.

Je suis complètement explosé, en pleine montée à nouveau. Je hausse les épaules. Je dis, lentement, – C'est sympa mais j'ai pas très envie de baiser. Pause. Je ne veux pas être impoli. Alors je m'explique. – Tu vois, je suis sous exta, là, je suis bien, j'ai pas envie de baiser pour le moment.

En fait c'est sa bouche qui me gêne. Pas assez grosse.

– Et puis j'aime pas tellement les blonds, j'ajoute. – Mais moi je souis rouge, il dit. I've got red hair. – Pas vraiment, je dis. – En bas, j'ay rouge, il dit. Plous que ici. Il désigne sa tête du doigt.

Je le regarde en pensant, – Il est dingue. Ça me plaît. – Tou aimes, ça ?, il dit. Je dis, – Ouais, j'aime.

Son mec arrive. – Il te plaît ?, il me demande. – C'est ton mec, je réponds.

I'm so old-fashioned[36].

Le prof de maths est en train de danser sur la piste. Je suis au-dessus de lui, au niveau du promenoir, près d'un pilier. Il tourne la tête. Eye-contact. Noir. Droit comme une lance. Il coupe le premier.

Je suis aux chiottes du bas. Je pisse. Ça me détend l'intérieur. J'en profite pour regarder si mes couilles et ma bite sont hyper, ou seulement moyennement rétrécies par l'exta. Ça va c'est pas trop grave. Je me reboutonne.

Tourne sur moi-même pour ressortir en marche avant de la cabine à la turque.

Descends la marche.

Un mec dit à un autre, – La semaine prochaine, je vais à Madagascar.

J'ai chaud. Je m'arrête en bas du petit escalier. Il y a de l'air.

Les gens commencent à partir.

Un mec grand et maigre adossé à la rambarde en face de moi me regarde avec l'intensité de ceux qui n'ont rien à perdre.

Le type, belle gueule, jeune, musclé, à ma gauche, dit à un autre, belle gueule, jeune, musclé, tout à côté de lui, – Je travaille pour un journal. Un journal d'entreprise.

Le grand maigre me regarde toujours.

Je repars vers la piste.

Les musclemen sont toujours là. Plus calmes. À moitié rhabillés. Bière à la main.

Bonjour de la tête à Gabriel, un mec qui travaille dans le cul. Nous ne sommes pas en très bonnes relations. À l'époque où je l'ai connu, il y a cinq ou six ans, j'étais très méprisant.

– Tu te souviens de moi ?

Je dis, – Oui, je crois. C'est quoi ton nom déjà ?

– Thierry. On a baisé ensemble une fois chez toi et une fois chez moi. Toi c'est Guillaume.

Je me souviens. En septembre 93. Je revenais d'Italie. Un mois de natation, de pompes et d'abdos. J'étais indiscutable au sous-sol du Palace. On a dîné au Diable[37] avec un copain à lui qui revenait de Goa. Et puis baisé chez moi. Il voulait que je lui jute dans la bouche mais je n'ai pas pu. Quelques jours après on a partouzé chez lui, sans capotes, avec un skin suisse qu'on avait branché ensemble le premier soir.

Eh bien apparemment le sperme ça conserve. Il est plus ridé qu'à l'époque, où il était déjà passablement ravagé, mais toujours aussi bien foutu.

– J'en garde un excellent souvenir, il dit. Je dis, – Moi aussi ça m'a marqué. Je l'avais très bien godé, pour me rattraper. Baiser sans capotes à l'époque ça me faisait flipper, je débandais.

Il tourne en arabesque dans son t-shirt charbon et son sarouel gris-vert. Danse avec son copain black aussi souple que lui. Très bien.

Lui c'était Nicolas.

Il a changé. Pris de l'assurance. Des épaules. Il a un look plus classe. Les cheveux plus courts. La peau plus nette.

Je m'avance vers lui et je pose la main sur son t-shirt moulant gris-bleu Fashion sucks [38].

Je ne dis rien. Il me regarde d'un air de doute. – Tu ne te souviens pas ?, je fais. – Euh…, il y a un an, un an et demi ?, il dit. – Non, plus que ça, je fais.

Ça fait bien quatre ans. Je l'ai rencontré par minitel. Il est venu rue de Bellefond. On s'est baisé (safe) et godé réciproquement en s'embrassant un max, c'était chaud, et puis quand je l'ai refait il était nettement plus passif, limite maso. En fait c'est moi qui l'avais poussé dans ce trip en la jouant macho dominateur, mais le résultat c'est que je m'étais senti seul.

Son visage s'ouvre. – Aaaah ! T'es à Paris en ce moment ?, il fait. – Je suis rentré définitivement, je dis. – C'est toi qui as écrit un bouquin, il reprend. On en a parlé avec David, celui que tu appelles le Doc, on était en vacances ensemble l'été dernier. Ça a marché ? – Ouais, je réponds, pas mal, trois mille [39]. – Ouais, c'est pas mal, il fait. – Et toi ça va ?, je dis. – Ouais, il fait.

Il y a quatre ans, il flippait pas mal sur ses T4.

– Tu es de plus en plus hype, je fais. – Quoi ? (la musique est hyperforte). Je répète, – Hype ! Il n'a toujours pas compris. – Hype ! Là il a compris. Il hausse les épaules avec un petit sourire.

La musique est moins bonne. Je me repose en bord de piste.

Nicolas dit quelque chose à l'oreille de Thierry. Ils se connaissent eux aussi.

Je pense que je ne ferais plus la plupart des mecs que j'ai faits si je les rencontrais maintenant.

Je me suis éloigné du sexe.

Andy s'avance vers moi, torse nu. Je suis en train de danser, torse nu. Il dit, – Alors? Je ne te play pas? Personne ne m'a jamais dragué comme ça, je pense. Je dis, – Pfff..., c'est pas ça..., c'est juste que j'ai pas très envie de baiser ce soir. Pause. – Tou vienne à Londres? Je ne comprends pas très bien ce qu'il veut dire.

– Ça t'arrive d'aller à Londres?, traduit son mec, qui nous a rejoints. Voilà un couple libre, je me dis. Justement je suis censé y aller bientôt. Sous exta ça sera sûrement bien avec Andy. – J'y vais dans dix jours, je fais. – Ok, je te donne mon nouméro, fait Andy. Tou as dou papiey? Je fais – Non, de la tête. – Demande au bar, je dis. Il se casse.

– Sinon on pourrait faire un plan à trois ici, fait son mec. Je dis, – Ouais, ça serait sympa, mais j'ai pas envie de baiser ce soir. Il ne dit rien.

On danse.

Andy revient. Il me tend un petit bout de papier bleu. Il dit, – Tou m'appelles? Je dis, – Pas de problème. Je mets le papier dans ma poche arrière droite.

Avoir froid. Remettre quelque chose. Sous exta on a tendance à attraper la crève parce qu'on ne fait pas attention aux trucs flippants.

Avec Tom et Georges, torses nus au promenoir. – Hou là là ! Faut raser tout ça !, me lance en passant une petite folle.

Je ne dis rien. Je regarde Tom. Puis Georges. – C'est jeune, je fais.

Ils sourient.

La lumière est rose-orange.

Je pense qu'on doit être tous les trois exactement aussi défoncés.

Je suis le seul avec un autre mec à ne pas avoir le torse rasé.

Je n'ai plus envie de rien faire.

Je décide d'aller m'asseoir.

Les canapés sont quasiment tous vides maintenant.

Je remets ma chemise pour ne pas coller au skaï.

Je m'étale.

Je pose les pieds sur la table basse devant moi.

Je me cale plus confortablement.

Je ferme les yeux.

Ma bouche s'entrouvre.

Bien-être.

Quand je rouvre les yeux le mec qui était sur l'autre canapé n'est plus là.

L'exta sans shit c'est différent.

Je me repose.

Je ne pense pas.

Je ne pense pas à Alain.

Je ne pense pas à Terrier.

Je ne pense pas à Stéphane.

Je ne pense pas à Quentin.

Je ne pense pas à Vincent avec qui la capote a claqué l'année dernière, il y avait du sang, et trois mois après il était séropositif.

Je ne pense pas à Marcelo. Je ne pense pas que j'ai peur qu'il soit malade. Je ne pense pas que je ne peux pas le faire venir ici parce que ce n'est pas une femme.

Je ne pense pas que ça fait sept ans que j'attends de mourir.

Je ne pense pas que l'amour est impossible.

Je respire.

Je suis bien.

Je sens la sucette me glisser des doigts.

J'ouvre les yeux.

Il n'y a plus à l'horizon que deux couples de scotchés lovés ensemble.

Je referme les yeux.

40

Au bout d'un moment je me réveille. La musique est meilleure. Plus funky[41]. Alors je me relève. Je marche jusqu'au bord de la piste maintenant presque vide. Je commence à bouger.

Je descends dans l'arène. Je marche jusqu'au milieu. Je danse pur disco-freak. En roulant des hanches, en tapant des mains. Ça me fait marrer. Je me sens léger. En équilibre. La douleur est inimaginable.

Quand je relève la tête je m'aperçois qu'un black moche est en train de me draguer. Ça ne rate jamais quand je danse over-cool je me fais toujours brancher par un black. Je lui demande du feu. Continue à danser. C'est cool d'avoir le droit de jeter sa cendre par terre.

Andy et son mec sont en train de récupérer leur bomber chez le DJ. Ils se rhabillent. Traversent la piste. S'arrêtent à ma hauteur. On s'embrasse. Celui dont j'ai oublié le nom est juste derrière moi. Il pose ses mains un instant sur mes hanches. Je sens sa chaleur. Je dis, – Bye.

Je danse encore un peu et puis j'arrête pour aller boire et pisser et sur le chemin il y a Tom et Georges. – Tout le monde était là ce soir, je dis. Ils acquiescent. Me demandent ce que je vais faire. Georges voudrait aller au Queen, Tom plutôt au QG. Je dis que je n'ai pas envie de voir des gens, que je vais plutôt rentrer me branler [42] tranquille.

Il commence à faire froid. Ils ont ouvert en grand pour nous chasser. Tom et Georges récupèrent leur bomber chez le DJ. Se rhabillent. Je les raccompagne jusqu'au milieu de la piste. Arrivés au bout ils se retournent pour dire, – Salut ! Et là sans réfléchir je dis, assez fort pour être bien sûr qu'ils m'entendent, de toute façon il n'y a plus personne, – Je ne vous ai pas appelés parce que j'étais un peu déprimé.

Ils font signe que ce n'est pas grave.

Je reste seul. Le DJ passe Lemon, de U2 [43]. C'est l'hétéro-sound qui commence. Des filles arrivent et se mettent à danser.

Alors je remonte vers le vestiaire. Récupère mon bomber. Redescends vers la sortie. Me rends compte que j'ai raté le portier de tout à l'heure. À la place de l'équipe pédé maintenant il y a deux blacks catégorie sumo en survêt bleu marine.

Les feux du boulevard scintillent à cause de l'exta.

Profiter des lumières.

Je décide de rentrer à pied.

C'est à la mi-hauteur de la rue d'Amsterdam que j'atteins le chewing-gum. J'avais oublié. Alors j'allume une clope avec le briquet que j'avais laissé dans mon bomber, pour avoir les deux goûts en même temps.

À Trinité un groupe de blacks écoute un beat-box[44] sous l'abribus. Un clodo pisse dans les bosquets du square. Je me sens presque redescendu. Ça a duré quoi ? Deux heures ? C'est ça le truc, l'exta est à cent balles, mais elle fait exactement deux fois moins d'effet que quand elle était à deux cents.

Un vieux bourré me branche sur la politique devant la gare Saint-Lazare. J'écourte le plus poliment possible.

Les rues vides.

Pour moi tout seul.

J'arrive à la Madeleine. Clef pour la porte cochère. Clef pour l'escalier (sur cour). Je monte les six étages.

La porte s'ouvre sur la moquette bleu roi, les poufs-tortues et les paquets de bonbons qui constituent la base de la décoration chez Delphine et Tina.

Je vais direct à la cuisine bourrée de bouffe bio bouddhiste. Je me fais chauffer de l'eau pour un thé. Je tape dans les gaufres au muesli qu'elles ont rapportées de Belgique. C'est hyper-bon trempé dans le thé.

Je mets le CD de la BO de Lost highway[45] que Tina a eu la bonne idée d'acheter. La 13, Insensatez, d'Antonio Carlos Jobim, en boucle. C'est ça qu'on entend pendant la séquence où Balthazar Getty se repose en jogging et en savates dans le jardin chez ses parents. Il est sublime de beauté, allongé sur un transat, et puis il se lève et il regarde par-dessus la barrière dans le jardin des voisins le ballon en plastique, ou peut-être que c'est une bouée canard, flotter dans la piscine pour enfants vide.

Mes copines sont vraiment top. Et en plus elles sont en week-end.

Je vais dans la chambre. Je vide mes poches. C'est là que je tombe sur le bout de papier bleu d'Andy. Il est plié et replié huit fois sur lui-même, dans le sens de la largeur.

Je lis :

Andy

à Loco

le mec – cheauveaux

roux. (Red)

À Londre –

(son numéro)

telephone moi

pour baisser !

Je me marre.

Je finis de me déshabiller.

Je me glisse sous la couette.

C'est bon de s'allonger.

Je sens un truc hyper-doux avec le haut de mon crâne.

Je lève la main droite pour vérifier.

C'est la toile du matelas de secours posé contre le mur.

C'est fou ce que c'est doux.

Je dois être en plein retour d'exta.

Alors je fais comme si c'était quelqu'un, comme si je touchais sa peau.

Je le caresse comme si j'étais en train de lui faire l'amour.

Et puis j'ai un retour de conscience et je me dis, – Tu te rends compte de ce que tu es en train de faire ?, et ça me fait marrer, mais ça me casse le trip, alors j'arrête.

Je me demande si je vais me branler.

J'ai pas envie mais ce serait dommage de ne pas rentabiliser l'exta.

Alors je me branle.

Et puis je m'endors, et je rêve de Ken Siman[46].

Paris-Toulon-Paris
31 mars – 19 juin 1997

Pour les encouragements[47], les suggestions, le soutien, l'affection, l'inspiration, merci à : Aaron Travis[48] ; Adamski[49] ; Adri ; Agnès ; Aiden Shaw[50] ; Aimé S ; Al McKenzie[51] ; Alain D ; Alain Royer ; Alain W ; Alexandre ; Anne-Em ; Annette Rosa ; Antonio Carlos Jobim ; Army of lovers[52] ; Baby Ford[53] ; Baz Luhrmann[54] ; Benoît L ; Maître Bernard ; Bomb the bass ; Boy George[55] ; Brad ; Brett Easton Ellis[56] ; Brian Transeau[57] & Vincent Covello ; Bruno D ; Bruno V ; Carrie Lucas[58] ; Catherine C ; Spatiale Céline ; les chats Joséphine (†) et Julie (†), les chiens Batman, Blanqui, Puce (†), Rynx (†), Zéna, Zénita ; Christophe Martet[59] ; mon clone Christophe ; Claudio Coccoluto[60] / One love ; Clicking the mouse / I must be dreaming ; Club America ; Coldcut[61] & Queen Latifah ; Constantin Paoustovski[62] ; Controlled Fusion / You ; Dale Peck[63] ; Damien et Marjory ; Dani L et Claude C ; Darrell ; Darren Emerson[64] ; Datura ; Carissimo Dave ; David Lynch ; Dead or alive ; Deele[65] ; Dennis Cooper[66] ; Depeche Mode ; Diable des Lombards ; Didier Blau[67] ; Dimitri ; Dominique ; Double Exposure ; Edmund White[68] ; Elisabeth S ; Éric de XXL ; Éric Lamien[69] ; Éric Moroge ; Estherka (†) ; Eva Osinska[70] ; le grand Fabrice ; the Face ; Fati-ma ; le fils du footballeur ; Fiodor Dostoïevski[71] ; Fire Island & Ricardo da force ; Francis Bacon[72] ; Françoise et Danièle Cheinisse[73] (†) Franck de L ; Frédéric Moreau[74] ; Frédéric Maria ; Garbage[75] ; George Michael[76] ; Georges ; Gilles Rivière ; Gore Vidal[77] ; Grace ; Grace Jones[78] ; Gus Van Sant[79] ; that Halloween TV on the Castro ; Harry Matthews[80] ; Heller & Farley project ; Hervé ; Hunter S Thompson[81] ; la fée Isabelle ; Jack-Alain Léger[82] ; Jacqueline Girard[83] ; Jacques L ; James Ivory[84] ; J D Salinger[85] ; Jean-Hughes F ; Jean-Luc et Stéphane ; Jean-Luc F ; Jean-Paul Hirsch[86] ; Jeanne Moreau[87] ; Jelani ; Jessye mon adorée ; Reine Jev ; Joey Negro[88] ; Joey Stefano[89] (†) ; Jonathan Demme[90] ; Katherine Mansfield[91] ; Ken Siman ; Kiki C ; Kim English ; Subliminale Kro ; Lars von Trier[92] ; LaTour ; Laure Adler[93] ; LB ; Linda Fiorentino[94] ; Lionel et Ludo de Toulon ; Loïx ; Loleatta Holloway[95] ; mon amie M ; Madonna[96] ; ma famille ; Malcolm McLaren[97] ; Marguerite Duras[98] ; Marina ma petite sœur karmique ; Mark Leyner[99] ; Marlène Dietrich[100] ; Martine F (Petit Ours et Lapin t'aiment) ; MC Lyte[101] ; Mel & Kim ; Michel G ; Milos Forman[102] ; Monica DeLuxe / Don't let this feeling stop ; Mukka ; Muriel Moreno[103] ; Nadamo et Rodriiiiiiigo ; Nadia et Nedjma L ; Nastrovje Potsdam ; Nathalie R ; Nelson ; Nicolas X ; Nicole Cz ; Nina Hagen[104] ; Ntrance ; Mégabolg, Jean-Pierre, & mon futur filleul ; Odile Terlez ; Paul Oakenfold[105] ; Paul Otchakovsky-

Laurens [106]; Philippe, Philippe et Philippe ; Philippe Sollers [107] ; Pierre C; Pierre le pianiste de la rue de Bretagne (†); Ramirez; Reefa; Régine [108]; Renaud Camus [109]; René Ehni [110]; Reynita; Roberto; Ronald; Saint-Gabriel; Sandra Bernhardt [111]; Foreverlove Drine et Jean-Christophe N; Serge B; Shalamar; Sharon Brown [112]; Stéphane P; la sorcière de La Cloche d'or; Sylvie B et ses frères fous; Taishen Deshimaru [113]; Thierry Fourreau [114]; Thierry X; Third World; Tim; Tom et Julie H; Tom Stephan [115]; my trainer in Tahiti; Truman Capote [116]; Woody; Woody Allen; Zarah Leander [117] / *Der Wind hat mir ein Lied erzählt.*

Notes

1. Cette chanson réaliste d'Octave Crémieux, compositeur français (1872-1949), fut interprétée entre autres par Marlène Dietrich.

2. Le GTD : *Gay tea dance*, rendez-vous musical et festif organisé initialement au Palace le dimanche après-midi.

3. *La Loco*, boîte de nuit parisienne située boulevard de Clichy, dans le XVIIIe arrondissement, à deux pas du Moulin Rouge. Abréviation de « locomotive », *loco* signifie aussi « fou » en espagnol.

4. La *house music*, un des courants musicaux dominants de la culture populaire des années 1980-1990, tire son nom du *Warehouse*, un club de musique de Chicago dirigé par Frankie Knuckles, disc-jockey né en 1955, et qui passe pour l'un des inventeurs de ce style musical constitué d'un rythme minimal, d'une ligne de basse et de voix, au début des années 1980.

5. Le *Saint Jean*, café-tabac de la rue Lepic (Paris XVIIIe). La topographie de *Je sors ce soir* s'inscrit dans un Paris des plaisirs nocturnes dont la tradition remonte au XIXe siècle. Le Paris de Pigalle fut aussi dès les années 1930 « le premier îlot homosexuel parisien », in *Le Rose et le Noir*, de Frédéric Martel, Seuil, 1996, p. 121.

6. *L'Enfer* est le premier volet de la trilogie de Dante (1265-1321) *La Divine comédie*, appelée ainsi à partir du XVIe siècle. Un établissement nocturne de Montparnasse portait le nom d'*Enfer*, à l'époque où se situe le livre.

7. « Pecs », abréviation pour pectoraux.

8. *Honcho* et *Mandate*, magazines pornographiques *gays*.

9. *Le Palace*, boîte de nuit sise rue du Faubourg-Montmartre (Paris IXe). Roland Barthes lui a consacré un texte en 1979, « Un soir au Palace ».

10. Sur les codes vestimentaires symbolisant une pratique sexuelle précise, voir les articles « actif/passif » et « sadomasochisme » du *Dictionnaire des cultures gays et lesbiennes*, sous la direction de Didier Éribon, Larousse, 2003.

11. « Faisable », adjectif pris dans un sens érotique. L'expression revient souvent sous forme verbale non pronominale : je vais le faire, le refaire, etc.

12. Sida : apparition du mot dans le texte.

13. David Lynch, cinéaste américain né en 1946. Au moment de *Je sors ce soir*, il vient d'achever *Lost Highway*, son sixième long métrage. MTV est une chaîne de télévision musicale américaine comme son acronyme le résume, *Music Television*. Créée en 1981, elle s'est spécialisée dans la diffusion de clips vidéo, genre majeur de l'industrie musicale depuis les années 1980.

14. *Les Bains*, boîte de nuit hétérosexuelle située rue du Bourg-l'Abbé, Paris IIIe.

15. Les Guetta, Cathy et David, couple de disc-jockeys et animateurs de la nuit parisienne.

16. Un *spot*, mot anglais polysémique employé ici pour « endroit ».

17. Le *pumping*, culturisme, indique par dérivation un style musical écouté dans les salles de gymnastique et de musculation. La lettre *alpha*, la première de l'alphabet grec, peut signifier « les meilleurs », mais est ici connotée de façon négative, et renvoie à son étymologie « les bœufs » (de l'hébreu *aleph*).

18. La disco et la techno sont les styles les plus fameux de la musique populaire des années 1980 et 1990.

19. Le pogo, danse punk de la fin des années 1970, consiste à sauter en l'air le plus haut possible.

20. L'*after* est le moment où la fête continue après la fermeture légale, soit dans un autre lieu, soit jusque dans la matinée.

21. Il s'agit du deuxième livre, c'est-à-dire *Je sors ce soir*, composé en partie dans la préfecture du Var.

22. Lapin, auquel est dédié *Je sors ce soir*. On apprend plus tard qu'il s'agit de Marcelo, l'amour chilien de Dustan.

23. Cette remarque homophobe de second degré (proférée par un *gay*) montre assez l'ironie de Dustan vis-à-vis de lui-même et de son milieu.

24. L'X et plus loin le « spécial K » sont les lettres désignant l'ecstasy et la kétamine. Comme le H pour le haschisch.

25. Jean-Michel Basquiat, peintre haïtien (1960-1988) sur lequel Julian Schnabel, peintre américain né en 1951, a réalisé un film biographique.

26. *Caterpillar*, société de matériel roulant qui fabrique également des vêtements de style industriel en produits dérivés.

27. Le personnage de la « folle » fait partie du folklore *gay* des années 1970. C'est un modèle périmé et contesté, en voie de raréfaction, puisqu'il renvoie à la période de discrimination de l'homosexualité, apparentée alors à une féminisation ridicule. *La Cage aux folles* (1978), film de Édouard Molinaro, en a immortalisé le type.

28. Terrier est l'un des personnages de *Dans ma chambre*.

29. *Cruising-time*, l'heure de la drague. Référence au film de William Friedkin, *Cruising* (1980), avec Al Pacino, qui se passe dans les milieux *gays* de San Francisco.

30. Le *beat hi-nrg*, pour *high energy*, rythme musical des années 1980. Le tube disco High Energy d'Evelyn Thomas date de 1984.

31. *Le Queen*, club déjà présent dans *Dans ma chambre*, renvoie aussi au groupe de rock éponyme des années 1970-1980 dirigé par Freddie Mercury, chanteur homosexuel. *Queen* signifie « pédé » en argot anglais.

32. Un *hugging*, une étreinte.

33. La légalisation des drogues douces, cheval de bataille de Dustan, est en vigueur dans certains pays d'Europe (comme les Pays-Bas), mais pas en France, où la drogue est considérée comme un objectif de guerre. Réglementée par la loi du 31 décembre 1970, qui met sur le même plan tous les stupéfiants, l'usage de drogues est passible d'un an d'emprisonnement et de 3 750 euros d'amende.

34. Linda Evangelista, mannequin canadien née la même année que Dustan, en 1965, célèbre pour sa beauté androgyne.

35. *Casual*, décontracté.

36. « Je suis si démodé. » On peut penser à la phrase d'Andy Warhol : « Il faut s'accrocher quand on est démodé, car si le style est bon, il reviendra, et vous serez à nouveau une beauté consacrée. » (*Ma philosophie de A à B*, Flammarion, 1977, p. 56.)

37. Le *Diable des Lombards*, restaurant branché des Halles ouvert dans les années 1980. Dustan se grimera en diable pour la couverture de l'édition J'ai lu de *Génie divin*.

38. *Fashion sucks*, « la mode pue ».

39. Il s'agit du nombre de ventes de *Dans ma chambre*.

40. La longue suite de pages blanches est propre à l'édition définitive voulue par Dustan; la première édition en comportait moins.

41. *Funky*, style musical d'origine afro-américaine. *Disco-freak*, amateur de musique disco, pris dans un sens péjoratif, le *freak* étant le « monstre ». Référence au tube mondial de Chic, « Le Freak » de 1978.

42. La masturbation n'est pas dévalorisée chez Dustan, et généralement moins dans l'homosexualité que dans l'hétérosexualité. Voir le livre de Thomas Laqueur, *Le Sexe en solitaire*, Gallimard, 2003.

43. U2, groupe de pop anglaise. L'*hétéro-sound*, le son hétérosexuel. Dustan oppose deux cultures, la techno *gay* au rock hétérosexuel, comme on a pu opposer le rock, musique des Blancs, au jazz, musique des Noirs.

44. Un *beat-box*, une boîte à rythmes. L'église de la Trinité est l'église où Olivier Messiaen tint pendant quarante-cinq ans la chaire d'orgue.

45. *Lost Highway*, film de David Lynch, contemporain du livre. Antonio Carlos Jobim, musicien brésilien né en 1927 et mort en 1994, cofondateur du style *bossa nova*. Balthazar Getty, acteur américain né en 1975.

46. Ken Siman, écrivain américain né en 1962, auteur notamment de *Pizza Face*.

47. La liste de remerciements est un genre qui s'est beaucoup développé dans les années 1990, peut-être sous l'influence du cinéma et/ou des pratiques éditoriales américaines. Nous n'avons pas cherché l'exhaustivité dans les notices.

48. Aaron Travis, pseudonyme de Steven Saylor, écrivain américain, né en 1956, auteur de romans érotico-historiques *gays*.

49. Adamski, producteur de musique anglais né en 1967.

50. Aiden Shaw, acteur porno *gay* devenu écrivain, né en 1966.

51. Al McKenzie, musicien noir américain de la scène « soul » de Detroit.

52. Army of Lovers, groupe de pop suédois des années 1980 marqué par un sens du travestissement.

53. Baby Ford, promoteur de la musique *acid*.

54. Baz Luhrmann, réalisateur australien de films musicaux né en 1962.

55. Boy George, chanteur-vedette anglais au style efféminé né en 1961.

56. Brett Easton Ellis, la grande référence littéraire de Dustan, écrivain américain né en 1964, auteur notamment de *Moins que zéro*, *Les Lois de l'attraction*, *American Psycho*, respectivement traduits en français en 1986, 1988 et 1992.

57. Brian Transeau, musicien américain né en 1970, spécialisé dans l'électro.

58. Carrie Lucas, musicienne de *rhythm'n' blues* américaine.

59. Christophe Martet, journaliste et entrepreneur né en 1959, actif dans la lutte contre le sida.

60. Claudio Coccoluto, disc-jockey italien né en 1962.

61. Coldcut, groupe britannique formé en 1986. Queen Latifah, chanteuse noire américaine née en 1970.

62. Constantin Paoustovski, écrivain soviétique né en 1892 et mort en 1968. Une phrase de lui figure en épigraphe de *Plus fort que moi*.

63. Dale Peck, romancier américain né en 1967, auteur de *Martin and John* en 1993.

64. Darren Emerson, disc-jockey de musique électronique né en 1971.

65. Deele, groupe américain de *rhythm'n' blues*.

66. Dennis Cooper, écrivain américain né en 1953. Il a publié *Closer* en 1989, traduit (en 1995), comme toute son œuvre, aux éditions POL. Dustan publiera un livre de lui dans sa collection « Le Rayon », chez Balland, en 2001, *À l'écoute*.

67. Didier Blau, astrologue français.

68. Edmund White, écrivain américain né en 1940. Une des figures littéraires du milieu *gay*, il a publié de nombreux ouvrages autobiographiques.

69. Éric Lamien, journaliste français.

70. Eva Osinska, pianiste polonaise.

71. Dostoïevski, l'auteur du *Sous-sol* et des *Nuits blanches* (1821-1880).

72. Francis Bacon, peintre britannique (1909-1992).

73. Claude-François Cheinisse, né en 1932 et mort en 1981, toxicologue, écrivain, auteur des *Poisons* (1970).

74. Frédéric Moreau, personnage principal de *L'Éducation sentimentale*, roman de Gustave Flaubert, 1869.

75. Garbage, groupe de rock américain fondé en 1994.

76. George Michael, chanteur pop anglais né en 1963.

77. Gore Vidal, écrivain américain né en 1925, auteur du *Garçon près de la rivière* en 1948.

78. Grace Jones, chanteuse jamaïcaine née en 1948, qui a notamment repris *La Vie en rose* en 1977.

79. Gus Van Sant, cinéaste américain né en 1952, auteur de *My Own Private Idaho* (1991). En 1997, il sort *Will Hunting*.

80. Harry Matthews, écrivain américain né en 1930, membre de l'Oulipo, auteur de *Plaisirs singuliers*, 1983.

81. Hunter S. Thompson, écrivain et journaliste américain né en 1937, mort en 2005. Il est l'inventeur du style « gonzo », fait de provocation et de subjectivisme.

82. Jack-Alain Léger, écrivain, traducteur et compositeur français né en 1947.

83. Jacqueline Girard, psychanalyste, auteur des *Peurs des enfants*.

84. James Ivory, réalisateur américain né en 1928, spécialisé dans les adaptations littéraires, comme *Chambre avec vue* (1986) d'après E.M. Forster.

85. J.D. Salinger, écrivain américain (1919-2010), auteur notamment de *L'Attrape-cœurs* en 1951.

86. Jean-Paul Hirsch, éditions P.O.L.

87. Jeanne Moreau, actrice et chanteuse française née en 1928. Elle a joué dans *Querelle* (1982) de Fassbinder.

88. Joey Negro, disc-jockey et producteur anglais né en 1954.

89. Joey Stefano, acteur pornographique *gay* né en 1968 et mort en 1994.

90. Jonathan Demme, réalisateur américain né en 1944, auteur notamment du *Silence des agneaux* en 1991.

91. Katherine Mansfield, écrivain néo-zélandaise (1888-1923), auteure d'un célèbre *Journal*.

92. Lars von Trier, cinéaste danois né en 1956. Il a tourné *Breaking the waves* en 1996.

93. Laure Adler, journaliste et écrivain française, née en 1950.

94. Linda Fiorentino, actrice américaine née en 1958.

95. Loleatta Holloway, chanteuse *soul* américaine (1946-2011).

96. Madonna, chanteuse américaine née en 1958. Idole de Guillaume Dustan.

97. Malcolm McLaren, producteur de musique anglais né en 1946, mort en 2010. Son nom reste attaché aux *Sex Pistols*.

98. Marguerite Duras, écrivain français (1914-1996). Idole de Guillaume Dustan.

99. Mark Leyner, écrivain américain né en 1956, auteur de *Et tu, Babe* (1992).

100. Marlène Dietrich, actrice allemande naturalisée américaine (1901-1992).

101. MC Lyte, rappeuse et chanteuse américaine née en 1971.

102. Milos Forman, cinéaste américain né en 1932, auteur de *Hair !* (1979) et *Vol au-dessus d'un nid de coucou* (1975). En 1996, il a tourné *Larry Flint*.

103. Muriel Moreno, chanteuse française née en 1963, qui a connu le succès avec le groupe Niagara dans les années 1980.

104. Nina Hagen, chanteuse allemande née en 1955. Issue de la scène punk, elle a enregistré « African Reggae » en 1979.

105. Paul Oakenfold, producteur de musique électronique né en 1963.

106. Paul Otchakovsky-Laurens, éditeur français.

107. Philippe Sollers, écrivain français né en 1936. En 1997, il publie *Studio*.

108. Régine, chanteuse populaire française née en 1929.

109. Renaud Camus, écrivain français né en 1947. En 1997, il publie *Le Château de Seix*, journal 1992.

110. René Ehni, écrivain français, auteur de *La Gloire du vaurien*, 1964.

111. Sandra Bernhardt, actrice de comédie américaine née en 1955.

112. Sharon Brown, chanteuse noire américaine née à la fin des années 1940. Elle enregiste « I Specialise in Love » en 1982.

113. Taisen Deshimaru, maître bouddhiste zen japonais (1912-1982).

114. Thierry Fourreau, écrivain français né en 1961. *Perfecto*, son premier livre, paraît en 2004.

115. Tom Stephan, disc-jockey américain.

116. Truman Capote, écrivain américain (1924-1984), auteur entre autres de *Petit déjeuner chez Tiffany*, 1958.

117. Zarah Leander, chanteuse populaire allemande (1907-1981).

Plus fort que moi

Roman

Plus fort que moi, troisième et dernier opus de la première trilogie, est un livre-limite : alors qu'il a déjà consacré son premier texte au sexe, Dustan va radicaliser sa geste en l'orientant dans un sens clairement sadomasochiste. *Plus fort que moi* est un livre dur, très dur même, pour qui goûterait peu les descriptions de sexe SM gay. Il y a cependant quelque chose d'étrange dans cette reprise sexuelle, comme si *Plus fort que moi* faisait pendant au premier volume pour le parachever. Pénétrant dans une zone où la désubjectivation apparaît comme l'enjeu de la pratique SM, Dustan refait *Dans ma chambre* en plus fort.

Ce cher Masoch

Même dans sa saisie du sadomasochisme homosexuel, Dustan innove. Il y a quelque paradoxe à l'affirmer, car on pourrait croire que le phénomène SM, avec son cortège de clichés, est une scène bien connue. Or, cela est plus net au plan des pratiques qu'au plan des représentations. Amplement décrit dans le cadre hétérosexuel, le SM s'est exprimé dans d'autres disciplines, comme le cinéma, tandis que la théorie a occulté la littérature proprement dite – Foucault, par exemple, a livré des réflexions sur la question mais dans des entretiens périphériques[1]. Dustan a donc fait émerger une littérature qui existait moins que la réalité à laquelle elle s'adosse. De fait, le livre abonde en scènes explicites, que manque le qualificatif imparfait de *trash* puisqu'on y trouve au contraire cette *froideur chaude*, oxymore qui correspond bien au SM. Il est ainsi révélateur que

---

1. Voir notes en page 242.

le plus cruel chapitre du livre, qui occupe son centre même, s'ouvre sur l'image de la mère.

Il n'est pas question de se livrer à une interprétation du sadomasochisme dans l'œuvre de Dustan, encore moins de s'adonner aux charmes moroses de l'étiologie. Pour autant, comment éluder les questions que pose cet ensemble de pratiques auquel notre auteur consacre un volume plein (et plusieurs passages de *Dans ma chambre*)? Le terme « roman » qu'on a contesté dans notre Préface, s'entend ici dans le sens restreint de « roman d'apprentissage ».

L'expérience des limites

Non sans humour, Dustan peut terminer le chapitre 27 sur une pointe à la fois sincère et théâtrale : « ce n'est pas le plaisir qui m'a absorbé jusqu'ici, mais l'apprentissage » qui lie la sexualité à une pédagogie. Le sadomasochisme, en raison de son artifice, exige une technique plus précise que le sexe nu. Avec *Plus fort que moi*, Dustan anticipe la nature didactique de son entreprise politique; son côté expérimental mord sur une littérature radicale. Inscrire Dustan dans l'avant-garde peut sembler oiseux eu égard aux connotations historiques précises de ce terme, dont on a signalé l'effacement à partir des années 1980[2], et à la distance de Dustan vis-à-vis de la littérature d'élite. Pour autant, le fait de repousser les limites du soutenable, que le titre du livre, qui tient ses promesses, exemplifie, le destine à un public averti : à moins d'être un adepte blasé de ce genre de pratiques, le caractère non euphémique du texte parle pour lui. En outre, la subversion y est assumée dans sa forme même, qui est ici la reprise : *Plus fort que moi* est un *remake* plus *hard* de *Dans ma chambre*, une façon de le rejouer. Écrit par un sujet dominé par sa passion sexuelle, mais cherchant à la dominer par l'écriture, *Plus fort que moi* dessine une volonté en acte. Comme l'écrit une spécialiste, « l'avant-garde désigne, dans la terminologie militaire, un détachement de pointe, chargé de préparer les voies au corps de bataille, à qui revient la décision[3] ». Dans cette double expérience-limite que sont le SM et l'écriture, Dustan est à la fois maître et élève.

S/M

Liant Sade et Masoch, Dustan se tient sous de doubles auspices. De tendance plus masochiste, il déclare : « je ne suis pas sadique », mais accepte, dans un passage pornographique (au sens étymologique du mot) associant finances et tyrannie, de jouer le rôle de sergent du sexe. En lui vit une fibre sadienne en raison de son triple goût pour la débauche frontale, l'excès descriptif propre à la figure de l'hypotypose, et ce qui viendra plus tard, sa passion pour les systèmes politiques. Mais il faut aussi noter tout ce qui sépare Dustan de Sade, et d'abord, outre qu'il est un auteur concis, le fait que les dissertations et les scènes sont, chez Dustan, séparées. Après la première trilogie, le sexe disparaîtra, comme si l'excès manifeste de *Plus fort que moi* ne visait qu'à mieux l'anéantir. Surtout, Dustan est aux antipodes d'une vision négative de l'homme. Pour autant, Sade fait l'objet d'une note inédite intitulée « Sade, critique de l'indécision[4] » dans laquelle Dustan montre sa dette à l'égard de l'auteur des *Cent Vingt Journées de Sodome*, dont il pastichera le style de moraliste dans la dernière partie de son œuvre. Écrivant que « la vertu est ennuyeuse car fille de la peur de vivre, faire le mal vise non pas à faire *le mal* mais à (se) *faire* : se réaliser – poétique de l'action », Dustan tire ici la grande loi éthique et esthétique de son œuvre, qui consiste à intensifier l'existence par l'action et à proposer une littérature de type performatif, qui engage le lecteur à jouir. La note manuscrite se termine par l'injonction : « Vivre plus. »

L'Œil présent

On ne trouvera pas ici d'interprétation du masochisme, qui dépasse nos compétences. Remarquons seulement que « le masochiste se montre[5] » : l'autobiographie, acte de dévoilement de soi, inscrit Dustan dans une tradition attestée depuis Rousseau. *Plus fort que moi* déploie un œil-caméra qui ne laisse rien échapper, quitte à devenir aveuglant par sa clarté même. Montrer l'immontrable est une entreprise folle, qui est à la fois au principe de la littérature dite réaliste, et à l'origine de ce que Pascal Quignard appelle « la nuit sexuelle », qui associe l'écriture à l'invisibilité des deux scènes primitives, celle de notre mort et de notre conception. Il est clair que pour Dustan, le SM ne saurait être interprétable dans l'optique analytique : pour autant, cette lecture n'est pas interdite, dans la mesure même où l'auteur glisse, dans un mélange de sincérité désarmante et de perversité textuelle, les éléments les plus voyants de l'herméneutique freudienne, à commencer par l'épigraphe du texte, dédié « à ma mère ». Que le texte le plus violent, le plus cru et finalement le plus dérangeant de la trilogie soit placé sous l'œil de la mère, convoquée à plusieurs reprises, ne manque pas de sel. Le père, du reste, n'est pas absent, soumis à une agression morale par le narrateur qui arrive très en retard à son rendez-vous avec lui dans un musée de Berlin.

L'humour maso

Le SM, pour Dustan, est une forme de vie plus proche des thèses foucaldo-deleuziennes que psychanalytiques. On sait que Deleuze oppose l'humour masochiste à l'ironie sadique : à la dimension castratrice de l'esprit dominateur répond la subversion anticipatrice du désir de soumission, qui sape précisément la domination en question. C'est du reste le caractère ludique du SM que Dustan invoque dans la quatrième de couverture de *Plus fort que moi*, qui n'est pas reprise dans le corps du texte, mais constitue un morceau à part entière. Mimant sur le mode comique l'idée du SM théâtre de foire où les participants sont des acteurs, Dustan se parodie en esclave dans le grand chapitre central où il n'hésite pas à s'offrir en victime au voyeurisme du lecteur ; il n'oublie pas non plus de jouer au maître sadique, montrant ainsi la réversibilité des rôles dans ce qui n'est pas pour lui une perversion, selon le langage classique de l'analytique freudienne, mais une pratique de plaisir réciproque, selon l'analyse foucaldienne. La description technique des outrages possède d'ailleurs quelque chose d'« humoristique » dans son absence de concession, comme le prouvent aussi les pointes distillées çà et là, par exemple lorsque Dustan dit refuser de se faire « torturer » sur la musique d'un groupe de musique qu'il exècre, Dire Straits [6] – le masochisme a donc ses limites...

Pouvoir non-pouvoir

Dustan envisage le SM comme une allégorie de la domination masquée par l'ordre diurne ; il ne relève donc pas du pathologique mais du politique. Mettre au jour qu'il y a de la domination, c'est déjà effectuer une opération démythifiant l'innocence falsifiée du monde d'en haut. Comme Dustan ne se contente pas de montrer, mais fait partie du jeu, tout ensemble « maître » et « esclave », le récit autobiographique assume pleinement sa vertu de passage à l'acte. La représentation du SM homosexuel est également politique par le biais du juridique, la cour européenne des droits de l'homme considérant dans son arrêt homophobe que les pratiques SM librement consenties ne sont pas protégées par la Convention européenne [7].

En fait, le sadomasochisme dustanien est lesté d'une dimension subversive sous-jacente en ce qu'il n'essentialise pas les places de la domination : Dustan est à la fois dominant et dominé, actif et passif, sado et maso. C'est peut-être là que se situe l'originalité de son apport à la question. Cet échange des positions plaide pour le caractère démocratique de l'activité sexuelle, qui n'assigne pas de places définies aux sujets – forte différence avec Sade, qui n'envisage le sexe que comme violence faite à autrui. À rebours de l'interprétation essentialiste qui voudrait faire de Dustan un pur masochiste, le SM apparaît comme une procédure de déverrouillage des paradigmes, une stratégie d'assouplissement des identités, une pratique de contestation du pouvoir.

La posture politique se trouve déjà dans ce livre qui en est pur, comme si l'engagement corporel extrême de Dustan légitimait par avance le discours explicitement incarné qu'il construira par la suite. Ce don physique passe par un engagement autobiographique total, qui impressionne : le détour par la fiction traditionnelle serait ici obscène, car Dustan n'a pas voulu « traiter » le thème du sadomasochisme, il l'a expérimenté comme une sorte d'*analogon* de ce qu'était pour lui la littérature, une surexposition de soi qui doit inquiéter le lecteur.

Sans paroles

On peut tout dire et son contraire sur le sadomasochisme : ouverture maximale à l'autre, régression violente, image polémique du pouvoir, jeu de rôles, etc. Malgré ses affinités implicites avec la pensée foucaldo-deleuzienne sur ce point précis, *Plus fort que moi* n'est nullement discursif : c'est là sa force, il appartient pleinement à l'ordre de la littérature, au sens où il ne délivre aucune explication du sadomasochisme. En effet, aucune théorie du sadomasochisme n'est convaincante, parce que les pratiques sexuelles doivent être saisies par leurs acteurs mêmes et non en fonction des discours qui cherchent à les circonscrire, que ce soit pour les condamner, les glorifier ou même les analyser. La littérature, une fois encore, dépasse tous les systèmes interprétatifs (qui ont l'inconvénient d'être contradictoires) en les neutralisant. *Plus fort que moi*, sans l'ombre d'une allusion spéculative, dilue ses sources dans le régime du visible.

À la limite, on pourrait dire que Dustan n'est même pas sadomasochiste, mais que se constitue à travers cette expérience une identité non prédicative faite de plusieurs étiquettes décollables. Le SM est peut-être l'épreuve suprême de cette désubjectivation paradoxale, qui le fera passer du statut d'homosexuel à celui de *gay*. En témoigne l'abandon du sexuel dans la suite de son œuvre, comme s'il avait dû passer par une expérience des limites pour se débarrasser de son assignation identitaire au « sexe ». Le paradoxe est donc fort : Dustan refuse de désexualiser l'homosexualité (comme le souhaite une certaine tendance *queer*), mais c'est par le sadomasochisme qu'il va peu à peu se déprendre de son identité.

Construire, dit-il

Plus fort que moi obéit à une construction lisible, en l'occurrence un *flash-back* précisément daté, encadré par un prologue et un épilogue indexés sur la date de production du texte, 1998. Les 36 chapitres s'échelonnent de 1981 – une année politiquement phare, qui voit l'arrivée de la gauche au pouvoir, et qui abolira un grand nombre de lois discriminatoires à l'égard des homosexuels – à 1995, au seuil de la première publication littéraire (*Dans ma chambre* sort un an plus tard, en 1996). On assiste donc à une construction rétrospective de l'identité de l'auteur, au moment où celui-ci a déjà publié ses deux « romans » précédents, et où il peut, avec une relative sérénité, envisager comment il est devenu ce qu'il est à présent.

Cette construction narrative introduit dans la répétitivité des scènes sexuelles, qui peut paraître statique, le dynamisme d'un livre *de facto* tendu vers le présent. Elle pointe le caractère processuel de l'identité de Guillaume Dustan, passé du jeune bourgeois cultivé au pratiquant assidu des plaisirs. Les plus belles pages, celles où se déploie le versant initiatique de l'homosexualité, renvoient implicitement à *La Vie matérielle* de Marguerite Duras : « Le passage d'un homme de l'hétérosexualité à l'homosexualité est une crise très violente. Il n'y a pas de changement plus grand que celui-là. » Mais là où Duras dramatise ce passage, Dustan, fort de deux livres clairs sur la question, montre de façon concrète l'épreuve sexuelle de la *backroom*, où il descend accompagné d'un guide.

Le condamné à mort

La constante relation que Dustan tisse entre le sexe et la mort rend néanmoins impensable de séparer le SM de sa part morbide, qui traverse *Plus fort que moi* : « J'avais vingt-six ans. Tout me donnait envie de mourir. » On peut reprendre à nouveaux frais l'attirance pour les pratiques extrêmes et la phrase par laquelle nous avions ouvert cette préface. De quel apprentissage s'agit-il donc, sinon celui, quasi montainien, de la mort ? Dans cette optique, l'annonce de sa séropositivité, au début du chapitre 10, provoque moins l'effet d'une bombe – a fortiori si l'on a lu les deux premiers volumes – qu'elle ne légitime toute la radicalité de son entreprise. L'indissociabilité de la mort et de la vie explique l'urgence avec laquelle Dustan a saisi sa propre destinée entre 1995 et 2005, date de parution de son dernier texte, deux ans avant sa mort. Comment oublier la présence effective de la maladie, dès lors que la vie ne tient plus qu'à quelques fils ? « Statistiquement, j'en avais pour cinq ans. » Loin d'être un destin unique, la séropositivité qui frappe le narrateur de *Plus fort que moi* est partagée par nombre de ses personnages. Dustan, par le biais de la maladie, rejoint une communauté avouable, aux antipodes des secrets. Aussi bien, l'ambiguïté du SM est-elle complète, qui peut à la fois s'envisager comme un vitalisme de riposte et/ou comme un flirt avec la mort : « les conduites à risque chez l'homme s'expliquent par le besoin viril de se montrer le plus fort », notera Dustan dans un carnet ultérieur[8]. Il n'est pas interdit de lire le texte de façon stoïcienne ; mais comment nier sa part christique, où le sujet masochiste a pour fantasme absolu celui de se faire tuer par amour ?

Qu'est-ce qui, en définitive, est « plus fort que moi » ? Est-ce le Sexe, qui fait basculer le sujet vers la déprise de soi ? L'Homosexualité, qui s'impose à lui ? Est-ce le Sida, qui anéantit une forte partie de la communauté homosexuelle des années 1980-1990 ? La forme, en l'occurrence la composition, donne une clé de lecture possible. *Plus fort que moi*, dernier volet de la première trilogie, clôt un cycle. À la fin du livre, Dustan part pour Tahiti, sorte de paradis solaire, de monde d'avant la faute, qui ouvre sur un nouvel espace-temps. L'épilogue rejoint le présent de l'énonciation. On est passé de l'initial « ne rien dire pour être accepté » au final « tout dire pour être inaccepté, mais libre ». La terrible radicalité de *Plus fort que moi* ne comporte d'autre solution que son propre dépassement. C'est toute l'intelligence de son auteur de l'avoir compris. Après *Plus fort que moi*, un autre Dustan va naître, entièrement orienté vers la vie.

NOTES

1. *Dits et écrits* II, p. 1150 et 1556-1562 (textes initialement publiés dans des revues anglo-saxonnes).
2. Jean-François Lyotard, *La Condition postmoderne*, Minuit, 1979.
3. Germaine Bazin, *Histoire de l'avant-garde*, Hachette, 1970.
4. IMEC, Fonds Dustan.
5. Paul-Laurent Assoun, *Le Masochisme*, Economica, 2003.
6. *Dire Straits* qu'on pourrait traduire par « dans la dèche ».
7. Arrêt Laskey du 19 février 1997. Voir Daniel Borrillo et Danielle Lochak, *La Liberté sexuelle*, PUF, 2005.
8. Fonds IMEC.

« *My mother taught me not to talk to strange men. But I always do.* »

TWA[1] : *TWA Theme*

« *J'étais persuadé que des fêtes de ce genre prolongent la vie des gens, et nous font tournoyer dans les rets du mystère.* »

Constantin Paoustovski[2] : Histoire d'une vie V,

Incursion dans le Sud

---

1. Voir notes en page 350.

Prologue

(1998)

Je n'ai pas assez de souvenirs d'enfance. Avant cinq ans, rien. Plus tard, quelques épisodes. Les cadeaux à l'école maternelle : j'avais eu le droit de choisir parmi les premiers dans tous les super-trucs, à cause de ma place dans l'ordre alphabétique [3]. Les cabanes faites avec des chaises et des couvertures dans le salon de l'appartement. Les combats de boxe arbitrés par mon père entre moi et ma sœur. Je m'excitais comme un fou. En vacances en Corse (j'avais cinq ans), j'ai traité de chien le voisin avec qui on jouait. Maman m'a disputé. Je regardais les maillots de bain des hommes. Celui de mon père. Mon père était le soleil. Il n'a pas voulu de ça. Il s'est détourné de moi. Il m'a laissé. Je suis resté seul, en cendres, froid, mort. Je suis entré à la grande école, rue Milton. On s'est aperçu que j'étais très myope. Je me suis mis à porter des lunettes aux verres épais.

Mon père était le soleil. Le plus fort. Il aurait voulu être le meilleur. Comme son propre père avant lui. Comme moi, après. Il était doué pour la peinture. Il a fait médecine. Un truc classique, bourgeois, valorisant. Comme moi, après. Il a épousé ma mère qu'il avait rencontrée quand ils avaient dix-sept ans. Elle était belle. Deux enfants sont nés. Sur les photos on ne voit que ça : son envie de se tirer. Il a fini par le faire, quand j'avais sept ans, ma sœur six. Il est parti avec une autre femme, riche. Mon père était bel homme, toujours parfaitement habillé, sans extravagance aucune, sans humour, sans amis. Il se prenait pour la Loi. Il exerçait son pouvoir. Il refusait. Je voulais tellement qu'il m'aime. Mais c'était impossible.

Les livres m'ont abrité. Entre six et seize ans je n'ai fait que ça, lire, en écoutant Bach et Duke Ellington (avec Ivie Anderson[4]). Le monde n'existait plus. Et puis, je savais tout. J'étais le meilleur, le premier de la classe. Pourtant, tout me faisait peur. J'aurais voulu être comme les Fantastiques, dans *Strange*, avoir des super-pouvoirs, être un mutant. Construire, par la seule force de ma pensée, un mur autour de moi. Être invisible. Ou, ce qui aurait été encore mieux, être comme la Torche, blond, beau, en feu, voler dans les airs. Quoique de temps en temps ç'aurait été bien pratique d'être comme son copain la Chose[5], doué d'une force surhumaine (mais personne ne voulait l'aimer à cause des écailles sur tout le corps).

Je ne me suis jamais rebellé. J'ai obéi quand il m'a interdit de continuer l'écharpe marron que j'avais commencé à tricoter pour ma mère (je devais avoir dix ou douze ans). Je me suis incliné quand il s'est opposé l'un après l'autre à chacun des projets qui m'auraient fait grandir. Je ne suis jamais passé outre. Je ne pouvais pas supporter qu'il me désapprouve. J'ai juste eu le droit d'arrêter ma terminale C et de passer en A quand Françoise Cheinisse (on était amis depuis la sixième) a été empoisonnée par son père (toxicologue à Fernand-Widal, il savait comment s'y prendre), en même temps que Danièle, sa sœur cadette, avant que le bon docteur ne flingue sa propre mère et n'aille se suicider en forêt de Chartres (sa femme était morte d'une leucémie quelques années plus tôt). Je devais être avec eux à la campagne ce week-end-là, le premier week-end de septembre. Monter à cheval avec Françoise, et puis aussi, c'était une sorte de tradition, faire la fermeture de la piscine municipale de Châteauneuf. Je ne sais plus pour quelle raison je n'y suis pas allé. J'ai toujours pensé que si j'y avais été je serais mort moi aussi. Un an après, j'ai revu Françoise. En rêve elle m'a raconté ce qui se passait pour elle et pour Danièle. Ça a duré pendant des années. En rêve elles n'étaient jamais mortes. La seule chose que j'ai pensée, c'est que Françoise n'était pas morte vierge. Elle avait eu son premier mec l'année d'avant. Danièle était trop jeune. J'ai sans doute eu peur de finir comme elles.

Marcelo me regarde, sur la photo que j'ai de lui, sur le bureau où j'écris. Il ressemble à mon père. Ça me fait peur. Et puis je me dis que ça n'a rien d'étonnant. Au contraire même, c'est sans doute ça qui m'excite. Mais il y a de grandes différences. Il me sourit. Il me donne. Il m'apprend à ne pas me détester. Alors je suis tranquille. Je sais que ce n'est pas comme avec mon père, comme avec Quentin. Avec eux je n'existais pas. Je n'étais qu'un appendice. C'était des gens pour qui il n'y avait qu'eux. Des gens qui ne savent pas ce qu'est l'amour.

1

(1981-1988)

J'avais seize ans. La prof d'italien nous emmenait voir une pièce. Je suis arrivé en retard. Chaillot était fermé. Alors j'ai voulu connaître le sexe. Le sexe était plus fort. Plus fort que la peur. Plus fort que moi. Je suis descendu dans les jardins[6]. J'avais lu dans *Le Nouvel Obs* que ça draguait. J'ai zoné dans les bosquets, moyennement rassuré. Un mec s'est approché, beaucoup plus vieux que moi, trente ans, moustachu. Il m'a demandé ce que je faisais là. J'ai dit Je drague. Il a dit Moi aussi. Je l'ai suivi jusque derrière une espèce de monument grec. On s'est embrassé. J'avais déjà roulé des pelles à deux ou trois filles, mais là c'était différent. Électrique. Après on s'est sucé. Le goût était horrible. J'ai joui, je ne me souviens pas comment. Je ne me permettais pas de faire très attention à ces choses-là à l'époque. Quand je suis rentré à la maison j'étais en sueur, j'avais envie de vomir.

Au bout d'un an j'étais remis de mes émotions. J'y suis retourné. Cette fois je suis carrément allé chez le mec, un autre évidemment, en face, à Beaugrenelle. On a fait la même chose que la première fois, en plus long. Je l'ai revu. Un jour il a fini par m'enculer. On est descendus au bowling de la tour couverts de sueur de sexe pour prendre des boissons fraîches. J'aimais le décalage. Mais il était moche. Les choses se sont arrangées quand il m'a invité à son anniversaire. J'ai rencontré une bande de petits bècebèges. Je me les suis tapés les uns après les autres.

Dans une interview, Joe Dallessandro[7] expliquait qu'il aimait les mecs grands et forts qui le baisaient et les filles fragiles qu'il sautait. J'ai suivi à la lettre. J'alternais précautionneusement, une histoire avec une fille, une histoire avec un garçon. Je ne voulais pas arrêter de profiter de l'onde d'approbation qui m'accueillait quand j'entrais au restaurant avec Claire ou avec Laurence ou avec Nathalie, celle qui n'y était pas quand c'était avec Hervé ou Frédéric ou Christophe. Je ne voulais pas gâcher mes chances. J'étais fait pour réussir. Avoir une femme belle et intelligente, à particule ou à héritage. Des enfants beaux et intelligents. Un métier prestigieux. Un intérieur de goût. Tant pis si pour ça il fallait mentir. À Sciences-po déjà j'avais pris l'habitude de ne plus dire que j'étais juif. Ça m'évitait de voir cette grimace passer sur le visage des gens avant de se concrétiser en distance. Pour pédé il valait mieux faire pareil. Ne rien dire pour être accepté.

2

(1988)

C'est Emmanuel G. qui m'a emmené au bordel pour la première fois. Je n'allais jamais dans ces endroits-là, ni d'ailleurs dans les bars, ni même en boîte pédé (j'avais arrêté les Tuileries des années auparavant, depuis le jour où j'en avais ramené un blond plus âgé, en jogging rouge, à poil en dessous, qui m'avait attrapé la tête, claqué les joues avec sa bite, forcé à le sucer. Je m'étais laissé faire, hypnotisé, en me disant que ce n'était pas normal. Puis il m'avait rentré sa queue tellement profond que j'avais eu envie de vomir. Je lui avais demandé de partir). Je rencontrais les mecs chez des amis, dans la rue, ou à la gym. De toute façon ils n'étaient pas nombreux. À vingt-deux ans, j'avais dû avoir une vingtaine de garçons et exactement sept filles.

On a dîné aux Halles, Emmanuel et moi, dans un endroit pétasse au décor colonial qui n'existe plus, près de la fontaine de Niki de Saint-Phalle[8]. Puis on a traversé la Seine en direction du Trap. Le Trap était un truc complètement barricadé. Depuis la rue on ne voyait rien de ce qui pouvait s'y passer. Emmanuel a sonné. La porte s'est ouverte. Après nous avoir détaillés de la tête aux pieds (évidemment je ne savais pas que c'était notre jeunesse qu'il regardait), le portier brun et ténébreux (j'ai appris son nom plus tard) nous a laissés passer. Lumières rouges. Un bar à gauche, une salle à droite, un escalier tournait vers un étage plongé dans l'obscurité. Il y avait du monde. Vingt-trente mecs. Entre mon âge ou un peu plus et trente-trente-cinq ans. Grands. Musclés. Beaux. Sûrs d'eux. Dieu merci, il y en avait aussi des moches. Enfin plus moches que moi. Ça m'a détendu. On a bu un verre au bar au pied de la télé où s'enculaient des mecs grands, musclés, et très bien montés. Et puis Emmanuel m'a proposé de monter. À l'étage il faisait sombre mais on pouvait encore bien voir les visages des mecs qui attendaient d'aller plus loin, vers là où il faisait complètement noir et où je n'apercevais plus rien.

On a encore avancé jusqu'à une porte ouverte sur le noir. J'ai senti une vague de chaleur. La puanteur du poppers. J'ai dit à Emmanuel que je voulais bien y aller, mais seulement s'il me donnait la main. Il me l'a donnée. Et puis il a franchi le seuil. Je l'ai suivi. J'ai serré sa main. J'ai marqué un temps d'arrêt. Je ne voyais plus rien. J'avais peur. Il n'y avait qu'une minuscule lumière rouge au loin. J'étais parfaitement incapable d'apprécier les dimensions de la pièce, ni combien de personnes elle contenait. Mais je sentais très bien qu'elle était pleine, à cause des corps tout autour de moi, près de moi, près à me toucher. J'ai pensé Le métro aux heures de pointe. Ça m'a fait sourire. Je me suis calmé. La hi-nrg qui montait depuis le bar tournait à nouveau dans ma tête.

Emmanuel a senti ma main se détendre. Il m'a entraîné en avant, à travers les corps. Deux mètres plus loin, peut-être trois (mais j'avais l'impression que c'était bien plus), il s'est arrêté. Il m'a attrapé par l'épaule, m'a fait passer devant lui. Je me suis laissé faire. Il avait de l'ascendant sur moi depuis qu'il m'avait enculé vigoureusement quelques semaines plus tôt. Ça faisait un bon bout de temps qu'il me tournait autour en classe, mais avant j'étais maqué. Là j'avais plus ou moins largué Christophe en pleurant devant tout le monde au restaurant à Milan au-dessus de mon assiette de gnocchis.

Il a croisé les bras autour de mon ventre. Des mains se sont posées sur moi. Je n'arrivais pas à distinguer les visages, j'ai flippé à l'idée que les mecs soient vieux, immondes, couverts de plaies. Les mains me palpaient. Le paquet. Le torse. Je me suis laissé faire. C'est là que je me suis souvenu de cette lettre dans *Libé* où un mec racontait qu'il allait en backroom et qu'il cisaillait les culs à coups de lame de rasoir. Je me suis mis à flipper grave mais je bandais déjà. C'était trop tard. Une main a défait ma ceinture, déboutonné mon jean, cherché dans mon slip. Je me suis raidi quand elle a attrapé ma bite. Emmanuel me tenait fermement. Je me suis calmé. Laissé aller. Le mec me branlait. C'était bon. Et puis tout d'un coup une bouche s'est collée à la mienne. Je n'avais aucune idée de celui à qui elle pouvait appartenir (un vieux !, l'herpès !). J'ai détourné la tête d'un coup sec.

Mais la bouche est revenue. Maintenant j'étais habitué à l'obscurité, alors j'ai pu identifier son propriétaire, un mec très moche d'une quarantaine d'années. J'ai refusé à nouveau. Elle a glissé jusqu'au-dessous de mon oreille, et comme à ce moment-là j'avais une bite dans chaque main et qu'on me branlait en même temps, j'ai laissé faire parce que c'était trop bon. La bouche est remontée jusqu'à mon oreille et a plongé sa langue dedans. Euuuurk. J'ai détourné la tête, je me suis essuyé avec une main (qui tenait une bite deux secondes plus tôt). Et puis j'ai senti qu'Emmanuel relâchait son étreinte alors je me suis retourné à demi et j'ai dit, pas fort parce que personne ne parlait, on n'entendait que des crissements et des soupirs, Tu ne me lâches pas, hein? Il a fait Non, il m'a rattrapé par les hanches.

Je me suis remis en position. Les choses ont repris immédiatement. Je me faisais palper de tous les côtés et puis le mec qui était face à moi a cherché à m'embrasser et comme il était correct je me suis laissé faire. Trente secondes après j'étais en train de me faire sucer, je ne savais pas par qui mais je m'en foutais, je n'avais presque pas peur qu'il me la coupe avec les dents. Et puis quelqu'un a baissé mon slip, glissé une main entre Emmanuel et moi jusqu'à mon cul, commencé à me rentrer un doigt. Bouche, bite, torse, cul, tout ça en même temps, j'aimais. Je me suis cambré. Une autre main m'a pressé la nuque vers le bas, je savais ce que ça voulait dire et comme j'étais surexcité je suis descendu sur la bite, j'ai reniflé, elle ne puait pas alors j'ai commencé à sucer et c'est là qu'Emmanuel m'a lâché.

J'ai arrêté de pomper mais je suis resté plié en deux, fasciné par ce que je voyais, la bite que je suçais, ces mains, ces entrejambes, tous ces corps de plus en plus indistincts qui m'entouraient. Je pouvais m'engloutir dans ce magma de mains, de bites, de bouches. Je pouvais me mettre à ne plus rien en avoir à foutre de savoir à qui appartenait quoi, qui était gros, vieux, moche, contagieux. Je pouvais très bien partir, devenir fou, bouffer chaque bite qui passait, devenir une bête, ressortir des heures après, les vêtements déchirés, tachés, nu, couvert de sueur, de salive, de sperme. J'imaginais déjà comment les bourgeois du Trap me regarderaient comme une salope, une traînée. Je me suis redressé d'un bond, les larmes aux yeux. J'ai trébuché jusqu'à la sortie en retenant mon jean avec les mains. Je me suis rhabillé sur le seuil, le cœur battant, sans oser regarder devant moi.

3

(1988)

Mais j'y suis retourné. Sept jours après. Seul. J'ai remarqué ce mec accoudé à la rampe. Plus vieux que moi. Trente ans. Mignon. Chemise à carreaux gris-bleu retroussée. Bien foutu. L'air insatisfait. J'ai marché jusqu'à lui, à l'aise parce que j'avais déjà joui dans la backroom. Je lui ai demandé s'il aimait ici, en jouant sur du velours vu l'expression de sa gueule quand il regardait autour de lui tout à l'heure. On a critiqué. Quand on n'a plus rien dit je l'ai regardé droit dans les yeux. Il m'a roulé une pelle. Il m'a fait les seins (déçu de voir que je n'en avais pas, mais il ne l'a pas montré. Il me l'a dit quelques années plus tard, on allait se revoir après cet été, peu souvent, mais régulièrement). Il m'a semblé plus prudent d'aller chez lui, c'était quand même un parfait étranger.

Chez lui, ça allait, c'était propre. Il a roulé un pétard de marocain. C'était la première fois que je fumais depuis que ça m'avait rendu malade cinq ans plus tôt à la campagne avec les copains de ma sœur. Mais ça il n'avait pas à le savoir. Il a mis des vinyls de house, notamment un truc super que je ne connaissais pas, Bam-Bam. Dans le genre en fait je ne connaissais que MARRS, *Pump Up the Volume*, sur lequel je dansais une espèce de danse préhistorique (j'avais appris cet hiver à New York). J'étais content. Mon savoir s'accroissait. On a bu des téquilas-pamplemousse et puis il m'a baisé, au poppers, sur le canapé du salon. On a fini sur la moquette. Avec le poppers, le pétard, l'alcool, la musique, la baise était différente de ce dont j'avais l'habitude. Ça durait beaucoup plus longtemps. C'était beaucoup plus intense.

J'ai revu Gilles régulièrement cet été-là. On allait bronzer sur la pelouse des Halles. Dîner au Studio, cour du Temple. Quand je suis revenu de pisser (je vais toujours pisser avant de dîner au restaurant, moitié curiosité, moitié stress de passer autant de temps les yeux dans ceux de quelqu'un d'autre), il s'était mis à l'aise, les jambes écartées allongées sous la table, on voyait plus ou moins le bas de son cul à travers son 501 déchiré. Tellement mauvais genre que j'ai frémi, moi qui étais toujours tellement clean en Lacoste.

J'ai appris à connaître la lumière violette au milieu de ma tête les yeux fermés quand je prenais du poppers pendant qu'il me baisait, par-devant, puis par-derrière, le velux était ouvert, on était en août, je regardais Paris en pensant à la scène (dans *Notre-Dame-des-Fleurs* ou *Pompes funèbres*[9] ?) où les deux mecs baisent sur un toit. Il a fini par me goder avec un truc qui n'était pas tellement plus gros que sa queue mais qui me semblait énorme. J'ai eu une vertigineuse sensation de froid quand c'est entré en moi, c'était la première fois de ma vie que je me faisais baiser par autre chose qu'une bite, j'ai pris un bon coup de lumière violette pour que ça dure, c'était tellement bon. Hypnotique.

Tellement bon que je n'arrivais plus à bander pour baiser Nathalie, qui était pourtant de toute évidence la femme de ma vie, belle, élégante, intelligente, au courant de mes goûts et amoureuse de moi, et que j'aurais bien épousée même sans particule et sans héritage. Il fallait choisir, alors je l'ai quittée et j'ai continué à voir Gilles jusqu'à ce qu'il me largue, de toute façon il m'avait toujours dit qu'il ne pouvait pas m'aimer, il était resté bloqué sur son ex.

J'ai décidé de devenir une bombe sexuelle. À la fin de l'été je me suis fait raser le crâne pour la première fois de ma vie. J'ai racheté son vieux bomber vert (extra-small) au mec de ma sœur. Ma mère ne m'a pas reconnu à la sortie du métro. J'ai pensé que c'était bien parti.

4

(1988)

Je me souviens encore de l'expression horrifiée de Christophe (que je revoyais pour la première fois depuis les gnocchis) quand il s'est assis, comme s'il allait se brûler, sur mon lit que j'avais déplacé depuis ma chambre jusque dans le salon, exactement en face de la porte d'entrée de mon deux-pièces. Son expression je m'en foutais, j'avais décidé de vivre mes fantasmes. J'ai servi le thé et puis je me suis rassis dans le fauteuil en face de lui. Je portais un t-shirt souvenir d'une compétition de parachutisme. Noir. Des jeans moulants. Une ceinture rock. Il m'a dit que j'avais l'air malsain habillé comme ça. Lui était parfaitement comme il faut, comme toujours. Je n'ai fait aucun commentaire. On a pris le thé.

Et puis je suis allé m'asseoir à côté de lui et je l'ai embrassé et on a baisé. Même si je ne l'aimais plus lui, j'aimais toujours son nez, sa bouche, sa peau mate incroyablement douce, les cernes bistre autour de ses yeux noirs, sa queue presque identique à la mienne. Deux miroirs qui se frottent. Il avait toujours cette extraordinaire capacité à passer d'une position à une autre en souplesse, comme un animal. Il ne m'a pas enculé parce qu'il avait décidé d'arrêter la sodomie. Déjà ça ne l'enchantait pas trop avant, je me souvenais de la gueule qu'il avait faite à Milan une fois où je l'avais convaincu et où j'étais sale. Lui, je ne pouvais pas le baiser depuis que j'avais été trop énergique la première fois qu'on avait fait l'amour, je lui avais collé une fissure qui ne demandait, disait-il, qu'à se réveiller.

J'ai rencontré Quentin quelque temps après, dans des circonstances romanesques, au BH où j'avais traîné une salope qui m'avait fait sniffer de la coke pour la première fois de ma vie, sur un capot de voiture à la sortie du Boy[10]. Quentin nous a baisés tous les deux, la salope et moi. Le lendemain je lui ai demandé son tel. Je l'ai revu. Il me fascinait par son aisance et sa capacité hors du commun, surhumaine, à s'organiser pour prendre son plaisir. Manger (bien). Boire (que des premiers crus). Baiser (les mecs les plus mignons). Il était fort. Il était libre. Il avait une moto. Des choses à m'apprendre. J'ai décidé de l'avoir. C'était facile de séduire les gens. Christophe, par exemple. Franck, Frédéric. J'étais toujours arrivé à mes fins.

*

Au cours des semaines qui ont suivi, Quentin m'a pris la tête avec ses amants. J'ai essayé de garder Christophe pour manifester mon indépendance à son égard. Mais comme je n'étais plus amoureux, Christophe ne me faisait plus envie, alors ça n'a pas marché. On s'est séparé définitivement dans le courant de l'automne.

5
(1988)

Le Broad[10]. Téquila-pamplemousse. Ce que je bois depuis Gilles. J'ai dansé sur Comateens, *Get Off My Case*, mon titre préféré du moment. Personne ne m'a plu. Personne ne m'a dragué. Je suis rentré chez moi, à pied, c'était le début de l'automne. Je me suis arrêté au square Henri-IV au bout de l'île Saint-Louis. J'ai sauté la barrière. Il n'y avait rien d'intéressant dans le jardin. J'ai profité de la vue sur la Seine. J'ai descendu l'escalier vers le quai (avec cette sensation d'être regardé que je commençais à aimer). J'ai fait le tour. Six mecs en tout, dont deux étaient déjà sérieusement occupés derrière un arbre. Je suis revenu sur mes pas très lentement. Un petit moustachu en chemise à carreaux m'a dévisagé. Pas mal. Je me suis approché.

On s'est embrassé. Il utilisait énormément sa langue, d'une manière plutôt sensuelle. Assez rapidement il s'est mis à me tirer très fort sur les seins, ce qui, ajouté à la pelle qui ne s'arrêtait jamais, m'excitait à fond. J'ai cherché les siens pour lui rendre la pareille. Ils étaient incroyablement gros et protubérants par rapport aux miens, à peine marqués au milieu de mes aréoles plates. Ça a duré des heures et puis il a fini par me débraguetter et me branler. Je lui ai fait pareil. Ça me faisait marrer à cause de son pantalon en laine à carreaux total bècebège. On s'est sucé chacun notre tour. On a joui en s'embrassant et en se faisant un sein chacun, dommage qu'on n'ait pas trois mains. Il était écossais et travaillait à l'ambassade d'Angleterre. J'ai trouvé que ce n'était pas un truc à dire à un inconnu. Il m'a filé son tel.

J'ai traversé la Seine.

Jussieu.

J'aimais la rue Linné pour la fontaine aux crocodiles qui fait face à l'entrée du jardin des Plantes. C'est à peu près à sa hauteur que j'ai croisé, marchant vite, un jeune mec cheveux très courts, bomber noir, jeans moulants, grosses pompes. On s'est regardé. Trois mètres après je me suis retourné. Il a fait dix mètres et puis ça a été son tour. Je l'ai regardé sans bouger. Il est reparti. Cinq mètres plus loin il s'est encore retourné. J'ai souri très fort. Il s'est remis en marche, vers moi. Quand il est arrivé à ma hauteur j'ai dit On va chez moi ? C'est à côté. Il a dit qu'il était pressé. J'ai dit qu'on n'avait qu'à aller à l'entrée du jardin, sous la porte cochère, à cinquante mètres. Il a dit O.K. On est descendu vers l'endroit. Trois heures du matin. Personne dans les rues. Il m'a pris dans ses bras. Il était beaucoup plus costaud que moi. On s'est embrassé. Il râpait. J'aimais ça. Il a fini par me toucher le cul. C'est toujours ce qui finissait par arriver, il suffisait d'attendre. J'ai ouvert mon bomber, j'ai passé le devant de mon t-shirt derrière ma tête pour dégager mon torse, ça aussi ça faisait partie des trucs que j'avais appris récemment. Je sentais le chaud. J'ai vu des poils durs dépasser de son col, ça m'a excité, j'ai défait sa chemise à carreaux gris-bleu et alors j'ai senti son torse nu contre le mien, poils contre poils. Comme un vrai pro j'ai sorti du poppers. Quand il a voulu me baiser j'avais aussi ce qu'il fallait, des capotes et un petit tube de KY[11]. Il m'a retourné et il a commencé à me baiser, par-derrière. De mon autre poche intérieure de bomber, j'ai sorti les pinces à seins que j'avais achetées la semaine dernière (mes premières). Je me les suis posées pendant qu'il commençait à me bourrer. Il n'y avait aucun doute, j'assurais.

Han ! Han ! Han ! Han ! Han ! Han ! Han ! Han ! Han ! Han ! Han ! Han ! Han ! Han ! Han ! Han ! Han ! A-a-a-a-a-a-a-a-ah ! Je lui ai donné mon tel parce qu'il vivait avec un mec et qu'on ne pouvait pas l'appeler. Normalement je préférais que ce soit le contraire, avoir celui du mec et ne pas donner le mien. En fait il n'y avait pas encore de normalement. Je n'avais pas encore l'habitude de toutes ces choses. Je m'égare. Il a appelé deux jours après, vers huit heures du soir. J'étais en train de me faire à bouffer, des pâtes ou bien un steak haché et des salsifis en boîte à la poêle. Il a dit qu'il pouvait passer ce soir. J'ai dit que c'était parfait, justement j'étais libre. Quand j'ai ouvert la porte, il était toujours aussi sexy et viril en bomber noir, 501 gris.

On a bu un whisky et puis il a roulé un pétard (beginner's luck : un mec qui roule), qu'on a fumé au salon en parlant musique classique (il jouait du violoncelle), avant de passer dans la chambre où j'avais remis mon lit parce que devant l'entrée c'était quand même un peu lourd.

On a commencé à s'embrasser. Il m'a enlevé ma chemise, alors je lui ai ôté la sienne, et puis on s'est assis chacun de notre côté pour les pompes et le fute, il a gardé son slip (ringard), alors j'ai fait pareil, on s'est caressé assis sur le lit en bandant dur, et puis j'en ai eu marre de ne pas le voir nu alors j'ai pris son slip des deux côtés et je le lui ai retiré. Il n'avait pas les couilles rasées (moi si, depuis Gilles. Avant j'avais déjà remarqué ça chez les pédés hard à la gym mais je snobais), son pubis n'était pas taillé à un centimètre, mais il avait vraiment une grosse bite (ça, je savais déjà), un peu pointue (tant pis). Je l'ai sucé. Il sentait le roux. Puis il m'a relevé pour m'embrasser, et puis il m'a placé sur le dos, mes chevilles sur ses épaules, ça m'excitait de voir ça, un torse large de mec, plus grand et plus fort que moi, au-dessus de moi, prêt à me mettre. Il a commencé à me la rentrer, hyper-dure, trop grosse, ça a coincé. Aaarh. Il est ressorti, il a attendu dix secondes, réessayé. Aaarh.

Il est ressorti. Il a pris du KY. Il a rentré un doigt avec du gel. M'a passé le poppers. Je me suis détendu. Il en a mis deux, ça ne faisait pas mal, puis il les a remplacés par sa queue. C'est rentré complètement, jusqu'au fond, je sentais les poils et ses couilles contre moi, j'étais complètement rempli, il s'est penché sur moi, on s'est embrassé, je me suis laissé aller, j'étais bien. Il m'a baisé régulièrement, doucement d'abord puis de plus en plus fort, d'abord par-devant, puis sur le côté, puis par-derrière (ça m'a rappelé le militaire de carrière moustachu, trentenaire, plutôt canon, qui m'avait fait du genou dans le métro. Je l'avais ramené chez moi en zappant un rancard avec un copain. Il m'avait baisé dans toutes les positions jamais inventées). Je me branlais au bord de jouir à chaque seconde, je prenais du poppers, je ne voulais pas que ça s'arrête. Il a joui. Je lui ai demandé de ne pas sortir. Il a continué à me baiser comme ça et puis il a commencé à dégonfler, alors il a dit qu'il fallait qu'il arrête. Il est ressorti, il a retiré la capote, m'a demandé où il pouvait la mettre. J'ai dit Dans le cendrier. Il a fait un tour à la salle de bains. Puis il est revenu sur le lit où je l'attendais en me branlant plus ou moins. Il s'est assis entre mes jambes, face à moi. Il m'a rentré trois doigts à la fois, doucement, fermement. Ça m'a fait rebander aussi sec. Il est ressorti. Il en a remis quatre. Il n'y avait plus rien dans ma tête que cette sensation de plénitude dont personne ne m'avait jamais parlé. Je bandais tellement fort. Fort, fort, fort, fort. Il m'a passé le poppers et j'ai sniffé un bon coup et j'ai senti qu'il s'enfonçait encore plus.

J'ai levé la tête. La sienne était baissée, il regardait ce qu'il était en train de faire. J'ai senti sa main se faire avaler par mon cul (comment est-ce qu'une chose pareille pouvait m'arriver?). A-a-a-a-a-a-a-a-a-a-a-a-a-h! J'ai joui à l'instant même. Il s'est retiré doucement, m'a demandé si ça allait, j'ai dit Oui, et là j'ai senti que j'avais les mâchoires beaucoup trop serrées. J'ai pensé Crise de tétanie, je connaissais les symptômes depuis Magali avec qui je sortais trois ans plus tôt, j'ai baissé les yeux vers mes mains qui étaient occupées à s'enfoncer les ongles dans les paumes, alors j'ai dit Je crois que je suis en train de faire une crise de tétanie, et il a dit Merde. T'as des médicaments? J'ai marmonné que non, que je pensais que ça allait passer tout seul. Je me suis laissé aller. Mon corps s'est mis en boule, ma tête au creux de sa cuisse. Il m'a caressé jusqu'à ce que ça passe.

6

(1988)

Le Boy. J'ai branché un mec plus vieux, ma taille, mignon, visiblement actif, qui jouait au flipper du bar, pour baiser avec moi le petit blond rasé, plus jeune, visiblement passif, qui m'avait dragué sur la piste. Tout s'est bien passé. J'ai baisé le blond qui s'est aussi fait baiser par l'autre. Une bite dans le cul, une bite dans la bouche. J'ai fait la tranche de jambon, sur le blond et sous le brun. Un truc de grand. Le blondinet avait les cheveux très courts, comme du duvet. Le lendemain il est carrément allé acheter des croissants pour le petit-déjeuner. Je l'ai rebaisé quand l'autre est parti, en assurant un peu plus. Je n'arrivais pas à jouir à cause de la capote. Il a joui le premier. Je me suis fini à la main. Quand j'ai poussé la porte de l'immeuble, je me suis retrouvé dans un coin inconnu du XVIIe. Le soleil brillait et je me sentais bien dans ma nouvelle peau. Le réel ne présentait aucune résistance. J'étais la Torche. J'étais la Chose. J'étais Fantastique.

7

(1988)

Au Boy à nouveau. Aucun problème pour rentrer. Je suis jeune. Suffisamment mignon. Les cheveux hyper-courts. Mon bomber vert tombe juste au-dessus de mon cul. Mon cul est hyper-ferme, rond, moulé, mais pas trop, dans un vieux 501. Je porte une chemise en oxford à col boutonné bleu ciel pour ne pas être comme tout le monde, les manches roulées au-dessus du coude pour faire mec [13]. Plus une paire de Nike pas trop neuves, les pieds nus dedans. J'ai fait comme Quentin, je n'ai pas laissé mon bomber au vestiaire (lui c'était un blouson décalé en cuir et tissu imperméable. Moi je m'habillais dans les règles), pour ne pas attendre quand je voudrais repartir. J'ai poussé les portes battantes, je me suis jeté dans le bruit et la foule. Le DJ passait un tube disco-poubelle que j'adorais, le top pour danser. Je me suis frayé un passage entre les corps jusqu'au coin de la piste et j'ai dansé. Danser était à la fois un plaisir et un atout. Après il y a eu un truc moins bien alors je suis allé jusqu'au bar du fond, j'ai cruisé le long de la promenade où les gens étaient debout, assis, dansaient, parlaient, dormaient, me remarquaient ou ne me remarquaient pas. Le code est simple à Paris. Ceux qui font comme s'ils ne m'avaient pas vu, je ne leur plais pas. Sinon, c'est bon. Le barman est venu tout de suite. J'ai bu adossé au bar pour pouvoir mater. Personne ne m'inspirait alors je suis retourné à mon poste au milieu du promenoir, devant les marches qui descendaient vers la piste, un endroit stratégique.

Un. Danse. Deux. Mate. Trois. Détourne le regard. Quatre. Trop moche. Cinq. Aucune chance. Six. Danse. La musique est trop acid ce soir. J'ai décidé d'aller pisser. J'étais en train de traverser la foule quand il est apparu. Grand, baraqué. Bomber noir, t-shirt noir, 501 noir, cheveux en arrière noirs. Super-gueule. Grosse bouche, mal rasé, les yeux brillants. Je le désirais tellement que c'était comme au ralenti. Il m'a dévisagé. Quand on s'est enfin croisés, emportés par notre élan, je n'ai pu que me retourner en espérant qu'il allait faire pareil. Il s'est retourné. Je n'ai pas bougé. Il est venu vers moi. J'ai fait un pas en avant. Son visage était maintenant juste au-dessus du mien. Il a dit Salut. J'ai dit Salut, tu penses rester longtemps ici ? Il a dit Non, on peut y aller tout de suite. Wow, un rapide. J'ai dit On va chez moi ? C'est à côté (je squattais chez Quentin qui était en voyage). Il a dit O.K. On est reparti vers la sortie. Je l'ai suivi à travers la foule.

Faire ça chez Quentin me troublait un peu, mais puisqu'il était pour la liberté... Je trouvais même que c'était assez approprié à mon nouvel être. J'ai roulé un joint en m'appliquant. Il m'a demandé si j'avais du matos. J'ai sorti mon gode, ma paire de pinces à seins. Mon cockring était déjà sur moi. Au bout d'un moment je me suis retrouvé à poil, couché sur le dos, les pieds sur ses cuisses. Il était assis en tailleur, face à moi. Il m'a godé. Je flashais sur son torse, ses muscles, son ventre plat, son poil noir. Il avait gardé son jean alors je ne voyais pas s'il bandait. Moi oui.

Il a retiré le gode, c'était sale, je suis allé me laver le cul à la salle de bains, un peu stone, je suis revenu, il fumait une clope sur le lit, je me suis rallongé, je savais ce que je voulais. Sexe. Il a touché mon trou, pompé du gel, il m'a mis trois doigts jusqu'au fond. Puis quatre. Il a rajouté le pouce. J'étais tranquille, ça n'allait jamais passer, il avait de trop grosses mains. Il m'a dit de prendre du poppers. J'ai sniffé (à l'époque c'était encore du vrai nitrite d'amyle). Et puis j'ai senti qu'il passait le plus large, la jointure des doigts et de la paume. La douleur m'a percé, insupportable. Arhhhhh ! Il est ressorti. Il a attendu. Ça s'est dissipé. Je lui ai dit qu'il pouvait y aller. Maintenant je voulais sentir sa main dans mon cul. Il a replacé ses doigts en pointe à l'entrée, il a poussé régulièrement, jusqu'à ce que ça coince encore, et là j'ai pris du poppers tout de suite sans attendre d'avoir mal et..., tout d'un coup j'ai senti que ça passait, j'engloutissais sa main en une fraction de seconde. C'était incroyable. C'était bien. Je l'ai regardé. Il était fier (jeune lui aussi. Vingt-sept, vingt-huit ans). J'ai dit C'est trop, j'peux pas. Il a dit Si, si, tu vas voir, ça va aller, vas-y, reprends du poppers, et comme il n'avait pas l'air de faire ça pour la première fois je lui ai fait confiance, alors j'en ai repris et la douleur s'est transformée en un truc incroyablement fort et qui me faisait bander à fond. Présence. Vérité. Alors il est rentré encore plus profond et là j'ai dit Non, non, j'peux plus, et j'ai joui, a-a-a-a-a-a-a-a-a-a-h ! Ensuite j'ai fait la deuxième crise de tétanie de ma vie, mais je m'en foutais.

*

Le lendemain j'ai trouvé normal de lui faire un super-petit-déjeuner. Je l'ai revu une semaine après. Il m'a proposé le mariage mais j'ai refusé parce que j'avais déjà Quentin. Il s'est vengé en me défonçant tellement le cul qu'après je marchais les jambes écartées et je pouvais à peine m'asseoir. Quand je suis revenu Quentin s'en est aperçu. Il m'a baisé encore plus fort que d'habitude.

8

(1989)

Une party sm. Déjà une bonne sensation d'appartenance. Je viens de me présenter au concours du plus beau cul. Je suis arrivé deuxième, après avoir incontestablement gagné à l'applaudimètre, mais les mecs du jury ont préféré élire un copain à eux, une grosse salope dilatée. J'ai gagné un gode merdique, hyper-dur. Il se fait tard. Ça commence à se décoincer. Je fais un tour. Un mec que je trouvais d'autant plus mignon qu'il avait baisé avec Quentin (lequel m'avait raconté en détail comment c'était génial, et qu'il avait une bite énorme) est en train de s'exciter le cycliste sur la cuisse d'un musclor. Je me rapproche. En fait ils ne font rien, c'est nul. Ça me venge de la complète indifférence que le mec me manifeste. Plus loin trois mecs en entourent un autre, cul nu en l'air. Une main essaye de passer en force. Une autre claque le pauvre cul, hyper-fort, le malheureux tressaille à chaque fois. Je fais ma Providence. Je pose chacune de mes mains sur chacune des deux fesses. J'écarte. Je fais coulisser mes doigts autour du trou déjà presque comblé. Le mec se détend. La paume passe. Je continue ma promenade. Il n'y a plus que des vieux qui se fouettent entre eux. Je retourne au bar. C'est la foule. Un cercle de foule, en fait, autour de deux petits stachemous tout cuir plaqués debout l'un contre l'autre. D'abord je ne comprends pas. Et puis celui de derrière se met à genoux et je vois qu'il a une main dans le cul de celui de devant. Il pousse de toutes ses forces pour la rentrer plus profond. Le fist, c'est très physique. L'autre se démonte la tête au poppers. En deux minutes ça y est, quasiment jusqu'au coude. Alors A (celui de derrière) appuie de sa main libre sur le dos de B (celui de devant). B s'incline vers l'avant. A fait mettre B à genoux à la seule force du bras qui était à l'intérieur. Pas mal... Le bras de A ressort lentement. Puis A s'enduit les *deux* avant-bras d'elbow grease (le pot était à ses pieds). Si. Il rentre d'abord ses huit doigts plaqués ensemble, sans les pouces. Il écarte les paumes pour donner du jeu. Un vrai pro. Puis il passe les mains. Une âme charitable donne du poppers à B (maintenant à quatre pattes). Les deux avant-bras disparaissent lentement. Très lentement. S'arrêtent juste avant les coudes. Et puis ressortent, toujours aussi lentement. A regarde le public. Tout le monde applaudit. B se relève, le visage incroyablement rouge. Je me dis qu'à cinquante ans, pourquoi pas ?

9

(1989)

À la fin de l'année je me suis retrouvé en stage à Bruxelles. Je revenais à Paris tous les week-ends. Avec Quentin chaque nouvelle baise était encore mieux que la précédente. Je m'ouvrais toujours plus. Il n'était pas très bien monté mais il était hyper-technique. Il avait été formé à San Francisco et New York, il y avait passé un an en 1980, l'âge d'or des clones cuir sniffeurs de poppers et fumeurs de sinsemilia [14] qui dansaient, dansaient, dansaient, et baisaient, baisaient, baisaient. Il n'avait pas arrêté depuis. Je le complétais avec mon côté expérimental. J'aimais collectionner les sensations nouvelles. J'achetais toujours plus de matos.

On avait mis en place une routine extrêmement efficace : on fumait notre énième pétard de la journée. J'allais me laver le cul. Pinces à seins pour les deux. Il commençait par me goder ou me fister pour bien m'ouvrir, et puis il me baisait (safe) pendant vingt minutes, une demi-heure, parfois plus, en rajoutant tout le temps du gel et en prenant du poppers, dans toutes les positions et tous les endroits possibles, au moins deux fois par jour.

On sortait au BH, la boîte trash de la rue du Roule. Vingt-quatre et vingt-sept ans, pas un gramme de graisse, les cheveux très courts, parfaitement lookés. On était les plus beaux. On ramenait des mecs. Quand ils étaient actifs ils me baisaient. Sinon, je regardais Quentin. Je me sentais tellement un trou avec lui que je n'arrivais plus trop à enculer. Quand il était en pleine action, il avait l'air exactement aussi amoureux d'eux que de moi. Ça me procurait une intense sensation de faiblesse.

Un dimanche soir en m'en allant j'ai vu Alain, le petit mec que Quentin baisait dans la semaine, remonter la rue pour prendre ma place encore chaude. J'ai pensé que Quentin aurait quand même pu lui demander d'arriver juste un peu plus tard. À Bruxelles je me suis fait Jean-François (mort depuis), le portier du Wham, un mec de trente, trente-cinq ans qui me faisait un char d'enfer. Moi aussi comme ça j'avais un amant.

Il était séropo, même un peu malade. Ça me faisait peur vu que j'étais toujours séroneg, mais je me forçais. Un soir, je n'ai pas compris pourquoi, il m'a parlé méchamment. J'ai senti l'espace d'un instant qu'il me haïssait mais j'ai fait comme quand j'avais pensé que Quentin était sadique : rien. Peu de temps après, Jean-François perdait sa capote dans mon cul. En décembre j'ai fait une rétinite. Tous les matins j'avais envie de vomir, des haut-le-cœur tellement forts que je m'arrêtais dans la rue.

10

(1990)

En janvier j'ai fait le test, comme d'habitude tous les trois mois. Positif. Mes jambes se sont dérobées sous moi quand le mec du labo m'a annoncé le résultat. J'espérais une erreur mais il n'y en avait pas, le western-blot[15] était positif lui aussi. J'ai pensé Ça y est, maintenant je suis comme les autres, en me souvenant de mon explosion de culpabilité quand Pierre, un des ex de Quentin, s'était coupé le pouce dans la cuisine, il y avait plein de sang et j'avais eu tellement peur que j'avais fui. Quentin n'a rien dit quand je lui ai annoncé la nouvelle. Le soir il s'est branlé couché sur le dos comme si je n'existais pas. Puis il s'est essuyé et il a fini son pétard. Je lui en ai demandé un peu. Il me l'a passé. Je sentais que je n'avais pas intérêt à le toucher si je ne voulais pas qu'il me jette. C'était quand Pierre était devenu séropo que Quentin l'avait largué.

J'avais peur de ne plus jamais pouvoir rebaiser. Je me suis dit que c'était comme à cheval, après la chute il faut remonter tout de suite. Quentin n'était pas vraiment disponible, alors le lendemain j'ai fait du minitel. Je me suis fait sauter. J'ai respiré. J'avais toujours ça.

À l'époque il n'y avait aucun traitement. Statistiquement j'en avais pour cinq ans. Condamné à mort. Il y avait plein d'histoires de mecs qui claquaient en quelques mois, en un an. J'y pensais. Dix fois par jour. Vingt fois par jour. Chaque fois que j'avais faim, chaque fois que j'avais froid, chaque fois que j'étais fatigué, chaque fois que je me sentais faible. Je pensais que le virus était en train de gagner. Ma mort était le fond de ma pensée. Chaque pensée laissait place à ça. La mort allait m'avoir. Il n'y avait rien à faire. J'étais assis dans ma cellule. J'attendais l'exécution.

Petit à petit j'ai arrêté. J'ai arrêté de lire. Je ne suis plus allé au cinéma, ni au théâtre, ni voir d'expos. Plus dans des fêtes. Je voyais de moins en moins mes amis, ma famille. De quoi parler, de toute façon ? Je m'arrangeais pour ne plus être pris en photo. Un jour je suis allé chez ma mère. J'ai retrouvé toutes mes vieilles lettres. Celles de Françoise. J'ai tout jeté.

Quentin m'a gardé. Il y avait quand même intérêt, pour mon fric, pour mon cul, pour ma conversation. Il aurait fallu que je m'en aille. Je n'avais pas la force. Je savais que si je me retrouvais seul je ne pourrais pas échapper à la pensée. J'avais besoin de lui pour oublier. Fuir en avant. Ivre, pétardisé, en pleine digestion, devant la télé, à la gym, en train de danser, en train de baiser, avec toujours des mecs nouveaux, ma pensée s'arrêtait. Plus exactement, elle se limitait à ce que j'étais en train de faire. J'étais absorbé. J'avais la paix. Cela dit quand le professeur Machin, un ancien camarade de mon père qui me suivait à l'hôpital, m'a dit qu'il y avait un truc, une molécule, on ne savait pas si ça marchait, il n'y avait aucun recul, mais ça existait, c'était un pari, j'ai dit oui, j'ai avalé, trois fois par jour j'ai avalé.

11
(1990)

Au printemps je suis allé en Grèce pour le boulot. J'ai commencé par dormir à l'aéroport à cause d'une grève surprise. Vingt heures de retard. Ça tombait bien, ça me dégageait de mes préoccupations. J'avais organisé mes rendez-vous à Athènes autour d'un week-end, alors le samedi j'ai pris un bus rempli de Grecs (les jeunes mecs étaient sublimes) et je suis allé jusqu'à la plage gay, un grand morceau de marbre blanc au-dessus de la mer.

Il n'y avait presque personne. J'ai bronzé. Et puis j'ai commencé à me faire chier alors j'ai branché un mec à l'air allemand, et manque de bol, c'était un Français, moyennement sexe mais j'avais besoin de compagnie, alors je l'ai emmené dîner sur le port du Pirée au milieu de la foule familiale, les parents chantaient, les enfants hurlaient, la bouffe baignait dans l'huile mais c'était marrant. Il voulait se coucher tôt et je n'avais pas envie de me le faire donc je suis allé seul en boîte, en haut d'une colline, après avoir attendu l'heure en zonant dans la ville. Je suis arrivé tôt, il n'y avait pas grand monde, j'ai dansé sur *Sweet Dreams*.

> Some of them want to use you
> Some of them want to be used by you-u
> Some of them want to abuse you
> Some of them want to be a-bu-used [16]

*

La boîte fermait. Le marine surmusclé tatoué ne s'intéressait toujours pas à moi. J'ai jeté un dernier coup d'œil, le petit stachemou qui me matait tout à l'heure était juste derrière moi. Il m'a branché en anglais pas terrible. En fait il n'était pas trop mal, genre trente, trente-cinq ans. Je lui ai roulé une pelle et puis il m'a pris la main et il me l'a collée carrément sur son paquet qui était vraiment *big*. C'était parti.

Chez lui il a commencé par me montrer sa collection de monnaies anciennes. Je me suis penché. Il m'a palpé le cul. Il a baissé mon fute, et puis il m'a baisé (safe), au poppers, accroché à la vitrine, puis dans toutes les pièces de l'appartement, pendant des heures (en tout cas au moins une), avec une énergie qui reste inégalée huit ans plus tard (sauf par Chad Douglas en vidéo avec un petit blond dans une scène bien connue des amateurs), dans toutes les positions imaginables, il ne débandait *jamais*, on dégoulinait de sueur. Puis de sperme. Finalement je suis rentré à mon hôtel en partageant un taxi providentiel (un dimanche, à six heures et demie du matin) avec un couple âgé qui ne parlait pas anglais mais qui me souriait. L'aventure.

12

(1990)

Au Quetzal avec Quentin. On a rendez-vous avec Marc et Éric, deux mecs qu'il a rencontrés au Transfert la semaine dernière. Quentin est allé chez eux baiser Éric devant Marc. Il leur a proposé de remettre ça à quatre avec moi. Il m'a dit que je pourrai malmener le petit et me faire sadiser par le grand. J'ai dit Oui. De toute façon pourquoi dire Non ? Et maintenant on est là. Nous et eux. Beaucoup plus vieux que nous. Dix ans de plus. La trentaine bien avancée. Le grand est vraiment moche. Il a carrément du bide. Mais il est en bomber, 501 moulant délavé, rangers. L'air très sûr de lui. Le petit est chauve, rasé, en bomber, 501 moulant délavé, rangers. En fait ils sont comme nous sauf que je ne suis pas encore chauve et que Quentin n'est pas encore moche et a des Doc Martens. Il ne veut pas être comme tout le monde. Le petit a la peau grise. Il est très nerveux. Il a presque des tics. Un très beau cul c'est vrai mais qu'il cambre tellement que ça fait pitié.

*

Je ne disais pas un mot, comme d'habitude. On buvait des bières. Ils parlaient de cul. Le petit riait sans arrêt, très fort. Quentin lui palpait le cul devant tout le bar. On a fini par y aller. À la maison Quentin a continué à caresser le cul du petit tout en fumant un pétard. J'ai pensé que ça faisait un bail qu'il ne m'avait pas fait ça à moi. Marc, un peu déstabilisé, a ordonné à Éric de se déshabiller et de sucer Quentin. Logiquement, j'ai sucé Marc. Puis Quentin a baisé Éric (safe. Quentin baisait toujours safe.

Il était toujours séroneg). J'ai pensé que c'était ça qu'il voulait. Le plan partouze n'était qu'un prétexte pour se refaire Éric. On le comprend, ça se passait vraiment bien. Tellement bien que Marc, jaloux, s'est mis à fouetter le cul de Quentin à coups de cravache. Il ne faisait pas ça en finesse alors Quentin a fini par lui dire d'arrêter (pas tout de suite quand même pour ne pas être trop impoli et parce qu'il voulait pouvoir continuer à se taper Éric).

Donc Marc s'est mis à fouetter Éric et il y allait de plus en plus fort vu qu'Éric était bien rodé, mais au bout d'un moment Éric, qui souffrait déjà beaucoup sans rien dire, avait tellement mal qu'il se cabrait sous les coups (il allait y avoir de l'eau dans le gaz à la maison, j'ai pensé, mais des années après ils sont toujours ensemble). Ça perturbait Quentin qui a demandé à Marc d'arrêter. Marc a arrêté et a fait la gueule vu que normalement c'était lui le maître. Je suis allé boire un whisky à la cuisine.

Marc m'a suivi. Je ne lui ai pas dit un mot. Il m'a malaxé les tétons pendant que je buvais, assez hard comme pour le reste, mais là ça tombe bien ça ne fait pas mal, au contraire. Une fois que je triquais bien il m'a foutu quelques claques sur la bite et puis il m'a demandé si ça me dirait de me faire travailler le cul. Quentin avait dû le briefer. J'ai dit Ouais, mais seulement s'il y allait vraiment mollo, vu que je n'étais pas aussi avancé qu'Éric. Je mentais mais c'était pour la bonne cause. On est retourné dans la chambre où Quentin était en train de se faire sucer par Éric. Marc a fouillé dans la boîte à matos. Il a sorti trois godes, l'œuf de chrome et la poche à paquet. J'ai pensé Un connaisseur tout de même, à cause du dernier truc. C'est un plan sans les mains, une poche en cuir, à pressions, où on fourre bite et couilles, au-dessus d'un ou plusieurs cockrings, et où on bande à moitié en le remplissant complètement. La sensation de ne pas pouvoir bander à fond parce qu'il n'y a pas la place dans la poche, de plus en plus chaude et collante de sueur, peut être très cool. Je n'arrivais pas à la mettre parce que j'étais trop excité. J'ai pensé à ma mère, le seul truc vraiment efficace, et je suis arrivé à rentrer d'abord les couilles, puis la bite, et à fermer les pressions.

Comme Quentin occupait le lit, j'ai foutu un sac de couchage par terre avec une serviette par-dessus et puis j'ai roulé un pétard pendant que Marc me mettait l'œuf et attaquait par-dessus avec le premier gode. Le gode a poussé l'œuf en profondeur à l'intérieur. Je le sentais peser son poids de métal. Je me faisais les seins tout en fumant et en prenant du poppers. Le gode était raisonnable. Tout baignait. Et puis Quentin et Éric, que j'avais entendus finir, sont arrivés. Quentin s'est étonné que j'aie encore les mains libres. C'était pour ça que je l'aimais. Quentin était infernal. Quentin était le Diable. J'ai dit qu'en effet maintenant qu'il était là pour me donner le pétard et me faire sniffer du poppers, je n'en avais plus besoin. Alors Quentin est allé chercher le collier en cuir et les menottes. Il m'a posé le collier pendant qu'Éric plaçait les menottes, puis il a attaché le tout avec les mousquetons prévus à cet effet. Sans les mains ! Je gonflais à mort dans la mini-poche, ça me faisait presque mal, mais c'était aussi bien puisque Marc changeait de gode et commençait à me rentrer un assez gros noir un peu pointu que je n'aimais pas trop, mais bon il le faisait plutôt bien alors j'ai équilibré avec un bon trip oral sur la bite un peu molle et, en alternance, les grosses couilles gonflées d'Éric qui portait tout de même six cockrings en métal à la fois. Mais au bout d'un moment Quentin, inspiré par mon exemple, ou qui plus simplement en avait marre de faire le service (mon pétard, sur lequel il tirait, étant fini), a entraîné Éric à côté pour se faire goder. Comme je n'avais plus ma tétine et que je ne pouvais pas me branler à cause de la poche, je suis devenu plus sensible à ce qui se passait plus bas, où Marc était en train d'enfoncer un peu trop profond le gode noir de tout à l'heure. J'ai dit que ça me faisait un peu mal. Il a ralenti le mouvement, mais il ne savait pas goder en finesse, et c'était toujours trop profond, alors j'ai dit que je préférerais un truc moins agressif, en pensant au troisième et dernier gode qu'il avait sélectionné et qui était encore plus gros, donc vraiment gros, mais beaucoup plus souple, et qui pourrait donc pas mal le faire pendant un moment avant que je me détache et que je me branle, et il a dit O.K.

Il a enlevé le noir et il m'a rentré quatre doigts à fond. Bon, visiblement ça n'allait pas être gode, mais fist. Je me suis détaché les menottes du collier (c'est un truc qu'on peut faire tout seul) et j'ai récupéré le poppers. Il a rajouté le pouce. Il a poussé la main. Et là c'est passé, j'ai déboutonné la poche à toute vitesse pour me branler, j'avais peur de ne pas arriver à rebander à cause de la douleur. C'est le risque avec ce genre de pratiques, on est sur le fil, la sensation est si intense. Mais pas du tout, ma queue était parfaitement molle, mais complètement gorgée de sang, et en l'espace de trois secondes je me suis récupéré une érection de la mort. Pendant ce temps Marc avait encore avancé sa main. Je l'ai senti qui l'ouvrait pour aller choper l'œuf de chrome (au fond de quoi, mon *rectum* ?). Il a ressorti sa main avec l'œuf dedans. Mais je n'avais pas eu le temps de jouir alors je lui ai dit Tu peux m'la r'mettre s'te plaît ? Il m'a refourré l'œuf[17] bien au fond avec deux doigts, et puis il a rentré sa main pour aller le chercher une deuxième fois. Je l'ai laissé refaire son coup une troisième fois et là je me suis dit que j'étais au max et qu'une quatrième serait gonflante. Dès qu'il est ressorti j'ai giclé, en quantité. Puis j'ai vérifié. Il y avait pas mal de sang sur son gant, mais ce n'était visiblement que des vaisseaux superficiels. Bon. Je l'ai regardé lui. J'ai dit Wow, et puis je me suis décollé de la serviette trempée de gel pour aller me laver. Le ramassage des œufs, encore un truc que je n'avais jamais fait.

13

(1991)

Peu de temps après, j'ai rencontré Thomas, au BH, un soir où j'étais seul. Il venait de gagner un séjour d'une semaine pour deux au Club en Tunisie. Il m'a invité à l'accompagner. Je suis parti. Comme toujours quand je m'éloignais de Quentin, je revivais. Sans lui tout n'était pas parfait, mais au moins c'était moi. Je traînais sur la plage au soleil de Pâques, dans le vent, défoncé au pétard en écoutant *Satellite of Love*[18] en boucle sur mon walkman. Et puis je suis allé me faire couper les cheveux seul en ville, à l'échoppe arabe où j'étais le seul étranger mais c'est ça qui était bien, et quand je suis sorti un mec m'a suivi en poussant son vélo. Je ne savais pas trop à quoi m'en tenir vu son genre, local sans un rond. J'ai fini par me retourner à l'improviste à un moment où il me collait. Je lui ai demandé ce qu'il voulait. Faire l'amour avec vous, il a répondu. Je l'ai regardé. Finalement il n'était pas si mal, encore un petit costaud moustachu de trente-cinq ans, un genre qui m'était acquis dans le monde entier, apparemment. Je lui ai demandé quand et où, et il a dit Demain, j'ai un ami qui me prête la maison.

Le lendemain j'ai dit à Thomas que j'avais envie de retourner au hammam, et, comme la première fois, il a préféré rester au bord de la piscine du club, donc je suis allé à mon rendez-vous au café arabe plein de mecs qui me dévisageaient à mort vu que j'étais le seul étranger. Ma *date* a fini par arriver alors que je commençais à me sentir assez mal. Il me regardait d'un air énamouré, je trouvais ça drôle mais je n'ai pas trop souri pour ne pas le vexer. Comment on y va ? j'ai demandé. Il a dit À vélo, alors je suis monté derrière lui et nous sommes partis. On est carrément sorti de la ville, il pédalait bravement. Trois quarts d'heure après on est arrivé dans une cité en construction. L'appart de son pote n'était pas fini mais il y avait un lit. Il s'est jeté sur moi et m'a roulé une pelle de la mort, tellement énergique que j'étais au bord du fou rire, puis il a sorti sa queue qui n'était pas mal du tout. J'ai cessé de rire. Je me suis mis au boulot.

On s'est déshabillé parce que je le lui ai demandé. Il a gardé son tricot de corps et ses chaussettes, j'ai pensé Répression sexuelle. Il voulait me baiser debout mais j'ai insisté pour aller sur le lit, j'estimais qu'un peu de sensualité ne lui ferait pas de mal. Au lit je lui ai mis une capote que j'avais apportée, puis je me suis mis de face, il a commencé comme ça, et puis assez rapidement il m'a retourné, il m'a baisé trop vite et trop fort, mais en me claquant le cul, ça m'a étonné (après je lui ai demandé où il avait appris ça, il m'a répondu dans les films américains, j'ai rêvé sur la culture mondiale), et puis ce qui devait arriver est arrivé vu son rythme exagéré, je n'ai pas pu m'empêcher de jouir. Je lui ai dit que ça y était, il a poussé le feu, comme j'avais joui ce n'était plus très agréable, mais bon j'ai serré les dents et trente secondes plus tard le compte était bon. Je me suis retourné et là j'ai vu la capote sur le bord du lit, sans rien dedans, et j'ai dit T'as retiré la capote ?, et il a dit Oui, j'aime pas ça, et je suis devenu vert.

Au début j'avais peur alors je n'ai rien dit. Et puis à mi-chemin du retour je me suis senti tellement coupable que je lui ai dit que j'étais séropositif, qu'il fallait qu'il fasse un test dans trois mois. Il n'a pas compris, alors j'ai expliqué et là il a capté. Si tu as le sida[19], il ne fallait pas faire l'amour, il a dit. Je lui ai fait remarquer que Un je n'avais pas le sida, deux il n'avait qu'à pas enlever sa capote. Il a dit qu'il n'aimait pas ça et que j'avais l'air en bonne santé. Je lui ai demandé s'il se faisait beaucoup de mecs et il a dit que non mais qu'il y avait un prof de Lyon qui venait le voir deux fois par an et qu'il allait aller vivre avec lui en France, j'étais un peu sceptique mais après tout on ne sait jamais.

Il m'a demandé de le retrouver le lendemain soir devant un hôtel de la côte pour me revoir une dernière fois vu qu'après je rentrais en France. Comme je me sentais coupable j'ai dit oui, sûr que j'allais me faire casser la gueule par lui et tous ses potes. D'un autre côté je ne voyais pas trop ce qu'il pouvait leur raconter, enfin quoi qu'il en soit j'ai encore bobardé Thomas et je l'ai retrouvé lui et son vélo sous les palmiers devant l'hôtel. Il m'a dit qu'il s'était renseigné sur le sida et qu'il fallait que je mange beaucoup de miel parce que ça lave le sang. Je lui ai donné mon numéro de téléphone à Paris. Il ne s'en est pas servi pendant les deux ans où j'ai encore vécu à cette adresse, mais moi je mange encore du miel aujourd'hui.

14

(1992)

Meczone. Seul. Une copine de ma mère m'avait passé son appart pour la semaine, comme ça je n'étais pas chez moi, ça craignait trop en ce moment avec Quentin. J'étais en train de boire une bière en matant la vidéo de cul. En même temps je regardais ce qu'il y avait. Je me suis arrêté sur lui. C'était le seul faisable. Il portait un bandana rouge autour du cou, ce qui voulait dire branché fist, et un cockring sur son perf, à l'épaule droite, donc passif. Un 501 moulant délavé, déchiré au-dessous du cul. Des Fryes [20]. Plus petit que moi, assez costaud. C'était visiblement une grosse salope. Évidemment j'étais un peu rebuté par sa gueule, entre le cochon et le bouledogue, mais je me suis dit que le dégoût faisait aussi partie du plaisir. Quand on veut baiser tout le temps, on n'a pas toujours le choix. Alors, quand il m'a regardé en douce pour la troisième fois faire le cow-boy de la nuit avec ma Heineken (que je buvais à la bouteille), je me suis concentré sur ma bière et puis j'ai tourné la tête de son côté et j'ai planté mes yeux dans les siens en pensant très fort que j'allais lui :

défoncer le cul.

J'ai senti que ça le faisait mouiller. Je ne lui ai pas parlé. Il était avec un gros naze. J'ai attendu. Le naze a fini par aller faire un tour dans la backroom. La salope n'a pas mis longtemps pour me demander si je venais souvent ici, me dire qu'il ne m'avait jamais vu. J'ai dit que j'étais venu faire un tour parce qu'en ce moment j'habitais pas loin. Genre mystère. Je lui ai mis une main au cul en le regardant droit dans les yeux. Je lui ai roulé une pelle en insistant sur son trou. Il a tendu son cul. J'ai poussé la langue et la main en même temps. Il s'est cambré encore plus. C'est l'avantage des bars sm : personne ne s'offusque si on fait un peu de sexe devant tout le monde. Il me bouffait la langue. Je me suis arrêté dès que j'ai commencé à bander. Je voulais juste savoir si ça pourrait aller. On s'est mis d'accord sur un plan fist réciproque. Au moment où je lui ai proposé d'y aller je n'avais déjà plus aucune envie de lui. On est parti sous les regards de ceux qui avaient déjà couché avec moi, ou avec lui, ou avec aucun des deux et qui bavaient sans savoir. Il m'a suivi le long de l'avenue Trudaine, luisante de pluie, sans un passant. Le long de mon lycée. Je pensais à Claire, à Hervé, à Françoise. On a parlé des endroits où on sortait, les endroits les plus hard. Sa voix me répugnait. Je me suis tu pour ne pas risquer de ne pas baiser.

Dans l'ascenseur je l'ai retourné, j'ai plaqué sa gueule contre le miroir. Comme il était plus petit que moi c'était facile de lui donner l'impression que je l'avais bien en mains. Il n'y avait que moi qui n'y croyais pas. J'ai défait sa ceinture. J'ai regardé son visage, écrasé, le mien derrière, normal. J'étais emmerdé parce que je ne bandais pas et que le plan cow-boy risquait de ne pas être crédible longtemps dans ces conditions. Alors j'ai détaché mon paquet de son cul et j'ai baissé son jean. J'ai dû écarter ses fesses, blanches et grasses, pour atteindre son trou, rasé, bien ouvert. L'ascenseur s'est arrêté. L'erreur aurait été de sortir tout de suite. Mais je n'étais pas si con. J'en ai profité pour faire comme si tout ça m'intéressait. Remonter la main de son cul à sa bouche. Y mettre deux doigts (pour prendre de la salive. Il connaissait). Le laisser s'exciter dessus en les suçant deux minutes. Mais pas trop longtemps avant que je redescende masser son trou avec mes doigts gluants. Je ne bandais toujours pas. Ça me flippait alors j'ai commis une erreur. Je suis sorti le premier de l'ascenseur. Puis une deuxième. Je n'ai pas allumé la lumière. Maintenant j'étais en pleine crise de nerfs avec les clefs mal connues et la serrure à trouver dans le noir. Je suis quand même arrivé à ouvrir la porte. Je l'ai fait entrer le premier (trois : comme ci-dessus). J'ai jeté mon bomber par terre sur le lit. Allumé la petite lampe. Mis de la house. J'ai commencé à rouler un pétard. Je lui ai proposé d'aller se laver le cul. Il a dit que c'était déjà fait (évidemment). J'ai dit O.K. (quatre : ridicule, il ne fallait rien dire). J'ai fini de rouler. J'ai tiré une taffe (cinq : il faut en tirer trois pour que ça fasse de l'effet) et je lui ai passé.

Sans un mot, je me suis levé et je suis allé à la salle de bains (six : ça l'a flippé). Je me suis foutu à moitié à poil, le bas seulement, parce que j'avais froid. L'eau chaude n'arrivait pas, ça a duré des heures, je ne comprenais pas pourquoi. En fait c'était parce que je m'étais trompé de robinet (sept). Je me suis lavé à l'intérieur. Je me suis séché. J'aurais dû remettre mon jean sans slip pour revenir dans la pièce. Ou bien la jouer carrément à poil, mais là j'avais un trop petit zizi, rétréci par le froid. Ç'aurait toujours été mieux cela dit que la serviette trempée autour de la taille avec laquelle je suis revenu (huit).

Il ne s'était pas déshabillé. Je me suis senti encore plus mal. Je me suis assis sur le lit. Je lui ai repris le pétard (neuf : il fallait le caresser). Ma serviette s'est ouverte. Il m'a touché le cul. Ça m'a énervé parce que j'avais prévu de commencer mais je n'ai rien dit pour ne pas être ridicule. Il m'a tout de suite mis un doigt hyper-profond. Tendu comme je l'étais ça ne me plaisait pas trop. Il aurait fallu plus de lenteur au démarrage. Je me suis laissé faire. Dix. J'ai même coopéré en me mettant sur le dos, jambes écartées. J'ai tiré sur le pétard en essayant de me branler au gel. Il a glissé trop rapidement trois, puis quatre doigts. Je ne bandais pas. Après il a essayé la main. Ça a coincé à la jointure. J'ai pris du poppers et ça m'a fait débander le peu que j'avais, je flippais déjà à l'idée qu'il allait me faire mal, mais le poppers m'avait détendu mécaniquement et la main est passée. Ça m'a fait carrément mal alors je lui ai dit de sortir mais il a dit que c'était bon, que je devrais reprendre du poppers. Je n'avais aucune envie que cette horreur continue mais j'ai essayé de me calmer. Onze.

J'ai repris du poppers. J'avais un peu moins mal. J'essayais de me branler mais je n'arrivais pas à rebander. Il a tourné un peu son poing dans mon cul serré. Ça me faisait mal. Au bout de cinq minutes (douze : il ne fallait pas attendre), j'ai fini par lui dire que je préférais arrêter, que je n'aimais pas trop me faire fister sans bander. Il a eu l'air étonné (je ne savais pas encore que ça pouvait être pas mal dans certaines conditions. Des conditions de détente). Je lui ai demandé si ça ne lui dirait pas que je m'occupe un peu de son cul. Il a dit O.K. Alors je suis allé me rincer et je suis revenu. J'ai refait un pétard pour pouvoir redémarrer. On a fumé. On ne se touchait pas. Je me suis rapproché. De près j'avais encore plus envie qu'il disparaisse. Il était allongé sur le côté. J'ai glissé un doigt dans son cul. C'est rentré comme dans du beurre. J'ai bandé immédiatement. Je me suis mis à me branler. Deux sont rentrés aussi bien qu'un. Alors j'ai voulu le baiser, puisque c'était si facile. Mais pas de face pour ne pas voir sa gueule. Je ne lui ai pas demandé son avis (bien que le peu d'enthousiasme qu'il manifestait m'eût suffisamment montré qu'il n'aimait pas ça). J'ai juste dit Je vais te baiser. Je l'ai retourné. Son cul était énorme comme ça. J'ai mis la capote mais déjà foutu, j'avais déjà à moitié débandé. J'ai pensé que j'allais être minable. Comme si ce n'était pas déjà le cas. Je lui ai mis un troisième doigt pour me réexciter. Ça a suffisamment marché pour que je puisse m'introduire. À l'intérieur je ne sentais rien. Je ne bandais pas assez et il était trop détendu. J'ai continué quand même, je lui ai un peu claqué le cul pour qu'il resserre mais ça n'y faisait rien. J'ai récupéré ma queue molle. J'ai viré la capote pour pouvoir me branler. Sans un mot j'ai recommencé à le doigter. Trois, quatre, cinq doigts. Je poussais mais ça ne passait pas. Je sentais son anus hyper-contracté autour de ma main. Je ne savais pas quoi faire. Je suis ressorti doucement. Je l'ai remise en place. Ça ne passait toujours pas (ce qui n'avait rien d'étonnant vu que je ne lui avais pas détendu le cul). Il a fini par me dire que ça lui faisait mal. J'ai dit qu'il valait peut-être mieux arrêter. Il m'a laissé son tel pour remettre ça sous acide, ça passerait mieux.

Trois semaines plus tard j'étais en bas de chez lui dans les Halles, complètement déprimé après la gym. Je l'ai appelé du café d'en face. Il m'a dit de monter. J'ai gravi l'escalier recouvert de moquette pourrie. Chez lui il y en avait aussi, mais juste sale. Il n'avait rien à fumer. On a partagé une bière (je déteste la bière). Il m'a montré les polaroïds de fist qu'il avait faits pendant la partouze de la veille. Les culs dégoulinaient d'elbow grease autour des godes et des avant-bras qui en sortaient. Aucune bite ne bandait. Puis il m'a vendu deux acides. M'a invité à la prochaine touze. Je n'y suis pas allé.

15

(1992)

Depuis que j'étais séropo je me voyais comme un pistolet chargé. Le sperme remplaçait les balles. Avec ça j'avais le pouvoir, comme les mecs qui attaquaient des banques avec des seringues. La première fois, c'était un blond mince. Je le prenais par-derrière. J'ai débandé. La honte. Je suis ressorti. Je me suis branlé. Je n'arrivais pas à rebander. J'ai retiré la capote. Je me suis branlé en pensant à ce que j'aurais pu faire. Je suis rerentré, sans. J'ai fini par débander parce que je pensais trop. Je suis ressorti. Je me suis fini à la main, plein de mecs font ça. Il n'a rien vu. Il n'y avait que moi qui savais.

La deuxième fois c'était un petit brun qui me recevait cul nu en chaps. J'ai débandé comme d'habitude dès que j'ai eu mis la capote. Il était de dos. C'était stupide puisque comme ça je me retrouvais seul, et que quand j'étais seul je n'avais envie que d'une seule chose, c'était de mourir. Mais c'était vrai qu'il ne me plaisait pas. De toute façon je ne baisais qu'avec des mecs qui ne me plaisaient pas, j'avais décidé que je m'en foutais. Je ne triais pas. Je prenais ce qu'il y avait. Le moindre bout de désir j'en avais besoin. Avec les moches il n'y avait pas de concurrence. J'étais sûr qu'ils me voulaient. Ça me nourrissait.

J'ai retiré la capote et puis je me suis branlé et ça m'a fait rebander de penser que je pouvais le baiser comme ça, il ne s'était aperçu de rien. Alors je suis rentré comme ça dans son cul, je bandais à mort. Je l'ai baisé en sentant tout. Je me suis retiré pour gicler, c'était tellement bon d'avoir un orgasme comme ça, comme avant quand j'étais vivant. J'ai giclé dans ma main. Il a tourné la tête. J'étais sûr qu'il avait compris. Il m'a juste dit que ça faisait longtemps qu'on ne l'avait pas baisé aussi délicatement. J'ai été vexé à mort. Et puis j'ai pensé que j'irais en enfer. Que j'étais perdu.

14

(1992)

Vacances à Londres avec Quentin. Le top du glauque. On avait pris tellement de drogues qu'on a raté l'avion du retour. Je suis allé racheter des billets pour le surlendemain, avec en prime de la soupe chaude parce qu'il avait pris froid. À travers les rues de briques sombres, le goudron luisait de pluie, j'étais raide, c'était lundi soir, une famille sortait d'une voiture, étonnamment j'étais heureux.

Le lendemain, je l'avais lu dans le journal communautaire local, était le soir sm-cuir dans un club pas loin. Un peu de réconfort, après le coup de salaud qu'il m'avait fait. Inutile de dire que ça n'a pas marché. Déjà j'ai galéré pour trouver l'endroit. Je suis entré. J'ai payé. Les mecs se changeaient dans un vestiaire commun, comme au stade quand j'avais quinze ans. J'ai fait pareil. À l'intérieur ils étaient tous en cuir ou en latex. Je portais la combinaison en latex que je venais de racheter (trop cher) au colocataire du mec chez qui on avait passé la journée de dimanche, en sortant de boîte, à se défoncer aux extas, à l'acide et au pétard (avec le shit que j'avais apporté de Paris parce que Quentin, parti le premier – il avait du temps libre depuis qu'il était au chômage –, m'avait appelé pour me dire qu'il n'en trouvait pas ici, et j'avais failli me faire gauler par la douane, les mecs m'avaient carrément fait enlever mes rangers *et* mes chaussettes, Dieu merci le douze et demi était dans mon slip). Quentin comme d'habitude s'était arrangé pour monopoliser le mec, à la fin j'étais parti en pleurant, en pleine nuit dans une banlieue zone où j'avais miraculeusement trouvé un taxi au lieu de me faire dépouiller et éclater la tête par la bande de mecs qui traînait autour de la station-service où je m'étais réfugié.

Au début il ne s'est rien passé. J'ai discuté avec un gros skin à poil en harnais mais il était gros. Alors je suis allé aux chiottes avaler une exta, ce qui s'est révélé être une très mauvaise idée puisque bien entendu il était devenu impossible de bander. J'ai fini par me retrouver par terre en train de chercher mon cockring chromé qui coûtait une fortune et qui avait glissé, tellement j'avais les couilles et la bite contractées, pendant que je suçais et/ou me faisais tringler. Là tout d'un coup je me suis vu. Je me suis senti tellement humilié que je me suis figé. J'ai levé les yeux. Quelques mètres plus loin, le super-mâle en treillis-harnais qui jouait tout à l'heure aux jeux vidéo se faisait sucer et bouffer les seins par trois mecs, sa grosse queue parfaitement à l'horizontale. Ma vie n'était pas ça.

17

(1992)

J'avais vingt-six ans. Tout me donnait envie de mourir. Me lever le matin. Prendre la voiture (un coupé Lancia que m'avait acheté mon père. Quentin aimait faire de la vitesse) pour aller au boulot. Descendre à huit heures dix pour la changer de place les matins où je n'y allais pas. Faire les courses. J'en faisais tellement que ça me sciait les mains, je pouvais à peine les remonter le long des cinq étages en me disant qu'il faudrait déménager quand je serais malade (il n'y avait toujours pas de traitement. Je prenais toujours mon AZT sans savoir). Ce n'était même pas la peine de me suicider, il n'y avait qu'à attendre.

C'était à peu près tout. M. était la seule personne que je voyais encore, une fois par mois environ. J'étais seul. En même temps j'étais très entouré. Quentin, toujours au chômage, se la jouait cool, restait à la maison, faisait à peu près trois plans minitel par jour. Je les retrouvais dans mon lit avec lui quand je rentrais du boulot. Parfois je faisais la gueule. Je refusais de baiser. Je savais ce que ça signifiait : boycott. En cas de conduite infantile et bourgeoise, Quentin était capable de m'ignorer pendant des jours, une semaine, plus. Ce qui voulait dire, comme je n'avais plus que lui, qu'il n'y avait plus personne. Alors la plupart du temps je baisais. Par rapport à ce à quoi il m'avait habitué, c'était assez nul.

Le sexe me donnait de plus en plus envie de mourir. Ça faisait si longtemps que Quentin m'expliquait que je n'assurais pas (« Non, pas comme ça les seins ! »). Si longtemps qu'il ne me montrait jamais qu'il était content. J'ai commencé à débander. Je débandais quand je baisais, ce qui n'était pas très nouveau. Je débandais quand je me faisais sauter. Je débandais quand je me branlais. La conséquence, prévisible, mais que je n'avais pas prévue, avait été que, comme je ne servais plus à rien, Quentin s'était plus ou moins tiré. Il avait un amant. Il le voyait trois fois par semaine. Il me racontait en détail comment la baise était SUPER ! Je me suis retrouvé seul la moitié de la semaine et un week-end sur deux. Je savais très bien qu'il fallait que je le quitte mais j'avais tellement peur de ce que serait la vie sans lui. Je n'avais pas la force. Et puis quand il était gentil avec moi j'étais tellement bien. Mais ça n'arrivait plus trop ces derniers temps, Quentin n'aimait pas baiser les mecs qui ne bandent pas, le cul n'a pas de répondant.

Un soir on était au lit, défoncés comme d'habitude. Il regardait la télé. J'étais de mon côté. Je m'ennuyais. Avant, après la baise je me lovais contre lui. Protégé. Ça non plus maintenant ça ne marchait plus. Je me suis demandé ce qui m'excitait encore. Il y avait deux trucs : les vieux et le sm. Les vieux parce qu'ils me désiraient. Le sm, parce que quand les mecs étaient attachés et bâillonnés, ils ne pouvaient pas me critiquer, pas me retourner. Les jours suivants j'ai cherché sur minitel. J'ai fini par tomber sur un mec passif, soumis, la quarantaine, assez moche mais hyper-docile. Je l'ai attaché. Je l'ai bâillonné. Je l'ai cravaché. Je l'ai baisé (safe). Il ne se plaignait pas, au contraire. Je l'ai revu (moi qui ne revoyais jamais personne). Je commençais à me soigner.

18

(1993)

Au début de l'année on a emménagé dans un appart haussmannien des Halles, Quentin, moi, et Jean-Luc son meilleur pote. Même s'il était structurellement de son côté j'étais content d'avoir un tiers sur place. On faisait énormément de minitel. Il y avait vraiment de tout. J'ai commencé une collection de polaroïds avec les coups les plus intéressants : le mec qui buvait sa propre pisse, celui que j'avais attaché à la chaise de bureau rouge avec vingt mètres de corde, le petit motard que j'avais baisé à travers son fute en cuir troué au cul, le mec qui m'avait cravaché tout le corps comme si c'était un massage (je bandais sans me toucher), l'avocat qui travaillait à côté et qui venait se faire goder entre midi et deux, le poilu avec qui on s'était accroché des poids de pêche aux seins et une ranger aux couilles, le martiniquais avec une bite énorme qui débandait en enculant si on ne lui faisait pas les seins en force, la petite salope qui m'avait dit Le sexe c'est ma force, l'Américain qui m'avait glissé ses couilles dans le cul après y avoir rentré sa grosse bite (curieusement je le connaissais déjà. J'étais allé faire un plan minitel, Bne bite Bastille, un plan slip de bain, j'avais pris ma douche avec lui, moi aussi en slip de bain, et puis le mec m'avait défoncé le cul (safe) avec un vrai gourdin de vingt centimètres, puis l'Américain était arrivé, ils s'étaient mis à la jouer gros machos, genre gang-bang, j'avais viré l'Américain pour avoir un peu d'air), celui qui avait une minerve et des tétons de deux centimètres, celui qui allait à la messe à côté. Chacun sa spécialité.

Un type est venu au moment des auditions pour la place d'homme de ménage. En fait c'était un quiproquo, il avait pensé que c'était un plan larbin. Quentin avait un autre coup sur le feu alors je me suis dévoué. Ça me plaisait que les mecs voient qu'on vivait selon d'autres règles, dans un autre monde. Le mec était vraiment beau, jeune, crâne rasé. Son regard soutenait le mien sans ciller. Je l'ai fait mettre à poil, en rangers. Il avait déjà un cockring. J'ai juste ajouté un collier en cuir noir et une paire de pinces à seins. Simple et de bon goût. Moi j'étais déjà torse nu, en chaps, string zippé, bottes allemandes. Ma tenue d'intérieur. Je n'ai pris que ma cravache, que j'ai glissée sous mes chaps, à l'extérieur de ma cuisse droite, facile à extraire.

J'ai dit À genoux. Il s'est mis à genoux en me regardant droit dans les yeux. Rien que ça, ça m'a fait bander. J'ai attrapé sa tête et je l'ai collée à la bosse de mon slip. Je l'ai frottée de droite et de gauche, comme un objet, contre ma bosse de plus en plus dure. Avant que ma bite ne se mette à dépasser du slip j'ai ouvert le zip, je l'ai sortie et il l'a sucée, très correctement, en fond de gorge. Dommage qu'il ne se fasse pas baiser. Quand j'ai senti qu'il commençait à redescendre je l'ai pris par le collier. Je l'ai emmené jusqu'à la cuisine. Arrivé au seuil je l'ai fait descendre. À quatre pattes ! j'ai dit. Je l'ai fait avancer comme ça, en tirant sur son collier, jusqu'au milieu du carrelage. Pour t'habituer à être au ras du sol, d'accord ? Il a fait oui de la tête.

J'ai lâché. J'ai désigné le bas de l'étagère. Tu vois, il y a tout ce qu'il faut, j'ai dit. J'ai sorti des gants Mapa roses, du produit pour les sols, une serpillière et un seau, que j'ai posés au fur et à mesure sous son nez. J'ai dit Commence. Il s'est levé pour aller chercher de l'eau. J'ai dit Non, tu vas faire ça à quatre pattes, je veux te voir le cul en l'air, c'est ça qui m'excite, la bonniche qui lave par terre le cul en l'air. Il est allé jusqu'à l'évier en rampant. Ça le faisait bander ce petit salaud. Arrivé devant l'évier il a dit Là je fais comment ? J'ai dit Là, tu te relèves. Il a rempli le seau et puis il est retourné sagement au niveau du sol. Il a commencé à laver. Il faisait ça bien. Consciencieusement, en prenant son temps, le cul bien cambré. J'ai posé une de mes rangers sur une de ses fesses. J'ai appuyé bien fort. J'ai fait pareil sur l'autre fesse. J'ai regardé sur son cul la trace rouge de mes semelles, en me frottant le paquet.

Puis je me suis accroupi derrière son cul. J'ai passé deux doigts sur son trou. Il était assez fermé, mais je n'arrivais pas à croire qu'il ne se faisait jamais baiser. C'était plutôt le genre mec marié qui vit ses fantasmes ailleurs. Je lui ai caressé le cul. Ça ne l'a pas trop fait réagir. Alors je l'ai claqué et là il s'est raidi tout de suite et il s'est mis en position, bien cambré, et il a frotté plus fort. J'ai pensé D'accord, tu vas voir ce que tu vas prendre, et j'ai continué jusqu'à ce qu'il soit rose foncé et qu'il tourne la tête vers moi et qu'il me dise J'ai fini. J'ai dit Bon, on passe à la suite. Il a dit Est-ce que je pourrais avoir un verre d'eau ? J'ai dit Oui. Je suis allé à l'évier, j'ai rempli un verre d'eau que j'ai placé devant ses lèvres (roses, bien dessinées). Je le lui ai fait boire jusqu'au bout. C'est bon ? j'ai dit. Il a dit Oui. Alors maintenant tu vas faire les chiottes, j'ai dit, en pensant qu'elles en avaient bien besoin. Je me suis mis face à lui, j'ai attrapé son collier et je l'ai tiré comme ça jusqu'au-dehors de la pièce, dommage que les chiottes soient aussi près, en l'étranglant juste un peu et en lui poussant la tête vers le bas, comme à un chien.

J'ai fermé la porte au loquet, je ne voulais pas être dérangé par Quentin. Je l'ai foutu direct au nettoyage de la cuvette. Ce qu'il y avait de plus humiliant. J'ai regardé. Ce beau mec à poil, en rangers noires, cul en l'air, en collier de chien et pinces à seins, en train de nettoyer mes chiottes. C'était beau. J'ai sorti ma cravache. J'ai posé la boucle souple en cuir exactement à la jointure de la semelle et de la tige de sa ranger gauche. Puis je suis remonté, lentement, le long de la chaussure, de la boule tire-bouchonnée de ses chaussettes, de son mollet, de l'arrière de sa cuisse. Au bas de sa fesse j'ai obliqué vers sa raie. J'ai insisté sur le trou. Puis je suis remonté le long de sa colonne vertébrale, toujours aussi lentement. Il s'est arrêté de frotter. Il n'y avait plus que ce que je lui faisais. Sa tête de plus en plus vide de quoi que ce soit d'autre. De plus en plus abandonnée. Ça me faisait bander. Quand je suis arrivé au cou j'ai fait glisser la cravache sous son menton. J'ai rattrapé l'autre extrémité et en le tirant comme ça sous le menton avec la tige je l'ai fait remonter jusqu'à ma bite que j'avais préalablement libérée du string et il l'a avalée pendant que je me mettais à le cingler, pas trop fort, en commençant par les fesses et en couvrant, centimètre après centimètre, de gauche au centre, et puis de droite au centre, et du centre à gauche et du centre à droite, toutes les parties accessibles de son corps. De plus en plus fort. Au bout d'un moment il s'est mis à se branler. Au bout d'un moment j'ai retiré ma queue de sa bouche, et tout en continuant à le cravacher je me suis branlé vingt secondes et je lui ai arrosé le dos de foutre. Il a giclé sur le carrelage. Puis il m'a demandé s'il pouvait nettoyer ça avec la même éponge et j'ai dit Oui en pensant Décidément il est parfait. J'ai essuyé son dos avec du PQ, et puis il a repris là où il en était.

19

(1993)

L'hiver était passé. Mon père m'a proposé de m'emmener en week-end à l'étranger. On ne se voyait plus jamais, il voulait renouveler nos liens. J'ai refusé Prague, Venise et Budapest. Il a accepté Berlin. Le deal final a été que je ne sortirais qu'une seule fois, le samedi soir, et que je serais à mon poste le dimanche matin pour du culturel avec lui.

*

Samedi soir est arrivé. J'ai ciré mes rangers noires, celles que j'avais rachetées à Jean-Hughes un soir où on était défoncés chez lui à Vanves, Quentin, moi, lui et son meilleur copain, un petit blond angélique, on avait chanté en chœur *Precious Little Diamond*, un tube funk années quatre-vingt outrageusement éthéré. Je les avais customisées[21] avec des lacets marron du plus bel effet. J'ai sorti du placard mon 501 blanc moulant que je ne mettais pas quand j'étais avec papa, un débardeur à côtes blanc, une chemise à carreaux et les bretelles en cuir que je m'étais achetées la veille en faisant un peu de shopping de mon côté.

J'ai fumé un pétard et puis j'ai marché jusqu'au quartier hard. Tom's bar était ma première adresse. Onze heures. Il y avait une tonne de monde à l'extérieur comme à l'intérieur, mais ils faisaient tous un mètre quatre-vingt-dix, tout cuir, je me sentais un peu déplacé alors j'ai fini ma bière en regardant la vidéo de fist qui passait au-dessus du bar et j'ai traversé la rue pour aller à Connection qui était moins cuir et plus jeune. J'ai dansé sur la disco, bien excité par l'ambiance, j'avais un ticket sûr avec un beau petit brun, un probable avec un très beau petit blond. Je suis descendu à la backroom, qui était immense, une suite de caves et de couloirs bondés. Très rapidement je me suis retrouvé en train de soupeser la très grosse queue d'un stachemou en chaps en cuir et collant noir (c'est systématique, en backroom je tombe quasiment toujours sur des mecs hyper-montés. Ils sont probablement surreprésentés dans ce genre d'endroits), le coup du collant je n'avais jamais vu ça, c'était très pratique, il suffisait de baisser le devant et de le coincer sous le cockring, tout était disponible en une seconde. Je me suis arrêté parce que je ne voulais pas jouir tout de suite. Je suis retourné en haut boire un verre et danser. Quand je suis redescendu, environ une heure plus tard, je suis retombé tout aussi vite sur un autre stachemou en chaps en cuir et collant noir, même gabarit, même bite énorme, mais celui-là embrassait nettement mieux. Tellement mieux même qu'au bout d'un moment j'avais envie de parler. On est allé boire une bière au bar de la backroom. J'ai proposé d'aller chez lui. Il était déjà trois heures, j'allais être naze demain mais j'avais envie de vivre quelque chose.

On a marché longtemps parmi les arbres, les maisons endormies. Il poussait son vélo à côté de moi. On parlait peu, mais sans être gêné par le silence. Et puis on est arrivé chez lui, un genre loft dans un ancien bâtiment industriel avec de la figuration libre toute hauteur sur les murs. Des cheminées d'usine commençaient à apparaître à la fenêtre. Il a tiré les rideaux noirs, on a fumé un pétard en écoutant de la techno, puis j'ai essayé de le baiser (safe), mais il n'y avait pas de gel alors j'ai pris de l'huile à branler, je lui ai demandé si c'était O.K. avec ça et il a dit oui. Le gras rend les capotes poreuses alors autant l'enlever, j'ai pensé. Je l'ai retirée en lui montrant ce que je faisais et comme il ne disait rien je l'ai baisé comme ça de face, puis de dos, puis de face. On s'embrassait. Il me plaisait.

Après il s'est endormi. Je n'arrivais pas à fermer l'œil. Je me suis relevé. J'ai regardé les disques et les livres en allemand, les objets, et puis je suis allé pisser et je suis tombé sur le dressing. Tout l'attirail du parfait hardos était suspendu : combi latex, chemise cuir, débardeur cuir, masque à gaz. Il était déjà sept heures, je devais rejoindre mon père à dix, alors je me suis rhabillé. Il s'est réveillé, je lui ai expliqué que je devais y aller. Il m'a proposé du café. Sa cuisine était incroyablement familiale, avec du bois partout et des choses riantes. J'ai bu son café et je me suis mis à lui poser des questions sur sa vie et il s'est mis à me parler de son mec et tout d'un coup sa voix s'est cassée et il s'est mis à pleurer, je ne savais pas pourquoi, si le mec était mort ou juste parti, je n'osais plus poser de questions, il pleurait sur sa chaise, face à moi, ses larmes coulaient, il me regardait sans me voir. Je me suis demandé si c'était à cause de moi, de la baise sans capote, s'il était malade. Il n'arrêtait pas de pleurer. J'ai essayé de le consoler, je lui ai caressé la tête en disant Chhhhh, il a fini par se calmer. Je lui ai demandé son numéro de tel au cas où je reviendrais. Je me sentais coupable. Il me l'a donné, je l'ai embrassé, je suis parti.

Dehors le soleil brillait et aucun taxi ne voulait me prendre, probablement qu'ils n'aimaient pas les gens qui ont le crâne rasé, des lunettes noires, une barbe de trois jours et un jean blanc couvert de taches avec un débardeur sale à la ceinture. Et puis une énorme Mercedes noire s'est arrêtée alors que j'étais prêt à me taper le métro pendant des heures. J'ai capté quand j'ai vu le 501 en cuir du chauffeur moustachu. Il avait carrément la casquette sm sur le siège du passager et je me suis un peu excité à l'idée de le faire mais je n'avais vraiment pas le temps alors j'ai somnolé jusqu'au Ku'damm en ouvrant les yeux de temps en temps pour voir Berlin. L'avenue était bloquée par une course de vélos. La foule du dimanche matin regardait passer les cyclistes. Décalage. Il était dix heures et demie quand je suis arrivé à l'hôtel. Mon père qui aime bien le drame était parti sans m'attendre, mais il avait tout de même laissé un mot pour me dire qu'il était au musée d'art contemporain. J'ai pris un grand petit déjeuner allemand avec du fromage et de la charcuterie pour ne pas tomber raide, entouré de blonds en voyage, une douche express et je suis reparti en vitesse, je ne voulais pas gâcher nos retrouvailles, déjà que je n'avais pas voulu l'accompagner au cimetière juif où on n'avait aucun ancêtre.

J'ai pris le métro, la ligne passait par de vieilles stations tout près de l'ancien Est, je m'endormais bercé par le mouvement du wagon. Je suis descendu à la bonne station. J'ai traversé les Puces inondées de soleil, il y avait une tonne de futes en cuir pas chers, j'en ai essayé un qui ne m'allait pas. Quand je suis arrivé au musée j'ai vu mon père à travers les grands panneaux de verre. Il m'a dit qu'il avait déjà fait le tour. Ouais, c'était sympa ? j'ai dit, et je me suis assis sur un des bancs du hall, face aux grands tableaux et aux sculptures immenses, sans enlever mes lunettes de soleil. Il m'a demandé si ça allait. J'ai dit que je n'avais pas dormi de la nuit. Je lui ai demandé s'il ne pouvait pas me raconter ce qu'il avait vu parce que là je ne pouvais carrément plus bouger, et là au lieu de me faire une scène il m'a parlé des tableaux. J'ai repris des forces. Au bout d'un moment je me suis levé. On a visité le musée, avec dans ma tête en surimpression l'image du mec qui pleure assis dans sa cuisine.

20

(1993)

C'était un après-midi de juin où il ne faisait pas très beau. Quentin était chez son mec. J'ai regardé Paris, gris, par la fenêtre de la chambre. J'ai fait sécher au four un petit tas de feuilles d'herbe que j'avais prélevées sur les plantations, un peu en bas des tiges, la plus faible, un peu en haut où elle était bonne. J'ai fait un pétard en y ajoutant un reste de shit gros comme une rognure d'ongle. Ça donnait quelque chose de très moyen, mais qui m'a quand même fait de l'effet parce que j'étais à jeun. Je me suis mis au minitel. Comme toujours il n'y avait rien. J'avais déjà fait Mégadéfonce, c'était pas mal mais pas assez pour recommencer. Mekvir était chez nous la semaine dernière à dîner. Les autres étaient clairement des nazes ou alors vraiment dans d'autres trips. Et puis je suis tombé sur un cv plutôt marrant : JUMENT A FF, 35 180 85 BF BM, CH A SE FAIRE DEFONCER AU POING.

J'ai tapé SALUT LIS CV. Une minute plus tard il a répondu LU INT. J'ai tapé LIBRE NOW ? TE DEPL ? AS JNT[23] ? Il a répondu LIBRE NOW, REC OU ME DEPL, NON, TOI OU ? J'ai tapé LES HALLES, REC. Il a tapé OK. Alors j'ai demandé TEL ? Il m'a filé son tel. Je lui ai balancé le mien en échange, pour le sécuriser. Il a déconnecté. Le téléphone a sonné (Quentin et moi on avait pris deux lignes précisément pour ne pas avoir à déconnecter). On s'est mis d'accord. Au bout d'une heure il a frappé à la porte. J'ai ouvert. Comme souvent les chiffres annoncés étaient loin du compte. En l'occurrence c'était plutôt du quarante-cinq, un quatre-vingts, quatre-vingt-dix. Et une gueule pas terrible, chauve pas rasé. Mais pas repoussante non plus. Tout le truc du minitel c'était aussi que je me retrouvais à baiser avec des mecs que je n'aurais jamais faits autrement. Il avait l'air propre. Il m'a regardé en demande maximale. Je me suis senti tellement important qu'au lieu de dire Désolé ça ne va pas coller, et de refermer la porte, j'ai dit Salut, et je l'ai laissé entrer.

J'ai démarré fort. Retourne-toi ! j'ai dit. Montre-moi ton cul ! Il a posé son sac à dos. Il s'est retourné. J'ai pris ses poignets et je lui ai placé les mains en hauteur sur le mur. Du bout de mes bottes j'ai écarté ses pieds jusqu'à ce qu'il soit bien en croix. C'est là que je me suis rendu compte que ce mec était une grosse salope. Son jean était découpé en L le long de la raie et au bas de la fesse droite, et, quand j'ai touché, le bout de mes doigts s'est posé directement sur sa peau et sur l'anneau, large d'un bon centimètre, déjà graissé, et entrouvert, de sa chatte. Un doigt aurait été clairement insuffisant, alors je lui en ai foutu deux tout de suite, que j'ai rentrés jusqu'au fond sans aucune difficulté. Incroyable ce que les culs peuvent devenir. Le sien était hyper-souple, gonflé, gorgé de sang. J'ai poussé les doigts comme si je voulais le soulever avec. Le deuxième sphincter s'est ouvert sans faire de manières. Je lui ai massé la prostate. Il gémissait. De l'autre main j'ai vérifié s'il bandait. Oui, mais petite bite.

J'ai dit O.K., viens un peu sur le lit, et je l'ai mis en marche en le tirant à la fois par la ceinture de son jean et par le cul où j'avais toujours les deux doigts plantés et tellement enfoncés qu'il devait avancer sur la pointe des pieds, ce qui était l'effet recherché. Dommage qu'on ne puisse pas refaire toujours la même chose dans la vie, c'était bien ces trucs. Maintenant ça me fait chier. Enfin peut-être que je les referais si le mec était blond, très jeune, très mignon, si… Je lui ai dit de monter sur le lit. Je l'ai mis en position. À quatre pattes ! Non ! Le cul plus en arrière ! Voilà, c'est ça, les genoux en avant ! Plus en l'air, le cul ! Oui, comme ça, et tout en poussant un troisième doigt et en tournant comme une horloge à droite et à gauche à l'intérieur j'ai ouvert avec mes dents la capote (ne pas en mettre restait exceptionnel) que j'avais prise dans le pot à baise sur l'étagère près du lit, je l'ai glissée d'une main sur ma bite, j'ai tartiné de gel et je me suis enfoncé.

Je l'ai bourré très fort, c'était tellement détendu que je devais y aller à fond si je voulais sentir quelque chose. Je le tenais par le haut de son jean. On était encore complètement habillés tous les deux. Je laverais mon jean.

Pour l'instant j'étais excité, c'était tout ce qui comptait. Je tapais, tapais, tapais, il faisait pas mal de bruit, ce n'était pas désagréable, mais au bout de cinq minutes il était tellement ouvert que je ne sentais carrément plus rien, alors je me suis dit qu'il n'était pas venu pour ça de toute façon. J'ai arrêté. On ne peut pas vraiment dire que je suis sorti tellement son cul ne me serrait pas. J'ai retiré la capote et je me suis branlé un peu en regardant son trou qui restait ouvert sur deux bons centimètres. Quel cul de pute ! j'ai dit. Il a tressailli de fierté. J'ai dit Bon, on passe aux choses sérieuses. J'ai attrapé le pot d'elbow grease, enduit ma main gauche jusqu'au poignet, avec la droite j'ai prélevé une grosse noix de crème que j'ai foutue direct dans son trou (il a apprécié l'attention), j'ai placé ma main gauche (je gardais la droite pour me branler) en pointe devant l'entrée, j'ai poussé doucement, fermement, régulièrement, il a dit Je peux avoir du poppers ?, j'ai dit Ouais, t'en as ?, histoire d'économiser le mien si c'était possible, après tout je lui rendais service, il a dit Ouais, dans mon sac, je suis allé chercher le sac, c'était chiant à cause des mains qui collaient, je le lui ai filé. Je me suis remis en position, il a ouvert le sac, dévissé le poppers, sniffé sans s'arrêter pendant que je poussais sans avoir à marquer un millième de seconde d'arrêt, sans avoir à détendre les parois en faisant les ciseaux avec les doigts, pas une seule contraction des sphincters, jusqu'à ce que ma main soit logée à l'intérieur et que son cul se referme sur mon poignet. Dedans j'ai ramené mes doigts sur ma paume. J'ai fermé le poing. J'ai commencé à tourner sur la droite, sur la gauche.

Est-ce que tu pourrais me boxer le cul ? Il a dit ça d'une voix parfaitement posée. C'était la première fois que j'entendais cette expression (il m'arriverait dans les années qui suivraient de l'employer pour mon compte. Parfois), mais c'était assez clair. J'ai boxé. Au début j'avais peur de lui faire mal, et puis j'ai compris qu'il fallait tirer sur les muscles, vers l'arrière, pour détendre le tout et pouvoir aller plus en profondeur, comme quand Quentin me baisait, alors je me suis mis à les faire revenir vers moi, presque jusqu'à lui ouvrir l'anus, et puis à rentrer à fond dans le cul qui cédait de plus en plus, je serrais mon poing pour qu'il grossisse. Je me suis mis à vriller en même temps que j'avançais et que je reculais, je faisais un huit, une bande de Moebius, comme les types qui tournent de la guimauve dans les fêtes foraines, il s'ouvrait tellement que mon poing fermé pouvait sortir et rerentrer çacomme. C'était crevant et il ne jouissait toujours pas bien qu'il fasse pas mal de bruit, alors j'y suis allé encore plus fort et il s'est branlé encore plus fort et il a fini par gicler en criant. J'ai ressorti ma main dégoulinante de crème liquéfiée mais où il n'y avait qu'un tout petit filet de sang, et je lui ai donné mes couilles à bouffer pour me finir moi aussi. Je me suis branlé en insistant bien sur le gland, en pensant qu'il était peut-être moche mais qu'il assurait. Je lui ai giclé dessus et puis je l'ai envoyé se laver. J'ai balancé le drap et la serviette dans la machine. Après je me suis lavé. J'ai fait du thé et un pétard et il m'a raconté sa vie qui était intéressante : avec son mec ils avaient vécu un an avec un esclave à la maison, un truc que j'avais toujours voulu faire.

21

(1993)

Je l'ai branché au minitel. Il disait qu'il était hétéro, vingt-huit ans, mignon, bien foutu, bien monté et qu'il cherchait à goder. Je me suis dit Pourquoi pas, jointé à mort que j'étais, et aujourd'hui encore, rien à faire. Ça faisait quasiment deux ans que je ne baisais plus avec Quentin, il fallait bien que je m'occupe. Entre la recherche, l'attente, la baise, la sieste pétardisée, j'arrivais à passer des journées entières. J'ai attendu qu'il arrive.

Il était tout en noir. Santiags (j'ai toujours eu un faible pour les santiags), jean moulant, Lacoste, perf. Effectivement mignon, très mignon même, très bien foutu aussi. On s'est installé. J'avais déjà sorti ce qu'il fallait. Il est resté habillé. Il a juste enlevé ses tiags pour monter sur le lit. Il a mis des gants. Dès qu'il m'a touché le cul j'ai senti que j'allais prendre mon pied. Ce mec était hyper-fin. Il m'a parfaitement bien godé, en me malaxant le cul de droite à gauche en même temps qu'il avançait et reculait, comme s'il pétrissait du pain ou quelque chose dans ce genre. Au deuxième gode il a sorti sa bite, qui était magnifique, pas énorme, juste grosse et longue. Il a mis une capote et il s'est branlé de la main gauche tout en me défonçant au Lord. Je sniffais du poppers en me branlant, gonflé à bloc. C'était bonnard.

Puis il a enlevé sa capote et il s'est levé et il a dit Viens me sucer. Je me suis accroupi sur le Lord et je suis allé pour le sucer mais il s'est dérobé. Pas comme ça, il a dit. Lèche ! Je me suis mis à lécher. Il s'est dérobé à nouveau. Pas comme ça, il a dit. À petits coups. Je lui ai frôlé les couilles avec ma langue, il a dit Bien, j'ai compris qu'il était au bord. Il m'a fait lever la tête, regarder son gland qui perlait, il se branlait hyper-lentement, j'étais carrément hypnotisé, j'ai compris qu'il voulait que je fantasme sur sa jute dans ma bouche, j'ai ouvert la bouche, pour fantasmer il n'y avait pas de problème, ça faisait six ans que personne ne m'avait fait ça. Sans prévenir il s'est mis à gicler. J'ai refermé immédiatement mais c'était trop tard, je m'étais déjà pris un jet de foutre, le salaud en fait c'était ça qu'il voulait. J'ai fermé les yeux parce qu'il était en train de m'arroser la gueule, et puis quand il a eu fini je me suis fini aussi, méga-excité. Je suis allé à la salle de bains les yeux fermés, avec ce goût oublié dans ma bouche, en le maudissant.

22

(1993)

Treize juillet. Le jour de l'anniversaire de ma mère. Je me suis levé tard. Je me suis mis au minitel. J'ai passé des coups de fil. J'ai pris un taxi pour Beaugrenelle, j'avais des souvenirs là-bas. Aujourd'hui il s'agissait d'un plan dressage, vingt-neuvième étage, le mec était censé avoir trente-cinq ans. Quand je suis arrivé à la porte j'ai entendu des cris. Et puis des coups. De martinet. J'ai reconnu le bruit. Et puis encore des cris. J'ai collé l'oreille contre la porte. C'est bon, je m'en vais, a dit une voix. Tu ne veux pas qu'on continue ? a dit une autre voix. Non, a dit la première voix, plutôt colère. Je me suis dit que c'était le moment de sonner.

Le type qui a ouvert était moustachu, plutôt grand, plutôt vieux, plutôt mal foutu, torse nu en jean cuir et bottes. Derrière lui dans l'entrée du genre loft, une grande asperge remettait ses chaussettes, debout, maladroit, le visage rouge. Le mec devait être un naze mais je n'avais pas envie de repartir. Maintenant j'y étais, et chez moi je n'avais rien à faire à part refaire du minitel. Alors j'ai dit Salut ! et je suis entré. L'autre maso a attrapé son sac et s'est cassé.

En face de moi il y avait un immense bureau couvert de papiers, à gauche un salon à baie vitrée qui donnait sur les tours, la grande horloge digitale de Beaugrenelle indiquait quinze heures, le ciel. Le type m'a attrapé les seins très fort. Il a tiré dessus pour me faire mettre à genoux. Je me suis retrouvé à la hauteur de son paquet. Il a pressé ma tête dessus, très fort. J'ai pensé que c'était typiquement le genre de gestes qui ne signifient rien d'autre que la bêtise de celui qui les fait (plus tard il allait m'écraser la tête avec sa santiag, et comme il y allait toujours trop fort, ce connard allait m'éclater l'oreille, rien de grave, pas de sang, juste une boursouflure du cartilage que j'irais montrer à un médecin en pensant que c'était le début de la fin parce que je n'avais pas fait le lien, je m'étais aperçu du truc plusieurs mois après. Ça s'appelle une oreille de rugbyman, m'a appris le médecin. J'ai trouvé ça drôle).

Je n'ai rien dit. Dès que sa pression a été assez faible pour que je puisse bouger la tête je me suis mis à lécher sa bosse à lents coups de langue, j'essayais d'orienter le truc vers une ambiance plus cul. Ça a fini par le faire bander. Il a sorti sa bite. Je l'ai sucé. Il puait, je me suis dit qu'il devait faire exprès de ne pas se la laver les jours où il faisait ce genre de plans. Puis il a remonté son fute et il est allé chercher le martinet sur le bureau. Il est revenu, il s'est baissé (j'étais toujours à genoux), il a déboutonné mon 501, dégagé mon cul (j'étais en jock-strap). Il s'est mis à me fouetter, tout de suite trop fort mais ça m'a quand même fait bander. Au bout d'un moment j'ai commencé à avoir mal. J'ai regardé où ça en était. Mon cul était déjà bien marqué, de marques qui s'en iraient au bout de deux jours maxi si je m'arrêtais maintenant, mais pas plus tard, alors j'ai remonté mon jean, sans changer de position. Il a recommencé, je regardais le sol en dalles plastiques beiges, de bonne qualité, l'hiver ça doit être l'horreur ces dalles, là ça va parce qu'on est en juillet, le jour de l'anniversaire de ma mère. Les coups étaient supportables grâce au jean mais il tapait de plus en plus fort l'enculé, je commençais à avoir à nouveau vraiment mal, alors je me suis retenu un peu, par politesse, pour ne pas trop lui casser son trip, et puis j'ai dit Stop! Il a continué. Alors, les conventions sm, ça sert plus à rien? J'ai redit Stop!, d'un ton plus ferme, limite énervé. Il a arrêté.

Il m'a dit de me mettre à poil. Je l'ai fait sans me relever, c'était plus sexy, et en gardant mon cockring, normal, mais aussi mes chaussettes et mon jock-strap, et comme il était parti je me suis permis un peu d'insubordination, j'ai remis mes Converse, des All stars traditionnelles bleu marine qui faisaient petite salope comme c'est pas permis, à vingt-sept ans je pouvais encore me la jouer ado vicelard. Il est revenu avec un truc dans les mains. Une cagoule en cuir. Ça aussi j'avais chez moi, une que j'avais achetée à un petit skin qui la proposait sur le réseau, je l'avais beaucoup mise à des mecs, pas mal mise moi-même, enfin j'avais l'habitude mais c'est toujours assez spécial ce genre de trucs. Je me suis redressé pour qu'il me la mette. Il tremblait un peu. Il a serré à fond le cordon en haut du crâne, puis derrière, mais ça allait, le cuir se plaquait bien sur moi, je connaissais alors je n'avais pas peur, et puis il m'a attaché le lacet autour du cou mais là c'était carrément trop serré, dans dix secondes j'allais étouffer, j'ai dit C'est trop serré. Il a défait le nœud, je sentais que je l'énervais mais il l'a fait quand même, il n'avait pas envie que je me casse, deux à la suite ç'aurait été trop pour son ego. J'ai mis mon doigt entre le fil et mon cou pour que ça n'étrangle pas, il a fait le nœud et puis l'une après l'autre il a fermé les ouvertures pour les yeux.

Inutile de dire que je bandais. Il m'a fourré son pouce dans la bouche et j'ai sucé avidement, dans le noir, en sentant mes mâchoires jouer contre le cuir de la cagoule quand je les ouvrais à fond pour avaler jusqu'à son poignet, ça tirait, je m'étranglais un peu avec le lacet du cou, ça me faisait bander encore plus fort. Puis il a retiré sa main et il m'a plaqué à nouveau méchamment contre son paquet, genre cuir contre cuir qu'est-ce qu'on est hard, bon j'en ai profité pour me démonter la tête avec l'odeur, j'avais du mal à inspirer à fond, la cagoule était tellement serrée. Et puis il a relâché la pression alors j'ai fait ce qu'il y avait à faire, j'ai léché, c'était difficile parce que je ne disposais plus que de la moitié de ma bouche, mais j'y arrivais plutôt bien.

Pendant tout ce temps je frottais ma queue bandée à travers mon jock-strap. Quand il s'en est aperçu il m'a attrapé les poignets et il me les a mis en croix. Il les a maintenus comme ça d'une main pendant qu'il se déboutonnait de l'autre et il m'a refilé sa bite puante à sucer. Au degré d'excitation où j'en étais maintenant, l'odeur n'était plus vraiment gênante, au contraire. Sa bite était assez grosse, ni dure ni molle. Les poils n'étaient pas taillés. Les couilles pas rasées. Je les lui ai bouffées comme je pouvais (le trou dans la cagoule était trop petit et les poils empêchaient une succion efficace). Il m'a fait arrêter. Je l'ai entendu s'éloigner. Je suis resté là bien sage, en me tenant moi-même les poignets dans le dos.

Il est revenu. Il m'a attrapé un poignet. Il a posé une menotte américaine en métal trop serrée. Une deuxième. J'avais un peu mal mais pas tant que ça. Et puis j'ai senti quelque chose contre mes chevilles et c'était une autre paire de menottes, en cuir, avec un peu plus de jeu, je n'allais pas avoir mal. Il a zippé l'orifice pour la bouche. Ça y est, il n'y avait plus d'ouverts que les petits trous sous les narines, j'allais avoir chaud ! Il m'a fait lever et vite, sans me laisser retrouver l'équilibre, il m'a entraîné sur ma droite en me tirant par le laçage du haut de la cagoule, il speedait (moi quand je faisais ça je la jouais plutôt lent en tirant par le cou pour étrangler un tout petit peu), je chancelais à cause des menottes aux chevilles, je me suis cogné contre quelque chose (pas fort, ça allait, j'ai pensé que je n'aurais pas de bleu), un mur, autre chose, une porte (je ne voyais rien du tout), et puis il m'a plaqué contre un truc à hauteur de mes reins et il m'a fait basculer en arrière, je lui ai fait confiance en espérant seulement que ça n'allait pas être couvert de lames de rasoir, c'est fou ce qu'on fait avec des inconnus, jusqu'à présent je n'avais jamais eu aucun problème avec les cinq ou six cents mecs que je m'étais déjà tapés, dont quand même peut-être la moitié seul à seul, soit chez moi, soit chez eux, sans que personne ne sache où j'étais, au début je laissais les adresses à Quentin et puis j'avais fini par me dire que je m'en foutais que mon meurtrier soit puni, alors je ne l'ai plus fait, peut-être que c'était maintenant que ça allait déconner, mais non, je me suis posé sur un plan horizontal un peu froid. Il m'a attrapé les jambes, les a fait pivoter. Je me suis retrouvé presque allongé, il n'y avait pas tout à fait la place, avec un cercle de lavabo dans le dos. Le robinet me rentrait dans les côtes, je me suis dégagé en me tortillant. Je suis arrivé à placer mes mains menottées dans le creux du lavabo. Je me suis disposé correctement.

C'est là que j'ai entendu le bruit de la tondeuse. Puis je l'ai sentie contre ma poitrine. Cet enfoiré faisait un rond autour de mes seins. J'ai pensé à gueuler mais c'était un peu tard. Il m'avait eu. Il n'y avait pas trente-six solutions. Soit je m'énervais et je lui disais d'arrêter, ça cassait l'ambiance et je me tirais (ce qui ne lui aurait sûrement pas déplu, il m'aurait vraiment baisé la gueule). Soit je profitais. J'ai choisi de profiter. Je n'aurais qu'à me passer tout le haut du corps à la crème dépilatoire pour pouvoir partir en vacances comme prévu chez mon père. Qu'est-ce que j'allais dire ? J'ai fait ça parce que j'avais trop chaud ? Il est passé à mon ventre. Méthodiquement, bande par bande. Je me concentrais sur mon malheur. Je me suis mis à gémir comme avant sous Quentin. Je geignais, dans une sorte de léger dédoublement qui me permettait de profiter de mon propre chant sans que celui-ci cesse d'être sincère. Il s'est arrêté. Il a dit Tu veux voir ? C'est marrant, le sm, c'est vraiment un truc de gamins. Faire des bêtises. J'ai hoché la tête. Alors il a dézippé mes yeux et en tournant la tête sur ma gauche vers le miroir j'ai vu ce qu'il m'avait fait.

Chacun de mes tétons était entouré d'un cercle de peau blanc de deux centimètres de rayon. Mon ventre était tondu depuis le bas des côtes jusqu'à trois centimètres au-dessous du nombril. Le reste était sans changement, poilu. C'était assez classe. J'ai fait Hon ! Hon !, pour lui faire comprendre que j'avais quelque chose à lui dire. Il m'a dézippé la bouche. J'ai dit Est-ce que je peux descendre ? J'ai mal, là. Il a dit O.K. Il m'a fait pivoter à nouveau, vers le bas cette fois. Dès que je me suis retrouvé en équilibre j'ai dit Et est-ce que je pourrais me détacher ? J'aimerais bien faire un pétard. J'avais besoin de me réexciter. Il a dit Tu peux si tu veux, moi je ne fume pas. Tant pis pour ta gueule de con, j'ai pensé. Il m'a ôté les menottes. J'ai retiré la cagoule, avec, il faut bien le dire, un peu de fébrilité. J'ai soufflé. Et puis je suis descendu défaire mes menottes de pieds et sans plus m'occuper de lui je suis parti chercher de quoi rouler dans mes affaires au salon.

Il m'a suivi. Je le sentais indécis, alors j'ai dit Ça te dirait qu'on cherche un troisième ? Ce que je n'ai pas dit, c'était que si on n'en trouvait pas, je me cassais. Il a dû comprendre. Il a dit Ouais, pourquoi pas ?, l'air moyennement enthousiasmé. J'ai dit On fait du minitel ? Il a dit D'accord, alors on est allé dans sa chambre, en face de la salle de bains maudite. J'ai roulé pendant qu'il cherchait. Il n'y avait pas grand-chose. Un autre passif, qui se prétendait jeune et bien foutu. Il m'a demandé ce que j'en pensais. J'ai fait Mmmmouais, pas convaincu. J'ai tiré sur le pét. Et puis le téléphone a sonné et il est allé répondre et j'en ai profité pour changer sa cv en me rajoutant (« Ça t'embête pas si j'ai modifié ta cv ? Comme ça c'est plus clair »). C'est là que je me suis fait brancher par un mec qui s'appelait JMATEUR. Jeune c'était bien, mateur moins, j'ai pensé, mais il a tapé BERNARD ?, BEAUGRENELLE ? J'ai tapé OUI. C'était intéressant qu'il connaisse déjà le maître de maison. Il m'a demandé comment ça se passait. J'ai tapé PAS MAL TU VX VENIR MATER ? Il a répondu PQ PAS, alors j'ai tapé TEL ? Il a dit qu'il appelait. Deux minutes après le téléphone a sonné. Bernard a répondu. Il m'a décrit (« Bien soumis »). Il m'a redemandé ce que j'aimais, déjà. Il l'a répété à l'autre. O.K., à tout de suite. Il a raccroché. Il arrive dans combien de temps ? j'ai demandé, en espérant qu'il ne faudrait pas tenir des siècles. Le temps de venir, il habite pas loin, a répondu Bernard. J'ai demandé s'il le connaissait bien. Il a dit que l'autre venait de temps en temps. J'ai demandé s'il était aussi mignon qu'il le disait. Ouais, il est pas mal, a dit Bernard. Je me suis étendu sur l'oreiller à la tête du lit et j'ai fumé, et puis j'ai eu froid et peur de lui donner des idées alors j'ai dit J'ai froid, je vais me rhabiller un peu en attendant, et je suis allé au salon remettre mon débardeur.

Raté. Il m'a rejoint avec une paire de pinces à seins du genre plutôt hard, gainées tout de même, avec des poids. Il a remonté mon débardeur pour me les poser. Je regardais mes seins pour ne pas voir sa gueule. D'abord il a gardé les poids dans la paume des mains et puis il les a laissés aller au bout de leur petite chaîne, ça a fait un petit coup qui détournait un peu l'attention du cuisant des pinces. Mon jock s'est rerempli. Alors il m'a fait mettre à quatre pattes et il m'a fouetté à nouveau avec le martinet, sur tout le corps cette fois, et bien entendu ça passait mieux maintenant que la sensation était équilibrée par celle des pinces. J'appréciais presque. On a sonné à la porte.

Bernard est allé ouvrir. Je suis resté à quatre pattes, mon cul nu et rougi dirigé vers l'entrée. Jeune mateur allait être content. Je n'ai pas tourné la tête pour le voir. C'était une surprise. Pour commencer j'ai découvert ses jeans bleus délavés. Tout en bas il y avait des mocassins en peau beige, ni trop clairs ni trop foncés, le genre hyper-souple, avec une seule couture, sans aucun ornement, pas style italien, plutôt vraiment Indien d'Amérique, roots. Je trouvais ça extrêmement sexy, ça me rappelait Bion, le play-boy de ma classe en quatrième, un minet blond qui marchait sur les talons, le bassin en avant, et qui avait toujours de nouvelles chaussures, toutes plus sexe les unes que les autres, il avait eu successivement des Sebago noires *et* des bordeaux et puis ces indiens en cuir blanc avec de petites perles de couleur, c'était la grande mode des mocassins.

Ils ont fait des commentaires, l'air dégagé, comme si je n'étais pas là. Pas mal, gnagna, salope, bon suceur, gna gna gna. J'ai levé la tête. Ses cuisses étaient fines mais bien faites. Il avait à peu près ma taille de bassin. J'ai levé la tête. Une ceinture en cuir noir, fine. J'ai levé la tête. Un polo blanc qui n'était pas un Lacoste mais qui lui allait bien. J'ai levé la tête. Il était beau. Châtain, cheveux courts, longueur hétéro. Vingt-cinq ans ? La peau mate, les yeux marron, une grosse bouche, de longs cils, les sourcils bien marqués. Comme dans un rêve. Il me regardait, de haut. Il a dit Pas mal... D'une voix bien neutre. Pourvu qu'il participe.

Au début il n'a rien fait. Il restait à distance. Il regardait. J'ai pompé le vieux, au poppers. Il m'a foutu par terre, m'a fouetté le cul, m'a fait sniffer ses santiags, je n'ai pas voulu lécher. C'est là qu'il m'a écrasé l'oreille. Et puis le prince charmant a glissé son pied sous mon nez. Je ne savais pas trop quoi faire. Est-ce que ça se lèche, un mocassin en peau ? Dans le doute, je me suis abstenu, je l'ai juste sniffé. J'ai aspiré de longues goulées de chaussette de tennis blanche, chaude de juillet. Du bout d'une pompe il a enlevé celle de l'autre pied. J'ai filé sur les orteils un peu humides. Sniffé un maximum. Je me démontais bien la tête. Il a poussé son gros orteil à travers mes lèvres. J'ai pompé en aspirant bien le pouce puis les autres orteils, tout ce que je pouvais, ça me faisait triquer à mort. Tu vas lui lécher le cul maintenant, a dit le vieux. Ça m'a étonné qu'il se permette de décider pour l'autre. Peut-être qu'il était soumis. Ç'aurait pu être pas mal de se faire larver ensemble. Pour l'instant je matais la descente de son jean le long de son slip blanc, ses cuisses brunes, galbées, légèrement poilues. Il a baissé son slip.

M'a présenté son cul. J'ai mis le nez au creux de sa raie. Le trou n'était pas rasé, pas lavé, mais pas crade. J'ai posé ma langue juste au milieu. Contact. J'ai léché. En inspirant doucement d'abord, pour m'habituer à l'odeur, et puis quand je me suis rendu compte qu'elle n'était pas trop forte, de plus en plus à fond pour décoller. Je pensais aux pornos américains où les enculeurs se font bouffer le cul pour s'assurer une bonne trique avant de niquer. Il a cambré. J'ai léché à lents coups de langue, de l'entrecuisse à juste au-dessus du trou. Peau, poils, trou, poils, peau. Peau, poils, trou, poils, peau. Au moment précis où je commençais à le détendre vraiment il s'est retourné. Ce salaud savait me frustrer juste comme il faut. Notre entente était parfaite. Il a approché son paquet de ma gueule, m'a pris l'arrière de la tête. Il a pressé. Je m'enivrais de son parfum. Il m'a rentré sa bite dans la bouche jusqu'à ce que j'en aie jusqu'à la glotte et que je doive tout lâcher pour respirer.

Pendant que je le suçais il a discuté avec le vieux. Au bout d'un moment il s'est retiré. Rhabillé. Le vieux m'a entraîné jusqu'à la salle de bains. M'a dit de monter dans la baignoire. Je suis monté. D'ouvrir la bouche. J'ai ouvert. Ils ont sorti leur queue. J'ai essayé de sucer le jeune mais il s'est mis hors de ma portée. Le jet a atterri direct sur mes lèvres. Tu vas avaler, O.K. ? a dit le vieux. Il fallait choisir, soit laisser, soit prendre. Elle n'avait pas l'air trop concentrée, la couleur était plutôt claire. J'ai essayé. Ça passait. Je me suis mis à la sortie et j'ai bu. Il pissait très lentement, en contrôlant le débit. Je louchais sur son gland rose et sa queue blanche, soyeuse. Ça m'excitait. Il s'est arrêté.

Maintenant l'autre voulait sa part de fun. La sienne était dégueulasse, puante, jaune foncé. Je l'ai laissée dégoutter des coins de ma bouche. Il s'est énervé. J'ai craché et j'ai dit qu'elle était trop concentrée, s'il voulait que j'avale il fallait qu'il boive, désolé. O.K., très bien, il a fait. Il est remonté pour se venger, il ne voulait pas perdre la face devant le petit jeune, j'ai fermé les paupières à fond pour ne pas être brûlé. Ouvre la bouche ! il a dit.

J'ai gardé les yeux bien fermés, j'ai ouvert la bouche, j'ai senti deux jets dedans, décidément c'était ma fête. Ils se sont cassés en me disant de me nettoyer et de les rejoindre. J'ai cherché l'eau en tâtonnant, et puis je me suis rincé, d'abord les yeux, puis la bouche, puis le reste. Je me suis séché avec une serviette qui traînait.

Je les ai rejoints au salon. Ils étaient en train de boire une bière. Le vieux m'a dit de me mettre à genoux. Je me suis mis à genoux. Il est allé dans la cuisine. Revenu avec une bougie. Il l'a allumée. J'ai dit Pas sur les poils. Tu ne voudrais pas le bâillonner ? a dit le jeune. Ça m'a fait triquer deux fois plus fort instantanément. Je n'ai pas bougé. Le vieux est revenu avec un bâillon à boule. J'avais le même. Il me l'a bouclé derrière la nuque. La boule en latex me maintenait la bouche ouverte. Dans deux minutes j'allais me mettre à baver, ou alors il faudrait faire tout un cirque pour avaler ma salive. Il m'a remis les menottes. Ma queue était tellement bandée que mon cockring me faisait mal.

Le jeune m'a dégagé le paquet du jock. La première goutte a raté ma bite. Mais pas la deuxième. Ça ne m'a pas fait débander, au contraire. Le suspense était total. J'étais entièrement focalisé sur mes sensations. Attente. Brûlure, comme un coup bien appliqué. Parfois je restais en arrière parce que j'avais eu trop chaud, et puis la douleur s'effaçait alors je représentais ma queue et… Aaaahhh ! La cire coulait goutte à goutte. C'était un jeu d'endurance. On m'encourageait. Je regardais ma bite se recouvrir lentement de blanc. Comme dans un rêve. Le vieux est descendu progressivement pour ne faire que le gland. Il a fini par m'en couler carrément dans l'urètre. Quand tout a été recouvert, il m'a poussé en avant, j'ai basculé les épaules au sol. Il allait me faire le cul c'était grave. J'ai tressailli. J'ai regardé derrière moi en pensant que ce connard avait dû commencer à dix centimètres de mon cul, mais non, il était debout, le bras bien en hauteur, sur le cul je n'avais pas l'habitude c'était tout. J'ai grogné quand même. Il a remonté un peu le bras. Deuxième goutte sur le trou. Ahhhhhhh !

Il était déjà bien descendu quand je me suis retourné à nouveau. Les gouttes tombaient, de plus en plus rapprochées. Maintenant que le trou était complètement recouvert elles coulaient sur mes couilles. J'étais comme une boule. Et puis j'ai senti qu'on me retirait la cire du cul (heureusement il était rasé) et qu'on me rentrait quelque chose et j'ai rouvert les yeux, tourné la tête pour comprendre. Les deux étaient accroupis derrière moi. La bougie plantée dans mon cul. Le minet m'a pris la bite. Il l'a tirée en arrière pour que la cire tombe bien dessus. Ahhhhhhh !

Je ne sentais plus rien. Ça s'était arrêté. Un bruit mat à ma droite. C'est pour toi, ça te fera un souvenir, a dit le jeune. La coquille blanchâtre était le moulage exact de mon gland.

*

Ils m'emmènent me nettoyer à la salle de bains. J'enlève les morceaux de cire accrochés à ma peau, à mes poils. Je me rince. Ils me font mettre à quatre pattes dans la baignoire. Le vieux dévisse le pommeau de la douche, fait couler l'eau, me fout le bout du flexible dans le cul, me dit de tout garder, laisse couler. Je commence à me remplir, je sens que ça dépasse le deuxième sphincter, ça me coule dans le ventre, ça va, c'est chaud. Il me masse le ventre pour que j'en prenne encore plus, ça commence à faire mal, je lui dis, il dit Encore un peu. J'en prends encore, je sens que ça pèse (sur le *diaphragme*?). Il me dit de la garder le plus longtemps possible. Ils me laissent.

Je reste seul dans la baignoire, à quatre pattes, tête en bas, cul en l'air. Assez vite j'ai l'impression que je vais exploser si je n'en lâche pas un peu. Je laisse couler. Et puis je me dis que je vais voir ce que ça donne si je tiens le coup longtemps alors je résiste, je serre le cul, je le remonte bien, la tête contre le fond de la baignoire. C'est de plus en plus dur de tenir. Au bout d'un quart d'heure, vingt minutes, je n'en peux plus, je commence à avoir froid, à trembler, je me dis que ça va comme ça alors je lâche. Je mets dix minutes à me vider entièrement. Ça fait mal. Le vieux vient voir, puis il repart.

*

Quand je retourne au salon je les vois parler en me regardant. De ce qu'ils vont me faire. Ils tombent d'accord. Le vieux m'attache les mains dans le dos avec les menottes en cuir. Me remet le bâillon à boule. M'emmène à la cuisine. Le jeune suit avec sa bouteille d'Évian. Il boit. Me regarde sans dire un mot. Le vieux ouvre un placard, sort la poubelle, sort un litre de lait vide, récupère le sac Champion, s'approche de moi, me fout le sac sur la tête. Très drôle. Puis il fait un nœud autour mon cou avec les anses. Le plastique se plaque contre mon visage. Je panique. Je grogne très fort en secouant la tête.

Le vieux retire le sac. J'ai des pelures de carottes un peu partout sur le corps. Les larmes aux yeux. Ça l'a pas fait marrer, dit le jeune.

*

Le vieux me fait mettre à quatre pattes et me rentre les quatre boules (petite taille) d'un cordon de boules à cul. Puis il me remet des pinces à seins et me travaille pendant que le jeune boit son eau assis dans un des fauteuils. Je gémis pour qu'il comprenne que j'ai quelque chose à dire. Il m'enlève le bâillon qui vient avec des filets de bave, je dis J'aimerais bien refaire un pétard. J'en profite pour aller chier les boules. Quand je reviens il les remplace par un plug noir.

*

La musique de merde s'arrête. Je demande s'il n'aurait pas autre chose et il me dit ce qu'il a mais il n'y a que de la merde. Dire Straits est le truc le moins gerbant mais je ne me vois pas faire ce genre de plan sur Dire Straits[23], alors je propose FG.

*

Ils m'emmènent aux chiottes, me font asseoir sur la cuvette, me pissent dessus en même temps, la pisse coule depuis mon torse sur mon ventre, le long de mon paquet, jusque dans les chiottes. Ils me pissent dans la gueule à tour de rôle, la pisse du vieux est un peu moins chargée que tout à l'heure, j'en avale un peu, celle du jeune est quasiment blanche maintenant, elle a juste un petit goût salé, je la bois carrément tant que je peux à la sortie de son gland rose jusqu'à ce que je sente que l'autre commence à criser. Ils remontent, s'amusent à faire le nez, les yeux, je ferme les paupières à fond. Ils redescendent, je m'essuie les yeux, ils me pissent sur la bite, je regarde, j'écarte les jambes pour bien voir l'image, les rubans de pisse coulent sur ma bite bandée à bloc, ils me disent de me retourner. Debout ! Ils me pissent sur le cul. À quatre pattes ! La tête dans la cuvette, ils me pissent sur la tête. Ils finissent par devoir s'arrêter. Me disent de nettoyer. J'éponge au papier cul et puis après je nettoie à l'éponge et au Cif la cuvette, le sol, les murs laqués noirs trempés.

*

Il était neuf heures à l'horloge digitale de Beaugrenelle. J'ai demandé Vous n'avez pas faim ? Si vous voulez je peux faire un truc à bouffer ? Ils étaient d'accord. J'ai remis mes pompes pour ne pas toucher le carrelage froid et plutôt sale de la cuisine. J'ai fait ce qu'il y avait : des pâtes aux légumes (courgettes et carottes effilées, blanchies et poêlées), et des steaks hachés surgelés. Au bout d'un moment, comme je me faisais chier tout seul, j'ai demandé au vieux de me remettre les pinces à seins. En prime il m'a pluggé.

J'ai servi à l'assiette, d'abord les leurs évidemment, puis la mienne. Ils m'ont regardé traverser le salon, ventre et seins rasés, pinces à seins à poids, jock-strap et Converse bleues, plug au cul. Comme dans un rêve. Je me suis assis au pied du canapé, à leurs pieds. J'ai dit Bon appétit. Ils ont dit Merci.

*

J'ai fait un pétard. J'en ai fumé la moitié avec le jeune dont j'avais fini par apprendre le nom, Pierre, et puis j'ai débarrassé. J'ai fait la vaisselle. La nuit tombait. Quand je suis retourné au salon le vieux m'a expliqué que j'allais leur donner un petit spectacle pour finir. Quatre godes, deux plugs et deux cordons de boules étaient disposés sur la table basse. Mon bomber recouvrait le siège d'un des fauteuils en cuir. Il m'a fait asseoir et mettre chacune de mes jambes sur un accoudoir. Mon cul était bien visible comme ça. Maintenant montre-nous ce que tu sais faire, il a dit, et il est allé rejoindre Pierre sur le canapé en face. Ils me regardaient en se touchant le paquet. J'ai joué un peu avec mon plug, je l'ai sorti, rentré, c'était sans problème depuis le temps que je le portais. Le vieux a sorti sa bite. Il a commencé à se branler. Le jeune s'est levé. Il a dirigé l'halogène bien sur mon cul. Il s'est rassis.

J'ai sorti le plug, je me suis plié en deux pour attraper du gel et un gode sur la table. Je me suis remis en position et j'ai commencé à me le rentrer. Comme je ne bandais pas beaucoup j'avais mal. J'ai essayé de me branler sans grand succès. En fait ça me gênait de faire ça devant eux sans qu'ils participent. Au bout d'un moment le jeune s'est levé. Il est venu jusqu'à moi la bite à la main. J'ai refermé la bouche dessus. Il m'a laissé faire. Je ne l'avais plus sucé depuis le début, alors ça m'a réexcité à fond. Il m'a donné du poppers. J'ai changé de gode, j'en ai pris un un peu plus gros et plus mou. Au bout d'un moment il est allé se rasseoir.

J'ai continué mon show avec les boules à cul. Maintenant que je bandais c'était excitant de les regarder. J'ai pris mon temps. Sniffé du poppers posé sur l'accoudoir. Mis un autre gode, encore plus gros. C'est le dernier, j'ai annoncé. Je me suis calé en arrière pour me baiser à la verticale. Je rentrais sortais le gode complètement. Ils se faisaient les seins et se touchaient les couilles mutuellement. Ils se sont mis à jouir. Je me suis fait gicler. Je me suis relevé complètement ankylosé. Mon bomber était trempé de jus de cul ensanglanté. J'ai regardé, en fait ça allait, il n'y avait que le bas de la doublure qui était taché. Je suis allé aux chiottes chercher du PQ. Je suis revenu nettoyer et c'est là que je me suis rendu compte que je n'avais toujours pas retiré mes pinces à seins. Comme j'étais énervé je les ai enlevées trop vite. L'afflux de sang m'a fait tellement mal que je me suis mordu les lèvres pour ne pas crier.

Salle de bains. Je me suis lavé en contractant les sphincters pour essayer de les récupérer. Puis je suis retourné au salon. Je me suis rhabillé, sans le jock qui était trop dég et que j'ai mis dans ma poche. Chaussettes, jeans, pompes, chemise. Ma bite me faisait mal. Le jeune m'a filé son numéro de téléphone en disant qu'en septembre c'était l'anniversaire d'un copain à lui et qu'il voulait m'offrir en cadeau. Il est parti. Le vieux voulait que je lui laisse mon cockring en souvenir. Connard. J'ai refusé en disant que je ne donnais jamais rien à personne. Sur le pas de la porte, il a dit Tu as mon tel ? J'ai dit Oui. Allez ciao !, et j'ai pris l'ascenseur.

*

Il était minuit passé. On entendait encore les pétards de la fête. Bien entendu je n'ai pas trouvé de taxi. J'ai marché avec mon bomber gluant à la main et puis j'en ai eu marre, alors je l'ai roulé et je me le suis attaché à la taille. Je croisais des bandes de mecs bourrés qui sortaient des bals en espérant qu'ils n'allaient pas remarquer la tache de jus de cul qui avait fini par se former à l'arrière de mon jean et que j'essayais de masquer avec mon bomber. Au début j'étais stone, et puis j'ai fini par redescendre, la nuit était plutôt fraîche. Je me suis réchauffé en allant plus vite. Les quais. Concorde. Les Halles. Au bout d'une heure et quart j'étais chez moi. J'ai roulé un pétard. Je me suis branlé.

23

(1993)

Je suis parti en vacances. La brûlure à l'urètre s'est soignée toute seule en quatre, cinq jours. Être entièrement rasé était un peu dur à assumer avec la famille, mais à part ça c'était pas mal : entre longueurs et pompes, je voyais mes muscles gonfler jour après jour. C'était mes premières vraies vacances sans Quentin depuis que je l'avais rencontré. J'ai fait un tour en Italie chez Alessandro. Dr Alban[24] chantait *It's My Life*. Je chantais avec lui en fonçant au volant de ma Clio de location. C'était cool. Je ne pensais plus à ma mort qu'environ une fois par jour. L'espérance de vie moyenne après la contamination était montée à sept ans. Moins trois ans et demi depuis la mienne, restait trois ans et demi. En défalquant un an et demi de maladie, je projetais encore deux ans et demi de bon fonctionnement. Je pourrais me faire la Leather party à Hambourg l'année prochaine. Cette année je n'avais plus de fric, donc c'était raté.

Et puis Quentin m'a fait un char d'enfer au téléphone depuis Paris. Il me promettait qu'il allait être parfait, qu'on repartait à zéro. Quand je suis revenu, je suis retourné avec lui, boulevard Sébastopol. Au bout de deux semaines j'avais déjà envie d'être mort. Mais quand même pas au point d'appeler Pierre.

24

(1993)

J'avais toujours eu ce truc avec les portiers plutôt qu'avec les barmen. Les portiers sont plus virils. Éric par exemple, le portier du Gold Coast, avait une super-gueule de mec avec des poches en permanence sous les yeux, le nez cassé et une très grosse bouche. Il était petit, balèze, hyper-bien foutu, et je savais comme tout le monde dans le ghetto qu'il avait une des plus grosses queues de Paris. On disait qu'il n'arrivait pas toujours à bander. Mais c'est normal chez les mecs qui ont vraiment une très grosse bite, l'afflux de sang n'est pas toujours facile à obtenir. Surtout il y a le fait qu'ils savent que dans la plupart des cas il ne va rien se passer de bon pour eux, que la plupart des mecs vont se borner à leur suçoter le gland et ne pas vouloir se faire mettre, alors à quoi bon bander. Cela dit Quentin se l'était fait déjà et évidemment, Éric avait bandé et enculé Quentin qui m'avait dit que ça avait été SUPER ! Le hic c'est que je savais par un autre copain qu'il n'aimait pas les poils.

Et puis je suis passé un jour au Gold Coast et il était là, au comptoir. Je lui ai dit Tu fais le bar maintenant, gna, gna, gna. Il me plaisait toujours autant, à mort. Je sentais aussi qu'il se passait quelque chose de nouveau par rapport aux autres fois où je l'avais approché, et ce quelque chose, c'était qu'il se pourrait bien qu'il ait envie de moi. Il faut dire que c'était une période où j'étais vraiment hyper-bien foutu, moulé, appétissant. Il m'a dit de passer le voir plus tard si je voulais, dans une boutique dont il faisait la déco. Je suis passé. Il était totalement sublime en peintre, torse nu, en salopette avec des taches partout. Je craquais à mort et il continuait à réagir et finalement je me suis lancé avec ma subtilité habituelle. Bon au fait, ça te dirait de baiser avec moi ? j'ai dit. Il a fait Ouais. Alors j'ai dit Qu'est-ce que tu fais après ? Il a dit J'ai rien de prévu. Alors j'ai dit Bon ben passe prendre le thé à la maison. Il a dit O.K., vers six heures. Je lui ai donné le code et je suis parti.

Je suis rentré chez moi (chez nous, j'étais toujours avec Quentin, enfin on cohabitait encore), stressé à mort. Je me suis fait un pétard, et puis je me suis lavé le cul pendant des heures pour être sûr qu'il n'y aurait pas de problème même en profondeur. Je ne savais plus quoi faire pour que le temps passe, je préférais ne pas me branler pour des raisons évidentes, alors j'ai dormi. Il est arrivé, lavé et changé, en jeans moulants. Super-cuisses. Paquet pas spécialement énorme comme ça vu de l'extérieur. J'ai préparé le thé en faisant des efforts surhumains pour avoir l'air naturel. Comme lui l'était j'ai fini par me calmer. On a parlé de gens, de gym. Je l'ai embrassé dans la cuisine. Avec la langue, en se prenant dans les bras. C'était vraiment super. Il était chaud, pas pressé, présent. Je me suis dit que d'une certaine façon il ressemblait à Quentin, en plus humain.

J'ai proposé de prendre le thé dans ma chambre. On a emporté ce qu'il fallait. J'ai mis de la house. Il s'est allongé sur le lit. Je suis resté dans un fauteuil, coincé à mort. J'ai servi le thé. Roulé un pétard. On a fumé. J'étais toujours dans mon putain de fauteuil. Il a souri. Il m'a dit Viens là. Je l'ai rejoint sur le lit. On s'est embrassé à nouveau, assis en tailleur. Fait un peu les seins. Je bandais, lui non. Alors je lui ai retiré son t-shirt, et puis j'ai retiré le mien, et puis je me suis assis au bord du lit. J'ai pris ses pieds sur mes genoux, j'ai défait ses lacets, je lui ai retiré ses pompes, des grosses pompes de montagne à lacets rouges, la hype cette année-là. Je lui ai retiré ses chaussettes de tennis blanches. Il avait les pieds courts, carrés, musclés, sans un poil. Les ongles épais, bien taillés. J'ai reposé ses pieds sur le lit et je suis allé défaire sa ceinture. J'ai déboutonné son 501, pris son jean par les côtés, il a soulevé le bassin, j'ai tiré. Il avait un caleçon moulant genre lycra, gris foncé, des cuisses magnifiques, musclées mais pas hyper-dures, d'homme de trente ans qui s'entretient. J'ai lancé le jean sur le fauteuil derrière moi et je suis revenu sur lui pour ce qui restait. J'ai fait glisser le caleçon gris foncé. Alors j'ai découvert le trésor surdimensionné mais j'ai fermé ma gueule, je n'avais pas envie de me griller.

Juste je me suis penché, et j'ai avalé toute sa bite molle, ce qui suffisait déjà largement à remplir ma bouche. Il m'a même fallu quelques bouchées supplémentaires pour arriver jusqu'aux poils. J'ai levé les mains à la recherche de ses tétons (bien développés) et comme ça, sous la douce absence totale de pression que j'exerçais avec ma bouche, il s'est mis à bander. Je prenais mon temps pour qu'il sente qu'il n'y avait aucun stress. Tout en suçant j'ai viré mes pompes et mon jean. Dès qu'il a été dur il a commencé à me caresser la tête. J'ai sucé plus à fond, c'est-à-dire deux-trois centimètres après son gland. Je mettais la main autour du reste pour qu'il sente quelque chose. Il s'est mis à me faire les seins. Ça m'a motivé. Je me suis concentré pour y aller en fond de gorge en respirant par le nez. J'ai commencé à bien baver, je me défonçais la glotte sur son gland.

Il s'est mis à me branler d'une main en me caressant la tête de l'autre. Il avait quitté l'oreiller, il était assis le torse droit. Il a posé la main sur mon trou rasé, il l'a caressé, je lui ai passé le gel, il en a pompé une bonne dose, il savait ce qu'il faisait. Il m'a rentré deux doigts direct, progressivement, comme il faut. Je me suis dit que c'était logique, vu ce qu'il s'agissait d'avaler tout à l'heure, ça m'a excité, je me suis branlé plus fort, je suis arrivé à le prendre à nouveau bien profond en fond de gorge, je sentais que ça l'excitait, rapidement je me suis pris un troisième doigt et puis un quatrième et là il m'a fait coucher sur le dos et il m'a fait le plan deux fois quatre : les quatre doigts des deux mains joints dans mon cul. J'ai pris du poppers, j'ai regardé, il bandait sans se toucher, de mon côté je commençais à être bien détendu, alors je me suis dit que c'était le moment de passer aux choses sérieuses et comme je préférais avoir le contrôle pour commencer, vu la taille de l'engin, je lui ai dit de se mettre sur le dos, que j'allais m'asseoir sur sa bite.

Je l'ai resucé jusqu'à ce qu'il soit assez dur pour supporter la capote et je la lui ai mise, ce qui n'était pas évident vu que sa bite faisait maintenant vingt-cinq centimètres (vingt-six ?) de long sur six-sept de large. Ça m'a pris carrément une bonne minute pour la dérouler et encore elle n'arrivait pas jusqu'au bout, mais l'ambiance était chaude et il ne débandait pas. J'ai gainé le tout avec une tonne de gel en le branlant. J'ai pris la chose dans la main gauche et je l'ai tenue droite pour m'asseoir dessus en prenant mon temps, en me branlant au gel et en sniffant du poppers. J'ai pris les, disons vingt premiers centimètres, et puis ça a bloqué. Exactement comme avec un gros gode, ça n'avait rien de surprenant. J'ai insisté mais il n'y avait rien à faire.

Un peu vexé, j'ai commencé à me baiser dessus comme ça, c'était moyen parce que je ne pouvais pas m'asseoir et me détendre. Il m'a attiré vers lui. Il m'a dit, enfin plus exactement il m'a soufflé : Du poppers. Ni Poppers tout court, ce qui aurait été un ordre, ni Est-ce-que-tu-pourrais-me-passer-le-poppers-s'il-te-plaît, ce qui aurait été naze, non, juste Du poppers, dans un murmure, et je l'ai fait sniffer, une narine, puis l'autre, et il a commencé à m'embrasser, et j'ai posé le poppers pour pouvoir le prendre dans mes bras, et j'ai décollé sur la pelle sans fin qu'on s'est roulée pendant qu'il commençait à me baiser avec les vingt premiers centimètres (sur six-sept de diamètre).

En rythme. Doucement, mais avec une amplitude chaque fois plus grande. On s'est embrassé comme si on était éperdument amoureux l'un de l'autre, et dans un sens c'était la vérité. Et quand la fougue du baiser a commencé à faiblir je me suis redressé et j'ai pris sans les chercher les centimètres qui restaient. Il savait ce qu'il faisait. Bandé à bloc, j'ai reposé les cuisses en V sur son ventre musclé. Je regardais son nombril de bébé. J'ai caressé son torse. Il me regardait. Je le trouvais beau. C'était tellement fort que si ça continuait comme ça j'allais jouir, alors j'ai pris du poppers et je me suis détendu un peu plus, ouvert un peu plus.

J'ai commencé à m'enculer sérieusement sur sa bite pendant qu'on se faisait les seins. Puis il s'est relevé et il m'a fait basculer en arrière, un bras dans mon dos pour me retenir, je m'accrochais à lui, il m'a baisé par-devant, mes chevilles sur ses épaules. Il allait et venait encore plus profond, ça ne faisait absolument pas mal, je le caressais, le bas de son dos, ses fesses, ses hanches. Poppers. Il s'est mis droit, m'a tenu par les chevilles, il y est allé comme ça à l'horizontale. Puis il a joint mes jambes l'une contre l'autre et il les a tenues droites contre son ventre et sa poitrine. Détente. Toujours plus profond, plus ouvert. Il a calé ses paumes au creux de mes genoux, pesé de tout son poids, je bandais rouge, il a allongé le rythme. Poppers.

Au bout d'un moment j'étais mûr pour qu'il me baise par-derrière. Il a commencé à quatre pattes, puis il m'a fait allonger complètement, joindre les jambes, il s'est étendu sur moi, je ronronnais tellement c'était love. Il nous a fait glisser sur le côté et il m'a baisé comme ça par-derrière dans la position la plus paresseuse, il me faisait les seins en me ramonant doucement, je tournais la tête pour l'embrasser. Alors il m'a ramené à quatre pattes pour la dernière ligne droite, ce coup-ci j'étais vraiment ouvert, il a commencé à y aller total à fond, aussi à fond que Quentin, et là il n'y avait plus rien à dire, il me tenait par les hanches, je lui tenais les couilles d'une main tout en me branlant de l'autre, il pistonnait de plus en plus à fond, plus vite, plus fort, je sentais qu'il montait, je le suivais. Quand il s'est mis à jouir en gueulant j'ai tout lâché presque en même temps que lui. Je lui ai dit de ne pas sortir. Il a fait encore quelques mouvements. Et puis je l'ai senti débander et j'ai dit O.K. c'est bon, les meilleures choses ont une fin. Il s'est retiré, a enlevé la capote pleine, fait un nœud, l'a laissée tomber par terre dans le cendrier. On s'est enlacé. Ça devait faire quatre ans que je n'avais pas ressenti ça. Confiance en quelqu'un.

*

Je l'ai revu au Gold Coast quelques mois plus tard. Il voulait remettre ça mais je n'ai pas voulu. Quelques mois après c'était moi qui voulais mais pas lui, il avait rencontré un mec et quand il était avec quelqu'un il était fidèle. Je l'ai envié.

25

(1994)

Dans le courant de l'automne Quentin a commencé à installer son nouvel amant à la maison. J'ai pensé que je ne pouvais pas finir ma vie d'une manière aussi sordide. Alors j'ai pris rendez-vous chez le psy le plus proche. Le jour où j'y suis allé, c'était drôle, je n'avais quasiment plus la force de marcher. J'ai passé presque toute la première séance à sangloter. Ça faisait des années que je n'avais pas versé une larme. Au bout d'un mois j'ai quitté Quentin. Cinq ans que je m'entraînais et le championnat du monde était annulé. J'ai rencontré un mec, celui que j'ai appelé Terrier quand j'ai raconté l'histoire, puis un autre, celui que j'ai appelé Stéphane[25]. Stéphane était mignon. Effacé. Très bien monté. Ça ne marchait plus entre son mec et lui. Il l'a quitté pour moi. Il voulait me plaire. Je l'ai relooké : bomber vert, cheveux courts, jeans moulants, rangers. Comme presque tous les mecs tbm il était déjà assez branché sexe quand je l'ai rencontré. J'ai fait ce que n'avait pas fait Quentin. Je l'ai formé. Je lui ai filé toutes mes recettes. Safe, obligatoirement, vu qu'il était séroneg. Au bout de six-huit mois ça y était. J'ai commencé à m'ennuyer. Ça m'agaçait un peu qu'il ne danse pas bien, j'étais tellement perfectionniste.

26

(1994)

C'était un soir où je savais qu'il rentrait tard. J'ai fait du minitel. Je me suis fait brancher par deux mecs qui montaient une touze scat à Saint-Paul, pas loin de chez moi. Je n'étais pas très chaud mais quand ils ont répondu NON, COKE, à : VS AVEZ JNT ?, je me suis dit Pourquoi pas ? Finalement, je n'avais jamais cherché à explorer ce côté sombre de ma personnalité. À Saint-Paul ils étaient deux, style stachemous de cinquante berges, plutôt mal foutus, lookés clones seventies. Une chaise percée artisanale avec un vrai abattant de chiottes trônait dans le salon, juste assez haute pour qu'on puisse glisser la tête par-dessous. Je les ai tripotés un peu pour avoir droit à mes rails. Je fixais sur celui qui était un peu moins moche que l'autre (et qui bandait), mais pas trop, pour ne pas indisposer son pote. Je voulais être sûr que les rails soient assez gros. Finalement ils l'étaient. La coke était ultracoupée comme presque toujours à Paris, mais bon ça faisait un petit quelque chose. De quoi m'envoyer intéressé dans la chambre, après avoir décliné l'honneur d'étrenner le w-c du salon.

Celui que je trouvais correct s'est mis à fister l'autre pendant que je virevoltais en faisant des petits trucs, style les seins. Évidemment il avait le cul plein. Au bout de dix minutes ça puait tellement que j'ai eu un méga-haut-le-cœur. Puis un deuxième. J'ai failli tout gerber à la porte de la chambre, c'était moins une. Je reviens ! j'ai dit, toujours plein d'humour quand je suis défoncé. Au salon il faisait meilleur. J'ai récupéré mes fringues autour du canapé. Je me suis rhabillé. Je suis retourné dans la chambre pour dire que je me cassais en parlant du nez. O.K., tu as notre tel, ont fait les mecs, toujours au boulot. Maintenant il y en avait carrément partout sur le drap en plastique blanc. Je suis allé faire un tour au Quetzal. Il n'y avait rien. Je suis rentré chez moi, trop réveillé, mais je n'avais pas envie de me traîner jusqu'au Transfert.

27

(1994)

Je suis une machine à séduire. Je me lave et je huile mon corps tous les jours. Je mets des lentilles de contact. De la crème. Du facial scrub une fois par semaine. Je me rase tous les trois jours. Je taille les poils de mon nez et de mes oreilles, je taille mes sourcils, je rase mes couilles et mon cul toutes les deux semaines, au même rythme que les cheveux. Je taille tout le reste de mes poils : pubis (3 mm), aisselles (5 mm), dos, épaules, torse (2 mm, pour mettre en valeur les muscles), parfois les jambes aussi. Je me lave les dents trois fois par jour, je me fais détartrer tous les trois mois, je me mets du déodorant neutre. Je mange suffisamment de protéines pour rentabiliser la gym en centimètres de muscles. À part pour le boulot je ne mets que des fringues sexe. Je suis toujours en jeans moulants, t-shirt moulant ou débardeur moulant, éventuellement chemise à carreaux butch, éventuellement bomber plus veste en jeans en dessous (la mode de l'époque), ou une nouveauté classe, le manteau butch outdoors[26] USA en toile imperméabilisée jaune-beige. Ou bien en tout ce qui précède, mais avec un 501 en cuir. C'est super pour faire les courses dans le Marais.

Techniquement je suis au top. Je suis une machine à plaisir. Je reçois en chaps[27] en cuir, string en cuir, rangers. J'ai la musique, le matos, les drogues. J'ai le cul parfaitement clean. Je sais tout faire. J'embrasse. Je lèche. Je suce. Je pince. Je tords. J'aspire. Je tends. Je tire. Je pousse. Je caresse. Je claque. Je tiens. J'ouvre. J'écarte. Je vais. Je viens. Je plonge. Je pisse. Je bave. Je crache. Il n'y a que jouir dans une capote que je ne sais toujours pas faire. J'arrive quand même à faire de l'effet. Maintenant les mecs cherchent quasi systématiquement à remettre ça. Tout est parfaitement mis au point. C'est d'ailleurs sans doute pour ça que ça ne marche plus. Ce n'est pas le plaisir qui m'a absorbé jusqu'ici, mais l'apprentissage.

28

(1994)

Finalement j'ai décidé que je ne pouvais pas rester avec Stéphane. J'en avais marre de faire comme Quentin, d'être avec quelqu'un simplement pour profiter. J'en avais marre de le voir souffrir. Je l'ai quitté.

29

(1995)

Les Docks. Je pouvais y aller à pied de mon nouvel appart sinistre à la gare de l'Est. C'était bien parce que je n'avais plus la force de prendre le métro pour aller dans les endroits du centre. Trop long. L'envie de sexe ne pouvait pas résister aux quatre stations jusqu'à Étienne-Marcel. Dans la backroom comme d'habitude je suis tombé sur la plus grosse bite de la soirée. J'ai sucé. Au bout d'un moment le mec m'a proposé d'aller dans une cabine. Il était jeune et beau et très bien foutu, en débardeur, casquette de base-ball, jeans moulants et bottes. J'ai accepté.

On a fini par en trouver une de libre. On est entré. On a fermé derrière nous. On s'est embrassé. À combien de mecs j'avais roulé des pelles dans ma vie ? Au moins mille. Je ne bandais pas alors je suis descendu sur sa queue qui était grosse mais surtout longue, bandée mais un peu molle comme j'aime, sortie du jean. J'ai pompé à fond en m'étouffant dessus, assis sur les talons pour ne pas salir mon 501, en me branlant. Il se laissait faire, il aimait ça, et puis il a attrapé ma tête à deux mains et il l'a fait aller et venir, ça m'a excité, j'ai calé mes genoux sur ses bottes et je l'ai sucé encore plus à fond, plus fort. Il m'a relevé et il m'a embrassé, je lui ai bouffé la gueule, on s'est enlacé, et puis il est descendu sur ma bite et il m'a sucé, pas bien, c'est terrible comme la plupart des mecs sucent mal, du bout des lèvres, avec les dents, pas en fond de gorge, sans toucher les couilles. Trop peur d'avoir l'air de vraiment aimer ça. Trop peur de passer pour une salope. J'ai commencé à débander. Je l'ai arrêté. Je suis redescendu sur sa bite. Comme ça au moins j'étais sûr qu'il allait se passer quelque chose d'intense.

Quand je l'ai senti commencer à monter je me suis arrêté. Je me suis relevé. J'ai dit T'aurais pas envie de m'enculer ? Il a dit Si. Mais j'ai pas le cul propre là, j'ai dit, on pourrait aller chez moi, c'est à côté. Il a dit Non, je ne peux plus bander si c'est pas dans un bordel. J'ai pensé Hard. Je me suis senti proche. J'ai dit Bon. Je suis redescendu sur sa bite à moitié débandée. Je me suis affairé. Il remontait mais c'était lent. J'ai fini par jouir avant lui à force d'anticiper, par terre entre ses bottes. J'ai continué un peu. Ça ne venait toujours pas. Je commençais à en avoir marre de pomper maintenant que j'avais giclé, alors je me suis relevé et je lui ai bouffé un sein, il avait des gros tétons de pro du cul. Je lui flattais les couilles pendant qu'il se branlait, et puis je suis passé à l'autre sein et là j'ai senti qu'il était vraiment au bord alors je l'ai embrassé, très fort, comme si je le voulais pour la vie, mon bras autour de sa taille, très serré, ma main gauche toujours sur son téton, et là il a giclé et je me suis rapproché et je l'ai pris dans mes bras. Joue contre joue on est resté un petit moment comme ça, jusqu'à ce que ça faiblisse. On s'est rhabillé. Je lui ai demandé son prénom. On a libéré la cabine.

30

(1995)

Je n'allais plus à la gym.

*

Un soir exceptionnellement je suis allé au Keller. Là où j'avais rencontré Stéphane un an et quelques mois plus tôt. Je me suis fait draguer par un beau minou cuir, blond foncé (comme Terrier), avec un bouc (comme la moitié de Paris). J'étais bourré (comme souvent). Je l'ai ramené chez moi, dans le confort, la musique, la fumette, le gel à portée de la main, les godes bien choisis.

On s'est embrassé. Il mettait une tonne de salive. Je me suis dit Ah ! Branché mollard. Deux minutes après, bingo, il me salivait au bord des lèvres. J'ai avalé pour lui donner le feu vert. Il m'a craché à la gueule et puis ravalé en léchant. On s'est mollardé l'un l'autre tous les endroits sensibles, en buvant des bières et en se pissant dessus (mollard implique pisse en règle générale). Il m'a enculé (safe), pendant cinq minutes, et puis il a joui.

31

(1995)

J'étais seul. Je ne sortais plus en boîte ni dans les bars. J'étais une star qui ne veut plus jouer. Un faune qui ne veut plus danser. Il ne me restait plus que ce que j'avais mis dans ma vie depuis si longtemps : les pétards, le minitel.

*

Quarante ans, débutant sm, cherche à se faire loper... J'ai dit que je n'étais pas intéressé. Déjà je ne faisais jamais de débutants. Trop de boulot. Et surtout pas des débutants de quarante ans. Aucun mec correctement conservé n'avouait quarante ans au minitel. Ils disaient trente-six et là je les faisais.

Il est revenu à la charge le soir même. Je m'étais reconnecté (c'était l'époque des factures à trois mille). INTERESSE PAR DU FRIC ? C'était marrant comme tous les michetons arrivaient à connaître la formule. J'ai répondu OUI, CB ?, histoire de rentabiliser un peu le matos. Il a dit 1 500. J'avais déjà fait ça deux ou trois fois avec Quentin, je savais quel était le tarif pour un plan long, autour de deux mille. J'ai dit OK PR 1500 LA 1ERE FOIS, MS APRES ÇA SERA 2000. J'ai attendu. TU AS UN MESSAGE, TAPE * ENVOI, m'a prévenu le réseau. NORMALEMENT C'EST MOINS CHER APRES, m'a fait remarquer mon futur client. J'ai répondu NON APRES C'EST PLUS CHER PCE QUE TU NE POURRAS PLUS TE PASSER DE MOI.

On est resté des heures au minitel. Il m'a dit qu'il n'osait pas me parler au téléphone pour l'instant, qu'il me donnerait deux cents balles de plus pour payer la communication. Il n'était pas con. Il posait plein de bonnes questions : TU AS A FUMER ? À BOIRE ? COMMENT TU TAPES ? EST-CE QUE TU ALTERNES AVEC DES CARESSES ? QUOI COMME MUSIQUE ? J'ai dit DANCE, HOUSE, TRANCE. Il a dit qu'il aimait bien la trance pour baiser, mais qu'il préférait la techno. Ça m'a surpris qu'il connaisse. Apparemment il s'était déjà bien renseigné sur notre thème de travail. Il m'a demandé comment il allait m'appeler. Maître, il n'aimait pas trop. Je lui ai accordé que c'était en effet un peu ridicule. De toute façon il n'était pas branché léchage de bottes.

J'ai demandé ce qu'il aimait. Travail de la bite, des couilles, surtout des couilles. Qu'on l'attache. Il voulait que je l'attache très vite. Et porter une cagoule pour ne pas me voir. Il a dit que je pourrais la lui enlever après, le tirer par les cheveux, le baffer, on lui avait déjà fait ça et il aimait. Il a dit qu'il venait de découvrir le sexe, qu'il avait toujours énormément travaillé, que ça ne lui laissait aucun temps, et puis qu'il avait commencé récemment, qu'il s'était rendu compte qu'il aimait être dominé, qu'il avait accepté parce que ça lui faisait du bien, qu'il était mieux dans sa tête, même au boulot, que ça lui donnait de l'assurance, il a dit C'est comme une femme quand on dit qu'elle est bien baisée. Il m'a demandé ce que j'en pensais. J'ai dit que je pensais que pour bien vivre sa sexualité avec d'autres mecs il fallait être actif et passif. Mais que c'était déjà pas mal d'accepter sa passivité.

Le lendemain il a appelé au téléphone. Il voulait une sorte de scénario. Dans son film il était Jim, le petit puceau de l'équipe de foot du collège, dix-huit ans, qui venait se faire dresser par moi, l'entraîneur de l'équipe de foot super-baiseur de filles bien connu dans notre petite ville. Super-athlète, j'allais avoir du mal, je ne bouffais plus depuis que j'étais célibataire. Enfin je me suis dit que j'étais quand même assez macho pour être crédible. Ça me gonflait d'avance mais j'ai dit O.K. On a pris rendez-vous pour un soir de semaine, huit heures. Je l'ai prévenu qu'à minuit je le foutais dehors.

Le jour du rendez-vous je suis rentré tôt. J'ai tout préparé. Que tout roule sans encombre. J'ai sorti tout ce qui pouvait servir. Menottes de pieds et de mains. Collier de chien. Parachute et pinces à linge pour les couilles (quand on est excité on ne sent pas la douleur. Jusqu'à un certain point). Étui à bite, pinces à seins, bâillon gonflable, martinet, cravache. Glaçons dans un tupperware, whisky, verres, trois pétards, deux serviettes, un plug, un gode taille enfant, il avait dit qu'il était pratiquement vierge du cul, un tube de xylocaïne. Tout était à portée de main, sur une table disposée en desserte près du lit. J'ai attaché des cordes en nylon aux poignées du matelas. Étendu sur le lit le rideau de douche en plastique noir. J'ai mis une compile de trance en boucle sur le laser. Huit heures moins dix. Merde, où est la cagoule ? J'ai mis mon cockring, mon string en cuir zippé, mes rangers, mes chaps. Un t-shirt pour ne pas attraper froid. Le chauffage était à fond mais il ne faisait pas super-chaud. Saloperies de radiateurs électriques. Il était en retard. J'ai allumé un joint. Je me suis servi un whisky-glace. Il a appelé pour dire qu'il s'excusait, il avait été retenu par son patron, eh oui, à huit heures du soir un jour de semaine, c'était comme ça dans son boulot. Je n'ai rien dit. Il a dit qu'il arrivait. J'ai attendu.

Interphone. J'ai ouvert la porte de l'appartement. Il devait entrer seul, s'avancer dans le couloir, se tourner vers la porte sur sa droite. Je devais arriver derrière lui depuis le salon où je l'attendais, lui enfiler la cagoule et lui bander les yeux (ma cagoule n'avait pas de zips). Tout s'est passé comme prévu. Il était tout petit, assez mastoc, bien ringard, les cheveux coupés au bol. Son t-shirt était trempé de sueur. Yuk. Je lui ai mis la cagoule, je lui ai bandé les yeux. J'ai récupéré la bouteille de whisky qu'il avait apportée et que je ne boirais pas vu que c'était du JB. Tant pis.

Je l'ai attrapé par les lacets de la cagoule, sur le haut du crâne, et je l'ai dirigé vers la chambre. La situation m'excitait. Je l'ai foutu à genoux, je me suis fait sniffer le paquet, j'ai baissé son fute et son slip sur ses cuisses, j'ai claqué son gros cul moche. Alors Jimmy boy, t'aimes bien ça te faire larver, sale petite pute ! Il avait de très grosses couilles et une toute petite bite. J'ai attrapé les couilles, tiré vers l'arrière, ça le faisait frétiller, j'ai tiré plus fort, jusqu'à ce qu'il soit obligé de faire un pas à reculons, j'ai dit Ben ouais, il va falloir que tu te bouges si tu veux les garder ! Je lui ai fait faire deux-trois fois le tour de la pièce en le tirant comme ça. Il délirait.

J'ai arrêté. Il était un peu sonné, le souffle court. J'ai décidé de commencer à le saouler. Je lui ai donné un premier whisky-glace, directement à la bouche. J'ai insisté pour qu'il le boive jusqu'au bout. C'était pour ça qu'il était là : ne plus avoir le pouvoir. Allez, encore ! Voiiiiiilà ! Et maintenant tu vas fumer un peu, comme ça tu vas être bien déchiré pour la suite. Je lui ai mis le pétard au bec. Il a tiré une taffe. Ça l'a fait tousser. Je l'ai forcé à en reprendre. C'était bien d'être un peu méchant. Je n'ai jamais été aussi bien, il a dit en me regardant avec des yeux mouillés. Je l'ai fait taire en lui moulinant la tronche sur mon paquet. T'en as envie de ma bite, hein, petite salope, etc. Je l'ai sortie. Il suçait abominablement mal. Avec les dents, à peine plus loin que le gland, bon d'accord il y avait la cagoule, ce n'était pas très pratique, mais quand même. Les gens ne comprennent pas la valeur de l'effort.

Ça faisait déjà une demi-heure qu'il était là, pour l'instant tout se passait bien mais je ne voulais pas que la tension baisse. Je me suis dit que c'était le moment de l'attacher. Je lui ai mis des menottes en cuir, les mains sur le devant. Maintenant, déshabille-toi. Mais si tu peux, allez, vas-y ! Je l'ai cravaché un peu pour qu'il ne se perde pas trop dans la quotidienneté déprimante du déshabillage. Je l'ai attaché sur le lit, bras et jambes en croix, sur le rideau de douche en plastique noir qui était juste assez épais pour que la sensation reste sexuelle. J'ai bossé. Je lui ai tiré les seins (il avait de petites touffes de poils fins autour des mamelons, ça faisait des années que je n'avais pas vu ça. Dans mon monde le poil se rasait). Je lui ai tiré les couilles, j'ai posé des pinces à linge dessus, Jimmy devait morfler un peu s'il voulait rester dans l'équipe. La musique moulinait autour de nous. Tout d'un coup je me suis souvenu des glaçons. Ils n'étaient pas encore tout à fait fondus, comme ça je n'ai pas eu besoin d'aller à la cuisine, tant mieux j'avais la flemme et puis je tanguais un peu entre le pétard et les whiskies que je m'enfilais entre deux sévices. Je lui ai passé les glaçons sur les couilles, la bite, les seins, en appuyant, en attendant que ça brûle. Il gémissait un peu. Un peu plus fort si je restais au même endroit plus longtemps.

Je l'ai cravaché longuement, symétriquement, sur tout le corps, sur les couilles, sa petite bite bandée que je tiens dans ma main, à petits coups, tac, tac, tac, tac, je remontais, je redescendais, sur le ventre, sur les seins, sur la cagoule, c'était bien parce que ça pouvait durer un bon moment sans fatigue. Il fallait que je tienne encore deux heures et demie, jusqu'à minuit. Je l'ai détaché. Je l'ai emmené à la salle de bains. Foutu dans la baignoire. Je l'ai douché, eau chaude, eau froide. Je me concentrais surtout sur le paquet. Je lui ai pissé dessus. Il a dit qu'il n'avait jamais été aussi bien dans une baignoire. J'ai dit que j'en étais certain. Je le plaignais, moche et seul comme il était. En un sens j'aurais même pu dire que je l'aimais.

J'ai fini par le sucer. J'avais essayé de lui foutre le gode. Strictement impossible tellement il serrait le cul de flip. Puis mon plus petit plug qui était rentré seulement à moitié. Ça m'avait énervé. Je l'ai cravaché à nouveau, assez méchamment, ça l'a fait triquer grave, alors je me suis penché et j'ai gobé sa petite bite, elle avait plutôt mauvais goût, pas un goût de sale, plutôt un goût de vieux. Mais pour mille cinq cents balles, je me suis dit que je pouvais quand même faire ça. Au bout de deux minutes j'ai arrêté. Je lui ai fait les seins. Il a joui. J'ai enlevé sa cagoule. Il a dit que j'étais beau.

Il a dit qu'il ne me rappellerait pas tout de suite, qu'il était calmé pour un moment, disons d'ici deux semaines. Deux jours après, il était au bout du fil. J'ai dit Alors, l'appétit vient en mangeant ? Mais ce n'était pas pour prendre rendez-vous, c'était seulement pour parler. Ça m'a énervé. Il a dit qu'il n'arrêtait pas de se branler en pensant à ce qui s'était passé. Il a dit D'habitude ce qui m'excite c'est ma tête mais avec toi c'était aussi le corps, on aurait dit que l'esprit servait le corps. J'ai dit Oui c'est ça. Puis il m'a demandé si je le trouvais assez salope. J'ai dit qu'il y avait encore du boulot. Il a rappelé la semaine suivante. Cette fois c'était sérieux.

Ça s'est mal passé. J'avais mis le matelas contre le mur pour faire une vraie croix de Saint-André avec les sangles. Il n'a pas supporté la position. Évidemment, ça devait faire vingt ans qu'il n'avait pas fait de sport. Je me suis énervé contre son cul, impossible de lui mettre l'index après trois whiskies, deux pétards et deux heures de baise. Il m'a demandé s'il était bien salope maintenant. J'ai dit Ouais, c'est encourageant, en pensant aux deux mille balles de la prochaine fois. Il parlait tout le temps en brodant sur son scénario à la con, le foot, l'équipe, gna, gna, gna, et tu étais là dans les douches, gna, gna, gna. Je répondais, il fallait bien répondre. Au bout d'un moment ça m'a trop dégoûté, je lui ai foutu son slip dans la bouche pour avoir la paix.

À la fin je n'avais plus aucune idée de la manière dont j'allais bien pouvoir m'y prendre pour le faire jouir. Je me suis souvenu qu'il aimait les claques. J'ai fait ça, je l'ai tiré par les cheveux, je l'ai baffé. Ça l'a un peu revigoré. Je lui ai libéré une main pour qu'il se branle. Ça ne venait pas. Alors j'ai eu une inspiration : je l'ai attrapé par la main dont il ne se servait pas et je l'ai soulevé en l'air, à bout de bras, pour qu'il sente ma force. Il s'est branlé frénétiquement. Il a fini par jouir comme ça. Puis il est parti. Je me suis senti très fatigué.

Je l'ai retrouvé deux jours après sur le réseau. Il m'a demandé mon appréciation. J'ai dit ce que je pensais, que c'était un début. MAIS JE ME FAIS QUAND MÊME ATTACHER PDT DES HEURES !, il a protesté. J'ai dit que pour réaliser ses rêves il devait commencer par aller à la gym trois fois par semaine pendant un bon moment. Il ne m'a plus recontacté.

32

(1995)

Le choix était clair : m'acheter un sling[28] et le suspendre à demeure au-dessus de mon lit (comme chez Patrice Collivot, qui avait la photo de sa queue par Mapplethorpe[29], et qui était mort. Quand je l'avais rencontré, des années auparavant, il m'avait fait miroiter un plan à plusieurs, je devais me faire partouzer par une bande de copains à lui : un asiate ouvreur de cul, un macho poilu bûcheron baiseur, un autre baiseur godeur tbm et lui. Ça ne s'était jamais fait. Je m'étais branlé pendant des années en y pensant). Ou tout arrêter. Partir. Quitter Quentin. Quitter mon père. Quitter Paris.

On m'a proposé un job au soleil, de l'autre côté de la terre. C'était là-bas que j'allais écrire mon livre, la suite de ma psy express. Il était hors de question de mourir sous les cocotiers. Je me suis dit que j'en avais encore pour trois ans, la durée de mon contrat. Ici mon voyage était fini. Mon voyage au bout du sexe. Maintenant je connaissais tout. Tout sauf l'impossible. Les tortures sur des gosses, les partouzes au sperme. J'étais arrivé à l'impossible.

33

(1995)

Et puis un soir la bouche à remplir n'était qu'à dix minutes à pied, rue de Paradis. J'y suis allé. Le mec était vraiment jeune, vingt-quatre ou vingt-cinq ans. Plutôt timide. J'ai été surpris par l'appart, blanc avec peu d'objets, pas snobs, des souvenirs d'Afrique où il avait été coopérant.

Moi debout, lui dans le canapé, je me suis vite rendu compte qu'il aimait vraiment ça. Alors j'ai pris mon temps. Longtemps. Quand j'ai été mûr je lui ai demandé s'il voulait toujours avaler. Il a dit qu'il aimait autant sur la gueule. Alors je suis sorti et je me suis branlé deux secondes en lui parlant. J'ai explosé. Il s'est mis à gicler à un mètre de haut.

34

(1995)

J'ai encore fait quelques conneries avant de disparaître. Branché au minitel un jeune mec, vingt-trois ans. On a partouzé no kpote avec un troisième, un blond très pâle de mon âge. À un moment le petit était en train de se faire baiser en levrette par le blond. J'étais debout sur le lit, le blond me suçait. Je me suis retourné pour lui donner mon cul à bouffer pendant qu'il limait. Je regardais tout ça dans le miroir face à moi. Et puis je suis descendu et j'ai poussé ma queue dans le cul du minou en plus de celle du blond. C'était une sensation extraordinaire, ma bite écrasée contre sa bite dans ce cul, en dix secondes j'étais au bord de l'explosion, obligé de déculer à toute vitesse pour ne pas jouir.

Ça a duré des heures, on n'arrêtait pas de se mettre, de se goder. On ne débandait plus même quand on s'arrêtait pour boire ou pour fumer. Le blond s'est cassé, il trouvait ça too much j'ai pensé. J'ai continué à enculer le petit. Il voulait que je lui jute dans le cul. Je l'ai défoncé de plus en plus fort, je tirais sur la ceinture que je lui avais passée autour des reins pour assurer une meilleure prise, ça montait, montait, montait. Vas-y ! Remplis-moi ! il m'a dit. À la dernière seconde j'ai bloqué.

J'en ai rempli un autre, un vieux moche. Il me l'avait demandé mais ça m'a flippé quand même. J'ai revu l'infirmier. Il est arrivé avec un Balzac en Pléiade. Ça m'a surpris. Je me suis demandé pourquoi il lisait si c'était pour se faire juter dans le cul à côté. Moi je n'avais rien lu depuis sept ans, à part *Less Than Zero*[30] et le bouquin de Sandra Bernhardt[31] qu'un mec avait passé à Quentin. Il y avait eu aussi les bouquins sur le zen juste avant de quitter Quentin. Et puis maintenant le livre des morts tibétains[32] qu'un copain m'avait offert pour le voyage.

35

(1995)

Assis dans l'avion je savais déjà qu'en partant j'avais pris la meilleure décision de mon existence. Ce qui allait se passer pouvait être moyen, super, ou même une catastrophe, ça n'avait aucune importance. J'étais parti. J'avais fait quelque chose pour moi.

Au début de mon séjour je ne connaissais personne. J'allais faire des courses à l'hypermarché presque tous les jours pour me rassurer. Mais je ne m'étais pas trompé. Entre les oiseaux qui crouissaient, les arbres qui verdoyaient, les fleurs qui éclataient, les poules, les coqs noirs, les chats, les chiens, la montagne, le lagon, les poissons, les gens lents, la chaleur, l'effet de réel était bien là. L'accablement parisien dissipé. J'oubliais la mort. Rien ne pressait. J'allais chercher mon courrier à la poste une fois par semaine. Je nageais. Je pensais à Stéphane. Pourquoi il ne me prenait jamais dans ses bras ? Peut-être qu'il avait peur que j'en sorte. Mais pourquoi il pensait toujours que sa journée n'allait pas m'intéresser ? « Je raconte mal ». Comme « Tu fais tellement mieux la cuisine ». Je ne pouvais pas ne pas trouver ça grave.

J'ai cherché une maison. J'en ai visité plusieurs avec Ginette, mon agente immobilière qui avait sept chats parce qu'elle avait voulu toutes les couleurs. La dernière, la plus éloignée de la ville, était blanche, grande et vide, en bord de lagon avec un grand jardin qui finissait sur la plage, la mer, le ciel. Elle n'était libre que dans trois semaines, et pour six mois seulement. Prends-la, même pour six mois, m'a dit Ginette. Comme ça tu auras vécu six mois en bord de mer.

Ma séropositivité. C'était aussi pour ça que j'avais quitté Stéphane. Le résultat, négatif, du test qu'il n'avait jamais voulu faire avait coupé les amarres. Avec Quentin c'était autre chose, j'étais déjà avec lui avant. Je pensais que je ne pourrais plus aimer qu'un autre séropo. À moins d'arriver à aimer un étranger. Je pensais aux sources d'amour dans ma vie, à Catherine C, à M, à Terrier, à...

*

Au bout d'un mois j'ai décidé d'aller baiser. J'ai attendu onze heures et demie pour sortir. Roulé jusqu'à la ville. Je suis entré dans la boîte de traves locaux. J'ai pris un gin-get. Dolly, la belle barmaid, a lancé ses longs cheveux en arrière. Elle m'a demandé mon prénom. J'ai dit Guillaume. Elle a dit Tu es militaire ? J'ai dit Pas tout à fait. Elle a laissé tomber, discrète. Je suis allé danser. Ils passaient *Sweet Dreams* remixé. Je suis retourné au bar. Je vais te présenter quelqu'un, a dit Dolly. Elle m'a branché Richard, un grand blond un peu voûté, un peu mou. Je me suis tapé Richard. Ce n'était pas terrible mais ça m'a détendu.

36

(1995)

J'avais eu quelques contacts locaux par les gens que je connaissais à Paris. J'ai fini par appeler. J'ai bu un verre en ville avec Rosine L. Je ne sais pas comment on en est venu à parler bouddhisme. On s'est donné rendez-vous pour aller écouter quelques jours plus tard un moine tibétain venu donner des enseignements. Je suis passé la prendre. Je me souviens parfaitement de mon arrivée. J'ai sonné au portillon. Il n'y a pas eu de réponse. Pourtant j'entendais des voix plus loin dans le jardin. J'ai fait glisser le loquet hors de la serrure, poussé la barrière en bois. Un chien est arrivé, vite, en aboyant. On lui a crié de se taire.

On est là ! a fait la voix de Rosine. J'ai suivi le chemin de pierres jusqu'à la terrasse sur l'océan, le chien à mes basques. Rosine était là avec quatre jeunes gens. Elle m'a présenté sa fille, Tina, une petite blonde d'une vingtaine d'années en short et en t-shirt. Une autre petite blonde, Delphine. Et puis deux mecs un peu plus vieux, assis à table : André, Marcelo. Les petits copains, j'ai pensé. Peut-être même les maris, on se marie jeune dans ces milieux-là. André, très beau mec, genre surfeur, m'a dit Bonjour, sans se lever, mais avec un grand sourire. L'autre, très brun, sombre, dense, m'a regardé sans dire un mot. Je me sentais fragile. Plus tard il m'a dit que dès qu'il m'avait vu il avait eu envie de me baiser, à cause de la façon dont je caressais le chien, comme si les gens risquaient de me manger.

Je me suis retrouvé dans une session tibétaine au milieu des bananiers. C'était bien mais je connaissais déjà. Au retour Rosine m'a invité à boire un verre. Tina avait laissé un mot dans la cuisine. Elle nous invitait à un barbecue chez son père. Rosine m'a demandé si je voulais y aller. J'ai dit Oui, évidemment. La nuit était déjà tombée. Je suis passé chez moi me changer.

J'ai retrouvé Rosine à l'entrée du chemin, comme prévu. J'ai conduit sa voiture, mal à l'aise dans la montée abrupte vers l'intérieur. Un autre chien nous a accueillis. Il n'y avait que cinq ou six invités. Après le dîner les filles se sont baignées, les seins nus, en gloussant, avec le type sombre. Je n'ai pas fait trop de manières pour les rejoindre. Il faisait tellement chaud. J'ai pensé L.A. en plus petit. Tina me draguait. Ensuite j'étais un peu bourré. Le type sombre marchait avec sa clope au coin de la bouche. Je le trouvais beau. Viril. Comme j'étais bourré je me suis permis de lui demander laquelle des filles était sa copine. Aucune, il a dit. J'aime pas les filles. Ah? Moi non plus, j'ai répondu. Silence.

Rosine est rentrée chez elle. Les filles voulaient aller en boîte. J'ai suivi. Tina conduisait sa voiture, une Polo vert émeraude, à toute vitesse dans la descente. J'ai mis la main sur sa cuisse. J'avais décidé de redevenir hétéro. Pédé c'était trop dur. J'ai senti que Delphine et le type sombre derrière enregistraient mon geste. Au bout d'un moment j'ai retiré ma main.

En boîte, mes trois nouveaux amis se sont éclatés sur la soupe dance. Le type sombre bougeait bien, je trouvais. Il faisait très chaud. J'étais un peu bourré à nouveau. Il était assis à côté de moi. J'ai dit Ça te dirait de baiser avec moi un de ces jours? Pas un de ces jours, il a dit. Ce soir. Ce soir ou jamais? j'ai dit. Il a répondu Oui. J'étais un peu emmerdé. J'ai dit O.K.

On a retrouvé les filles à la sortie de la boîte. Elles étaient allées faire un tour à côté au Paradise où il y avait moins de marins et de putes et plus de bècebèges locaux. J'ai dit à Tina Je vais me faire Marcelo. Ah bon, il t'intéresse? elle a fait, total bourrée. J'ai dit T'as pas compris, je ne *veux* pas me le faire, je *vais* me le faire, maintenant. On va aller chez lui. Pas de problème, je vous dépose, elle a dit. J'ai pensé qu'elle était vraiment cool. Au retour j'étais à l'arrière, la main sur la cuisse de Marcelo, la main de Marcelo sur ma cuisse. Les filles hurlaient et riaient à l'avant, la musique, meilleure qu'en boîte, toujours à fond.

Marcelo habitait une chambre dans une ancienne caserne de gendarmerie reconvertie en centre pour étudiants. Il a voulu qu'on mette une capote pour se sucer. Ça m'a étonné. Puis je me suis assis sur lui. Il m'a baisé. Il a commencé trop vite, style gros macho. Doucement, doucement, j'ai dit. Ma sueur gouttait sur sa peau. Puis la chambre s'est emplie de la fumée de nos cigarettes. La suite est une autre histoire. Je la raconterai plus tard[33].

Épilogue

(1998)

J'étais en train d'apporter les dernières corrections, à la campagne. Je changeais l'ordre de certains chapitres pour rendre plus clair le déroulement de l'histoire. Je resserrais les phrases. J'avais décidé finalement de ne pas mettre de citations en tête des chapitres, je n'en garderais qu'une en épigraphe, tirée d'un écrivain soviétique découvert par hasard, mais qui m'était devenu familier (j'ai fini par en ajouter une autre, tirée d'un titre top mortel des Trannies With Attitude que j'avais déjà voulu utiliser pour *Je sors ce soir*, mais ça n'allait pas).

Je me suis couché sans pétard ni lexomil. C'était agréable de me laisser aller à la fatigue. Quand je me suis réveillé pour pisser, il faisait froid, j'ai décidé de me rendormir encore un peu. Je me suis mis à rêver. En rêve, j'ai d'abord eu des problèmes de métro, je changeais de rames, de gares. C'est un truc qui m'arrive assez souvent. Puis je suis remonté à l'air libre et j'ai étudié un plan pour me rendre quelque part, un plan où Belleville était au-dessus de Neuilly. Il n'y avait pas beaucoup de stations où descendre. Je devais aller rive gauche, il me semble que j'habitais rue Duméril, là où je vivais quand j'étais à Sciences-po, entre 1986 et 1988. Je suis descendu dans le seizième. Je voulais traverser la Seine. J'ai marché dans les rues. Très rapidement je me suis trouvé à l'angle des jardins du Champ-de-Mars. Ce n'était pas mon chemin alors j'ai pris à gauche. Là commençait l'avenue Richepin, où, je m'en souviens, habitait Séverine L., une ancienne connaissance.

À l'embranchement de l'avenue s'élevait un immeuble luxueux, sorte de grand magasin percé de baies vitrées à travers lesquelles on voyait s'élever une statue de bronze, colossale, sur fond rouge, sous des lustres étincelants. Le perron qui y montait était gravé : Filles d'un côté, Garçons de l'autre, comme à la communale. De l'autre côté de l'immeuble partait une autre avenue aux maisons enflées de bow-windows et d'étages en surplomb. L'architecture des beaux quartiers. Je fais souvent maintenant des rêves de villes. J'ai pensé que j'aurais dû emmener Marcelo visiter l'endroit, lui qui est fan de la poste du Louvre.

Face à moi se dressait un immeuble à la façade d'église ou de palais espagnol, impressionnant, presque dépourvu d'ouvertures. J'en ai poussé la porte, pour entrer dans une grande salle nue, où un panneau minuscule indiquait une exposition. J'ai décidé de ressortir. Au moment où j'allais tirer la porte, une porte gainée de cuir, comme celle des églises, celle-ci s'est brusquement ouverte. Je l'ai évitée de justesse, laissant le passage à un motard en combinaison intégrale, suivi de sa femme, elle aussi en combinaison de moto. Le motard, pour toute excuse, s'est contenté d'un Hein. Pardon, ce serait mieux que Hein, j'ai dit. Il m'a dépassé sans me répondre. Je suis ressorti. J'ai étudié le plan sous un abribus. Le plan figurait des marais infranchissables, pas de pont. Il n'était apparemment pas possible de traverser la Seine. Un petit enfant qui était là avec sa classe s'est cogné dans mes jambes. Il avait l'air d'un adulte en miniature, j'ai voulu le disputer mais il était si petit que je lui ai seulement dit de faire attention où il mettait les pieds.

Puis je me suis aperçu que l'embouchure du métro était là, à quelques mètres seulement, de l'autre côté de l'avenue. J'ai fait quelques pas et puis je me suis ravisé, j'avais envie d'aller voir au bout du chemin sur ma droite, une voie pavée au bout de laquelle se dressait un autre immeuble, comme un palais du dix-septième dont l'ornementation se répétait régulièrement. Je me suis approché pour contempler la pierre érodée. Des palmiers s'élevaient dans l'allée qui bordait la façade. Une sorte d'immense vestiaire qui ressemblait à une cabane de chantier était posé dans cette allée et je voyais de loin qu'il contenait les manteaux des employés de la Poste qui travaillaient là. C'était bientôt l'heure de la sortie. En m'approchant du palais je me suis rendu compte que l'auvent qui l'entourait était entièrement occupé par des animaux. Des dizaines et des dizaines d'animaux à la fourrure beige rosé, qu'au début je distinguais à peine, et qui commençaient à bouger. C'était des singes, grands comme des ours, qui dormaient les uns sur les autres. Un crocodile, la gueule ouverte, était juché non loin d'eux au sommet d'un toboggan, mais il était attaché par une chaîne autour du cou et ne pouvait leur faire aucun mal.

Les singes se réveillaient. Je décidai de rebrousser chemin avant d'être importuné, mais l'un d'eux s'assit sur son séant, s'étira, bâilla, sauta au bas de l'auvent. Je l'entendis dans mon dos : Salut ! Je m'appelle Castor Junior. Donne-moi quelque chose. Je me retournai. Il était là, presque aussi grand que moi, le poil noir maintenant. Je cherchai quoi lui donner. Je n'avais rien sur moi, rien que quelques pièces. J'avais peur qu'il ne soit offusqué que je lui donne de l'argent, mais je me dis que j'allais lui donner la plus jolie pièce que j'avais. Je choisis une pièce de deux francs pour la frise hexagonale qui en fait le tour. Je lui mis la pièce dans la main. Il sourit et me dit que justement il en faisait collection. Alors je pensai que pour la peine je pouvais le toucher. Je posai deux doigts sur son dos. Le poil était doux et fourni, la chair musclée en dessous. Je ressortis mes pièces pour lui donner quelque chose de mieux. Je choisis une toute petite pièce hollandaise, de dix centimes. Il allait être content d'une telle rareté. Il était content. Il me dit que j'étais gentil. Pas comme les hommes qui venaient le baiser la nuit dans sa cage. Baiser, il aimait ça, mais les hommes lui faisaient mal, ils allaient trop vite, trop fort. Et puis est-ce qu'ils n'auraient pas dû mettre des capotes, il paraît qu'il y avait une maladie ?

J'ai ouvert les yeux. Dehors il faisait soleil. Je me suis dit que ce rêve était parfait pour le livre. J'ai commencé à me le raconter pour ne pas l'oublier.

Carrément gore[34], ce rêve.

Trash 2000.

Remerciements ³⁵

Christine B., ma mère, Jean-Xavier D., P.O.L., T.F., F.M., Hugo M., Jacky F., Christophe Vix.

NOTES

1. TWA, acronyme du groupe de pop anglaise Trannies With Attitude, « Les Travelos Stylés ». On traduira par : « Ma mère m'a appris à ne pas parler aux inconnus / Mais je le fais toujours. »

2. Constantin Paoustovski, écrivain soviétique (1892-1968). *Incursion dans le sud* est le cinquième volume de son autobiographie, *Histoire d'une vie*, publiée entre 1945 et 1963.

3. Rappelons que Baranès est le véritable nom de Dustan.

4. Ivie Anderson, chanteuse noire américaine née en 1905 et morte en 1949.

5. Les personnages évoqués ici sont des super-héros de bandes dessinées américaines, les *comics*, issus des studios Marvel. Guillaume Dustan se représentera sous les traits d'un super-héros sur la couverture d'*LXiR*. Au début des années 1980, la série *Division Alpha* mit en scène un super-héros *gay*, Véga.

6. Les Jardins du Trocadéro sont un lieu de drague homosexuelle, évoqués par exemple par Julien Green dans son *Journal*.

7. Joe Dallessandro, acteur américain né le 31 décembre 1948. Icône des films d'Andy Warhol (*Lonesome Cowboys*) et de Paul Morrissey (*Flesh*).

8. L'initiation sexuelle à la *backroom* se fait sous l'invocation de Niki de Saint-Phalle, artiste et performeuse française, née en 1930 et décédée en 2002.

9. C'est dans *Pompes funèbres*, roman de Jean Genet paru en 1948, que se situe cette scène entre Riton le milicien et Erik le soldat allemand. Dustan montrera quelque réserve vis-à-vis de l'œuvre de Genet dans *Nicolas Pages*.

10. Le *BH*, le *Boy*, boîtes homos du quartier des Halles.

11. Le *Broad*, boîte homo du quartier des Halles.

12. Le KY, lubrifiant utilisé pour les rapports sexuels.

13. « Faire mec » est constitutif de l'*èthos* dustanien. La féminisation fait l'objet d'un discrédit dans l'imaginaire homosexuel de ces années-là. Les « pédés cuir », popularisés à partir des années 1980, se construisirent en réaction contre l'image négative de la « folle », entretenue dans les représentations de l'homophobie ordinaire.

14. La sinsemilia, autre nom du cannabis.

15. Le *western blot*, « buvardage (ou transfert) de western », outil de diagnostic fondé sur une méthode de biologie moléculaire, utilisé pour détecter la présence du virus de l'immunodéficience humaine (VIH) responsable du sida.

16. « Sweet dreams », tube de 1983 d'Eurythmics : « Il y en a qui veulent t'utiliser / Il y en a qui veulent que tu les utilises / Il y en a qui veulent abuser de toi / Il y en a qui veulent que tu abuses d'eux. »

17. Dans *Histoire de l'œil* (1928), de Georges Bataille, l'œuf (véritable) joue un rôle érotique de premier plan.

18. « Satellite of Love », chanson de Lou Reed, sur l'album *Transformer*, 1972.

19. Le mot « sida » apparaît ici pour la première fois.

20. Les Fryes, chaussures américaines, marque créée au XIXe siècle.

21. « Customiser » un vêtement, le personnaliser.

22. JNT, pour « joint ».

23. Dire Straits, groupe de rock grand public fondé en 1977. FG, Fréquence gaie, radio communautaire.

24. Dr Alban, musicien nigérian né en 1957.

25. Terrier et Stéphane sont des personnages de *Dans ma chambre*.

26. *Butch outdoors*, manteau de plein air au style viril.

27. Les *chaps*, revêtement de toile ou de cuir pour les jambes, autrefois portés par les cow-boys, font partie de l'attirail cuir du monde *gay* et fétichiste.

28. Le *sling*, élément de l'attirail sadomasochiste ; il s'agit d'une pièce de cuir retenue aux quatre coins par des chaînes. Le sujet s'y glisse en enfilant ses jambes dans les anneaux.

29. Robert Mapplethorpe, photographe américain né en 1946 et mort du sida en 1989.

30. *Moins que zéro*, premier roman de Brett Easton Ellis, romancier américain né en 1964 (et personnage de *Génie divin*). Le titre de ce livre paru en France en 1986 est emprunté à une chanson d'Elvis Costello, chanteur *new-wave* des années 1980.

31. L'actrice américaine a écrit *Confessions of a Pretty Lady* en 1989.

32. Le *Livre des morts tibétains*, le *Bardo Todhol*, libération par l'écoute dans les états intermédiaires, est un ouvrage du VIIe siècle.

33. Marcelo, dit Lapin, amour chilien de Guillaume Dustan, auquel est dédié *Je sors ce soir*, et dont la relation avec l'auteur est décrite dans *Nicolas Pages*.

34. *Gore*, « sanglant », désigne un genre cinématographique.

35. Nouveaux remerciements, nettement plus succincts et elliptiques que ceux de *Je sors ce soir*.

ANNEXES

Quatrièmes de couverture des éditions originales

DANS MA CHAMBRE

Acide Azt Amour
Baise Bars Bodybuilders
Cocaïne Chaps Confiture Centimètres
ma Doctoresse Deep disco dancing
Est-il bon ?
Est-il méchant ?
FF Godes Ghetto
House music all night long Heineken Hôtel-Dieu
Impossible Je ne sais plus
Kpotes Londres Lexomil
Miroirs Magazines Minitel
No limits N'importe quoi
Où vas-tu ?
Poppers Pétard Queen
Répondeur Remords Regrets
Sans Kpotes Skin Suicide
Vidéo Vivre vite
Whisky Xtc
Yeux ouverts

JE SORS CE SOIR

J'avais pris du bide. Maigri. – Relâchement abdominal, m'a dit le kiné que je suis allé voir au bout d'un an de mal au dos. J'ai fait des séances de rééducation. J'ai repris la gym. Quand je suis revenu en France, j'avais commencé à me récupérer. Mais je pensais toujours que j'étais vieux. Moche. Fini.

J'ai squatté Paris. Je suis retourné dans les bars et dans les boîtes. La nuit tout est plus simple. La nuit est libre. On ne sait jamais ce qui va se passer. Mais il arrive toujours quelque chose.

Il suffit de tenir le coup.

PLUS FORT QUE MOI

« Entrez, Entrez, Bonnes Gens ! Bienvenue sur notre théâtre ! Considérez ceci, *Bildungsroman*, pièce, morceau, en trente-six épisodes, actes, strophes, stances, accompagnés d'un envoi, d'une épigraphe, d'un prologue, d'un épilogue, de remerciements, et d'un boniment, avec comme Sujets ou Caractères, entre autres, l'Amour !, l'Art de jouir moderne !, l'Aventure !, la Beauté !, la Concurrence !, le Corps !, le Couple !, le Crime !, le Désir !, le Don !, la Drague !, la Durée !, – pardonnez-moi, je reprends mon souffle... –, l'Échange !, l'Engagement !, l'Ennui !, les Fantasmes !, la Faute !, la Frustration !, l'Habitude !, l'Image du Moi !, et puis encore l'Injustice !, la Jouissance !, le Mal !, le Mensonge !, la Mort !, la Passion !, la Perte !, la Peur !, le Plaisir !, le Rêve !, le Risque !, la Séduction !, le Silence !, la Souffrance !, le Témoignage !, la Traîtrise !, la Transe !, la Vengeance ! Entrez, Entrez, Bonnes Gens ! N'ayez pas peur ! Retrouvez l'impatient Guillaume, le terrible Quentin, le doux Stéphane, le beau Marcelo et tous les autres Personnages ! Venez voir et visiter, guidés par notre ambitieux jeune premier, l'Effrayant, le Merveilleux, l'Incroyable Monde du Sss... » (*Couinements d'apoplexie. Fin de la bande.*)

TABLE

Préface de Thomas Clerc — 9

DANS MA CHAMBRE — 31
Préface — 33
PREMIÈRE PARTIE — 43
  1. De bonnes intentions — 45
  2. Rencontre — 48
  3. Campagne — 50
  4. Mes amants — 53
  5. Sex — 56
  6. L'Amérique — 61
  7. Notre jeunesse s'envole — 64
  8. Possession — 68
  9. No comment — 70
  10. Tentative — 71
  11. Retour de vacances — 73
  12. Consultation — 75
  13. Compulsion — 77
  14. Living in the ghetto — 79
  15. People are still having sex — 81
DEUXIÈME PARTIE — 85
  1. Le beau Serge — 87
  2. Rendez-vous — 90
  3. Excès — 94

4. Un peu de douceur	96
5. Problèmes	99
6. Diversions	102
7. Ça recommence	105
8. Party time	109
9. Séparation	115
10. Réveillon	118
11. Joyeux Noël !	120
12. Pourparlers	122
13. Et bonne année !	124
14. Morsures	127
15. Exit	130
Notes	132
JE SORS CE SOIR	135
Préface	137
Notes	227
PLUS FORT QUE MOI	233
Préface	235
Notes	350
Annexes	353

Achevé d'imprimer en août 2021
dans les ateliers de Normandie Roto Impression s.a.s.
à Lonrai (Orne)
N° d'éditeur : 2334
N° d'édition : 430512
N° d'imprimeur : 2104357
Dépôt légal : mai 2013
Imprimé en France